U0143475

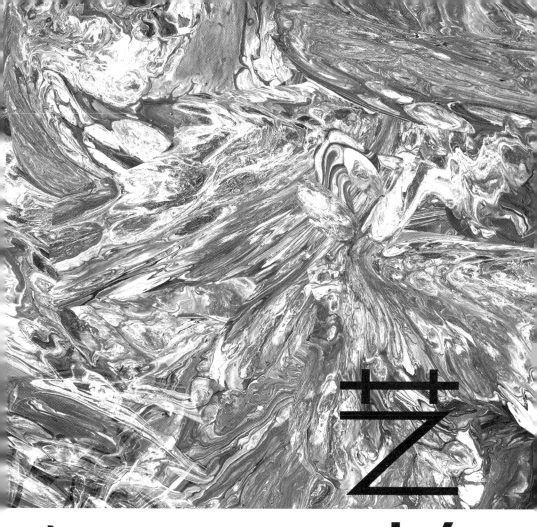

艺考

古风 著

作家出版社

图书在版编目（CIP）数据

艺考 / 古风著 .—北京：作家出版社，2022.9

ISBN 978-7-5212-1963-0

Ⅰ.①艺… Ⅱ.①古… Ⅲ.①长篇小说—中国—当代

Ⅳ.① I247.5

中国版本图书馆 CIP 数据核字（2022）第 128153 号

艺 考

作　　者：古　风

责任编辑：佳　丽

封面设计：郭子仪

出版发行：作家出版社有限公司

社　　址：北京农展馆南里 10 号　　　邮　　编：100125

电话传真：86-10-65067186（发行中心及邮购部）

　　　　　86-10-65004079（总编室）

E-mail:zuojia @ zuojia.net.cn

http://www.zuojiachubanshe.com

印　　刷：唐山嘉德印刷有限公司

成品尺寸：152×230

字　　数：339 千

印　　张：25

版　　次：2022 年 9 月第 1 版

印　　次：2022 年 9 月第 1 次印刷

ISBN 978-7-5212-1963-0

定　　价：58.00 元

目录

第1章　风暴

　　李禾根笑嘻嘻地打着手机说，晚上我来安排，给你接风，叫些同学一起过去。哪能呢，你是客我是主，来到咱们大北京，我要尽地主之谊啊。哎，两会不是三月初才开呢吗，怎么提前这么多天就到了？就为见我？不会吧？哈哈哈。

　　走向办公大楼台阶的时候，他一眼看见几个保安小跑着打开大门，两边列队站位，从大楼里前呼后拥地走出一个人来。李禾根一看是大学党委书记曹耀辉，赶紧对着电话说，嘿，我说唐部长，我们的二老板从门里出来了，我得挂了，过一会儿给你打过去，我得躲一躲！

　　说着，李禾根就溜到路边的角落里，低头装作看手机，两眼却瞄着曹书记，心想，千万可别被他看见喽。

　　可是怕什么就来什么，曹书记一眼看到了他，热情地朝他走过来，还伸出了手。

　　禾根哪，春节过得怎么样啊？又把你们提前召集回来了，可别有怨言呀。

　　李禾根快走了几步握起曹书记的手，也热情地回答，哪里哪里，这是我们的职责，年年岁岁花相似，岁岁年年要提前，都习惯了。

　　曹书记握着李禾根的手没有放开的意思，李禾根就微笑着望着他。曹书记亲切地嘱咐道，大战前你们要养精蓄锐啊，一上套儿可就停不下来了。有什么事情，要及时跟我通气，我做你们的后盾。哎，听说今年报名的考生还特别地多？

李禾根略一用力把手从曹书记温暖的大手中抽了出来。

是呀，这才一天的时间，就报了三千多！今天、明天还有两天呢，我看五千人是打不住的。

曹书记深沉地望着李禾根，李院长啊，今年可是场恶战呀，原来我们一直觉得文学创作这个专业只是咱们北京艺术大学的一个薄弱专业，可是，最近几年一下就火起来了，你们可要把好考试关，把真正优秀的学生选进来啊。

李禾根无奈地摇了摇头，挺残酷的，就为了这 20 个名额……曹书记，咱们能不能再向教委争取名额啊，最起码再给我 30 个，能达到 50 个录取人数就好了。

曹书记背起手转身向前走，李禾根迟疑了一下也跟上前去，后面是曹书记的助手们。曹书记边走边苦笑着说，唉，难哪！校党委也一直为增加招生名额的事苦恼，多次向上面反映我们招生的困境，教学资源的浪费情况，特别是像你们文学院这个文学创作专业的新热点，都应当给予支持的嘛。还好……我向你透露一点小秘密啊，你心里有数就行了，在正式公开前别向他人说啊。

曹书记很神秘地把李禾根拉到身边，在他的耳边低声说，教委给我们增加了 30 个名额！

李禾根一听兴奋地问，真的？！太好了。

曹书记看着抑制不住高兴的李禾根，这可不都是给你们的呀，各个专业都要分几个的，你们是大头，学校总体上要控制一些机动名额，大部分都分下去。

李禾根焦急地问，能给我多少？

曹书记笑了，看你急得！你想要多少？

李禾根开口就说，至少给我 10 个吧？

曹书记撇撇嘴，10 个？！你是狮子大开口啊，最多最多也不能超过5个！你想啊，咱们六个二级学院，哪个不需要扩招？哪个不都在闹着增加名额啊？都给了你们文学院，怎么向那五个学院解释？

李禾根有些要赖地说，我们的文学创作专业目前教学成就最高，分配得最好，学生有出路，我们的学生个个……

曹书记挥着手，得了得了，禾根哪，你真是个孩子！我告诉你啊，这都是"小道消息"，以党委正式研究的结果为准啊，不能向外界透露半点。不过……

曹书记又把李禾根拉到身边低声地说，你要是真想再多要几个名额，还得去老板那里去磨。这事，最终拍板的还是她，这个你要清醒啊。哎，你可千万别跟刁校长说，这个消息是从我这里得到的啊。

李禾根感激地点着头，您放心！您还不知道我？我是那种"打死都不说"的人，我绝不会透露半点，我得抢先一步，马上到刁校长那里去。

曹书记欣赏地看着李禾根，你呀，情绪一上来，什么都不顾了。记住：急事要缓办，缓事要圆办。有条不紊，按部就班。

李禾根嘻嘻地笑着，来不及"缓"了，也不能缓了。必须急办，不急，黄瓜菜都凉了。我谢谢您了，曹书记！

曹书记最后叮嘱道，禾根哪，专业考试一开始，就要不见天日了，形势喜人，形势也逼人哪！千万不要忙中出错，忙中出乱啊。

李禾根已经没有心思再跟曹书记说下去了，曹书记，我有些大不敬了，我现在必须马上去刁校长那里谈谈，就不陪您了，您可别怪我啊。

曹书记笑着说，你呀，真是长不大了！

刚踏上办公楼前的台阶，电话又响了，还是老同学唐达明的。李禾根笑嘻嘻地说，你可真会"插空"！早一分钟我不敢接，晚五分钟我不能接，在这中间，你就打来了。咱们说定了啊，我请客，给你接风，叫上白素芬、海涛、绍萍、爱华他们几个，人也不要太多了，叙叙旧……什么？这么几个人你还嫌多？那就咱俩，这倒是省钱！

李禾根边跟唐达明说话，边走到电梯旁。他皱了皱眉头，警惕地问，给我介绍个"好学生"？你是不是有考生要考北艺啊？咱们可是丑话说在前，要是你有考生要考我这里，咱们就不能再见面了啊。非但如此，我还得退出考官队伍，这是今年刚刚在中层干部中宣布的新规定，我可是要严格遵守的噢。真的不是考生？如果真的不是，咱们还是要见面的，约法三章，见面不谈工作，不谈你的两会，不谈"好学生"，咱们只叙旧，叙完旧去捏脚，捏完脚泡个澡。

司机吴开按了 11 层按钮。李禾根挂断唐达明的电话，正准备打下一个电话时，小吴紧张地盯着正在上升的电梯厢壁说，院长……您看！

墙上贴了一张 A4 纸，上面用粗黑体打着"敬告全体师生"几个大字。李禾根睁大了眼睛看了几行：文学院院长李禾根利用职务之便，骚扰女学生，利用院长权力进行利益交换，利用招生机会大肆敛财……

还没等看完，电梯就要到了，他一把将那张粘得不太牢的布告完整地扯了下来，走出电梯，站在电梯门口愣了愣，头上浸出了汗。下意识地看了看手表，把那张布告塞进兜里，对吴开说，你再到其他几部电梯和公共空间查一查，看还有没有，都收集起来。

吴开说，是。然后，转身向另一部电梯走去。李禾根又叫住了吴开，小吴，你知道规矩……吴开忠诚地点了点头走了。

电话响了，李禾根看了看是刁校长的电话。刁校长不容分说地问，在哪？到我这儿来。

李禾根忙说，我在文学院的楼道上了，正要去组织例会，我安排一下，马上就下去。

挂了电话，李禾根看了看腕表，八点半整。他长长地叹了一口气，低声骂了一句，这婆姨！

李禾根想先到自己的办公室去喘口气，顺便仔细地看看那张匿名信，到底是谁凭什么埋汰他。没得罪人呀，对谁都是客客气气，礼让三先的，怎么惹这么大的一个事儿？估计满院都知道了吧？招谁惹谁了!

正走着就见文学基础教研室的门开了，胡文华端着水杯走出来，见是李禾根，先是愣了一下，然后问候道，院长早啊！

李禾根点了点头，文华，刁校长刚给我打电话，让我到她那里去开会，蒋副院长还没到位，今天的例会你就组织一下吧。通报一下报名情况，强调一下学校的招生纪律，动员大家做好三次考试的准备，该出题的出题。特别强调保密工作，谁出的题谁负责，一旦跑题，就是出题人负全责，只有他本人知道题。你再想想还有什么要说的。

胡文华有些为难地说，要不，我们等您开完会回来再开吧，这么重要的事情，让我组织，怕是组织不好……

李禾根严肃地对胡文华说，你是支部书记，又是党委成员，你要树立起自己的威信来。不要怕嘛，早晚你得单飞的，有一天你接了我的班还不工作了？

胡文华不好意思地嘿嘿地干笑了两声支吾着，我的意思是，马上要招生考试了，您在场跟大家讲讲更有权威性。

还没等胡文华讲完，李禾根就心不在焉地摆了摆手，边走边说，别等我了，还不知道在刁院那里待多久呢。

李禾根的办公室在走廊的尽头，走到那里需要经过几个教研室。门都开着，他瞥见老师们已经来了不少，偶尔遇到个把人出来倒水的，他就点点头。他心想，该换个办公室了。搬到了靠楼梯那间，就不用总是经过他们的房间了。当初李禾根之所以选走廊尽头的那间做办公室想的是，自己来的时候可以顺便看到其他教研室的房间，可以不动声色地查了他们的考勤。可是，今天才觉得，虽然那样别人就没有什么秘密可言，可是自己不也同时失去了隐私吗？有个什么人来找自己，都得经过几乎所有的办公室门口呀。有几个朋友还跟他讲过，他刚走过就发现有人从那些办公室里探出头来窥视。还有啊，自己若是有个什么情绪变化的，很快就被这些好事的部下传遍了，什么都瞒不住。要是一上电梯，一下就钻进左手第一个房间去，谁都不会知道自己怎么了。甚至，他们都不可能知道自己在不在，这岂不是更神秘？自己有个什么事，会个什么朋友的……他突然想到自己衣兜里的那张匿名信，他苦笑了一下，我要是真他妈的跟哪个女人有个什么来往，我在靠电梯的那个房间，没谁会注意到了啊。他真的有些后悔当初选靠走廊尽头的房间了。

周五的例会通常是9点开始，同事们差不多都到位了，出出进进，来来往往，点头微笑，端茶倒水，厕所阳台，浇花拖地，都挺忙的样子。可是，今天他觉得有些不同，感觉每张敬畏有加、礼貌谦卑的脸都有些怪异，似乎他屁股上贴着张画了王八的纸，他们都看见了，只有当事人自己不知道。白纸！他妈的，就是那张倒霉的白纸闹的。

李禾根轻轻地敲了敲刁子规院长的门，她嗓音尖厉，没好气地叫一声，进来！

李禾根轻推木门进来，看到了正在对着电话训斥的刁子规，这么点事儿也为难？还搞什么教务！就今天，把这事给我抹了，抹干净了，我就不信了，一个骚丫头片子能闹到大天儿去？！让她告去吧。

刁子规放下电话，余怒未消，又对着有些手足无措的李禾根说，都什么事儿呀？这么低级的错误也犯？

李禾根有些低声下气地问，刁校长您这是跟谁生气呢？

跟谁？说着，刁子规从办公桌上抄起一张纸伸向李禾根，李禾根紧走了几步接过来，一看，头都大了，还是那份匿名信！

他气短示弱地说，刁校长，都是子虚乌有呀，我怎么会……

刁子规的气已经发完了，她坐到转椅上，端起了茶杯喝了一口水，放下。然后放低了声音，有些恨铁不成钢地说，禾根哪，禾根，你们文学院就不能给我少找点事儿吗？不是学生抑郁了，退学了，就是家长找上门来了，同事间还拉帮结派，打架骂街，现在又弄这么一出，这还是个大学吗？婆婆妈妈的臭事就不能压住吗？

李禾根听出刁子规根本就不相信匿名信里说的那些事，只是对他没有事先压住生气，他这才一块石头落了地，只要她相信自己，什么事都能应付过去。

李禾根赔着小心，刁校长，我会查出来是谁出于什么目的干的，会的。

刁子规的神情已经完全恢复了正常，查？等你查出是谁干的，早闹得满城风雨，无人不晓了。这不，早上保卫处的刘民潮已经从监控上查到了贴匿名信的人了。7点多就给我打电话问怎么办？我说就把那丫头先关起来反省……

李禾根急着问，是个女的？谁呀？老师还是学生？

刁子规撇撇嘴说，一会儿你找刘民潮去看看录像就知道了。后来我想，这么处理有点仓促了，就让刘民潮和教务处的黄干事先找她谈谈，了解一下到底是因为什么敢这么干？有多大的仇呀？嘿！没想到这黄阳黄干事居然跟她谈崩了！她一口咬死，说匿名信上说的事儿都是有证据的，还威胁说要告到教委去……

李禾根有些害怕了，到底是谁呀？她真的有什么证据吗？

刁子规满不在乎地说，就是你们文学院的学生杨薇薇，乳臭未干的丫头片子，她想干什么？

李禾根一听一头汗就出来了，这杨薇薇是自己招进来的呀，山西老乡。当年专业课她考了个第一名，可是高考成绩低，离北京艺术大学的录取分数线差十多分。李禾根心里骂着，他妈的，这个白眼狼，不知恩图报，还恩将仇报！

李禾根叹口气，刁校长，这个孩子您也熟悉呀，当年，您还记得吧，当年她高考没达到录取分数线，可是专业好，咱们特招的嘛。

刁子规也突然想起来了，噢！她呀！你对这孩子挺上心的呀，怎么会干这事？是不是什么事得罪了她？哎，我记得她不是你的老乡吗？

李禾根有些大惑不解地说，是呀！她爹是在山西搞煤矿的，家里有钱，通过一个朋友找我，说是不行就赞助咱们学校一笔，无论如何也要把她弄进来。嘿，咱们没要她一分钱特招进来，对她有恩啊。

刁子规望着李禾根，你是不是隐瞒了什么？

李禾根坚定地说，没有，绝对没有！我怎么敢跟校长有所隐瞒？

您得相信我，您栽培了我，对我有恩的……

刁子规挥了挥手，得了得了！不过，这事儿影响可是不小啊。满城风雨，谣言四起，你得有心理准备。一到这个招生季节，告状的，打小报告的，烽烟四起，尘土飞扬呀。你们文学院不大，可是人的关系最复杂，每个人几乎都时刻准备着战斗，对抗。点火就着，不点火就一股股地冒着烟呢，只要一有机会就会火光冲天。我知道你的压力很大，也很委屈，虽有我给你撑着，可是有人在上面活动，到教委去闹，我也是有压力的呀。你要低调，千万别再出什么事了。你安排一次全体教员大会，我去讲讲话，表表态，给你打打气，也压一压那些骚动的心。

李禾根感激地望着刁子规，那可太好了！刁校长您是我的贵人啊。

刁子规换了副亲昵的口气说，那就叫"刁贵人"啦……

李禾根嘿嘿嘿地傻笑着，眼神里显现出一丝暧昧之色。

李禾根突然打了一个冷颤，我他妈这是想什么呢！立即严肃起来，刁校长，我本来是有事想向您请示的，可是被匿名信的事给弄糊涂了。

刁子规心不在焉地说，说嘛，简单一点，一二三。

是。第一，我听说您，啊，咱们北艺从教委那里多要来了30个名额，我想，能不能多给我们一些，您知道文学院这几年……

刁子规有些讥讽地打断了李禾根，嗬，你的消息真灵通啊，我怀疑你是不是在我办公室里装了窃听器。我昨天晚上刚刚得到消息，你今天早晨就跑到我这要名额来了，真有本事啊。

李禾根赶紧解释，我只是恰好得到了这个消息。就想这是大好事啊，都是为了工作，为了文学艺术事业……

别唱高调了。我不问你消息来源，也别跟我强调理由了。说吧，要多少个名额？不过，我告诉你啊，你要是太狠了，甭说我翻脸不认人啊。说话之前想清楚了，别太贪了。

李禾根刚才从曹书记的话里话外已经判断出，他们已经有个初步的分配方案了，他的确不能胃口太大，就说，校长啊，我想，咱们一共增加了 30 个名额，您看，往年呢，其他学院都比我们多，我想这次好不容易有这么个机会……

你不要管别的学院怎么样，只管说自己的期望值。

那，我觉得怎么着也得给文学院 10 到 15 个名额吧，这是我的真心话。

刁子规不屑地撇撇嘴，我也说句真心话——这是不可能的！给你这么多，我怎么向其他五个二级学院的头头们解释？你们都是我的孩子，一母同胞，我能有偏心吗？

那，那您说我该要多少？我得考虑……

我知道你有压力，我难道没有压力吗？不过……

刁子规缓和了一下口气，我也告诉你一句实话，你要是不贪心，我还是能够稍稍地偏一下心的。

李禾根心头一热，那么，您能给我多少？

刁子规乐了，咱们这是在做买卖呢？！讨价还价，你还挺内行啊。

李禾根不好意思地笑了，这样吧，您给我一个底，我好确定三试留下的比例，要不然，就没法办了。

刁子规说，你就按照增加 5 个人的比例确定留下的比例，特殊情况再说。

李禾根问，那就是说，按照总数 25 人确定留下的比例？

刁子规肯定地点了点头。说吧，第二个事情是什么？

李禾根说，第二个问题就比较简单了，今年报考文学院的考生很多，早上，教学秘书跟我说，昨天已经达到将近 3000 了，今天和明天两天，怎么着也能达 5000 人了……

噢？刁子规很意外，文学院的吸引力很强嘛。这是好事啊。

可是，这么多考生，几千人都要参加初试，那得一张卷一张卷地看，一个字一个字地看，就靠我这十多个人是忙不过来的。我想请些外援来。

刁子规说，文学院不是有很多在读的研究生吗？让他们参与进来啊。

不能完全依靠这些研究生解决，能上手的学生并不多。为了保证质量，还得请外援。

刁子规说，你说吧，需要我给你什么？

李禾根说，第一是给政策呀，首先您得允许我们请外援，您可以给我们定条件，允许我们请多少，什么样的人可以参与到招生工作中来。第二呢，您得给我们经费呀，我得给人家报酬，不能让人家白干呀。还有后勤保障呀，车马接送呀。

刁子规道，第一个问题好说，你们根据需要定外援的人数；标准，我来批就是了。第二个问题，外援考官给多少报酬，标准也由你们来定，我批……哎，你们不是有报名费吗？从报名费里出外请考官的费用不就得了吗？

那也得您首肯后，我们才能动用啊。要不然，又成事儿了。

刁子规有些不耐烦了，别总是斤斤计较了，大男人，屁大点儿的事都装不下，还怎么成大气候？这些事情，都是你先拿方案，我们来研究考虑，再给你答复。

思维又回到了恼人的匿名信上来了。从三层到十一层有七层的距离，李禾根决定不坐电梯，爬上去。他需要想一想，梳理一下前前后后。杨薇薇，杨薇薇的父亲，教务处黄干事，保卫处处长刘民潮。李禾根突然想起来，先去找刘民潮了解一下情况，刁子规是不是没有把全部情况跟他讲呢？他需要全面了解一下，然后再去找黄干事，如何把这件事情抹干净了。

他转身又向下面走，他想，目前最大的问题就是这封该死的匿名信了。

走到"保卫处长"那间办公室前正要敲门的时候，黄阳从里面出来。神色疲惫，一见李禾根有些不知所措地望着他。

李禾根一副亲切的样子说，又熬夜了吧？黄干事。悠着点，别太拼了啊。

黄干事这才无奈地说，李院长啊，压力太大了，老大交给的事……哎，你看我这记性！我刚和刘处长谈完了，要找您去呢，见到您我反倒给忘了。

李禾根就说，那不正好吗，咱们一起谈呗，就在刘处长这里。

黄干事说，我知道您是冤枉的，遇上这么个有病的学生，叽叽歪歪，无中生有，也算咱们运气不佳。

推开门，刘民潮正在电脑上看着什么，见李禾根进来，立即站起身，热情地过来跟他握手，请他坐在沙发上，黄干事也就坐在旁边。刘民潮走到饮水机边上给他们接了两杯水，回到他们面前也坐下。

刘民潮单刀直入地说，李院长，您看到那封匿名信了吧？我们知道，这事儿摊到谁身上都很恶心，平白无故地飞来横祸。可是，还是得处理好，老板说了，这事得快刀斩乱麻，干净利落。我刚才跟黄干事商量了一下，咱们互相配合一下。杨薇薇是您的学生，您呢先给她做做说服工作，搞清楚她究竟为什么这么做，症结在哪里，您主要是了解安慰她。而后，我再找她谈，严肃地告知她严重的后果，主要是吓唬她一下。咱们自己的学生，还是以保护为主，但必须让她知道这件事情要是张扬出去，追究起来会毁了她一辈子。我们有很多方法处理她：退学，上名誉权法庭，罚款，在全校大会上检讨丢人，在档案上记录，让她的家长来领人，在各个专业进行警示教育，等等，让她无路可走。

李禾根听着刘民潮说出的这些招数打了个激灵，心想，够狠的！整天就琢磨怎么整人了，这小子，挺有才啊。李禾根立即摆着手，刘处长，她还是个孩子，别把她吓坏了。这一大堆，连我都觉得恐怖了。

刘民潮说，她可不是个孩子了，得为自己的行为负责。老板交代了要"举重若轻"，高高举起轻轻放下，目的就是教育一下。

李禾根问，我就不明白了，她为什么来这么一下子，要毁我吗？你们知道是什么原因了吗？我想来想去，也没得罪她呀。

黄干事慢悠悠地说，您可知道我们赵处长的事吗？

李禾根问，赵处长，就是你们教务处处长赵邦国吗？他怎么了？

黄干事说，您是贵人多忘事啊，去年寒假的时候，他找过您，请您辅导一个学生，就是他老家一个地委书记的女儿。

李禾根，噢，我想起来了，那也是我的老家啊。可那个孩子不是杨薇薇啊，那个孩子也没考上啊。

黄阳说，对，据我了解，正是因为没考上就出问题了。您还记得我们的赵邦国处长多次找您要"特招"这个学生吗？那个孩子跟杨薇薇是同学，杨薇薇的父亲是个做煤矿的，那个孩子的父亲是当地的官员，一个考上了，一个没考上，他们想花钱您又不接受，弄得他们没面子，孩子丢人。您当时的答复是，一次没考上，第二次再考嘛。可是，今年教委规定，艺考生只允许应届的报名，不允许往届的考，那个孩子连报名的资格都没有了。

李禾根问，哎，对了，这次怎么是黄干事处理这件事，而不是赵处长呢？

刘民潮说，您可真是官僚啊，赵邦国被除名了，您不知道啊？

李禾根瞪大了眼睛，啊？！什么时候？为什么？

刘民潮说，就是去年夏天的事，跟招生有关啊。这就是这档子匿名信事件的来源了。我们判断，这背后有赵邦国的影子。赵处长的事儿呢，学校当时由曹书记牵头组织了一个专案组调查，我当时是专案组的成员，所以我比较了解他的事儿。

李禾根问，"专案组"？闹得这么大呀？！什么事儿啊？怎么没对外公布啊，你们的保密工作做得很到位啊，我是一点儿也不知道。

刘民潮说，这是咱们刁老板和校党委保护了赵邦国啊，给他留了条后路。别看咱们大老板平时说话办事铁板一块，土匪作风，说一不二的，整个一铁娘子。可是，真的涉及了个人的未来前途的时候，咱们的大老板还是留了一些空间，她心慈手软，网开一面。

李禾根问，多大的罪过呀？能说说吗？

刘民潮说，我们向老板汇报的时候就判断，今天这事儿啊，跟赵邦国那档子事有关。所以，也不瞒您，就把赵邦国的事前前后后跟您说说。赵邦国是因为去年招生的时候收受考生家长的巨额贿赂而被开除的。您还记得去年那位考生的家长给您送 60 万，要咱们"特招"吗，幸亏您没要！

李禾根正色道，那是原则和底线！

刘民潮很欣赏李禾根，正是因为您没收——我们可是调查了，您确实没收！要不然，老板那么信任您？！可是，您没收，这个赵邦国收了，还满口答应说是一定把那孩子招进来。说是学校有政策，专业特别优秀的前三名都是可以招进来的，他是教务处处长，他有权，可以把那姑娘弄成前三。但是，您呢没有给他面子，那孩子没那么优秀，她连入围都没有，我想您肯定能想起来，那个时候，赵邦国找过您。

李禾根想起来了，对了，他找过我，说请我吃饭，我没去，他就说要把那个叫什么花儿……

刘民潮说，杨杏花。

李禾根肯定地说，对，就是那个叫杨杏花的孩子，他叫我给她往前排排。我当时说，那分数、排名在考官面前都是公开透明的，是多少就是多少，都在那盯着哪。那哪能改？这是犯错误，哪怕把她往前挪一位，都得有人被挤下去，何况是把她提前到十几位呢？我说，我不能犯这个错误。我还劝他，这孩子没有进入复试名单，皇上老子也没辙，让她放弃了吧。今年不行，明年呗，这一年的时间还可以补补，缺哪儿补哪，等提高了再来考吧，反正还年轻。

刘民潮说，他就去找老板了，说杨杏花是他的侄女，亲姐姐的孩子，家里很穷，来投奔他来了。当时，刁校长还挺同情赵邦国，她觉得赵处长这几年在教务处挺辛苦的，特别是在迎接教委学科点评估的时候出了大力气，就想帮他一下。您还记得刁校长给您打过一个电话，我们都有记录的。

李禾根说，刁校长给我打过无数个电话，去年那个时候确实有那么个电话，提到了赵邦国。我当时给老板的回答是，这是个原则问题，我当时还挺有情绪，对她说，规则都是你们定的，你们定了规则自己先来破坏是不合适的。刁校长妥协说，给我一个特批的"戴帽指标"就是给赵邦国侄女杨杏花的。我说,要是您有指标就放到大池子里,让所有的考生去公平竞争。我记得刁老板有些不高兴,骂我是"死脑筋"。不过,那事很快就过去了,咱们校长是个大咧咧的人,她没往心里去。

刘民潮说,那个杨杏花的父亲,是你们那个地区的一个副市长,叫杨本华,抓经济的,跟杨薇薇父亲的关系不错。杨薇薇的父亲是办煤矿的,都是杨杏花的父亲罩着,这次他女儿到北京艺考的这110万都是杨薇薇的父亲出的。赵邦国不仅收了人家给您的那60万,还另外要了50万,说是要设立教务处的奖励基金,可是,却全部都流进了他自己的私人账户。您说他胆子有多大?! 按理说,110万,那得判刑啊,他可是跪求咱们刁校长啊,说是家里有老有小,一时糊涂,要把钱全部都退回去,恳求刁校长给他条生路。校长虽然觉得赵邦国可恨,但是觉得既然能把钱吐出来了,能饶人处且饶人吧,就开除了他,没有惊官。这事,刁校长是顶着很大的风险的。这是纵容犯罪啊。可是为了保护这个赵邦国,学校党委是下了铁令的,严格保密,就是为了给他一条悔过自新之路。可是,现在杨薇薇贴匿名信的事一出来,不得不让我们想到了,是不是他在捣鬼,想整你,报复。

不会吧? 他应当感谢刁校长啊,怎么能犯糊涂,还要弄这么档子事呢。再说了,这事跟杨薇薇一点关系也没有啊,她干什么去贴这个匿名信呢?

刘民潮说,这正是我们不明白的地方,您要是能找她谈谈,把事情搞清楚了就好了。

黄阳说,李院长,您可不知道啊,我跟赵处长相处了这么多年,比较了解他。他是一个心胸狭窄、睚眦必报的家伙,也是特别自私的一个人。他出事之后,老婆跟他离了婚,已经分的经济适用房也归了他老婆,他现在只能住在父母家。他是鸡飞蛋打,竹篮打水一场空,现在又找关系想回来,找人事处,找书记,找校长,学校的口径统一,不行!

李禾根疑惑地问,这与我有什么关系? 干吗写我的匿名信?

黄干事说，他可不这么想，他觉得他今天的结局都是您造成的，如果当初您帮了他的忙，把杨杏花招进来，一切都顺理成章了，他就不会落到今天这个地步。根据我们掌握的情况，赵处长在教委有些关系，好像他父亲同学什么的在教委是个什么官。开始赵处长通过上面施压，想回来，但是刁校长顶住了，说是在高校工作，人品是最低的标准，道德出现了问题根本不能在高校工作。

李禾根紧着问，你还没有说到重点呢，我是说，这赵邦国跟杨薇薇有什么瓜葛？

黄干事说，这就说到关键问题了。赵处长是我的老领导，过去相处得也不错——至少是表面上的啊。在匿名信出现前的一周吧，他请我吃饭——他请我吃饭就是想了解目前学校的一些情况。他曾经发狠说，反正也回不来了，说是要闹个鱼死网破，要把北艺这个局搅混，他还说，不让老子好过，你们也甭想过好。您知道，他离了婚之后，偷偷地跟杨薇薇交上朋友了！我们调查的时候就有杨薇薇的同学跟我们反映，他追求杨薇薇，送这送那的，两个人真好上了。我猜想，杨薇薇写匿名信可能就是赵邦国要报复学校的计划之一。因为之前，据说教委纪检部门也收到了一封匿名信，是告校长的，差不多也是男男女女，权利交易，权色交易，腐败什么的问题。所以，刘处长报告这匿名信事件的时候，老板是有充分心理准备的，她知道又有人在折腾了。老板只是说，让我们尽快地把这事处理好，别让您惹一身臊。现在是招生季节，还会有更多的告状信，他们是不敢明着来，就来匿名的，唯恐天下不乱。

噢，李禾根这才有些明白了，心里也有了底。他坦然地说，如果杨薇薇真是被赵邦国利用了，那就更不应当对她采取什么严厉的处置措施了，她未来还有很长的路要走，以慈悲为怀吧。

您看您！又来了。刘民潮笑着说，她把您整得这么惨，您还保护她。

李禾根也微笑着说，惨吗？我只是被吓着了，我当时就觉得脑子嗡的一下，有些晕。这要是被我家婆姨知道了，我跳到黄河也洗不清啊。

刘民潮说，嫂子是个通情达理的人，学院大门口，她们服装店，也在早上发现了那封匿名信。她其实早就知道了，我就给她打了一个电话，把情况大概跟她说了一下，您放心吧，她才不会呢。

李禾根瞪着眼大叫道，我的天哪！都弄到北艺校园外面去了？！

刘民潮掰着手指头说，重要的不是那些贴在外面的，而是那些贴在戏剧学院、音乐学院、舞蹈学院、美术学院、传媒学院的，这些地方都发现了！您现在已经是个大名人了。我们由此也知道，匿名信就是个搅局信，根本没有真实性可言，他们的目的并不是把您弄下去，或者把您怎么着，就是搅局。这封匿名信写的是您，也可以是其他的人，是谁并不重要，而是要满天飞，弄到社会上去，搞臭咱们北艺的名声。现在是招生季，全国有无数双眼睛都盯着咱们呢，不出事都被社会上瞎猜着，更何况出事了！

黄干事也说，这个想法挺恶毒的啊。坏您的名声只是个手段，目的是搞臭学院。看吧，很快又会出现某某老师收了某某家长的多少多少万了，哪哪个老师私下辅导学生，收费揩油了，什么乱七八糟的屎盆子都可能扣过来。

李禾根问，你们就这么相信我？不打算查查？

刘民潮说，答案还是要给的。既然匿名信里似乎有鼻子有眼，有证据地罗列了您那么多的事情，咱们得给她个交代呀，也要满足看到这封匿名信的人们的好奇心啊。不能不了了之。

李禾根有些忧虑地问，那之后呢？你们打算如何处理，有没有一个方案？

黄干事就说，这正是我们找您商量的事情呀。

刘民潮边思考边说，我是这么个考虑：您哪，跟她谈谈。我们把她叫到纪检室，给她个心理压力。我们这之前跟她谈，她是一口咬死不是她干的，我们给她看监控，时间地点人脸事实，都摆在她面前，她不说话了。死活没有一句话，到现在还在会议室里呢……

李禾根有些着急地，那孩子我了解，叛逆得很！可别出什么事呀，这会造成很大影响的，到时候我更是说不清道不明了。

刘民潮安慰道，您放心吧，我们派了六个保安轮流盯着她，照顾她，她出不了事。

李禾根还是有些不放心：赶快把这事处理完吧，到了晚上，难道你们还要把她关到什么地方不成？

刘民潮笑了，那不就成了非法拘押了？我们争取白天就把事情处理完，给个结果。可是，如果处理不完，我们也有方案，我们已经在招待所里安排了一间比较安全的房间，如果不成，还真不能放她走。如果比较顺利，把事情处理完了，我们也想好了一个办法，单独找个宿舍住几天，通知她的父母把孩子领回去，一交到她家长手里，我们的责任也就尽到了。无可指责。

李禾根从心里佩服刘民潮，这家伙想得很周全，也想得很远。他就问，让我跟杨薇薇谈什么呢？怎么谈？

黄干事说，您唱红脸，我们唱黑脸。我们给她施压，您给她解压。我们愤怒地拍桌子，您亲切地摸她的肩……

刘民潮笑着说，肩膀是不能摸的，匿名信里告的就是咱们禾根院长抚摸着她的肩骚扰她的，当着咱们的面再……

李禾根说，道道儿还真不少！你们挺"专业"啊。

纪检室被清理得很简单，只有一张大长桌，有点像公安审讯室的布置。被审位置一把椅子，对面放了三把椅子，显然，是准备刘民潮、黄干事、李禾根坐的，桌子的一侧是秘书位置，另一侧空着。

当刘、黄、李三个人走进室内的时候，李禾根犹豫了一下说，我跟你们坐在一起不太好吧？

刘民潮想了想点点头说，您说得对，那么您坐在这边——他指着空着的一侧说。

黄干事随口说道，对，说起来你们两个都是当事人，您要是跟我们坐在一块儿就成了跟我们一样的官方代表了。

保卫处的胡干事走进来问刘民潮，刘处长，开始吗？

刘民潮说，开始吧。

胡干事走出去，不大一会儿带着杨薇薇进来了。他推开门，请杨薇薇进来，杨薇薇低着头，跟在胡干事的后面。胡干事请她坐到受审一方的椅子上，然后，自己两手交叉放在腹前站在一边看着她。门口内外还笔直地站着几位严肃的保安。

刘民潮故意做出亲切的口气，声音里却带着威吓，杨薇薇，我们已经谈了几次了，你都是不太想说话。但是，我们不能就这样拖下去。你心里肯定明白，即使你不说，我们也完全可以用证据说明这件事是你干的。那么，如果在匿名信里反映的是事实，就请你讲出细节来，拿出证据来，不能像你在匿名信里那样或者含糊其词，或者一口咬定"就是他！"你要证明，我们要根据你提供的线索去调查取证，如果事实正如你所说，我们会严肃处理，绝不会袒护。但是，如果你说的不是事实呢？

杨薇薇个头不高，齐刷刷的厚发遮着半张圆脸。"漏洞百出"的牛仔裤，两条腿伸向前方，两只手被压在屁股底下。头也不抬，沉默着，看不出什么表情。似乎一切都与她无关。黄干事有些焦急，想说点什么，被刘民潮制止了。

刘民潮加重了语气，如果你说的不是事实呢？如果经过我们的调查证明你说的都是造谣中伤呢？你知道后果吗？你知道会给受害者带来什么影响吗？你知道你将会受到什么样的处理吗？我们会有许多处理你的办法，开除是肯定的，开除后还要上法庭，因为你是诬陷他人，损害了他人的名誉权，你要赔偿经济、精神损失。你自己的名誉也将受到影响，朋友们会躲避你，你的档案里也将记上一笔，档案中的污点将伴随着你一辈子。如果事情发展到更严重的地步，也可能转为刑事案件，说不定就会被判刑。当然，我们有很多方法处理这件事，我们也可以采取相对和平的方法处理。我们知道你是受人指使干的，据我们了解你是个很有前途的学生，你很聪明，你入学时是被"特招"进来的，你的专业成绩是很好的，你有非常美好的未来，你愿意为了那个躲在阴暗的背后指使你做这件不光彩事的人而牺牲自己的前途吗？你明明知道，你在匿名信上写的那些内容都是编造的。如果你觉得你说的都是事实，那么，就请说出来，什么时间什么地点，李禾根院长如何性骚扰你的，李禾根院长收受了谁的贿赂？什么时间什么地点？李禾根院长又是跟谁权钱交易的？谁能证明？我们把李禾根院长也请来了，他就坐在你的旁边，你们可以当场对质。我相信，如果事情果真如你所写，那么李禾根院长也不会抵赖的，如果他抵赖我们也会调查清楚的。

听到"我们把李禾根院长也请来了"这句话的时候，杨薇薇猛然抬起头来盯向李禾根，显然，她进来的时候并没有注意到李禾根的在场。她甩了一下头发，露出整张脸，面颊绯红，木然地望着李禾根。李禾根没有表情，他直视着这位他特别欣赏的好学生。

场面冷清了。或许是刘民潮故意制造的时间空白。房间里安静，沉寂，充满了无数种可能。

几分钟后，刘民潮对黄干事使了个眼色，站起身，这样吧，我们给你和李禾根院长两个人一点时间，你们可以认真地谈一谈。

刘民潮前面走，后面跟着黄干事，随后胡干事也跟着走出去了，站在室内的几个保安也出去了。审问室里就剩下了杨薇薇和李禾根。

李禾根看着又低下头的杨薇薇，把椅子向杨薇薇的方向拉了一下，想了想，又拉了回来，干咳了两声。依然沉默。

静了一会儿，杨薇薇再次仰起头，泪水夺眶而出。李禾根有些手足无措了，他站起身想过去安慰她，可是犹豫了。这时，杨薇薇却突然不管不顾地扑向了李禾根，一头扎进李禾根的怀里，像受了天大委屈的孩子一般呜咽起来。

第2章　私会

唐达明说，人老了，特别想见见老同学，特别是那些年轻时候要好的人。这次到北京参加两会，特意提前了两个星期，就是想见见你，会议一开始就不可能出来了。所以，你呢，禾根哪，别跟我打官腔！我都问清楚了，你们后天才开始招生考试，今天正好你有时间。

李禾根开玩笑说，听你这话，有点临终遗言的感觉呀。你是不是派了私家侦探跟着我呢？

唐达明说，得了吧！我还不知道你吗？铁公鸡一个！不让你掏钱！我请你喝两杯，叙叙旧而已嘛，怎么那么婆婆妈妈的。

李禾根为难地解释，你是政府官员，你是知道咱们组织是有个"八项规定"的，工作期间咱们怎么能吃喝？还有啊，你知道吗，北艺招生是有规定的，这期间也是不能吃请的。再说啊，现在考前事情是最多的时候，报名啊，出题啊，考场安排啊，考务啊，我就是个催巴儿，得为党国玩命地干啊。

唐达明不高兴了，什么这个规定那个规定的，你这是八小时以外的私人时间，别那么神经分分的！我既不是贿赂你，也不是巴结你，就是老同学好兄弟见个面，吃个饭，就能把你污染了腐蚀了？你看看你，早上咱们通话的时候，你还说要给我接风呢，怎么过了一个上午就不认账了？你小子说话不算数！

李禾根忙说，唉，那个时候不是还不知道有什么事嘛，这一天，你知道发生了多少事吗？我差点就被……得了，不跟你唠叨了，我去我去，我去还不成吗？

唐达明乐了，不能带着情绪来啊，我可没逼你。你小子，好自为之，别好像是我求着你似的，拿糖啊。

李禾根笑着说，看你说的，老子去还不行吗？又不是去见阎王爷，我他妈就不信了。

唐达明嘿嘿地笑着，哎，这就对了，这才像我上铺的兄弟！一会儿给你发位置，派车接你去吧？

李禾根说，不用了，我有车。

唐达明说，有车也不能用！你不是怕被别人看见吗？还是用我的吧，我带车来的，派车接你去，安全。

李禾根说，你的我也不用，我打个车不就完了吗，悄悄地去，悄悄地回。

李禾根挂了电话，走下办公大楼的台阶。司机吴开等在那里，上前要接李禾根的包，李禾根说，你不用送我了，我还有点事儿，你回去吧，需要的时候我再叫你。

吴开说，是，那我就在车队等着，您什么时候需要就给我打电话。

李禾根想了想说，你去帮我接接我爱人吧，原来是想下班后顺路接上她，再把孩子接上。

吴开答应着，是，院长，您放心吧，我几点去？

李禾根看了看表，现在就去吧，我先给她打个电话，告诉她一下，你再出发。

李禾根拨通电话，秀芹，我今晚上去见老唐，我让小吴接一下你们吧。就是唐达明呀，唐老鸭，他进京开两会来了，非要见个面，我这儿忙得要死，他非要我去，那就去呗。可能晚上会比较晚啊。放心吧，没事儿。

小吴出发了，李禾根心想，早点去，早点回吧，现在就出发。

绕来绕去，花了一个多小时才在一个小胡同里找到了唐达明说的那个"北京晋绅会馆"。一个典型的北京四合院，外面不显山不露水，普普通通，可是推开门却别有洞天。门口站着两位穿着中式旗袍的漂亮妞。确认了李禾根的身份后，轻轻地关上门，一前一后把李禾根夹在中间，带着他向里面走。

影壁墙上镶嵌着一块镂空的青石，上面是大大的"茶"字，转过去是叶子枯黄的竹林，苏州园林小溪，精雕细琢的回廊檐厦。刚走进第一进院子，胖乎乎，矮墩墩的唐达明就笑嘻嘻地迎出来了。他老远就伸出手来，你看你看，我说去接你吧，这个地方不太好找，费劲了吧？

李禾根有些意外，握着唐达明的手问，你是唐达明？

唐达明一把就把李禾根拉到怀里，拥抱了他，笑嘻嘻地说，你小子连我都认不出来了？真是过分啊，罚三杯罚三杯！

李禾根把唐达明推开一些，仔细地打量着他，惊讶地说，嘿，还真是哎，你变化这么大！要不是你这双小细眯眼睛，眼睛旁的那颗黑痣还在，都认不出来了，这才几年呀，就这样了？

唐达明说，几年？有20多年没见喽！咱们最后一次聚会是20世纪的最后一年，全体同学都去赶赴"十年一聚"的世纪之约，一个不少！那之后，就再也没有见了。我们那次聚会两年后，就是《桃花扇》里的那句词儿，是怎么说的来着？

说着唐达明哼唱了起来："眼看他起朱楼，眼看他宴宾客，眼看他楼塌了。"

李禾根笑了，对，两年后就是"9·11"，美国世贸大厦就被人撞倒了，我们是在北京饭店办的同学聚会。可不是有20多年了吗？！时光不饶人呐。20年就把你养成个大胖墩了，这可是和"9·11"差不多一样的意外了。

唐达明笑嘻嘻地拉着李禾根走过月亮门，有那么夸张吗？我不过是稍稍富态了一点，个子显得矮了一点儿嘛。人还是那么个人，情还是那么个情，除了岁月，什么都还照旧呀。

两个人哈哈大笑。唐达明说，看看这里吧，亭台楼阁，小桥流水，仙音雅乐，闹中取静，怎么样？找到老家的感觉了吗？

李禾根问，可不敢，老家哪里有这样的气魄，这样的排场？这可不是咱们普通人家能享受的。你是怎么发现这么个地方的？我在京城居住了这么多年都不知道还有这样的神秘之所。

唐达明拉着李禾根走到了正房的大门外，门口毕恭毕敬地站着两位旗袍妞。唐达明边跨过门槛，边笑着说，不是怎么找到的，这是咱们自己的，你就当是回家一样，咱们今天就吃吃老家的地道食物。

李禾根吃惊地说，呀，你小子发财了呀！在京城能买得起这样大宅子的，可不是一般人啊。这么些年来，你是没白干哪。

唐达明连忙纠正道，哪里哪里，我怎么可能买得起这样的宅院？我不过是个过客。

那是哪里来的？

前几年国家不是清理"驻京办"吗，除了省一级的驻京办，其他地、市、县级的都被清理了。咱们市就是在那个时候把原来的驻京办给卖了，又添了点银子，买下这座大宅子，还是在京城保留了个落脚的地方。

李禾根说，那不还是驻京办吗？就没有人管？

唐达明说，事都是人办的，咱们改换个称呼注册个"会所"什么的不就不是"驻京办"了？没这么个地方是不行的，市里、县里的领导们到北京办个事、开个会什么的还是得有个地方去呀，不能老是住旅馆饭店呀。你想啊，下了飞机直奔饭店好呢，还是直奔像家一样的宅子里，喝上碗热汤热水，躺在火炕上抽根烟聊个大天儿舒服随便呀？

啧啧啧，李禾根咂着嘴，你们可真行！上有政策，下有对策，不愧是官场老油条！"驻京办"改造成了"驻京会所"了。

咱们是第一个撤消驻京办的市，这都有赖咱们有位有先见之明的好书记马明波。是他判断撤消驻京办在所难免，大势所趋，就在常委会上提出这么个保留驻京办的折衷方案，大家一致通过。找了位煤老板让他出了一笔资金，把这个地方买下来，装修。煤老板当业主，主要是保障咱们政府使用。

李禾根问，那煤老板愿意吗？

唐达明说，你呀，还不了解咱们地方政府啊。煤老板发财靠什么？靠的是咱们政府呀，他的小辫子攥在咱们手里，他哪能不愿意？求之不得呢。再说了，这个大宅院平时是可以营业的，有30多间房子。目标客户都是高端，政府官员、巨商大款、演员明星，都是些不愿意让人知道行踪，又想放松放松的主儿。你没看，这里都不挂牌子吗？要不是熟人，根本就进不来，再有钱也不行。这煤老板赚大了。

说着，唐达明把李禾根让到一张八仙桌前，漂亮妞们上茶，上茶点心。李禾根笑着说，看来，你小子日子过得不错呀，有点晋商大老板的感觉。

唐达明连连摆手，边给李禾根倒茶边说，最多我就是个跑腿的。在市里搞了这几年的宣传，就是个吹鼓手，忙前忙后，哪届班子换了咱们侍候哪届。可是，到了提拔的时候，却没人想到咱们，要是再不提，就过年龄了，没有机会了。

李禾根同情这位同学，在官场，也是吃青春饭呀，40岁一过就开始走下坡路了，要是不在后备干部选拔队列里，就没有太大的前途，兄弟需努力呀。

唐达明有些灰心地说，"努力"？努力是没用的！这么些年，我还不够努力吗？起早贪黑，抛家舍业，没日没夜地拼命。到头来，老婆离了，孩子走了，还弄了个浑身都是病。还不敢说，说了就更没有前途了。到现在，兄弟我还是原地踏步呀，什么也没得到。不说了，不说了，说起来伤心！

李禾根安慰他，你这不还是个全国人大代表呢吗？这种荣誉咱们同学中也不多见啊。

屁！听上去道貌岸然，光彩照人似的，其实说给你弄下去就弄下去，就是个抛头露面的活计。我这宣传部长不出来干，别人也干不了。

说话间，已经撤下了茶具，开始上菜了，酒也满上了。正要举杯，李禾根的电话响了，他不好意思地说，你看，电话追过来了。

唐达明理解地说，一样，我也是，要不是我把手机关了，还不知道要有多少个电话呢。

李禾根一边低头看手机，一边说，你都把手机关了？

唐达明说，那是！为了这次20年一遇的约会，我什么都不干了，就为了等你！

李禾根不好意思地说，你看……我可是关不了，这不在考试期吗？怕有个急事什么的。这样，我把电话的铃声关掉。

唐达明阻止说，你还是别关声音，万一要是有个什么事没听到，我不就成了罪恶滔天了吗？

李禾根笑着说，那就开着，这个电话，我也不接了！老兄这么看重这个会面，我哪能让一个电话干扰了。

唐达明笑而不应，他看着李禾根，轻轻地举杯，示意喝酒。

李禾根说，喝酒喝酒！不过，老唐，你是知道我的，我可是喝不了多少，今天你来了，我表示一下就行了。

这时，李禾根的电话又响了，他不好意思地说，干脆关了吧。

说着就要关机。唐达明一把拦住了李禾根，哎，这又何必呢？你现在是在关键的考试期，你不能关闭信息通道呀，你不像我，都是些杂七杂八的事，可办可不办。可是，你现在是考场的总指挥，接听不接听是一回事，可是你得时刻知道信息不是。

李禾根看了看那个号码，这个号码不熟悉，可能又是个骚扰，或者考生家长之类的电话，跟刚才那个是一个号码，没什么大不了的。

唐达明劝道，我看你还是接一下，听听是什么事，再踏踏实实地喝，要不总是惦记着也喝不好。

也是。那就听听是谁的电话。

李禾根一接通电话，就从听筒那边传来一个气哼哼的女中音，李院长！我是艾平，就是胡文华的老婆。我向您反映一个情况……

李禾根听到听筒里传来胡文华的声音，求求你啦！别给李院长添麻烦了，我错了，我错了还不行吗？以后再也不敢了！

艾平对着胡文华呵斥道，给我一边待着去！

然后又对着话筒说，李院长，我也不怕您笑话我，我向您反映我们家的这个陈世美，他利用自己手里的那点小权小势，居然在外面乱搞，跟他的老相好的、臭不要脸的旧情人死灰复燃了。他今天背着我，去饭店里跟她见面……

李禾根听到话筒里传来胡文华的央求声，求求你了，饶了我吧，别再麻烦李院长啦。家丑不可外扬啊，我这脸往哪儿放啊，怎么好意思把这些事抖搂出来呢？我再也不见她了，行不行啊。你是我姑奶奶，你是我亲妈！

李禾根平静地对着话筒说，艾平老师，您冷静一下，让胡文华接电话，我跟他说两句。

电话交给了胡文华。李禾根问，怎么回事？你说说。

胡文华小心而又尴尬地说，唉，李院长，您看，您那么忙，还让您操这个心，其实也没什么事，您知道，我们家的艾平啊，她就是太敏感了。

李禾根听到胡文华后面传来艾平的声音，我他妈太敏感了？！是你他妈太不要脸了！你要是不去饭店钻那个老女人的被窝，我会跟你闹吗？那老妖婆比我强到哪了，啊？我哪儿配不上你了，啊？你他妈还以为你还年轻啊，头发都快没了，还这么骚气！

胡文华带着哭音求着艾平，给我留点儿脸面吧，我求求你了！我，我，我给你跪下了！

电话"吧嗒"断了。李禾根举着手机想，可能还会打过来吧，等了半天也没有声音。他想了想，自己再打过去肯定不合适，就想，算了吧。

然后转过头来，不好意思地对唐达明无奈地摇着头苦笑，你看，就这么个小破官儿，处处都得管，油盐酱醋茶，什么都得抓，婆婆妈妈，里里外外，一把拿下。

唐达明笑着说，可不是吗？谁让您是一院之主呢，您现在不是一个人喽，也不是一家一户的过小日子的人啦，您得"兼济天下"，心怀大家呀。来来来，喝酒喝酒！

李禾根举起杯，老唐，咱们可是说好了，我就是意思意思。别劝我，喝痛快了，说不定你不劝我都要抢着喝。

唐达明说，我还不知道你？一杯下去就满脸通红的。可是，据我所知呀，越是这样，越是能喝。今天你既是我的客人，也是我的主人，你是地主，我是地陪，先干为敬！

一仰脖，唐达明干了，他望着李禾根，怎么？嫌酒不好呀？咱们喝的可是特供茅台，20多年的老酒，跟咱们分手的时间一样长！绵长悠远，情真意切。

李禾根笑了，几年不见，你小子大有长进啊，诗意朦胧，兽性大发。好！干了！

唐达明满意地竖起大拇指，好兄弟！咱们开怀畅饮，一醉方休！来来来，满上满上！

李禾根的电话突然又响起来了，是胡文华。李禾根歉意地对唐达明说，这个电话我还是得接一下，这个事不给他按下去，怕闹出大事来。

唐达明大度地摆着手，没事没事，先把这个事处理好了，咱们有的是时间。

胡文华谦卑地对李禾根诉苦，院长啊，真是让您见笑了，都是上帝给我的惩罚呀。

李禾根问，你这是在家里打电话吗？

我出来了，被她赶出来了。不让我回家了，这回她是真生气了，您说我该怎么办哪。

李禾根问，到底是怎么一回事，闹得天翻地覆的。

唉，这不是吗，我大学的一个女同学，带着孩子到北京艺考来了。报了几个学校，也报了咱们学院，就想让我给那孩子说说考试的事儿。我想，这么多年的一个老同学，求到我头上了，我得帮她这个忙啊。也没想太多，就去了。到了她们住的地方，她说，这么多年没见面了，想请我吃顿饭。我说怎么能让她请呢，我说我请吧，到北京了，我请她去吃烤鸭。新大都饭店不是有个鸭王烤鸭吗，我就带着她去了那里。可是，也算我倒霉，我们在那里吃饭被艾平的一个要好的同事给看见了。

这是哪天的事儿？

就是昨天晚上的事儿。今天一上班，那个多嘴多舌的同事就跟艾平说了，还添枝加叶。她那个人您也知道，就是个炮筒子，点火就着，直击要命的地方。她连班都不上了，就跑回家，把我从单位叫回去，吵，闹，砸，说我变心了，说我在外面有人了。这都是没有的事儿呀！让她这么一闹，左邻右舍都看热闹，丢人啊！

李禾根怀疑地问，你真的就跟你那个同学吃了个饭这么简单？

这不嘛，我们喝了点酒，可能见着老同学了高兴。我就说，当年在学校的时候我曾经暗恋过她，她开玩笑说，你怎么不早说？我说，现在也不晚嘛。后来，我们很开心，就一起回了她住的房间。

艾平怎么知道的？

我昨天回去晚了，她问干什么去了？我说，现在艺考加班，都在忙着考试的事。艾平也信任我，就说，这几天好好地给我补补，弄点好吃的。我说，我在单位吃了盒饭。可是，今天一上班那个同事说我在鸭王跟一个女人吃饭的事，她就一下想到了昨天我晚回家的事，就气势汹汹地回家逼问我。我实在招架不住，就把我跟这个同学的事说了，她就大闹起来了。可就这么一回呀，我就是一时冲动，大脑一热。都吵了一天了，把家里的东西砸了个遍，一天都没有吃东西，就是一个劲儿地闹啊。我是倒了大霉了。都怪我，都怪我。

李禾根听明白了，你呀你呀，唉，你要是有熟人报考北艺按照规定你得上报呀，你得回避呀。你不仅瞒着你老婆，也瞒着组织，平时你谨小慎微的，可是这个关键的时候，你也敢这样，我看你这是咎由自取。

我错了，我错了！我真是后悔呀。院长，您既然知道了，您得帮我啊。我知道给您添乱了。可是，日子不是还得过嘛，不然，我又能怎么样？

有胆子做，没勇气担，你就这么窝囊？明天，你找我一下，咱们再谈。

那我今天怎么办？

今天晚上你就在办公室里凑合一夜吧。

也只好这样了。

挂了电话，李禾根给唐达明解释，唉，这个胡文华呀，才30多岁，文文静静，懦懦弱弱，可也有一颗不安分的心，也敢拈花惹草。这下闹大了，怎么收场哟。

唐达明举杯，今朝有酒今朝醉，明日愁来明日愁。管他呢，明天再说明天的。来，干！

李禾根说，说好了，我可不跟你拼酒，我拼不过你的。要拼你跟你的"红苹果"去拼，她才是你的对手。

唐达明哈哈大笑说，你还记得我们班的那个"红苹果"啊？受刺激了吧？这么多年了还念念不忘？

唐达明拿起手机，那我就把她给叫来，她可是听我招呼的，我叫她可就来，她要是来了，你可别当逃兵呀？

李禾根连忙制止，得得得，算我走嘴了，你可千万千万别把她给弄来，她要是来了我今天就交待到这里了。

唐达明毫不在乎地说，交待就交待，咱们这里有的是客房，甭说你一个晚上，就是你常年住在这里都不会有人说什么。

李禾根赶紧抄起酒杯，来来来，为了"红苹果"，干一杯！

唐达明又爽朗地笑了，一口喝下，然后盯着李禾根说，怎么样，没什么反应吧？

两杯酒下去，李禾根的确感到一阵轻松，他笑眯眯地说，还行，看来，我还是有点基础的，宝刀不老，武功没废啊。这"红苹果"让我来劲了。

唐达明举起第三杯酒，神情庄重地注视着李禾根，禾根兄，这杯酒是咱们过命酒，虽然咱们这么多年没有什么来往，可是，在我心里你始终是最亲的亲人，这世上我就你这么一个拿命相换的兄弟了。

说着，唐达明眼圈有些红了，李禾根被唐达明的神态弄得有些措手不及，他支吾着，达明，你你，你这是怎么了？还动了感情了？

唐达明依然还是那种庄重之色，禾根，干了！干了这杯酒，我再跟你说。

李禾根有些机械地与唐达明碰了杯，喝了杯中酒。

放下酒杯，服务员给他们又满上。唐达明挥了挥手，示意服务员们退出去。他盯着两位服务员推开门，走过去，又关上门。然后回过身来，唐达明已是满脸泪痕。

李禾根惊讶地看着唐达明，怎么？兄弟，有心事呀？

唐达明低声地抽泣起来，兄弟呀，我给你找麻烦来喽。

说着，唐达明站起身来，给李禾根来了九十度的鞠躬，弄得李禾根慌了，这是怎么说的！达明，有话你就说嘛，这是干什么？

说着李禾根把唐达明搀扶起来，坐回原处。唐达明低着头，好像犯了该杀的罪一样，禾根兄，我是实在没有办法了，必须得跟你说呀。我刚才不是跟你说我们马明波书记了吗，他呀，今年是最后一年以市委书记的身份参加两会了。两会过后他就要到省委去当书记，就把市委书记的位置空出来了。兄弟我奋斗了半辈子，最大的梦想就是接这个位置，要不，这次会议之后，还不知道命运如何呢。我这次提前到京呢，是带着马书记给我布置的任务来的，他的儿子马海涛要考你们的北艺……

李禾根恍然大悟，一时也没有找到回答唐达明的话。马书记多大岁数了，还有这么小的一个儿子？

唉，唐达明叹了口气，咱们都是自己人，我也不瞒你了，兄弟。咱们马书记的这个儿子不是他跟原配夫人的孩子，是……是他跟相好的孩子，都是不能公开的，他也不可能公开这层关系。

李禾根干脆地说，不就是马书记的私生子嘛。

对了对了！马书记把咱们当自己人，把这么私人的事交给我，我得办好啊。可是，我也知道你为难，我又不知道怎么处理……

李禾根现在想清楚了，从一开始唐达明就在骗自己，转了弯地设这么个局。他板起了面孔，达明，你这是在给我使绊子呀。咱们说好的，不谈工作，不谈利益，你倒好，你这是设了个鸿门宴让我来，你设了圈套让我钻呀。有你这样的吗?!

说着，李禾根站起身就向外走，唐达明一把扯住李禾根的手，禾根禾根! 还没怎么着呢，你拔腿就走呀? 一点面子都不给?

李禾根一想也是，犯不着这么冲，就停下来。唐达明拉着李禾根坐下，禾根呀，你还是那个点火就着的脾气，你得听兄弟把话说完再做决定呀。

李禾根坐在那里，唐达明把一支烟递给李禾根，消消气，别总是这么气嘟嘟的，气大伤身!

李禾根推开唐达明递过来的烟，你知道我是不吸烟的。

唐达明依然举着烟，恳切地劝着，抽一支，消消气。

李禾根坚决不接，唐达明无奈地把烟叼在自己的嘴上，点燃。

禾根兄，你也想得太多了，今天我确实不对，把你给骗来了。可是，也不完全是虚情假意啊，想见你的面是我的真心，顺便给马书记的公子办个事也是人之常情嘛。你呢，能行个方便就行，不行也就算了，就当我没说还不行吗? 咱们都是好兄弟，别伤了和气。

李禾根听唐达明没有继续强迫自己的意思，有些不好意思了，我太敏感了，请你原谅，在这个季节，我是有些神经过敏，什么都不往好处想。

唐达明说，是啊，你想想，你在北京艺术大学的文学院当个院长，就不能有个同学、亲戚、朋友啦? 我来北京开会，想跟老同学见个面，吃顿饭，聊个天，人之常情嘛。就是对你有所求，有所托，也不过分呀。能成就成，不成还不能当朋友了? 谁也不是从石头缝里蹦出来的，谁也有个七大姑八大姨的，你也不能把他们都宰了吧? 这也太不人道了。

唐达明这么一说李禾根也觉得有道理，达明……我不是……

唐达明笑了，你不是什么？你不是什么呀？喝酒！

两个人碰了一下杯子，喝掉，唐达明又倒了一杯。禾根，一听别人求你，你就紧张，我能理解。你压力大，神经绷着，怕出事，这跟我在政府干宣传是一样的，一点也马虎不得。我呢，也不逼你非怎么样不可，就是在你力所能及的时候，能伸出手就伸出手，别的孩子能上，咱们的孩子也不是什么傻子，干吗不能上呢？别太死心眼。

李禾根这酒没法喝下去了，他再次站起身，达明，我现在不是跟你赌气，我是真得回去了。你知道秀芹那个人，回去晚了，她会跟我急。你放心吧，马书记的孩子，只要是在同等条件下，我会优先考虑的。

唐达明说，什么"同等"不"同等"的？你先把孩子弄成了跟其他孩子"同等"不就能优先了吗？

刚上出租车，李禾根就收到了唐达明的短信：马海涛，考号1179，拜托！

车开到西单路口时，李禾根胃有些不舒服，他想下来走走吧，时间还早，就付了钱下了车。

平安大街依然人来车往，匆匆忙忙的人们，灰蒙蒙的空气。慢慢地走了一会儿，胃好一些了，他就想，以后可不能轻易地出来了，处处是套，回回是梗，想躲是来不及的。

离北艺家属区还有一段距离的时候，李禾根听到走在他前面的一群人中的一个人的声音有些耳熟，仔细听，竟然是曹耀辉的声音。他想，可别被他看到，躲开才好。

这是曹耀辉略带醉意的高嗓门，北艺自建校以来，还没有过这么大的动静，我这一届班子，还是挺卖力的。因为我有个好搭档，我们配合得力，各个专业都是精兵强将，我们有大腕，有小兵，个个都是神通广大。

另一个声音问，曹书记，咱们这个大厦打算什么时候动工啊，不能等啊。

那是，我也等不起啊，我想等手续办完了，就得下半年了，明年吧，明年开春以后，我想就应当动工了。先拆，先把那个灰不溜秋的大礼堂扒了……哎，不对！我还有个难题啊，张总，我们大礼堂前面有十几棵古树，有上百年了吧，是在园林局挂了号的，是不能伐的。这么多年头的大树，园林局也不让移，说是一移就死，古树是不能动的。可是，不伐那十几棵大树，这大厦盖不起来呀，都在那里挡着天，占着地。

张总说，唉，不就十几棵树嘛，那有什么难的，我有的是办法，小菜一碟，不是个事儿！

真的?！那十几棵树是我们一直审批不下来的障碍之一啊，张总，您要是能把这个难题给我解决了，我请您吃饭。

张总哈哈笑着，一顿饭可不行，您得再给我们让几分利才可以。

曹耀辉开心地笑着，好说！好说！

李禾根放慢了脚步，想等这些人渐渐地走远了，再向前走。可是，他们边走边聊，走得很慢，李禾根只好转过身来，向相反的方向走。走了一会儿，估计他们走远了，他才转回身来向家属区走。

李禾根在门口刷脸进门以后，从门口的黑影里走出一个人来，李禾根发现是胡文华。

胡文华可怜兮兮地凑上前来，院长！您回来了？我等您很长时间了。

李禾根问，咱们不是说明天见面吗？

胡文华说，我这不是让艾平给赶出来了吗，也没地方去，就是想跟您详细地汇报一下。知道您忙得很，真不好意思。

李禾根责备道，你瞧你干的这事！这个时候还有精力搞小动作。你是真会找时机啊。

胡文华唯唯诺诺地堆着笑，唉，我这不是一时糊涂嘛。

咱们到湖边转转去吧。

听您的。

胡文华跟在李禾根后面，走出家属区，向校园的方向走。进了校园不远就是莲子湖，他们就沿着湖畔走。胡文华一直有些诚惶诚恐地跟在李禾根的身后。李禾根有些不高兴地说，你跟着我干什么？过来一起走嘛。

是是是。

胡文华紧跟了几步，和李禾根并肩走在一起。李和根说，说说吧，到底怎么个过程？是不是你主动？

胡文华咧着嘴干笑着，哪里？您了解我这个人，我怎么敢主动惹她？这"小莲花"呀，我上学的时候……

李禾根撇了撇嘴打断胡文华，还"小莲花"？是不是你那个老情人？

是是，她，她不是叫"吴爱莲"嘛，我们那个时候私下里就叫她"莲花"，都叫习惯了。

你还加了个"小"字，这可不是一般的关系了啊。

……我，我当初吧，还真的挺喜欢她的，暗恋。上学的时候她可能都不知道，毕业以后她跟法律系的老乡结婚了，我们也就没什么联系了。这次她带着女儿来艺考，不知道从哪打听到我的消息，就找我来了。您说，我也不能不理她是不是？老同学。再说，我过去确实对她有过想法。

她不知道你过去对她有好感？

她是后来知道的。毕业以后，我们宿舍的于栋就告诉她了。她不是找我来了嘛，就聊起了这事儿。我说，都有家，都挺幸福地过日子，还提年轻时的那些糗事干吗？她说，回忆回忆也挺好的嘛。我们谈得很开心，她就邀请我去她住的饭店，我说我老婆是个大醋坛子，平时就酸溜溜的，要是她知道了会闹。她问，她知道了什么会闹？我就说，咱俩的关系呀。吴爱莲开玩笑说，咱俩有什么关系？

是啊，你们两人有什么关系？要维持一个什么关系？你想清楚了吗？

我知道她是在跟我开玩笑呢。我们两人不就是旧情复发的情人吗？那还能有什么关系？是情人关系呗。

你倒是想得简单，你是有家室的人，吴爱莲也是有丈夫和孩子的，你觉得这道德吗？这可是关涉到两个完整的家庭啊。

没有，没有，她没家了，除了这个女儿。她离婚了，离了很多年了，一直单着，这次她到北京，一方面陪女儿艺考，另一方面是想女儿如果考上，她也就想在北京常待了。

李禾根停下脚步，严厉地望着胡文华，我没有想到事情都弄到这个程度了。胡文华，你可得想清楚，虽然这是两厢情愿的事，可是，这不只是你们两个人的事，如果你们都没有牵挂，也没有家庭，没谁能干涉你。可是，你们都有家庭呀，虽然她离了婚，可也是有孩子的，如果你真想给孩子当爹，那你愿意跟艾平离吗？要是你愿意离，艾平也愿意分，也可以，可是你愿意，你能够吗？

胡文华低下头，嘟嘟囔囔地说，我肯定不会跟艾平离的，就是我想离，她也不会让我离的。再者说了，其实，艾平对我挺好的。这回，要不是吴爱莲突然出现了，我是绝对不可能有别的想法的。

吴爱莲一出现，你就动摇了？你就这样没有立场，不负责任？

胡文华紧张地立在那里，大气不敢喘。

李禾根有些恨铁不成钢地说，胡文华呀，你也是个文学博士啊，有没有理性啊？人除了情欲、本能，还是要克制啊。咱们都是生活在现代社会，文明的时代，咱们不是兽，是人哪！怎么能说冲动就冲动，说糊涂就糊涂呢？你都30多岁的人了，你有家庭，有事业，有未来，有前途。可是，就因为一时的冲动，为了一时的痛快，就失去理智，失去判断力？痛快过后呢，下了床穿上鞋以后呢，还得过日子呀。如果，你真能像《霍乱时期的爱情》里的两个人那样也行啊，矢志不渝，忠贞不贰。你不是呀，你这是吃着碗里的，看着盆里的，你这是私心杂念！

胡文华闷声不语。

李禾根停了几秒钟，口气缓和地说，你呀，需要冷静地反思，想想你和艾平这么多年的感情，就是没有感情也有亲情呀。你再想想，你和吴爱莲是真情复燃，还是有暂时功利的需求，想清楚了做个决定。虽然，我不赞成你跟艾平离，可是，如果你能清楚地觉得你要跟艾平离婚，我也是能理解的。但是，你若是脚踩两只船，一边不愿意离，一边又要和吴爱莲搞在一起，黏黏糊糊，这是不道德、不负责任的。我坚决反对。你必须做出清晰的判断，否则你就不是个男人，你就是在玩火，玩火者必自焚。

第 3 章　动员

老师们仨一群俩一伙地聚拢在一起，闲聊寒暄。这是提前结束寒假后，第一次集体会议。大家都有些新鲜感，教员们有的特意打扮了一下，有的还是一副不拘小节的样子，还有的带来了一些零食，有说有笑。

诗歌教研室的雷鸣长发披肩，一条白色的围脖耷拉在胸前，一脸疲惫的样子。他左手攥着一听可乐，右手夹着烟从外面走进来。他刚一进来，刘淑媛就叫了起来，雷鸣！把烟掐了！这么不自觉！

雷鸣像突然明白了似的，转身出去，过了一会儿又端着可乐回来了，一屁股坐在叶子的身边，他们都是一个教研室的。显然，雷鸣熬夜了，精神有些萎靡。小说教研室的李立国就开雷鸣的玩笑，我说，是不是一宿没睡呀？又搞了一夜？

雷鸣笑了笑，搞一夜什么呀？

剧作教研室的李江说，搞了一夜情呗。

大家哈哈地笑起来。陶仲生这时问，哎，雷鸣，现在搞得热热闹闹的"屎尿屁诗"事件也是个大事了，你怎么看呀？

雷鸣摇着头，我可不谈政治，一锅他妈的臭鱼，弄得满世界都是腥臊。

刘淑媛也插进来，这可不是政治，这是文学问题呀。

李江说，您还甭说，这可能就是个政治问题，是个圈子的问题。

圈子就是"政治"？这哪里有圈子的事儿？

陶仲生肯定，那可不，这就是一个圈子政治问题。有圈子就没原则，也不可能有道德，没有原则，排斥是非，就看你站队的阵容强弱。这就是个弱肉强食的舞台，文学的江湖。

我就不懂了，一个简单的诗歌现象怎么就成了站队的问题。

陶仲生说，那说明您比较单纯。这是诗歌问题吗？是文学问题吗？这就是圈子问题！有些人是揣着明白装糊涂，有些人是装傻充愣。

李立国赞同陶仲生的话，是啊，我挺惊讶的，原来很尊重的一些评论家，居然在这个事件中还为那位"屎尿屁诗"诗人站台辩解，说什么"现代性"，独特性，还有什么突破性，真是想不通。那些诗要是咱们写的，能发表？能被议论？能成为事件？

刘淑媛却不同意，那些诗写得不好吗？我觉得挺好的呀，把人的本性都表现出来了，为什么不可以把本能、生理现象，甚至性爱明明白白、简简单单地用诗的语言表现出来呢。我真的认为，那些诗是现代性的，也是有特殊味道的作品呀。

哈哈，那是真有味道！

陶老师，您就不能正常说话吗？咱们谈的是严肃的文学问题，怎么能嘻嘻哈哈的？我看，这个问题值得我们搞文学的人谈，是一个独特的文学现象。

陶仲生似乎不愿意理刘淑媛的茬，就对雷鸣说，我说诗人，你也从诗人的角度发表点见解呀。

雷鸣一边喝可乐一边嘿嘿地笑，就是一言不发。

曹方接过话说，现在文学界最热闹的就是诗歌了，一会儿羊羔体，一会儿梨花体，一会儿诗歌万里行，一会儿冒出一个诗歌现象，一会儿冒出个怪异人物。现在是全民写诗，谁要没写个几首，都不好意思说自己是个读书人。

李立国说，是啊，文学本来是个寂寞的事业，是要靠闷头写，下暗功夫的活儿，现在却成了表演，都要跑到前台。还要来个诗歌大众化，人人写诗，天天朗诵。我一听南腔北调的站在台上朗诵的生灵就感到后背发麻，浑身起鸡皮疙瘩。整个一个诗歌广场舞，扰民哪！

基础课教研室的杨凤霞也很有感触，就说那个"诗歌万里行"吧，去年我被邀请参加了一次活动。整个乌烟瘴气，都成什么了。各路男女，各色人等，粉墨登场，勾肩搭背，你吹我捧，男欢女爱，那是"诗歌盛会"吗？不堪入目。弄点钱就搞起来了。

刘淑媛说，那可是权威部门组织的全国性的诗歌大行动啊。那是诗歌创作繁荣的表现啊。

嗷！什么权威啊？繁荣呀？这样乱七八糟的一帮江湖人士，还讲什么权威，都是乌合之众！这不是繁荣，是葬送文学，是在给中国的诗坛抹黑。有点追求的诗人都不好意思说自己是诗人，"诗人"这个曾经令人羡慕的称号，现在都成了一个笑话了。

基础课教研室的吴品贤也加入到议论中来，还有哪，有个小伙子一本正经地打出"李白再世"的广告，说自己是继李白杜甫之后的又一座诗歌高峰，说自己是"李白再生"，在公交站台的广告屏上到处都贴着那位拿着把扇子的诗人。你们没看到？咱们北艺门口的车站前就有啊。

陶仲生也想起来了，对对对，我看到了，还有很多广告语呢，什么"诗歌中的霸王龙""诗歌界的牛顿""诗歌的涨停板"什么的，真是大言不惭啊。

这广告公司也是啊，只要给钱什么广告都登啊。

正在大家热烈地讨论当下诗歌的时候，文学院副院长蒋明亮快步踏入会议室，打断了大家的话题。

蒋明亮边热烈鼓掌，边激动地叫着，来了来了！

他满脸通红，情绪激动，后面跟着文学院办公室主任罗可和教学秘书林莉。林莉很紧张的样子，平时粉扑扑的瓜子脸显得有些苍白。离着林莉有两米左右的后面是李禾根恭敬地引路，刁子规挺着胸脯，微笑着，一脸慈祥，被前呼后拥的北艺机关各个部门的领导簇拥着。队伍里还有保卫处长刘民潮，教务处的黄阳。

被蒋明亮激动的声音惊吓了一下的老师们都站了起来鼓掌。本来宽大甚至有些空旷的会议室因为预留了这些头头脑脑的位置而拥挤起来。宣传处的几个干事噼噼啪啪，换着角度地追拍，闪光灯频亮，单反相机"闷骚"响声不断，热热闹闹，轰轰烈烈。

站在队伍里的怪博士陶仲生低声地骂了句：这奴才，傻 × 相！

剧作教研室的曹方也低声地跟了一句：就差以头叩地，嘴吻脚面，山呼万岁了。

刘淑媛迷惑地问，你们说谁呢？是不是蒋副院长呀？

站在陶仲生左侧的小说教研室的李立国插了一句，这可是"王母娘娘蟠桃会——聚精会神"啊。

他们边鼓掌边相视地笑了，刘淑媛也跟着笑，却不明白他们笑什么。

从一进门的地方开始，院长刁子规就跟老师们握手寒暄，她能顺畅地叫出几位老教员的名姓，问长问短，亲热地握手，遇到熟悉的女教员还要拥抱一下。领导记忆力超常，她偶尔会简单地问上几句"姑娘回国了吗？""老人家出院了吧？""别总熬夜了！""房子装修得差不多了吧？"

刁子规走到主座，坐下。她始终保持着慈祥的微笑，扫视着会场。院长秘书刘世民已经把水杯、录音笔摆在她面前，桌上还摆着湿毛巾、抽纸。

李禾根坐在刁子规的左首，主抓教学的副院长冯坤坐在右首。李禾根低声地请示刁子规，院长，咱们开始吗？刁子规微笑着点点头。

李禾根略动了动话筒说道，各位老师，刁校长今天亲自参加我们的全体教员大会，我们感到非常荣幸！还有机关各部门的领导们也放下手头重要的工作随着刁校长一起来到我们文学院，让我们以热烈的掌声对上级领导的到来表示最诚挚的感谢和欢迎！（掌声）

今天的会议首先是咱们文学院招生考试前的动员会，其次还是我们的例会。前一个内容是请刁校长和机关的领导们给大家做个战前动员，后一个内容我们要组织大家学习一下最近几天学校不同部门召集

的有关招生工作会议的文件内容以及最新出台的招生管理文件。现在请刁校长给我们讲话，大家欢迎！（掌声）

热烈的掌声中，刁子规微笑着摆摆手，示意大家安静，她环视会场，语音亲切。

我今天来呢，主要是想看望一下战斗在教学一线的老师们，慰问一下你们。新的学期开学前你们已经早早地到位了，放弃了休息的时间为北艺的艺考精心准备，牺牲了与家人相聚的时间，集中在学校里，忙着，你们辛苦了！我代表学校党委常委向你们致敬！也代表学校向你们的家人们表达慰问！（掌声）

说着刁子规站起身来，给大家恭恭敬敬地鞠了一躬。随着掌声，她也鼓了几下掌。坐下后，用桌上的湿毛巾轻轻地擦擦手，放下。随后继续自己的训话。

同志们，每年春天到来的时候都是各位辛勤的园丁们选种、育苗、播种的季节，在北京这个大城市里会聚集起大量的各地考生和家长们，他们怀揣梦想，充满期望。各个专业的学生们在北京的这些艺术院校间穿梭奔波，无数双眼睛盯着我们这些引人瞩目的学校。无数张渴望的面孔常常让我坐立不安，一方面我们希望把优秀的学生选进来，培养他们，为国家，为小家，为孩子们，也是为了我们国家的艺术事业。另一方面，我又担心由于我们的偏见和误判漏掉那些好苗子。因此，我们的责任重大啊。我又想，在这个过程中，我们又能何为？当然，我们能做的就是尽其所能，兢兢业业，尽心尽力，全力以赴。（掌声）

同志们，作为校级领导和机关各部门，都是端盘子的，是为你们这些专家学者老师服务的。如果说，学生是老师们的"衣食父母"，那么你们这些老师就是学校的"衣食父母"，更是我们教育管理者的衣食父母。没了学生我们老师就失去了存在的价值，没了老师学校也是办不下去的，因此，我们需要团结一致地把我们的招生工作、教学工作、教育工作做好。选好人才，教好人才，推出优秀的人才，这是我们的历史使命。是无数的学生们，无数的家长们，更是我们的祖国对我们殷切的期待。这是一项神圣的事业，也是一项我们责无旁贷的责任。要把招生工作做好，这也是尽我们每个教育工作者的本分，更是我们艺术教育工作者的天职。

我就是你们的后勤部长，也是你们的靠山，我会大力支持你们的。

有关艺考的事是目前我校最大的事，任何事情都要为这件大事让路，任何人都必须全身心地投入到这件大事情上来。你们需要什么就向我提出来，我会尽我最大的力量满足你们。全院的人、财、物、场地全部投入到这个工作中来。我也在机关招生保障工作会议上提出了更为严格的要求，要求各机关部门紧张起来，专心起来，要紧紧围绕招生这个核心工作，全力保障，为艺考保驾护航。要求各机关有求必办，有求立办，有方案有预案，把事情做在前面，打提前量，打有准备之仗，不允许任何人以任何借口拖办延办。招生就这么两周的时间，其他所有工作都必须为这两周的事让路。并且，机关要 24 小时待命，无论是白天还是半夜，无论是工作时间，还是休息时间要随叫随到，随交随办。如果有谁出现任何问题，你们就找我，我来给你们解决。谁办砸了就办谁，谁敢砸北艺的饭碗，我就砸了他的饭碗，谁敢败坏北艺的名声，我就让他身败名裂，谁影响了招生这个核心大事我们就撤了他、换了他，严重的该给处分就给处分，该开除的就开除。我目前有这个权力。机关，必须端好盘子！（掌声，解气）

我今天到文学院来讲话，不只是个招生动员，也是来现场办公的。你们有什么要求，有什么问题都可以向我提出来，今天我把机关的所有头头脑脑们都带来了，咱们现场解决。

讲狠话的时候，刁子规也没有耷拉下脸来，她始终都是一副微笑之色，从她红红的嘴唇散发出来的字字句句都充满杀气，一股置人于死地的劲道迎面而来，让人不寒而栗。

随后，刁子规故作诙谐地说，机会来了，有仇报仇，有冤报冤，本校长给你们做主。

她环顾左右，微笑，期待，目光落在李立国的脸上。李主任，我听说您对机关的办事效率还是有些看法的，您不谈谈？

李立国连连摆着手，不敢不敢！刁校长真是消息灵通，就是前几天因为我要复印些资料，我们搞小说教学的嘛，总是要印些作品。我那天需要多印几篇，都是准备出题的时候用的。因为量比较大，复印室的人说要请示一下领导。我当时又着急用，就有些急躁，我对她吼了几声。人家小姑娘也没有对我怎么样，我作为一个老师修养不够，都是我的错，都是我的错！我得向她道歉才是。鸡毛蒜皮的小事，不值一提。

曹方这时站了起来，我想趁这个机会提点意见，我觉得教室的设备该修的得修啊，每次上课都因为设备的问题耽误时间，尤其是我们搞剧作教学的分析影片，可每次不是放不出画面就是没有声音，放出来也杂音多，效果不好，严重影响了教学。

李禾根立即制止曹方，曹老师，咱们今天的会议是围绕招生工作。您提的问题是教学的问题，这个问题放在招生过后，教学准备阶段，咱们把机关的请过来再提，今天就不提这个问题了。

刁子规很大度地说，没关系，没关系！这位老师叫什么？哪个教研室的？您请坐，您请坐！

曹方坐下了，进行自我介绍说，我叫"曹方"，是影视剧作教研室的老师。

刁子规问，是新来的吧？

曹方不好意思地说，我来了有四年了。

刁子规自责地说，你看看，我多么官僚！一位年轻的教员到咱们北艺工作了四年我居然还没有接触过……

李禾根解释道，咱们学校有上千号人，哪能个个都认得？再加上小曹老师比较内向，低调，闷头搞创作，不太引人注意。不过，曹老师在影视圈影响可不小，他写的很多作品都是有影响的，比如《流金岁月》《保安大队》《中国街区》等等收视率都很高的。

刁子规惊讶地望着曹方，原来《流金岁月》是你写的呀？！我还以为是个老知青的作品呢。

曹方谦虚地说，哪里哪里，我只是三个作者之一，只写了其中的十集剧本，还是文学统筹帮我改了几遍才过关的。影视剧嘛，都是集体创作的产品。

刁子规赞赏地注视着曹方，那个剧拍得不错。你今天提出的设备问题呢，不是不可以提，我们在正式上课前，还要搞个开学准备工作现场办公会，集中解决一下。这之前，学校有关部门先去检查解决，预先查找问题。他们查找解决后，你们各位专业老师再去教室里看一看，还有什么没解决的问题，再集中到现场办公会上去解决。你看这样好不好？

曹方不好意思地点头。

李禾根提醒大家，各位老师，咱们今天主要围绕着招生工作谈，其他问题我们再找机会向校长汇报，看看哪位老师关于招生问题还有什么建议和意见的。要是没有，请刁校长给我们继续做指示。

哪里哪里！我来主要是想听听大家的意见。不过，既然各位老师都不好意思提意见，那我就说几点想法，跟大家共勉吧。

陶仲生低着头低低地骂了一句，操他妈的！这个屌校长，就是来装孙子的，以为我们都是傻子呢？

坐在一边的李立国听着了，笑着轻轻地捅了陶仲生一下，提醒别让刁校长听到。

刁子规听到陶仲生和李立国两个人低语，却听不清在说什么，就微笑着问，陶博士、李主任，你们二位是不是有什么高见，需要提出来？

李立国连忙不好意思地摆手，抱歉抱歉，我们不该在下面开小会。陶老师说，刁校长讲得太好了，讲得及时，讲得实在，都是大家非常想听的。还希望刁校长经常到我们文学院视察，关心我们这些一线的教书先生、教书女士的工作。

刁子规依然微笑着想开个玩笑，他讲了那么多话吗？我怎么觉得他只说了几句呢。

李立国红着脸解释，他只是说刁校长讲得太好了，后面的话是我补充的，也确实是我们老师们的心声。

大家哈哈大笑起来，紧张的空气放松下来了。

李禾根紧着插话道，好了好了，时间不多了，请刁校长继续给我们做指示了。

刁子规再次恢复到"微笑的严肃"中，我今天既然来了，就提几条招生的要求，与大家共勉吧。这些要求既是对大家说的，也是对包括我在内的我们全院教职人员说的，请大家遵守。

第一，在招生工作中要一碗水端平，公平公正公开。对待考生要一视同仁，不能有亲疏，不管什么教育背景什么家庭背景，也不管是从哪个地区来的，我们都要同等看待，公正考核。我们要严格把控考试程序，不让任何人在考试程序上出问题。符合条件的上，不符合条件的坚决不能放过去，再有本事，再有才华也不行，一定要按照程序、按照规定来。

往小了说，招生的过程是为我们自己招好学生，学生的基础好，水平高，作为老师，我们未来教着也容易。往大了说，我们招生是在为国家"选秀"，我们是在为中国未来的文坛选作家，为中国文艺的繁荣甄选创造人才。这是个良心活儿，要凭着良知干，不能凭着世俗的功利去谋取什么。大家要记住，我们是灵魂的工程师，是精神产品的制造者，更是灵魂培养学校，要时刻拍着我们的心脏，问问是否有愧于这些个美好的称呼。

只要大家齐心，本着一颗为国家培养人才的心，就不会有任何问题，别人也说不出什么来。往年这个时候都是告状信满天飞，人际交往频繁的时候，希望各位老师自珍自爱。只要你们行得正，做得好，让别人说不出什么来，说出来也证明你们是干净的，有任何事情我来顶着。我们是一个荣辱与共的集体，你们出了什么事，我这个做校长的也不光彩，你们做得好，我这个校长也会跟着自豪光荣。我们是绑在一条船上的，一损俱损，一荣俱荣。

第二，丑话说在先，绝不允许违纪违法。对于违纪的人我们绝不姑息，发现一起查处一起，发现一人处理一人。

目前，社会上对我们北京艺术大学的招生工作有各种各样的传言，年年如此。传言并不可怕，可怕的是，这些传言变成事实。比如，有传言说，我们舞蹈学院招生进一个最低是30万。接受某一老师的辅导，一个学生考前一天1万，全部下来10天10万，如果考上了，还要再给20万。戏剧学院的学生，考前辅导一个学生是15万，考后回报是10万，美术学院考前辅导10万……你们文学院也有啊，说你们文学院的老师考前辅导学生开价也是10万啊。作为教育工作者，一个与金钱毫不沾边的灵魂职业，居然明码标价！如果是事实，这是多么大的讽刺！如果不是事实，对我们的老师又是多么大的侮辱啊！

说到这里，刁子规气愤地拍着桌子，这样的事情是真的吗？我听到这样的传言的时候有多气愤！你们知道吗？那些告状信里的基本内容也都是围绕着金钱交易，我就想，我必须查清楚，还北艺老师一个清白。学校党委常委决定由咱们曹耀辉书记任组长，我任副组长，组成一个专门的班子，调查招生中的腐败问题。

咱们现在关上门在自家里说话，我得说句实话呀。你们知道吗，这一查真查出了问题！我们不是完全干净的！这是让我完全想不到的呀！你们可能也都知道了，去年我们已经处理了个别的老师，虽然，查出的某些老师并不是咱们文学院的，可是，我们要防微杜渐，我们现在把丑话说在前面，谁要是敢拿自己的前途开玩笑，拿考生的未来当赌注，严惩不贷！别怨我刁子规心狠，是因为你犯了大忌，你犯了一个老师，一个教育工作者绝不能犯的低级错误！不要怪我们严厉地处理。该开除的我们决不会继续留任，该送法院的坚决送，你毁我们北艺的声誉，我就毁你的一生！不给任何人任何机会违规。

我在这里重申，所有北艺人员，在招生期间绝对禁止与考生和考生的家长接触，尤其是不允许进行个别的专业辅导，不允许与考生家长会面，更不能收钱收物。

我宣布：

一、从现在起，凡有与考生接触的，特别是曾经和正在进行专业课辅导的老师，积极主动报告，请你退出考试，接受组织的调查。

二、凡收受他人钱物的，立即退回去，并和组织说清情况。凡拒不退回钱款，继续接受学生家长钱财物的，一经查实，一律按相关组织法、刑法严肃追究责任。

三、凡有亲戚朋友，或熟识人的孩子参加考试的相关人员，必须退出考官队伍。在出题组的退出出题组，在考官组的退出考官组，在录取组的退出录取组，这是铁的纪律。并且，立即请这些有关联的孩子退出报名。对不起，你只能认倒霉。一旦查出有关联者继续参考，或仍有老师参与考试的，将按照有关规定进行处理。

四、凡隐瞒实情、欺骗组织的，按组织法规追究责任，对相关的负责人也要进行处理。

五、限今天晚上12点，请收受了考生钱财物的人员上缴给组织，你退出考官队伍，说明情况，我们不追究责任。但是过了今晚12点，如果被查出了问题，或仍在收受考生的钱物，将没有任何被原谅的可能。如果你们不愿意让机关的同志们知道，可以私下里找我，也可以私下里找曹书记，或者找禾根院长。

当然了，如果你们任何一个人遇到了压力，比如说，有上级领导私下里找你，或者，你抹不开面子，无法拒绝，我建议你还是推到我这里来，或者曹书记那里去。我们来帮助你们解决难题。但是，千万要记住，绝不能隐瞒！

同志们，这是一个特殊的时期，全社会都在看着我们，我们要自律要自尊，更要自信，我们自己身正了，就不怕别人说三道四，谁也不能把污水泼到你们身上。只要我们自己干净，就绝不怕任何污物杂音。

我们在官网上已经对外宣布了，北艺设置了专门的考试投诉箱，凡有投诉必查办，谁也不能例外。就是有告我刁子规的也要查！领导要带头。我们目前正在进行"师德师风"教育，招生考试是最大的师德师风。招生考试是试金石，也是照妖镜，各位老师必须要牢记"学为人师，行为世范"的古训，做好你自己，时刻提醒自己为人师表的神圣职责。我的话讲完了。

掌声雷动。基础课教研室主任胡文华的脸憋出紫茄子色，张着大嘴，看上去有些呼吸困难。掌声渐息。

刁子规似乎突然想到了什么，补充道，噢，对了，我这次来文学院，除了想说说招生考试的事之外，还想澄清一件事，就是闹得满城风雨的"匿名信事件"。经过组织的严密调查和研究，查出了事实真相，并且，采取了一些果断措施。整个调查处理过程都是咱们保卫处的刘民潮处长和教务处的黄阳干事实施的，他们了解情况，下面就请两位来把这件事情通报一下，以免继续谣言到处飞。

刘民潮和黄干事两个人相互谦让了一下，刘民潮开始说。

经过我们保卫处、教务处的工作，并请公安局的同志们指导，"匿名信事件"水落石出。经过校党委和常委们的集体研究也给出了处理意见。很快正式的红头文件也将下发到各二级学院，准确的信息以正式发布的文件为准。在这里，我想简单地向各位领导、各位老师汇报一下。

匿名信出现在2月20日的凌晨1点左右。当时，办公大楼的门没有锁，因为很多老师和领导有晚上加班的习惯，办公大楼的门是经常不锁的，这是正常现象。但是，当时却没有保安在位。保安回宿舍去休息，没有值班人员。后经过我们询问和调查，当时值班保安擅离岗位，严重失职，这个保安已经被辞退。

古代文学教研室的杨凤霞这时插话，咱们的办公楼呀，每天一过12点就没人了，平时我们12点离开的时候从来也没有看见过什么保安，咱们的保安都挺娇气的。

现代文学教研室的吴品贤也应和着，对呀，我们加班晚一点，就见不到了，查我们倒是认认真真。天天进进出出的，他们就是不认人，不记人，就是查你证件，忘了带了就是不让进。可是，对外人，有时却不那么严格，这都是招的什么人哪？就知道窝里横！

当代文学教研室的曲友善说，那是，咱们学校地位最低的就是老师了，什么人都可以训斥你，什么人都能给你脸色看。甭说给咱们端盘子，就是咱们端着盘子，人家还得看看心情怎么样才决定答理不答理你呢，那架子端的！我们啊，身为老师一点尊严也没有，我们得低三下四，屈辱啊。

外国文学教研室的刘淑媛也说，咳，都是裤裆连着裤裆，衣襟连着衣襟，亲戚连着亲戚的，在北艺你连个扫地的工人都不敢怠慢，说不定他就是哪位官老爷的亲戚，得罪不起呀。

李禾根也没有想到扯到裙带关系上来了，敢紧制止道，怎么扯这么远！说正题呢，当着校长的面，怎么可以说咸淡，家不长里不短的，还有没有规矩？！

李禾根偷偷地瞟了一眼刁子规，见她有些不高兴，就赶紧说，请刘处长继续给我们通报情况吧。

刁子规开口说，看来大家对学校的状况还是有些看法的。你们机关的领导们要经常地下到基层来倾听啊，我们不能只坐在办公室里，守着电脑耗时间。要多了解民意，多了解民情啊。好了，这些问题，我们要专门找时间到基层搞调查，找每个教员谈心，听听他们的苦衷和诉求，把大家的意见集中起来，研究对策，给出解决的方法。问题不能积累，小问题越积越多，就会成为大问题。小刘（刁子规指着秘书刘世民），你记下来，招生考试结束后，我们安排一个专门的时间来解决问题。现在，继续说匿名信事件吧。

刘民潮说，我简单地向各位老师报告一下调查的过程。事情出现后，我们在早上7点多查岗的时候发现在办公大楼门前贴有匿名信，我们立即安排值班的保安撕下。还到其他的地方去查找，到上午8点，机关上班的时候，共收集到105份，怕有遗漏，就继续安排人员去搜查，到上午9点多，该查的地方都查了，又查出了45份，全部是150份。所有的匿名信都是同一份复制的，内容一样。匿名信无中生有地攻击了李禾根院长，列出的"罪状"主要有四条，一是性骚扰，骚扰女生，不止一人。二是利用招生机会大敛钱财，说收取了某位考生的贿赂金50余万。三是利用权力进行交换，给自己的亲戚在别的学校安排工作，在自己的学校给别的学校的某人安排亲信。四是在职称评定、干部升级问题上，收受贿赂，权色交易，权钱交易，等等。

我们调取了大楼的监控录像，图像清晰可见，发现张贴匿名信的是一位女学生，就是咱们文学院大三的杨××同学。我们立即找到她，开始她不承认，经过我们的工作，她最终承认了捏造事实，编造证据，造谣中伤的事实。后来我们请心理专家进行鉴别，确定杨×薇有较为严重的心理问题，她是因为心理问题才做出这个举动的。专业心理医生对这个学生做了仔细的诊断后，得出结论是她患有抑郁症，程度为中度，她的极端行为都是出于病态的冲动。

据我们了解，虽然她的家庭条件很好，父亲是开煤矿的，母亲也是个商人，但是，从小失去父母关爱，心理不健康。在考入北艺之后一直也没有朋友，也缺乏必要的心理疏导和帮助，最终导致了事情的发生。我觉得，老师们平时应当关心学生们的心理健康问题，你们的一句话、一个举动可能会让这些孩子少走些弯路，少犯些错误。

经过研究，考虑到学生的前途和学校特殊的历史时期，也请示了刁校长，我们决定对她做出休学处理。休学时间为一年，一年后按照大三课程重新学习。

刁子规这时接过刘民潮的话说，这件事情发生后，让我感到很痛心啊。在咱们北艺，咱们的学生居然有这样的问题，是我这个当校长的没有做好工作，我首先要做个检讨。这件事给了我们一个教训，我让有关部门联系专业的心理专家们对咱们的学生们的心理健康问题做了一个普查。这一查吓了我一跳，心理问题相当普遍！我们只注意到了"教书育人"，我们只注意到了传授文化艺术知识给他们，可是，很少有人关心他们的心理健康。我们院的常委们正在研究解决这个问题的方法。在这同时，我想恳请各位老师们，在教好文化知识的同时，要关心孩子们的生活，关心他们的内心，在心理疏导上有些作为。

我考虑，将来我们可以普遍地实行"导师制"。在本科中实行导师负责制。一个老师名下要分几个学生，你们不仅要管他们的学习，还要管学生们的生活，管他们的做人。你的学生从入学的那天开始就是你来负责，一直到他毕业。当然喽，在给老师们加码的同时，我们也会向上级申请相应的劳务报酬，提高大家的待遇的。

陶仲生把话题引申了一下，插话说，不只是学生，老师们中间也存在着心理问题，特别是某些年轻的老师，我看问题也不少。

外国文学教研室的刘淑媛也说，难道年龄大一些的老师就没有问题了？我看，老师们中普遍存在着或多或少的心理问题，这跟年龄没有关系，跟我们北艺的环境和工作压力有很大的关系。往大一点说，这是整个社会普遍存在的问题。

曹方笑着说，依您的意思，咱们是"全民有病"喽？每个中国人都是有心理病的，只是程度不同而已，那这个社会出现了问题呀。

刘淑媛肯定地说，那是，事实就是这样！

第4章 现实

太阳从西边出来了？今天回来得这么早！张秀芹惊喜地看到李禾根推门进来，高兴地问。女儿也跑出来扑到李禾根的身上撒娇。

李禾根问，姑娘，你今天交了几个朋友？有没有好玩的事儿告诉爸爸？

有啊，可心抚摸着李禾根的胡子，爸爸，今天我们幼儿园来了一个阿姨，给大家送来好多好多吃的，她还带来了麦当劳叔叔，特意奖励了我两套乐高呢。

噢？谁过生日呀？怎么把麦当劳叔叔都请来了？还给你乐高？

不是过生日，是那个刘阿姨给送来的。我们老师也不认识，她说是爸爸的好朋友，想看看我，顺便给小朋友们带来些礼物。老师说，谢谢爸爸！

李禾根抬起头来问张秀芹，你知道这件事吗？怎么回事儿？谁呀？

我去接可心的时候，那个叫刘译的已经走了，给老师留下话说，她会跟你直接联系的。老师说，她带着麦当劳的服务员和食物在幼儿园搞了一下午的活动，还演了节目。幼儿园像过节一样，孩子们可开心了。老师说，刘译走的时候，把乐高积木放在她那里，让送给可心，两套呢。可心可开心了，回来就要闹着打开。研究了半天也没打开。这两套积木都是可心喜欢的，你嫌贵舍不得买，这回可好，都有了。

李禾根问，哪个刘译啊，我怎么一点也没有印象啊。再说，这么贵的东西，无缘无故地送给我女儿啊？还打着我同学的旗号，去幼儿园，你不觉得奇怪吗？

张秀芹一边向厨房走，一边无所谓地说，老人家不是说了嘛，没有无缘无故的爱，也没有无缘无故的恨，都是有因果的。你不用着急，等着吧，准会跟你联系的。谁还傻到白送你东西？肯定有求于你，才下这个功夫的。你现在是个大红人，你有印象的人不一定多，可是，认识你的人多了去了。煮面条去了。

李禾根承认，那倒是，总是有些莫名其妙的人说认识我，可我，怎么也想不起来。这可是"贫居闹市无人问，富在深山有远亲"啊。

把外衣挂在衣架上，脱了鞋，女儿从房间里跑出来，兴高采烈地抱着两个大盒子，爸爸爸爸，你看！就是这两个。

李禾根赶紧走了几步接过女儿抱过来的盒子，哎呀，这么大的个儿呀？你玩得了吗？

玩得了，我会玩儿，你帮我打开，我就能玩。

李禾根的手机突然响了，他把可心的玩具直接抱回到房间去。边走边说，你还是自己打开吧，你要是能打开了就算你的了，你要是打不开呀，咱们还得还给那个刘阿姨。她呀，是个推销员，是想让你看看，好让我去给你买。你打开了，我就把钱给人家，你要是打不开，我就把东西还给人家。

她不是推销员，她是你的同学，她亲口对我说的。说她跟你是同桌呢。

李禾根笑了，她那是跟你扑坑笑呢，大学里没有同桌的，每天的同桌都不一样，找个位置就坐，没有同桌。

手机一直在响着，李禾根把女儿送回房间后，才把手机掏出来。看了看是个陌生电话，懒得接，挂了吧，就挂了。回到书房里，坐到书桌前打开了电脑。就剩一天的时间，他得把开考前的事情理一理。

手机又响了，李禾根瞥了一眼，立即坐直了身子，岳母。

妈，您怎么……秀芹是不是关机了？她做饭呢，要不要我叫她？

岳母自顾自地说，可心怎么样呀，上幼儿园了吗？我挺好的，你们别惦记着我。我不找秀芹，我就是想跟你说几句话。还没吃呢？你们也要多注意身体啊，我们这个小区，有个住家请了个保姆，过年吧，回家了。前几天打了个电话回来，说是回不来了，被隔离了，你们也要小心啊。你们接触的人多，哎呀，也不知道什么时候能过去，没完没了。秀芹的服装店挺好的呀？她又管着孩子，又弄着个门店，你们差不多就得了，别太累着喽。

岳母唠唠叨叨，东拉西扯的，李禾根问，妈，您是不是找秀芹有什么事呀，我把电话给她，让她跟您说吧。

岳母立即制止说，咳，你看看我这个老糊涂，差点把正事给忘了。我不跟秀芹说话，她老是嫌我啰嗦，可我啰嗦吗？你说，我总也见不着你们，打个电话吧，她还不愿意听。你说，我还能啰嗦几天啊，我都八十二啦，虚岁都是八十三了，没病没灾的，没给你们添什么麻烦。要是像别人家似的，生个大病，起不来床，让你们天天侍候着，你们不也得受着吗？这就不错了，知足吧。

李禾根说，那是那是，您让我们太省心了。妈呀，我还不知道您找我有什么事呢……

岳母不由自主地嘿嘿地笑了两声，你看看，我真是老了，怪不得秀芹嫌我唠叨。我找你呀，是有事！秀芹小的时候啊……

李禾根按捺着打断岳母，妈！您又在说别的了。

岳母严肃地说，这回可不是在说别的，这就是我找你的事！秀芹小的时候啊，有个小伙伴，叫"冯继国"，村里人都叫他呀"冯起火"，那孩子三岁的时候就学他爸抽旱烟，走到哪都吐着小圈圈，像着了火似的。他妈天天追着他打，吃过不少的苦。他家里穷得叮当响，六岁的时候，秀芹她们都上学去了，他还在山上放羊呢，到了九岁才上学，孩子不容易啊。我看着长大的，老是叫我"二娘""二娘"的，他一叫我二娘啊，我就心软了，给他找点这个吃那个吃的，孩子就把我当他亲娘了。我呢，也心疼这孩子，也总想着他。一晃呀，他也都有了孩子了。现在呢，他的日子也不宽裕，还是靠着那几亩地养活着一大家了。也就只有那么一棵独苗……

李禾根有些受不了，妈，您急死我了，您直接说，您找我到底是什么事啊？

老太太听出了女婿有点不高兴，就说，咳，是这么回事，这冯继国呀没上过学……这么说吧，他有个孩子想投奔你去，找口饭吃……不是！是冯继国的孩子要到北京读书去。冯继国啊没文化，不想让他儿子像他这样没出息，想考北京的大学。跟我说了，我不能不管呀。我说呀，让他找你去，你是个有本事的人，让他找你，你给他办了。噢！就是这个事儿。

李禾根这才听明白，可是听明白了，怎么回答老太太？他就说，妈呀，这事我知道了，您哪，别让他到北京来了，这不那么简单，来了也没用。

老太太高兴地说，噢，不用到北京去你就给办了？这可真好！我就说嘛，这冯起火啊，前半辈子命苦，后半辈子命好！受了一辈子的苦，该他儿子了，赶上秀芹嫁了你这么个好女婿。人穷不过三代，我看啊，这起火的儿子会有出息的！

李禾根跟老太太说不清楚了，就转移话题，妈呀，我把电话给秀芹，让她跟您说两句？

老太太说，我不跟她说，她老嫌我唠叨，我多说两句她就训我，你看，你就不嫌我，我还能唠叨几天啊，我都八十二岁了……

李禾根赶紧拦住老太太，妈呀，您注意身体啊，缺什么就跟我们说，我们给您寄去。这些日子事情多，太忙了，就不跟您说了，等我们有空了再去看您啊。

放下电话的时候就听到了敲门声。秀芹先听到的，她跑到门边，边从猫眼往外看，边问，您找谁呀？

门外的人说，我找李院长。

秀芹想了想说，哎呀，他还没回来呢，您去学校找他吧。您是谁呀？找他有什么事吗？

外面的人说，我叫刘译，是李院长的老同学。

秀芹一下明白了，谜底就要揭晓了。她对外面的人说，您稍等啊，我给他打个电话，问问他在哪儿，看看能不能让他在学校见您个面。

门外的刘译说，不用见他！到您家坐坐就走。

秀芹说，您还是等我一会儿，我跟他通个话啊。

说着，秀芹就快步走到李禾根的书房去。李禾根笑着说，你可真行！

秀芹低声地说，禾根哪，你有麻烦了！初恋情人找上门来了，见不见？

见什么见？！问都不用问，准是考试的事儿。哪来的同学？我一点儿也想不起来，肯定是冒充的，别理她！让她走。

秀芹说，我倒是想见识一下这个冒充者，她到底有什么花样，又是贿赂幼儿园，又讨好可心的，本事不小啊。人家也没有非要见你呀，说是要坐坐就走，你就在书房里躲着，我来对付她。

你这是玩儿火！咱们不能给这些人任何空隙，不能让他们有任何幻想……

得了吧，这个我比你清楚！我就是想看看她到底想怎么样？你就满足一下我的好奇心嘛。

李禾根无奈地说，小心，好奇害死猫！

秀芹笑着离开了。李禾根没有把门关严，他也想听听这位自称是自己同学的人想说什么，也想看一看到底是不是自己的哪位同学。

秀芹打开门，热情地让刘译进来，您看，我们家不经常来客人，也不怎么收拾，让您见笑了。

刘译手里拎着大包小包的，站在门口问，我换个拖鞋吧？

秀芹满不在乎地说，不用不用，换鞋多不方便，一会儿您走了，我再拖下地就行了，您请吧，到沙发那里坐吧。

刘译把带来的东西放在茶几旁，边脱外衣边问，可心呢？小姑娘真聪明，随她爸。

秀芹说，她呀，在自己的屋里玩呢。谢谢您啊，给可心她们幼儿园带去那些多的东西，还演节目。她们老师让我向您转达谢意，您这颗公益之心值得大家学习。

刘译是自来熟那种女人，你们家李禾根是不是忘记"刘译"了？

秀芹说，没听他说起过，他刚见过唐达明，回来跟我说过很多过去的老同学，就是没有聊起您来。

刘译咯咯地笑了，怪不得呢，不对！我不是他大学的同学，我是他小学的同学！你说的唐达明我们很熟哟，我们几乎……经常见面的。今天，我想见李禾根就是唐达明让我来的，他说在这个关键的时候他不好出面，这不就要开两会了嘛，他是全国人大代表，怕说闲话。

秀芹有些不高兴了，心想，唐达明怕别人说闲话，李禾根就不怕？他可是更怕呀，你现在开两会，他现在可是招生哎。可是她并没有表现出不悦来。

噢，我说呢，小学同学呀，那可能他就记不太清了，都多少年过去了。

他记不得我，我可是记得他！他是我们的骄傲，是我们全村人的骄傲！当年，从我们那个穷地方走出来的人不多，有好结局的更少。我们那个时候想走出穷山村有两条路，一是当兵，二是考学呀。当兵，那得花钱，走后门，有多少人能当得上？上大学几乎就是唯一的一条路了。鲤鱼跳龙门，谁跳过去了，就逃出来了。我跟李禾根小学五年都在一个班，后来上初中，也在一个班呀。你一提，他准能想起来，我坐在他的前面，我和李晓强同桌，他跟刘晓霞是同桌。我们经常打打闹闹的，现在想起来就像是昨天一样。唉，可是老喽。

躲在书房偷听的李禾根脑子里突然出现了那个梳一条粗粗黑辫子的小姑娘，对呀，李晓强是他最好的朋友，后来上初中的时候，他们就分开了。李晓强画画特别好，后来考上当地的师专美术系。可是，李禾根想到，那个和李晓强坐在他前面的女孩不叫刘译啊。李禾根搜索着记忆的种种痕迹，他实在不能把他从侧面偷窥到的这个女人跟那个……对了，他想起来了，李晓强的同桌叫刘春华，绝对不叫刘译。李禾根想，这个人肯定是冒充的。可是，她怎么会这么熟悉自己孩童时候的这些糗事？名字对不上，事情说得都对。

这时，秀芹说，您这样一说呀，我真想来了，有一段时间，我们老李总是念叨小伙伴，老念叨老家的那些事，我看他真是老了。您说的那个李晓强，我听他说过，他说，他们上小学的时候两个人关系最好，早晨三四点钟就跑到学校去，他们两个都爱运动，两个人经常在操场上跑圈，他们两个的体育都很好，经常在运动会上拿名次。李晓强是你的同桌呀？！这可是真的没想到。

刘译呷着嘴，是呀，时间过得真快呀，这一晃……李晓强都去世了5年多了，我也长了不少的白头发了……

刘译的话吓了李禾根一跳，他差一点推门冲出来：李晓强死了？！

好在这个时候秀芹几乎和他一样惊讶地问，李晓强去世了？怎么死的？

刘译悲伤地说，肺癌。他才50出头，跟你们李禾根同岁，生日还比禾根小几个月呢，五年前就去世了。真是可惜呀。他后来考到师专美术系，留校任教了，是个好艺术家，在我们那个地方是个很有名气的画家。可是突然得了肺癌，发现的时候就已经是晚期了，治了几年吧，很快就走。好在，李晓强的孩子都成家了，只可怜他媳妇孤苦伶仃地一个人过日子。他走之前我还到医院去看过他呢。

李禾根听着刘译的话已经深信，这个人就是刘春华，从侧面观察了半天，似乎隐隐约约地能够寻到一点点儿刘春华的影子。可是，那个刘春华怎么可能是"刘译"呢？还有一个问题是，李禾根记忆中的刘春华是个圆脸，黑黢黢的肤色，鼻涕邋遢的，不言不语，和现在坐在沙发上侃侃而谈的刘译大相径庭啊。正像秀芹说的，这些年来，他总想起过去的很多人和事来，常常想起儿时的那些伙伴，那些苦中作乐的日子。岁月不饶人哪。

秀芹问，您刚才说是唐达明大哥叫您来的，是有什么事吗？

刘译说，您也知道唐达明呀？

秀芹说，我们是大学的同学，不是同届的，我跟他们也不是一个专业的，我是学社会学的。我入学的时候，唐达明、李禾根都已经是大三了，他们那个时候搞学生社团，搞个文学社，我是社员，老是跟他们在一块儿搞活动，就挺熟的了。他们不久前还见过面的。我不知道您跟唐达明还挺熟的，您现在是在做什么？

我呀，我现在办了个影视文化传媒公司。

说着，刘译从身上掏出一张名片递给秀芹，秀芹看那名片上写着"山西晋绅影视文化传媒总裁"，嗬，大老板啊！

哪里哪里，吓唬人的，混口饭吃呗。唐达明和我们都是老乡啊，他跟李禾根他们学校的曹书记也很熟悉。那天，唐达明请李禾根去"北京晋绅会馆"的时候，本来打算把我和曹书记都叫上的，可是听李禾根的意思是不愿意见其他的人，要不那天我们就见面了。禾根走后，唐达明就跟我说让我跟李禾根见个面，我想，这么些年了，禾根不一定认识我，就先去了可心的幼儿园。

最后这句话让李禾根觉得很不舒服，他们的本事真大，把我的家底儿都摸透了。我老婆是谁，我女儿是谁，还知道我女儿的幼儿园，还知道我家住在哪里。李禾根觉得自己成了一个透明人，时时刻刻都被监视着的感觉非常糟糕。他想，是不是我的手机都被他们监听了？这都是什么世道了？

您找我们家禾根有什么事吗？

没有没有！我知道现在禾根他们正在招生呢，也是个人多嘴杂的时候，不是最好的时间。我来呢，是唐达明的意思，他就是说让我来看看你们，带点小礼物。本来呢，他应当自己来的，可是，现在他已经住进两会驻地去了。出来一次还得请假，还得报告什么的，不方便。就让我来了。

秀芹说，您太客气了，禾根要是知道了，他不会让我们收下的，您还是把这些东西拿回去吧。

刘译嘻嘻地笑着说，就这点东西，不会影响你们夫妻和谐吧？没事！我又不求禾根办事，都是些家乡的土特产，我大老远地拿来了，您怎么好意思让我再拿回去呢？

刘译站起身来，回头我再给禾根打个电话说一下。嫂子你放心吧，不会给你找麻烦的。虽然，我和禾根几十年没见过面了，可是，三岁看老呀，他也变不了哪去。小的时候我们就不分你我，谁有点什么稀罕东西都是一起分，现在也别搞得那么紧张。走了，等禾根他们忙过这阵子了，我请你们全家吃饭，叫上几个老同学，家庭聚会。

说着，刘译已经走到了门口。

关上门，李禾根正接听着电话往外走着，曹书记，就剩下明天最后一天了，我得梳理梳理，看看还有哪些漏洞，在开考前修补好……这个，曹书记，您是我的领导，按理呢我得听您的安排。可是，您也知道，我现在实在是有些分身乏术呀……是，公是公，私是私，我分得很清楚，组织对我关心有加，您对我照顾周到，我心领神会，感恩不尽……

李禾根坐到刘译刚刚坐过的地方，还在接听着曹耀辉书记的电话。好吧，那咱们就早开始早结束，真是抱歉啊，书记，我听您的安排。

李禾根无奈地挂掉电话对秀芹说，哎，你看，曹书记非要让我去吃饭。学校三令五申地强调，在考试期间严格遵守"八项规定"，特别是领导干部不能突破。作为纪检委书记曹耀辉大会小会地讲，苦口婆心地说，可是，现在又是他强行叫我去吃饭，你说……唉！怎么办呐。别人，我今天死活也不能去呀，这是什么时候啊？

秀芹说，咳，去就去呗，你能拒绝吗？除非你不想在北艺混了。

李禾根边穿衣服边骂了一句，他妈的！这都是什么事儿啊？我还真不想在这个鬼地方混了。

吴开打开车门，请李禾根上车。李禾根钻进后座，扯过花猫靠枕垫枕在头下就躺下了。有些疲倦，一桩一桩的事，应接不暇，有些晕头转向的感觉。车子启动后，李禾根突然想起还有个谜没有解开，摸出手机按了唐达明的电话。

哎，我说，老唐，住进去了？

唐达明在电话那头嘻嘻地乐着，住进来了，友谊宾馆呢。我就知道你会给我打电话。没把你吓着吧？

李禾根不满地说，你让那个叫什么刘译的女人冒充我的小学同学擅自闯我家门，什么意思嘛？

唐达明一本正经地纠正道，可不是"冒充"啊，她就是你的小学同学，她说的事儿，冒充的人怎么会说得那么明白呢？

李禾根说，你别跟我来这套！我那个小学同学叫"刘春华"，根本就不叫"刘译"，长得也不是这个样子！

唐达明爽朗地笑了，你呀，兄弟，就是个书呆子，她原来是叫"刘春华"，后来改名了。找了个算命先生给算的，说是她前半辈子太苦，就是因为她的名字不好，要改变命运就要改换名字。算命先生根据她的生辰八字，选了一个"译"字，说这个字是给她带来好运的字。

李禾根恍然，噢——可是，你怎么会跟她勾搭在一起了呢？

唐达明不高兴地说，什么"勾搭在一起"呀？！我和你是老乡，就不能跟她是老乡了？

咱们山西老乡多着呢，你也不可能个个都"勾搭"呀？

那倒是。不过，我和她呀——怎么跟你说呢？她不是搞了个影视传媒公司呢吗，我在市里是抓宣传工作的，她得老找我办事呀。批个这个批个那个的，我有时也会从她们那里给政府拉点钱什么的，一来二去的就熟了。有一次我们聊天，我就提到了你，我说北京有个特要好的哥们儿，多少年没见过面了，她居然说你是她小学的同学，你说这天地多小啊，怎么就这么寸！

然后呢？李禾根吃惊不小，太巧合了。

唐达明不好意思地说，然后，我们就越走越近。我不是离婚了吗，她呢一直也没结婚，我呢，就娶了她。

这个谜底让李禾根觉得很戏剧化。他说，老唐啊，你这是给我下套儿啊。你说，那天你把我骗到晋绅四合院去，说是想我，想同学，原来是想给你们书记的孩子说情，要走我的后门。今天你又让你老婆到我女儿的幼儿园，到我家里玩那些把戏，你这是唱的哪出啊？想把我整死啊？这还是哥们儿吗？我告诉你啊，老唐，给你交个底，我也不想在北艺混多长时间，我也不怕犯错误。但是，要是真犯错误，那得值得。得犯个大一点儿的，你这点小打小闹想收买我，你把我看得太便宜了！我就值那么点？你要是现在给我拿个十亿八亿的，我就豁出去了，犯这个错，值！可是，你他妈拿得出来吗？你要是拿得出来，你早就不是现在的你了，你还用得着求我吗？

唐达明听李禾根急眼了，连忙解释，哎呀，禾根禾根！这说哪去了？就是哥们儿嘛！哪是什么收买呀，多少年没见了，那天急急忙忙也没有聊够，就想让老婆去看看你，她也是你的同学嘛。这不过分啊。那事呢，你要是能伸把手帮一下就帮一下，要是帮不了，也就算了嘛，咱们也不能伤了和气嘛。兄弟还是兄弟，哥们儿还是哥们儿。

李禾根的气没消，别跟我来这套！你们这样算计我，我很不爽。你要是真把我当朋友，有话就说，有屁就放。你说你绕这么大的弯子，又是同学情意，又是老乡关系，又是大学哥们儿，又是小学同桌的，犯得着吗？咱们都是明白人，谁都不是石头缝里蹦出来的，无根无源，谁都有个三亲六故、七大姑八大姨。但是，得说到明处，我能做到什么程度做到什么程度，你们再设计我也没用！

唐达明劝李禾根，言重了，言重了！

吴开是定位开车的，绕开了比较堵的地段。他们路过北海大桥的时候李禾根看了看手表，已经是7点半了，随后他们拐进南长街，不一会儿就看到了"程府宴"的门匾。

吴开提醒，院长，好像曹书记在门口呢。

李禾根抬眼望去，还真是的。他看到曹耀辉一身浅色的休闲服，背着手在程府宴前的空地上来回地走着，看样子似有意似无意地在等人。李禾根心想，看来今天还有大人物出场啊。我说嘛，为了我也不会找这么个豪华之地的。

车停在饭店前，曹书记看到是自己学校的车，就紧走了几步来到车旁。李禾根从车上下来笑着说，抱歉啊，来晚了，曹书记。家里有点小事，耽误了一下，您有什么事打个电话吩咐一下就行了，何必劳动您跑这么远的。

曹书记慈祥地笑着，你是劳苦功高，重任在肩，大战前得犒劳一下。孩子和太太那里都安排好了？

说话的时候，曹书记始终亲热地握着李禾根的手，握得李禾根有些不自然了，便说，她们都习惯我不在了，还是照常，她们哪里需要我管？

曹书记说，哎呀，我不是跟你说，把她们也叫上，咱们一起吃个家宴吗，把娘儿两个扔在家里，你也放心？

曹耀辉拉着李禾根向饭店的院子里走。站在小院外的服务员恭敬地给他们施礼，请他们进去。

李禾根却停下来，顺便想抽回手，书记，我跟您在外面一起等吧，今天还不算冷，外面空气也好……

曹耀辉能感觉到李禾根尽力向外抽动的手，便放下手反问，等？等什么？

李禾根疑惑地说，等您的贵客呀，您不会是在等我吧？您肯定在等待一个大人物到场啊。

曹耀辉大笑起来，你就是我的贵客呀，今天还真就是专门在外面迎接你这个大人物的，今天就你我两个人！像兄弟一样吃顿像样的家常饭。

李禾根诚惶诚恐地说，哎呀，我怎么可以担待得起呢？您这是让我难堪呀，曹书记。您的这个玩笑开得有点儿大了，这让我无地自容啊。

曹耀辉装出大咧咧的样子说，什么无地自容啊，咱们就是小憩一下，放松一下，小酌一下。今天没有什么"书记"不"书记"的，就是兄弟。

李禾根连忙摆着手，不敢不敢不敢！曹书记您这是在骂我呀！甭说您是我的直接领导，就是从年龄上说，您也是我的长辈呀，借我一百个胆子也不敢跟您称兄道弟呀，那不是乱了礼数？

曹耀辉摆摆手，那意思是说，算了不跟你争了。禾根呀，反正，你呢今天就把什么书记啊、长辈呀，那些怪念头都丢掉了，畅饮两杯，跟老哥聊聊天、喝两杯。

说着，两个人已经走进了院子。

小院优雅安静，进进出出的服务员们，踮着脚，轻轻地走过，中式院灯古色古香，景色幽然。他们被带到一座正房的厅堂里，凉菜已经摆好，干净清新的环境。

曹耀辉拉着李禾根让他坐在正座上，李禾根不肯，两个人撕扯了半天，曹耀辉让步了，咱们要是这样谦让下去，就甭想吃饭了，那我就坐正座吧。

曹耀辉又吩咐服务员，上菜吧，把酒也打开。

酒一打开，一股清香扑面而来，曹耀辉深吸一口气，有些夸张地说，好酒！咱们也享受一下帝王待遇。

李禾根小心地说，书记，我可是头一回来这么高档的地方，您可别嫌我土气啊。我猜想这个地方可不是一般的人能进来的。我不知道京城里还有这么个幽静高雅的地方，我想啊，今天就让我来探探这个秘吧，这顿饭我请您，您给了我一个很好的摆阔机会。

曹耀辉笑了，摆阔？省省吧，咱们的原则是，谁动议谁买单，谁买单谁说了算。今天我说了算。

李禾根知道跟曹耀辉争执是不会有结果的，听之任之地说，那就您说了算！您怎么想起到这么个地方来？

曹耀辉得意地说，你知道这个地方为什么叫"程府宴"吗？这个"程"是当年给主席做菜的厨师长"程汝明"。他给主席做了多年的饭，还给主席招待的各国访华元首、总理什么的做过饭。后来退休以后，就自己开了饭店，还成立了一个公司，培养了一批做国宴的高手。这个程府宴呀，是北京四大私房菜之一。你注意到了没有，这个饭店的门口是没有门牌的，一般的人是不招待的，是专供、特供的地方。在北京，想吃国宴，除了钓鱼台国宾馆的那个饭店之外，最好的地方就是这里了。

李禾根咂着嘴开玩笑地说，曹书记，我胆小，您可别吓我。我怎么没看出来有那么厉害呢？不那么扎眼呀。

曹耀辉笑了，这你就不懂了，这里的风格就是朴实无华，重实际，轻浮躁，低调高端。人家把菜做到了极致，让您吃了难忘就行了呗。来来来，满上满上！

李禾根说，这酒也是国宴酒？

曹耀辉自豪地说，不错，是国宴特供酒。不过，这可不是饭店提供的，是我收藏多年的老酒。你看，这是80年代的，有30多年喽。我家里还有不少呢，你先尝尝，要是喜欢，我送你几瓶。

李禾根连连摆手，我平日是不喝酒的。偶尔略沾一点，对酒没什么感觉，什么酒到我嘴里都一样，觉不出什么差别来，给我也是浪费。还是您自己留着喝吧。

服务员开始上热菜了，曹耀辉对服务员说，别哑巴式地上菜呀，每道菜都给我们介绍介绍吧。

服务员脸一红指着刚刚上来的一道菜说，这道菜叫"元帅虾卷"，这也是我们店里的招牌菜之一，这道菜也是我们程汝明董事长在1961年英国陆军大元帅蒙哥马利访华时做给他吃的名菜。蒙哥马利品尝之后，赞不绝口。这道菜主料就是虾，采用的不是普通的虾，是渤海特供四头大海虾，经与奶酪结合而成。有奶油酸黄瓜酱的俄式味道。

又一道菜上来了，服务员又介绍说，这道菜就是程老板经常做给主席吃的红烧肉了。这道红烧肉与现在社会上流行的做法是不同的，比较独特。制作的时候没有用酱油上色，而是用红糖上色，这样做出来的菜口感好、亮度高、味道更鲜美，是正宗的红烧肉做法。

虽然道道菜品都有说道，有故事，美味可口，可是，李禾根却吃得并不踏实。他一会儿朝外望望，一会儿又看看手表。曹耀辉有点不悦地说，禾根哪，我可是要批评你了，难得有一次放松的机会，别总是心神不宁的了。

李禾根尴尬地嘿嘿笑了笑，我真是有点坐立不安的。一方面我想到明天最后一天了，还不知道会出现什么情况，我的心思不在这里。另一方面，我在猜想，您或许有事要让我办，我是个急性子，您不说，我就不踏实啊，还请您原谅。

曹耀辉撇了一下嘴，哼，没事就不能跟你这个大院长套套近乎？真是的！看来，我在你的心里就不是个朋友！算了算了，喝酒喝酒！

李禾根说，我不是这个意思。

那你什么意思？

我觉得，您呢，跟我们这些小人物不一样，您是指挥千军万马的大将，您格局大，我们心眼小。所以，我们的目光也就短浅，生活着也就累。更是无趣，没有爱好，不好吃不会玩，不会享受生活……

得得得，又来了，你呀，你那点儿小心思我还不懂？把自己贬低到极端，让别人无法伤害你，自我保护，过度地自我保护！那得看在什么人面前。你说你，我既不求你，也跟你没有利害关系，也不跟你竞争，你不必那么防范嘛。叫你出来，没有什么事，就是放松，好像我要贿赂你似的！骄傲！

李禾根不好意思地干笑着举起了酒杯，我错我错，自罚一杯。

曹耀辉这才开心地说，哎，这才对了嘛！就该是这样！不过，既然是错，就得至少三杯吧，一杯哪成？！

李禾根是怎么回到家的，他几乎没有知觉。但是大脑中还是有些模糊记忆的，他就觉得自己数着地面上的砖块，一个一个地数，还笑着，推了一下地面，然后被人搀着上了车。后来他被人背着上了楼，然后，有人给他脱了鞋，脱了衣服，一觉到天亮。

第 5 章　梦　想

二月，天气依然寒冷，还飘起了雪花。

北京艺术大学的操场上挤满了考生和家长，全校各专业都同时进行报名。报名时间共有三天，只剩最后一天了。周一，就开始正式进行初试。戏剧学院、舞蹈学院、音乐学院的考生极多，只有文学院和美术学院的人少，却也排起了长龙。表演类的考生因为报名时就有初测，特别是考舞蹈表演的孩子们，考官们要用尺子量身材，达到基本标准才能报名。因此，尽管天气很冷，他们穿得却比较单薄。其他考表演的学生们也都穿着靓丽青春，脸上洋溢着笑意。保安们拉起了警戒线维护秩序，各专业都有在校学生帮助报名，广播里不断播放着轻松愉快的乐曲和各种注意事项。

北艺的领导想得很细，准备了姜汤、开水，座位摆满了空地，热情洋溢的女学生穿梭往复。天南海北的考生和家长们聚集在操场中央，有的帮助考生们填报表格，有的给考生拍照、录像。

喜悦，焦灼，紧张，忐忑。各种好的、坏的情绪在集结，散发，传播。

艺考季，不只是考验那些怀揣梦想的考生和殷殷切切、舐犊情深的家长，也在考验社会的公平正义，政府有为无为。

热闹的不仅是学校，报纸杂志，广播电视，网络传媒，公媒自媒，都把焦点放在艺考生身上。除了北艺外，北电、中戏、中传、北舞、民大等艺术类的院校和专业也都差不多同时展开了招生工作。这是开年后全国最热闹的事。除了北京，其他地方的艺术院校也在展开招生考试。

李禾根的家临着操场，热闹的声音时时地传到房间里。

妻子张秀芹要送可心去幼儿园，出门前告诉他，昨天咱家可成了剧场了啊，一会儿一敲门。找你，要进，我说不在家，他们都还以为我在撒谎呢。

李禾根深表歉意地说，唉，这个季节，你说怎么办？理解他们吧，都是为了孩子，要不平时谁还愿意理我这么个无用之人？可不就是因为考试吗？

张秀芹不高兴了，真没劲！别自我贬低了。你怎么是个无用之人了？总是有人求你，不正说明你是有用的人嘛。你的自卑心什么时候才能变成自信心？不理你了，走了。

爸爸再见！

再见！晚上见！

门刚打开，秀芹又转回身来惊讶地叫着，禾根，你看！咱家门口堆着一堆什么呀？

李禾根快步走过去，看到门口大箱小箱的堆起一人高的物品，在箱子旁边还有几个纸袋子。李禾根一下就明白了，他很恼火，这准是哪个家长送上来的。

李禾根无奈地说，你们走吧，我让纪检的人来拿走。

张秀芹问，你不看看是谁送来的呀？咱们不帮人家，也没必要害人家呀。要是他们写了条子，就给他们打个电话，让他们拿走就算了。得饶人处且饶人。

李禾根说，这些人都疯了吧？就你心软！好吧，听你的……先让小吴把这些东西搬车上去，让他处理吧。

随后，他给吴开打了电话。

坐在餐桌前，牛奶，面包，鸡蛋，香肠。李禾根努力回忆昨天晚上和曹耀辉的聚餐，说了没说不该说的话？学校的二号人物出钱请我吃饭是什么意思？在那样奢华的地方，只请我一个人，又是何用意？他肯定是有事情，可是什么事情呢？他跟自己说了什么，又表示了什么意思了吗？李禾根怎么也记忆不太清楚了。他在心里骂了自己几句，这样的饭局怎么能去呢？但转念又想，曹书记叫去，我又怎么能不去呢？体制啊，把人都圈傻了。

考前的最后一次会议定在下午2点开，考场的检查工作是考前动员会后进行，所有的老师都要跟着走一遍考场。他发现，在最忙乱的时候，他居然有一个上午的空闲时间。他想，去操场看报名情况，然后再回到办公室去看考生们提交的作品，看有没有好苗子，有没有需要特别关注的考生。

考生们有序地等待着复核考试资料，文学院值班的是办公室主任罗可。他和教学秘书两个人轮班，上午是罗可，下午是林莉。罗可带着一些学生在紧张地忙碌着。够他们忙的，虽然填报说明书上已经写得很清楚了，但是，有些考生和家长仍然围着他们问这问那，另一边是一排桌子，许多人都在仔细地填写材料。

李禾根就站在人群的外围，有几个等着交材料的家长跟他搭话，您也是给孩子报名的吧？

李禾根不置可否地微笑着看着那位手拿水杯的男人，那男人指着旁边更多的人说，您说，那些孩子多惨？大多数都是来陪考的，劳民伤财的。还是考文学创作这个专业好，能考上就考上，考不上，大不了再回去高考。那些孩子，考不上，高考也够呛，都把文化课给丢了。

您是"寒风尽"老师吧？一个中年妇女手里捧着一本厚厚的书，走到李禾根面前惊喜地问。

李禾根心里很美，竟然有人能说出自己的笔名，真不容易。作家不同于演员，露面的机会并不多。他还是那么微笑着，您怎么知道我的名字？

女人举着手里的书说，我拿着您的书呢！书的扉页上就有您的照片，我一对跟您差不多，这才问的。能不能请您给我签个名？我太喜欢您的《守望高原》了，我父亲就是一位援藏干部，他的青春都献给了西藏。退休了，落了一身的病。可是，他对西藏的感情还是那么地深。您作品里写的那位留在西藏的援藏者方兵，在那里工作、生活、恋爱，跟我父亲的经历特别地相似，他也读过您的这本书，还说您肯定是一位援藏干部。

李禾根说，我可没在西藏工作过。不过，为了写这本书，我在西藏还是待了相当长的时间，采访过几百人。有的几代人在西藏扎根，都是献了青春献后人的，用生命用热爱谱写人生的大书。

女人打开书页，递给李禾根一支笔，李禾根在书上签了自己的名字。女人高兴地说，谢谢您了！我孩子也是个写作爱好者，他今年来考文学院……能不能跟您合张影？

李禾根微笑着，没说同意，也没说不同意。那女人就高声地对排在报名者队伍中的一个男孩挥着手，叫着，快过来！快点！

男孩稍一迟疑回喊着，我都排了半天了，还有十多个就到我了，要不然还得重新排。

女人怕李禾根走了，一边牵起李禾根的手，一边焦急地大喊着，你跟后面的哥哥说一声啊，拍完了照再回去不就行了吗？

男孩说好跑过来的时候，教务处的黄阳带着几位年轻的记者，扛着摄像机、话筒，还有几位其他媒体人向文学院这边的报名点走来。他一眼就看到了李禾根，高兴地说，李院长，正想给您打电话呢，刚刚采访完戏剧学院的王院长，其他几位都没有来，您来了正好，就不到您的办公室去了。

李禾根笑着说，还是多拍些表演学院的俊男靓女吧，我们文学院拿不出手，拍了会影响学院的形象。说完笑着向黄阳这边走。

准备拍照的女人焦急地一把抓住李禾根不松手，寒老师，寒老师！就耽误您一分钟，拍一张。

这时，女人的孩子也跑了过来，那男孩个头比李禾根高，很腼腆地站在了李禾根的左侧，女人做出很亲密的样子拿出自己的手机，来了个自拍，背景就是长长的报名队伍。

记者们见到他们要采访的对象正在跟学生和家长们合影，纷纷举起"武器"，噼噼啪啪地拍了个没完没了。一下，李禾根成了整个报名点的焦点，许多学生家长和考生们都围了过来，以为一个什么大明星来了。

一位媒体记者对跟李禾根合影的女人和孩子说，能不能问你们几个问题？

女人很热情地说，好呀，我们把北京艺术大学当作心中的圣地，我们把北艺文学院的寒风尽老师视为我们的偶像。我们一家三代人都喜欢寒院长的《守望高原》那本书，我们因此投奔寒院长来了。我们愿意回答您的任何问题。

围观的人群中有些人比较失望，以为是个什么大演员、大明星之类的，一听说是文学院的院长，就觉得没趣了。有的转身走向表演专业的报名队伍，有的站在那里闲聊了起来。报考文学院的家长们亢奋依然，谈论着文学院的实力，谈论文学创作专业的未来，和文学院培养出来的知名作家、编剧们。

李禾根站在一边，他很想听一听这些对文学创作专业充满期待的家长是如何看待文学院招生的。他被裹挟在人群中，认识他的人不多。

一个家长说，文学院培养了十几位茅奖得主，还有十多位鲁奖得主，这说明人家是有实力的，孩子交给他们就放心吧。这是好专业，以后工作不成问题，孩子名利双收。

另一个家长说，好是好呀，就是没有关系，没有门子进不来的。

一个家长神秘地说，听说，表演专业的孩子进初试的是这个数（做出 1 的手势），进二试是这个（做出 2 的手势），进三试是这个（做出 3 的手势），没个百八十万的根本不可能考进来。听说文学院的也差不多，都是这个价儿！

另一个家长有些不满地说，什么呀，你那是谣传！根本就不是那么回事。你以为，有钱就能进，有关系就可以考了？都是不负责任的瞎猜！那得拿证据说话呀。谁？什么时候，在哪里，送了多少？谁看到了，有照片吗？有录音吗？有视频吗？这是诋毁！这是造谣！

说完，那位家长气哼哼地离开了。说闲话的那位家长有些尴尬地嘟囔着，这不是闲聊吗？用得着那么认真吗？真吧假吧，反正有那么一说！

黄阳从人群中挤进来，哎呀，李院长，一转眼就不见您了，您可真有号召力！

李禾根笑了，这哪是我有号召力呀，这是北艺有号召力！看来，咱们还是名声在外呀。

黄干事说，那些记者都在等着您哪，您看是在这里采访，还是到办公楼里找个安静的地方采访？

李禾根说，我看，这里更好，虽然乱一点，但是有气氛，能展现咱们北艺招生的气派。

黄阳点头同意，对，我是怕您站着累。到办公楼去可以坐着，这里只能站着，可能还得需要一点时间呢。

李禾根说，没事儿，我可不是胶皮娃娃，没那么多讲究。

说着，他们来到了离报名队伍有一点距离的地方。摄影师架好了机器，记者们纷纷把录音笔举到李禾根面前。李禾根跟大家开玩笑说，你们这样一围，都把我给弄紧张了，说不好你们可不要怪我哟。

一个记者问，请问，北艺文学院的招生和其他学校的中文专业的招生有什么不同？刚才我们听考生家长说，北艺文学院培养了很多优秀的人才，大家都是奔着文学院的名气而来，我们想了解一下，北艺文学院的实力到底在哪里，这里与普通院校的中文专业的区别在哪里？

李禾根自信地说，我们北艺文学院的文学创作专业跟其他普通院校的中文专业的最大不同是，中文系是不培养作家的，而北艺的文学创作专业是只培养作家。普通院校中文专业培养出来的学生通常是那些搞理论研究、搞教学、搞编辑的。但是，我们文学创作专业的学生却是作家、编剧、诗人、散文家，他们的主攻方向就是创作作品，而不是理论研究或者教学。

记者问，文学创作也是可以教的吗，文学创作也是可以学的吗？

李禾根说，这就像要学走路，似乎走路这件事是不用学也不用教的，"走不就行了吗？"可是，我们又都知道，哪个人在走路之前都要首先去学习走路，是妈妈"教我学文化，教我学走路"。不教怎么会走呢？文学创作也是一样的啊，你不学习基本的技术方法，如何拿起笔来去写？一个根本就不知道小说是何物的人如何去写小说？一个不知道诗歌如何把文字分行，如何去表达的人，如何成为诗人？文学创作当然，而且必须去教去学，这恐怕不是一个问题了。

但是，问题是，许多人都有偏见，认为，文学创作是不可以教的，没有什么技巧可言，就是不断地写，不断地制造就行了，积累一定的量就成了。可是，我告诉你们，文学创作有一部分是必须教、必须学的，那就是基础部分。同时，也确实有一部分是不可以教、也教不了的。就是创作达到一定水平之后的"艺术"部分，就是形成了一个人的独特的书写语言和书写风格以后。那部分连他自己可能都不知道如何产生的，达到了"艺术创造"阶段。这个时候作家自己都是不可能重复自己的，又如何总结出方法来提供给他人？

但是，相当的时候，或者说，一个作家的大部分时间里，首先都得做个"匠人"。得先学习手艺，从基础的写作基本功练起，学会各种文体的写作基本规则，基本语言，基本的结构，并且在实践中实际去操作，用大量的时间去磨练这些技术方法。因此，从某种角度说，文学创作首先是个"技术活儿"，其次才是"艺术"。想到达艺术的天堂，必须经受技术的地狱、炼狱的锻造和磨练的过程。这里可没有什么捷径可走，最聪明的作家往往是从最笨拙的手艺学习起，在练习中摸索出自己的艺术感觉。莫泊桑跟福楼拜学习写作，就光写马写了多少次才过关！他得蹲在马路边去观察，一遍一遍地写，一遍一遍被老师纠正，才逐步体悟到那些精微的方法。作家中可能有天才，但绝大多数都必须经过技术的磨练和实践，才可能写出像样的东西来。

有许多作家很努力，天天关起门来写呀写呀，但是没见他写出什么好东西来。我告诉你，有时努力是没有用的，正确的方法和用心去做才有用。方法不对头，或者说创作技术不对，越写越不对，这就是文学创作教学存在的意义。

记者问，目前有一种批评的声音说，过去的孩子一谈到理想，就说我长大了要当科学家，要当宇航员，要当医生，当解放军，当警察，当老师。现在的孩子们一开口就说当明星，看看年年火爆的艺考就知道了有多少人想当这个星那个星的。这还怎么得了，社会风气、理想、信念还要不要？如何如何。现在眼见着艺考生年年在增长，想当演员、想当明星的越来越多，这不是件好事，是社会扭曲的人生观在作怪，您对此有何看法？

李禾根说，谁都有梦想，我也有梦想。我小时候的梦想是当一个小铁匠，就是那种走街串巷的手艺人。谁家的锅呀、盆呀坏了，他就都能修补。那种人从这个地方到那个地方，见多识广，他总是给孩童的我们讲他从前面的村落里听来的事，要是没有呢，他就自己编故事给我们这些没见过世面的孩子们听。我以为他是最有学问的人，要是能够成为一名铁匠，那是非常好的，可以口若悬河地给他人讲故事，说道理。那个时候，我们村里的许多纠纷都是这位见多识广的铁匠师傅给解决的。大家都尊敬他，认为他是最有学问的人，他一出面再大的问题也能解决了。

所以，老师问我们的理想是什么，长大了要干什么？别人都是很伟大的、很高尚的理想，当科学家，当医生，当飞行员。我呢，就告诉老师，我的理想就是当一名铁匠，当一名成功的铁匠。大家都哄堂大笑。我特别感谢我的那位老师，她不但没有嘲笑我，反而告诉其他嘲笑我的同学们说，理想并没有什么高下之分，理想只是对未来的一种希望，你希望成为一个有职业操守，见多识广的人有什么错误吗？当然没有。有理想的人，会做梦的人是值得大家尊敬的。当我们吃到特别喜欢的食物时，我们就想当一个做饭的厨师，也是无可厚非的，为什么不可以呢？我母亲是远近闻名的摊煎饼的高手，她的煎饼做得非常好，大家每天排着队到她那里去买，有一段时间我就特别想像母亲一样成为一个有名的摊煎饼的人，让周围的人们都吃上我的煎饼，像夸奖母亲一样夸奖我。为了成为像母亲一样的做煎饼的人，我早上四点多钟就起床，帮助母亲烧火。不过，虽然我很努力地学，却没有把真正的手艺学到手。人一辈子能选择一种职业，专心地学好干好，都是可以成功的。干什么都可能干出名堂来。我后来没有变得沮丧颓废，能够发奋努力，积极向当一个铁匠的理想进发，甚至能够成为今天的我，那位老师的鼓励多少都是个原因啊。

后来，我发现铁匠这种职业越来越不好干了，大家的生活好了，就不太需要铁匠了。特别是我长大了以后，发现理想可以有许多。所以，我的理想就变成了当一名老师，或者当一名士兵。再后来，更大的时候，我的梦想是有个温暖的家庭，有一个漂亮的孩子，现在我都已经实现了。

我的意思是说，梦想并没有高下之别，更没有贵贱之分。我以为，有当医生、当科学家、当宇航员、当将军的理想固然是好的，也是必须给予尊重的。但是，当有些孩子把当演员、当作家当作自己的梦想时，也并不是什么坏事呀，更不是什么怪事。有人觉得这是什么人生观的扭曲，甚至是社会理想的崩塌，这不是咄咄怪事？不当医生，不当科学家就堕落有罪了？如果是那样，我们这个世界就太可怕了，满大街都是昂首挺胸的医生，还有神色庄重的科学家，还有一些穿着密封服的宇航员，你不觉得这很奇怪吗？有各种各样的梦想才是正常的。你鼓励一部分人去高尚、伟大，也要给一部分人低级、平庸的权利，没有我们这些"下九流"的庸俗的世人、艺人，哪能突出你们那些纯洁的清高者？

所以，我认为，孩子们考文学艺术专业，绝对不能被视为社会精神败坏、理想丢失的怪现象，这是再正常不过的事了。无须大惊小怪，更无须向社会道德、社会伦理上去歪曲。我不知道这有什么可以担忧和谴责的？

说艺考如何反映了社会道德和理想信念败坏等话的人，可能没有注意到，在想当作家、当明星的学生之外，传统的理想——科学家、宇航员、医生、老师依然存在。我们的社会没有因为有许多人想当明星而缺少科学家、宇航员和医生老师，相反，在明星成为许多青少年追求理想的时候，那些想当科学家、宇航员、医生、老师的队伍也很壮观，甚至许多专业的博士毕业后都找不到工作，如果不是追求梦想的人太多，怎么会如此普遍存在？只不过，成为专业人才没有像成为明星那样需要以特殊招生的方式进行而显得人数众多而已。我的意思是，一部分人想当明星、当作家并不影响其他人成为其他专业人士，这是一个自由选择的时代，也是自然淘汰的时代，用不着担心社会理想与信念因一些人想当明星而遭到败坏。

同时，各种演员、作家、艺术家也是一种职业呀，怎么就不能选择呢？说因为孩子们想当明星而导致社会公德、信仰堕落话的那些人，我推测可能还没有从那种鄙视演员、作家的旧观念中走出来，把演员当"戏子"，与娼妓相提并论者大有人在。是您心理有问题，而不是社会有问题。是您心理不健康，不是想当演员、想当作家的孩子们心理不健康。扭曲的不是社会道德，而是某些自以为伟大、正确、光明的那些衣冠楚楚，满嘴仁义道德，满脑虚妄幻想，缺乏自信，对社会前途失望的人，是那些极左，那才是社会的真正麻烦。

在这里，我大声呼吁，孩子们，不要管这些见不得人的人说这些混话，大胆地去追求梦想吧。梦想对于你们来说，就是一种职业选择，实现梦想，就是在完成职业生命的一个过程。

记者对李禾根的长篇大论很满意，她又问了一个问题，您是以长篇小说《守望高原》而获得文坛认可的，并且因为文学创作和理论而被很多人知晓，许多人都想知道执掌北艺文学院大权的李院长的人生经历，您能谈谈自己的成长吗？

李禾根笑了，这个嘛，其实我已经在许多场合都讲过，今天您问起来，我不妨再谈谈。我的成长经历应当说是我们这代人都经历过的，受过苦，挨过饿，在乡村的山坡上放过羊，在城市的楼宇间"放过牛"。我们经历过封闭的时代，也享受了改革开放的春风。我想，我们这代人差不多是经历最为丰富的一代了。我们所经历的，正像狄更斯在《双城记》里说的那样：这是一个最好的时代，这是一个最坏的时代；这是一个智慧的年代，这是一个愚蠢的年代；这是一个光明的季节，这是一个黑暗的季节；这是希望之春，这是失望之冬；人们面前应有尽有，人们面前一无所有；人们正踏上天堂之路，人们正走向地狱之门。

经过了矛盾的社会历史，经历过长痛、短痛、阵痛，使我们这代人对人生有着更切身的深刻认识。可以说，我们走过的路和经过的时代有着特殊的情感补偿。

我呢，没有很高的学历，我最高的学历是个本科。在目前很多人看来，非常不可思议。在大学任教，却没有博士学位，简直是不可能的。

坦率地说，如果没有我们大名鼎鼎的表演艺术家刁子规校长的特别赏识和重用，在当今这个唯文凭和学历是瞻的时代里，我根本就没有成为大学教授的可能。特别是在北京艺术大学这样一所在全国都有着重要影响的高等艺术大学里，我成为一个掌门人，恐怕是个特例，也是个意外。我出身贫寒，没什么背景，经历坎坷。我大学毕业的时候，是国家包分配的时代，本来可以顺利地捧铁饭碗，到国家机关，或者企业中去工作。那个时代大学生很少，国家刚刚改革开放，哪都需要人，而大学所提供的人才却非常有限。那个时候，不是单位挑我们，而是我们挑单位，几乎是想去什么单位就去什么单位。我们享受着国家给我们的各种政策好处。

但是，我们毕业的那年，却赶上了特殊的政治事件，我们这些被称为"天之骄子"的大学生，一下就失去了所有的机会，没人管没人要了。像失去线的风筝一样，突然就无处可去，无家可归。吃饭都成了大问题。无奈，为了能吃饭，我在建筑工地当了一年多的小工，后来跟一群工人到了一个煤矿当矿工，我在我的老家山西的一个煤矿井下挖过近一年的煤。后来，又去了一家水泥厂当过工人，又干了几年。

那个时候就开始写作了，开始写诗，后来就写小说，写散文，写剧本，把积压在内心的郁闷心结诉说出来。无心插柳柳成荫，我写的作品不断地被发表，不断地被介绍，评论也多起来。但是，我们这代人对"稳定的工作"还是有着感情的，因为失去过，就特别想找个"铁饭碗"。就回到老家，找关系走后门，当兵了。我当的是炮兵。在部队又干了三年，转业了，就到北京找工作，今天干这个明天干那个，就那么漂着。继续写作，继续发作品。

大概在 20 年前吧，我的运气来了，偶然遇到了刁子规校长。那时，我的一部写北漂生活的歌剧演出，主演就是当红的明星刁子规校长。那时，她已经是北艺的校长了。她那时年轻漂亮，充满朝气。我们见面，相谈甚欢，一见如故。她邀请我到北艺来工作，她为我扫除了一切障碍，以"特殊人才引进"的方式把我特招进来。我当然知恩图报，这 20 多年也确实干出了一些成绩，刁校长赏识我，委我以重任，给了我这么大的一个平台，让我施展。

记者：您是如何看待社会上对北京艺术大学招生工作的种种议论的？比如，对招生过程中的辅导、考试和录取等工作，都有关于用金钱，靠关系，甚至有些传说对某些专业的辅导和招生都明码标价，你如何来解释这些现象和问题？

李禾根笑了笑说，这些传言，甚至更为严重的传言不是今年才出现的。年年招生，年年有。中国是个人情社会，缺乏规则意识，遇到事情的第一想法就是找人托关系。找不到人找不到可靠的关系，就送钱物，以为这样就可以走捷径，可以解决一切问题。特别是涉及关键的问题，决定命运的大事的时候，就更是活跃，不惜代价。在招生这件事情上，我们听到的这样的传言太多了。不只是我们北艺，关于其他学校的传言也很多。但是，有一点我可以很负责地告诉大家，无论是北艺，还是其他艺术院校，这样的事情不会越来越多，而是越来越少，甚至在走向绝迹。在越来越讲法制、越来越讲规则的社会里，谁还敢收钱物？就是收了，在规则如此严密的情况下，他能帮上什么忙？如果帮不上忙，您的钱不就白花了吗？您要是花得很多，您会忍吗？您不会去告发吗？

据我所知，至少到目前为止，北艺的老师尚没有人在招生问题上犯大的错误，没有人因为招生问题而受到处分。我还可以很负责任地说，只要是有真凭实据，实名举报，至少在我们文学院必是严惩不贷。只要是哪位老师被查实了，他不仅在北艺待不下去，他在整个文学圈子里都会抬不起头来，我有这个把握和能力。因此，请说北艺招生凭钱凭关系这种话的人也要负责任，不能捕风捉影，无中生有，造谣传谣。我在这里也可以放下狠话，要是哪位凭空捏造了我们北艺老师收了钱物，给老师造成伤害的，我必追究他的法律责任，告到他无处可逃，倾家荡产，子女无学可上！

记者：那您敢肯定北艺的老师没有任何一人收钱收物的？您就敢肯定没有人私下里辅导了学生，收了辅导费，而又参与了招生工作，打了不公正的分数？

李禾根坦然一笑，这可不敢保证。我们无法保证老师私下里干的事，我们也无法保证每一位老师都是纯洁的，因为我们不可能24小时监视每一个老师。我们是用人不疑，疑人不用。只要我们相信他，就放手让他干。在没有查实之前，所有的老师都是好老师，都是具有人权的普通公民。我们没有理由限制大家的通信自由、生活自由、言论自由。那也不是我作为文学院院长的职责。我的第一要务是把好学生招进北艺，提醒老师们不要犯不该犯的低级错误，保证招生工作的干净纯洁。我们欢迎考生家长、社会各界对北艺招生的监督。一旦发现问题，我们也绝不会祖护。同样，一旦发现诬告我们的老师、造谣中伤我们北艺的人，我们也绝不会放过。我们北艺的纪检部门成立了专门的招生督导组，由我们的曹耀辉书记任组长，由我们的刁子规校长任副组长，专门针对招生问题进行查处。北艺对全体老师也进行了多次招生纪律教育，组织学习招生条例和规定。我相信，我们的老师已经做好了做一个干净老师，做一个公正考官的准备。我也相信，今年也会是一次干净的招生。

记者满意地说，您讲得真好！对今年的考生您有什么要嘱咐的吗？在备考、考试过程中，有哪些需要注意的事项吗？

李禾根说，我想说的是，艺考和其他的高校招生一样，是没有什么捷径可走的，别总想着靠外力给自己带来好运。要考好，你的积累很重要，你的基础更重要。像我们文学院的招生，开个玩笑，专业创作考试的题目，就是提前一个星期给你做，你也不一定能写出好的文章来，除非你找枪手。但是，不是你写的，三试的时候，我们一问就能问出来。你即使混进了北艺，学习的时候也会露馅出丑。所以，别动歪脑筋，别总想着找这个找那个，靠谁都不如靠自己，与其到寺庙拜佛求签，还不如找个安静放松的地方养精蓄锐，吃好睡好，等待到考场上去把自己的所有才华展现出来。

这个时候，罗可过来说，院长，曹书记说打您的电话没人接，打到我这里来了。他说请您到他那里去，有重要的事情向您通报。

李禾根耸耸肩做出一个无奈的表情，就谈这么多吧，我们的领导要接见我，我得走了。

记者与李禾根握手，非常感谢您接受我们的采访，也非常感谢您给我们上了做人做事的一课，受益匪浅。

李禾根快步走在前面，罗可跟在后面，他紧走了几步追上李禾根，拉住他紧张地低声叫着，李院长，出大事了！

第 6 章　局内

　　李禾根心里装着罗可说的那件"大事"，没坐电梯，走到了办公楼的三层。左边那片办公区是刁子规校长的地盘，右边是曹耀辉的办公室区。一上楼，正对着楼梯的三个大房间，一边是刁子规的秘书刘世民的办公室，一边是曹耀辉的秘书王敬山的办公室，中间的就是校办主任裴晓华的办公室。他们的门都是开着的，每个人的房间里都有一些人。

　　李禾根想溜到右边的曹耀辉的办公室就行了，可是他一上来就被王敬山看到了，他立即快步走出来，热情地说，李院长，曹书记说您来了，先谈，我给您报告一下。

　　李禾根说，不用了，我自己去就行了。

　　王敬山还是坚持地说，曹书记交代了，您一来就让我报告。

　　李禾根不再说什么，跟着王敬山走到右侧尽里边的书记办公室。

　　曹耀辉虽然正一拨儿一拨儿地接待着人，还不断地谈话，但他的眼睛始终没有离开过门口。他办公室的门总是开着的，虽然跟别人说着话，心里却想着李禾根。李禾根出现在门口时，他就有些责备地说，给你打电话你也不接，干什么去了？

　　王敬山退出去，把门关上。李禾根不好意思地说，书记，真是对不起噢，本来是想到操场上去看看招生的情况，可是被教务处的黄阳干事拦住接受媒体的采访……

曹书记不耐烦地说，行了行了，我都知道了。那个事，情况你都了解了吗？

李禾根说，罗可大致跟我说了一下，这胡文华本来是个老实人嘛，怎么会出这样的事？有没有可能又是一场捕风捉影的事？

曹耀辉肯定地说，这回是坐实了！人家有证据！拍了照片，还录了音，咱们先商量个对策和处理的方法，不然，你我都会措手不及。

您的意思……先停了他的考官资格？

那还用说?！不只是考官资格，连他的教师资格也没了，这么严重的事！

哎呀，中途换将是大忌呀，能不能让他把这次招生工作干完呢？

曹耀辉有些生气地说，你看你，平时狠话那么多，真遇到事儿了，你又心慈手软！我告诉你，胡文华绝不能再参与咱们的招生工作，这是最基本的要求。我找你商量的是，如何对教委说。我跟老大也谈了，她几乎和你一样地软弱！也是保护保护呀，给他一条出路呀什么的。这个是原则问题，我不能同意！

就没有通融的余地了？他呢，也是个可怜虫，昨天他老婆刚跟他闹了一场，把他赶出家门，今天又闹这么一出，也真够他受的了。

还不都是他自找的。如果仅限于我们北艺还好，可是告状信都递交到教委了，人家可是实名举报。教委正在考虑进驻工作组，因为不只是这一桩，还有音乐学院的陈福生犯了更让人难以接受的错误，他公开在外面办班收徒。他居然还是专业课考试的主考官！舞蹈学院的杨晓明，在家里授课，还狡辩说，跟艺考没有关系，只是在家里辅导一下小孩子。哎呀，今年这是怎么了，怎么这么多的问题？尤其是你们这个基础课教研室的主任胡文华，你曾经还一再向学校推荐他，让他接你的班。就这人品，也亏你说得出口！他不只是收取钱物的问题，还有色，还打包票，交易呀！

李禾根也有些恨铁不成钢，谁能想到，平时那么老实的一个人，唯唯诺诺，还藏着这样的花心啊。曹书记，您给我点时间，我找胡文华先了解了解情况，实情如何我还不知道。随后再找举报人谈谈，这种举报没有目的的情况很少见，看他是个什么意思。您呢，还是不要大张旗鼓了，让我先消化消化。虽然教委很关注，我看，我们还是悄悄地处理的好，把招生工作应对过去，这个时候最好压下来，只要别再起来就好。如何？

曹耀辉在听李禾根说话的时候，一直不停地在房间里踱步。他停下来，盯着李禾根，这样也好，你先找胡文华了解清楚情况，举报人那里呢，我安排人找他谈，你就不要出面了。我看，这事儿十有八九还是个交易。他举报了，无非是想换取把自己的孩子招进来。可是，这不成绑票了？这个咱们是绝对不能妥协的，不能把咱们北艺变成一个交易场。宁可舍将，也不能投降。你说得对，这事儿，确实需要冷静地处理，这关涉到了北艺的名誉，更关涉到了文学院的名声呀。闹起来，这还真不是个小事。

昨天，胡文华的老婆没有找您吧？

怎么可能？！一屁股坐在我的办公室，要讨个说法。你说，他们两口子吵架，她跟我讨什么说法？我说，实在过不下去，那您就跟他离婚吧，组织上支持你们。她还不想离，还想过下去，那还能有什么办法？劝她先回去，就是不走，只好让刘民潮他们把她拉走了。哎呀，你说，这个胡文华蔫头巴脑的，就会在关键的时候找事儿。

年轻人犯错误上帝都会原谅的，我严肃地跟他谈，严厉地批判他。可是，在处理的时候还是要网开一面吧，毕竟他以后的路还很长，别一跟头就栽死了。

从曹耀辉办公室走出来，想了想，这事儿还是得听听刁子规的意见才好。他径直向左边刁子规办公区走。走到刁子规的秘书刘世民那里，走进去，那里还有许多人，李禾根摆了摆手，招呼刘世民出来说话。

等刘世民随着李禾根走出办公室，李禾根问，老板在吗？

在。正在和你们学院的刘淑媛谈话呢。

李禾根有些意外，她谈什么？她的职称问题不是解决了吗？

刘世民说，咱们校刊的总编徐东林不是到了退休年龄了吗，就空出个总编的位置来，刘老师想接。

李禾根有些意外，这样啊？学校不是有人选了吗？

是啊，刘老师可能想争取一下。不过，我觉得她当老师，比当这个总编要好。

李禾根笑了笑，你给我通报一声，说胡文华的事，我想见她。

刘世民走到尽东头的校长办公室外，轻轻地敲了几下门，走进去。过了一会儿，刘世民和刘淑媛一起走出了刁子规的房间。刘淑媛脸蛋红扑扑的，看得出来她很兴奋，与李禾根打招呼时，声音就更尖了，院长！您……

刘世民赶紧拦住刘淑媛，示意她小点声，刘淑媛吐了吐舌头，不好意思地红着脸，朝李禾根摆摆手，几乎是一蹦一跳地走下了楼梯。

李禾根苦笑着，走进了刁子规的办公室。

这一上午，都是你们文学院的事了，你这个院长怎么当的？

刁子规瞥了一眼李禾根，一边倒水，一边半开玩笑地埋怨李禾根。

李禾根在刁子规这里不像在曹耀辉那里拘谨，他一下坐在沙发上，叹了口气，唉，越是读书多，越是有学问的人越是不好管，都独立，自由，还都有个性。这个院长不好当哟。

刁子规把水杯放在茶几上，坐到李禾根的对面。你推荐了几次这个胡文华，现在表现可不怎么样呀，一出一出的，越闹越大。有什么打算？

我推荐他，是因为我觉得他确实是个人才，人很踏实，学术方面有潜力，可是没想到，他还有这么多的花花肠子。事情出来了，我是来听您的意见的，我心里得有个底。

曹书记跟你谈了吧？他的意思是什么？

他的意思是严办，以儆效尤，也好上交。

你的意思呢？

我觉得，要是把胡文华逐出北艺有些可惜了，还是给他个出路。这个人挺内向的，在家里老是受老婆的气，与人接触也不是个开朗的人，处理得过于严厉，我怕出事儿。重要的是，他还年轻，还是以教育为主，给他一条出路。我并不是怕事，就是觉得一个人能走到他这个地步也不容易。

你有没有具体的想法？如果不开除，老师也不能当，还有什么地方放他？

我曾经跟您汇报过，文学院想成立个纯学术的理论工作坊，我的意思是想让他先到那里做些筹备工作。另一个想法是，我刚才在楼梯那里遇到了刘淑媛，我知道她是想接徐东林的班，当校刊的总编。我突然想到，按胡文华的学术底子和能力，他也可以任这个校刊的总编呀。与刘淑媛比较起来，胡文华更适合当杂志的总编，他心细，踏实，能力也够。

刁子规乐了，你倒是会钻空子！不过，我觉得，这个主意也不错。刘淑媛刚才跟我又发誓又许愿的，说她要是能够任这个总编会怎么样怎么样，可我也知道她是想当官，并不一定是想编刊物，她要的是权力。你这么一说，我也觉得胡文华似乎更合适。不过，胡文华是怎么想？

他能怎么想？能有个地方安排他，就烧高香吧。我担心的是曹书记这一关怎么过？我听他的意思是不想留下胡文华。

这个你不用担心，曹书记的工作我来做。

李禾根从刁子规办公室出来的时候，路过校办秘书处，校办主任裴晓华办公室的门开着，无意中看到裴晓华正在向外张望。裴晓华一见李禾根就兴奋地站起来，请李禾根进来坐。李禾根摆摆手，苦笑着说，我还得赶紧回去，领命来的。

裴晓华说，不就是胡文华的事嘛，您还能怎么做？都是胡老师自己不自律。您知道，昨天他老婆还闹到了书记这里。

李禾根说，我知道，满城风雨，全世界都知道了，真是丢人哪！

裴晓华走到李禾根身边低声地说，我正要找您呢，有个事儿想请您关照一下。

李禾根警惕地问，是不是招生的事？要是，就不用说了。你比我清楚，说了也没用。政策都是从你这里出去的，你得带头！

裴晓华说，政策是政策，人是人嘛，政策也是人执行的嘛。李院长，咱们关系不错，这些年也没有求您办过什么事。这次呢，真是至亲，我亲外甥女！准备了一年多了，一直在写，就是想考咱们的文学院。找我了，我也不能一点儿不管吧？我也不让您为难，到了每一步您若是能帮一把就帮一把，这个……

裴晓华把一张纸条递了过来，这个是她的考号和姓名。

李禾根站在那里没有接纸条，这个，裴主任，您也知道，现在都是双盲考试，就是考生不知道谁在考他们，我们也没有办法知道他们是谁。所有的考卷都是密封的，就是面试的时候也认不出来，因为都不叫姓名，叫的是临时号码，考前我们是谁也不可能见到考生的。咱们的考试纪律上有一条，就是谁若是见了考生的面必须自动退出，为的就是认不出来。所以，您给我什么都没有用，因为我不可能知道谁是谁。都是背对背地打分。

裴晓华知道李禾根说的是实话，就没有办法认出考生来吗？

李禾根说，我是没有办法，您若是有办法认出她来，我倒是想学学，等明年再考试的时候把这个漏洞补上。

裴晓华无奈地说，您能不能认出她写的字体来？我给您提供一段她写的字……

李禾根心想，我就是想摆脱你的纠缠，干吗非要认出她来？他就说，您别这么费劲了，您就是给我看了，我也记不住。我怎么可能在几千个人中去认您外甥女的字体去，我这不是找事儿吗？这主意可不怎么样。退一步讲，就是我认出来了，我一个人也决定不了她的命运啊，那还有很多考官哪，您不可能让每一个人都记住她的字体吧？

说着，李禾根就走了，裴晓华站在原地想了半天也没有想出什么好办法，皱着眉头回他的主任办公室去了。

李禾根看了看手表，想胡文华的事情刘民潮应当是最清楚的，他想到刘民潮那里详细地了解一下。于是，他没有回办公室，直接下到一层。一层光线明亮，阳光透过高高的天花板的玻璃天窗照下来，宽敞的一层阳光大厅里站着两排保安队员，刘民潮正在训话。李禾根站在楼梯上没有下来，不想打扰他们。

刘民潮正在布置任务，这次出去，主要是配合公安部门，尽量不动粗，只要保护好现场，协助公安部门不让他们把有关文件带走。大家都听清楚了没有？

保安们朗声答，听清楚了！

李禾根笑了，这刘民潮还真像那么回事。刘民潮讲完话，发出命令，现在出发！

保安们在队长的带动下，跑步离开。刘民潮看到了站在楼梯上的李禾根，他兴奋地说，您也参与我们的行动？太好了！

李禾根莫名其妙地问，什么行动？

11点，公安工商执法部门的联合行动，曹书记没有跟您说，请您也参与这次行动？

李禾根笑了，联合行动跟我有什么关系？

这次是取缔、查抄非法办学机构，有人冒充咱们北艺的考官组织考前培训，城管已经盯了很长时间了，说是你们文学院的老师在那里讲课，招了不少的学生。

说着，刘民潮从兜里掏出一张纸，招生简章上有名姓，还有照片，您也上榜了！

刘民潮嘿嘿地笑着指着小广告说。李禾根惊讶地接过来，上面赫然写着"北艺文学院院长李禾根领衔　文学院资深考官悉数讲课　北艺文学院考前冲刺班"，下面罗列了一批文学院老师的名字，刘淑媛、李立国、胡文华、陶仲生、曹方、李江、杜荷、雷鸣、董庆国、吴品贤、杨凤霞，都无一漏网。每个人的名字后面都加有特别的注释，什么著名外国文学专家、著名编剧、著名诗人、著名小说家之类。

李禾根看着上面的文字，哭笑不得地说，这照片不就是PS嘛，这些人名啊、头衔啊都是胡扯嘛，你们还当真了？我早就听说有人打着我们的旗号在非法办班儿，这回终于逮着了，好！办吧。可我跟着你们去干吗？我还有一大摊子事儿呢。

嘿，您是当事人哪。再者说了，您本人肯定是被 PS 了，可是这小广告上的其他人并不一定啊，如果现场真有文学院的老师，您不也得去公安局领人嘛，还不如现场带走就算了。

李禾根迟疑了一下，那也是，早晚都得去一趟。好在，我也有事找你，那就跟你走一遭吧。

刘民潮笑了，这就对了。我知道您说的那事儿，不就是胡文华那事儿嘛，路上跟您说。走走走，车在外面等着呢。

李禾根他们到达的时候，已经过了十几分钟，联合执法行动已经开始了，执法人员正在这所"绩优艺考学校"里逐个教室查封、带人。学校在五道口一带，看样子这里原本是一个学校，可能是被这个民办培训机构给租用了。两排整齐的平房是教室，每排教室前都有一块不大不小的空地，空地中央是一排水泥砌成的自来水池。两排教室前面还有一个操场。

执法人员正从教室里驱赶人员，一些学生和家长也都拥挤到教室外的空地上不知所措。一些执法队员正围着一个人谈话。刘民潮说，李院长，那不是赵邦国吗？还有他的妻子于彩云，咱们过去看看？

李禾根说，我就不过去了，丢不起那个人！

刘民潮说，还真是咱们自己的人呀？！那咱们到教室那边看看吧，说不定还真有文学院的老师呢。

刘民潮带着几个北艺的保安向尽里边的一个教室走去。李禾根跟在他们后面。可能教室里的学生和老师都太专注了，他们还在上课。教室里传出来一个女人的声音，正在讲"老舍小说的北京味"。李禾根还没走到跟前，刘民潮就扭回头说，胡文华的老婆艾平！

李禾根吃了一惊，太不着调了吧？怎么会是她？！

这时，执法队员们已经查到了中间的教室，从里面清理出一个老师、一个学生模样的人，刘民潮眼尖，叫着说，那不是杨薇薇吗？她怎么也在这儿？看来这招生广告并非捕风捉影，的确有咱们的人呀。

李禾根说，都跑这里赚外快来了，也不嫌丢人现眼！连个正在等待处理的学生也都站台来了。

刘民潮说，这个"绩优艺考学校"肯定是熟悉咱们北艺的人办的，要不怎么都是北艺的人哪？我去问问情况。

李禾根不想看下去了，他回到了车里，坐在副驾驶座上望着热热闹闹的"学校"，看一拨儿一拨儿的人被带出来，问话，然后，有人被劝走，有人被带到执法车上，有人被驱离。

过了好大一会儿，刘民潮回来了，他坐到驾驶座上，叹着气，我的天哪！都是咱们北艺的老人和现在的人在捣鬼呀。

李禾根吃了一惊，盯着问，这所"绩优艺考学校"是谁办的？这么大的胆子，牵扯到了这么多人！

刘民潮说，是那位被除名的北艺教务处处长赵邦国办的，他是校长，他老婆于彩云是副校长，一个夫妻店！不但办了这个文学创作考前班，还办着其他专业的班，什么音乐、舞蹈、戏剧、绘画都办了，另外还有场地呢。这个赵邦国真是贼心不死啊，还在压榨北艺的那点油水。

李禾根奇怪，赵邦国那两口子不是离了吗？怎么又搞到了一起？还把情敌杨薇薇也弄来了，这都是怎么回事呀？难不成他们又"联合"了？

刘民潮不以为然地说，唉，这不是很简单吗？为了共同的利益，共同的目标，共同的事业，什么不可以妥协呀，等挣了钱再说呗。

李禾根叹口气，唉，哪说理去！这下全明白了，要不这个学校怎么这么熟悉北艺的情况？原来都是这些个内鬼干的。

刘民潮点着头，您算是说对了，"内鬼"还真不少，小广告上罗列的那些人，有的，还真参与了这事儿。刚才执法队的人跟我说，你们那位刘淑媛老师，还有李江老师、杨凤霞老师也都在这里讲课呢，今天没有他们的课而已，不然，您的文学院一半儿主力队员都在这里跟您碰头了。

李禾根又叹了口气，金钱的魔力真大！那么，胡文华没参与吧？

我了解的情况是，赵邦国几顾茅庐请胡文华来入伙担当重任，还许以重金，可他不敢参加，被他老婆骂得狗血喷头，说这么容易赚的钱都不敢赚还算什么男人？她就自告奋勇，自己顶了胡文华的名字来了，她给人家上文学史课。刚才您也看到了，她真是卖力气。据刚才的学生们说，这个"胡文华"老师讲得最好。

李禾根苦笑着摇头，唉，这都是什么事儿？那个杨薇薇怎么也搅和进来了，是个什么角色？她不会也是来讲课的吧？

不是。人家有更重大的责任，杨薇薇是"现身说法"者，她以自己的"亲身经历"和在校学生的身份，给考生们讲自己的"成功经验"。讲她是如何通过"绩优艺考学校"的考前辅导，成功考入北艺文学院的。还讲她的考前复习方法。这孩子，忘了自己还是个被处分的学生吧？成精了！

李禾根脱口而出说了句脏话，我×！

中午，学校党委召集各二级学院的领导和各教研室的主任在职工食堂聚餐。这是每年的惯例了，曹耀辉组织，管后勤的副校长王奇生具体实施，后勤处的朱晓天操办。

食堂里热闹非凡，丰富的自助餐排列两旁。服务员们个个浓妆艳抹，花枝招展，大红旗袍喜庆惹眼，笑脸迎宾，礼貌亲和，穿梭往复，端茶倒水，上菜上饭。到处摆放着彩带、鲜花，《春节序曲》《喜洋洋》《春江花月夜》《百鸟朝凤》的音乐热烈祥和，走进大厅的人们不由自主地合拍应景。

靠东边的墙壁上悬挂着红底白字的两个条幅"老师们，辛苦了！""预祝北艺招生工作圆满成功"。临时搭建的简易舞台上摆着独立的发言台。舞台上红毯铺地，鲜花绿植簇拥。

食堂的每个餐桌上都摆好了餐前水果小吃饮料，按各学院的行政序列分组而坐。食堂里人来人往，嘻嘻哈哈，说说笑笑。各二级学院的头头们都到了，餐桌上摆着名牌。李禾根找到自己的名牌坐下，跟各院的领导们寒暄，说着闲话。

这时，食堂门口"呼啦"一下来了很多人，前面是院办主任裴晓华、秘书刘世民、王敬山等人开路，后面是院长刁了规、书记曹耀辉率领着自己的班底隆重进入食堂。再后面跟着副校长冯坤、王奇生等人，还有机关各处的领导。安保处处长刘民潮、宣传处处长李伟、后勤处处长朱晓天、教务处代理处长黄阳、各处的干事紧随其后。顿时，食堂里响起了掌声，气氛热烈。

在刁子规的带领下，领导成员们分别跟出席宴会的代表握手，打招呼。其他人纷纷落座。走了一圈之后，校领导们到主座坐下。副院长王奇生主持宴会，他走到舞台中央，对着话筒吹了两下，清清嗓子，带着喜悦。

各位领导，同志们，今天大家欢聚在这里，一方面给大家拜个晚年，大家过年好！（掌声）另一方面呢，也是给大家饯行，各位领导老师们，你们即将展开招生工作，这是一场大战，也是一场恶战，你们将经历一次智力、体力和耐力的较量。你们是最辛苦、最令人敬佩的，今天我们在这里给各位领导老师壮行，预祝大家马到成功！（掌声）下面，请刁校长讲话！（热烈的掌声）

掌声中，刁子规含笑站起身，两臂轻柔地挥动了几下，示意安静。她并没有走上讲话台，而是站在原地。秘书刘世民赶紧把无线话筒递给了刁子规，刁子规左手接过话筒，右手举起水杯，各位朋友同事、亲人们！今天我是以家人的身份跟大家相聚，我们从共事开始，相识相处相交，已经成了分不开的亲人，我们荣辱与共，同甘共苦，度过了无数个令人难忘的日子。今天各位老师、亲人们，你们即将开赴关乎北艺大计的招生考场，我想说的是，请你们一定在紧张劳累的工作中，见缝插针，工作好、休息好，休息好、工作好！把好进人关，招来好弟子，培养好学生。请大家举起杯来，为今年招生工作的展开干一杯！

大家全都起身举杯，高喊"干杯！"这时祝酒音乐响起。着盛装的音乐学院院长巴图鲁沉厚磁性的男低音骤然唱起《祝酒歌》，小舞台上几个青年教员为其伴舞。食堂里的气氛浓烈温馨。刁子规率领导班子的党委成员们逐桌碰杯祝酒，教员们也都回敬感谢。

就在这时，食堂门外乱了。保安们拦截着几个人，而那几个人似乎情绪激动地非进来不可。安保处处长刘民潮见状快速跑向门口，问，怎么回事？

一个保安告诉刘民潮，刘处长，是学生家长，上午查封的那个非法学校里的学生家长，他们说要见刁校长，讨个说法。

刘民潮走向已经被保安们拽下门外台阶的那些男男女女，高声地问，你们想干什么？无法无天！

一个女人凑上前激动地说，我们要见刁校长！我们交了那么多的学费，为什么说关闭就关闭，说停课就停课？我们的孩子怎么办？

刘民潮说，你们参加的考前辅导班就是个非法办学的班，与北艺没任何关系，你们找错地方了！你们应当去找那个非法学校讨说法。或者，你们应当去公安部门报案，你们到北艺来是走错了门！

一个男人说，可是，我们报名前是咨询了北艺有关部门的，我们问了，那些讲课的老师都是北艺的老师，办班的也是北艺抓教学的教务处处长。而且，他们还保证这是北艺办的考前辅导班，我们核对了情况，都是北艺的人，怎么能说和北艺没有关系呢？

另一个家长也补充说，我们交了那么多的学费，现在突然停课了，我们只是想要回我们的那些上不成课的学费。

刘民潮镇定自若，我理解你们这些上当的家长，可是，你们觉得在北艺能够讨回学费吗？这件事，你们想一想，办学的人叫赵邦国，可是，他并不是北艺的人，他已经在几年前就被除名了。你们所说的那些老师也都是偷偷摸摸在外面讲课的，是个人行为，并不是北艺派出去的，北艺承担的责任顶多就是疏于管理问题。按照北艺的规定，是坚决不允许自己的老师跟任何考生接触辅导的。你们不明不白地到北艺来讨说法，会有好结果吗？说得轻一些，你们是上当受骗者，说重了，你们这就是聚众闹事！你们这是扰乱社会治安！干扰正常的工作生活秩序。我告诉你们，请你们立即离开北艺校园，否则，我们联系公安部门，你们就会被带走，你们就由受骗上当者变成了违法者。况且，如果我们知道了你们是哪个学生的家长，你们的孩子们还能考北艺吗？所以，我劝你们立即离开这里！

几句话说得家长们傻眼了，他们无话可说，知道刘民潮说的都是实话。他们不得不慢慢地散去，走出校园。

下午，李禾根到达办公室楼的时候，胡文华已经等在文学院办公区的走廊里，见李禾根走来，紧走了几步走到跟前，低声下气地跟李禾根打招呼，院长，您回来了？

李禾根连瞧都不瞧他一眼，只是"嗯"了一声，一直往前走。教学秘书林莉走出办公室，院长，考生的作品都放在您的办公室了。

小林，你把小会议室打开，我要跟胡主任在那里谈话。

胡文华跟着李禾根走进小会议室。李禾根坐到靠窗的位置，光线从李禾根的背后照射进来，胡文华站在对面有些晃眼，他眯着眼望着李禾根不敢坐下。

李禾根冷冷地看了胡文华一眼，架子不小啊，怎么，非得我请你才坐呀？

胡文华皮笑肉不笑地一边坐到李禾根的对面，一边说，我这不是等您的指示吗？我只是您的一个小兵，不敢私自……

胡文华局促地站在李禾根面前。这时林莉拎着暖水瓶走进来，给李禾根的大茶杯子续上水，给胡文华也倒上一杯清水。然后提醒李禾根，院长，咱们通知是3点开例会的。

李禾根看了看手表，噢，好的，我知道了。

胡文华说，我是向您认错的，我的确犯了错误，不该违反规定接触考生。您是我的老领导，给我一个改正的机会，下次再也不敢了。

下次？你还有下次吗？

胡文华可能还没有意识到问题的严重性，您是个好领导，我把钱退回去，人也劝走不就行了……

李禾根严厉地看着胡文华，蒋副院长没有跟你谈吗？他没有跟你说，你要停职反省吗？你认为你退了钱，劝走人就没事了？你这是犯法！

胡文华脸色苍白地说，蒋副院长谈了，跟我谈了，可是，我还是想请您原谅我……

这不是我原谅不原谅你的问题，我没有权力原谅你！你的问题已经交由学校纪检部门处理，我们只是配合而已。学校应当有专人负责你的事，你跟我说任何话都没有用，还不如直接到纪委去。

胡文华要哭的样子，您过去很器重我，相信我，给我那么大的权力，我没有利用好，真是后悔呀。

李禾根不耐烦地说，胡主任，你也看出来了，明天就考试了，我有很多事要做，马上还要开例会，这样吧，你有任何问题等考试过后再说行吗？你就算支持我的工作。

胡文华嘟囔着，教训惨痛啊，我真是意识到了，再也不敢了！

李禾根说，你还"不敢"，你什么不敢啊，你胆子很大呀，我们刚刚跟你谈过话，你就敢在办公室里开课，你还叫你老婆去非法学校代替你去讲课。这下可好，你被人举报，你老婆被带到执法大队问话，你们家都成了大英雄！

艾平，我哪敢管她呀？她就是我的姑奶奶，我的皇太后！

李禾根嘲讽地说，那你就是皇上了？更了不得了！

哪里哪里，您这是扇我的脸！

不说艾平的事儿，就说说你自己吧——你怎么搞的！被告到了教委，你知道吧？你这是火上浇油！

……您昨天不是跟我说了，我不是得退出招生工作了吗？我就想，我不出题，不改卷，不参与招生的任何工作，我已经不是涉秘人员了，所以，就辅导了一下。反正我也不是利益攸关方，就放松了警惕。现在想想，我又错了，真是不该给您抹黑。

名词还不少，还"利益攸关方"，你真的不是吗？就这么简单吗？你辅导了谁？是怎么辅导的？

……这个，院长，您可能听到了一些不负责任的传言，我也不知道怎么向您汇报，只是请您给我个澄清事实的机会，让我把当时的情况说清楚了。

"传言"？人家可是有证据，手里拿着录音和视频，实名举报。不仅告到了北艺纪检部门，还告到了教委。教委要求严厉查处，并且还要派工作组进驻到北艺。胡文华，你这次玩儿大了！

听李禾根这样说，胡文华木呆呆地瞪着李禾根惊讶地问，这这这，都这这么严重了?! 这，这我真的没想到。谁这么恨我呀，把事情捅到上面去了？这下可完了。

如果你是个君子……

……我不是君子，我是个小人。院长，您就原谅我吧，我真的没想到会这么严重。我就是管不住自己，不由自主地给考生上了一课。

你是君子还是小人，都不重要，重要的是你得清清楚楚、坦坦荡荡地把事情的原委说明白，至少让我明白到底是怎么回事。

胡文华这时反而没那么紧张了，院长啊，您对我恩重如山，不仅把我调到北艺来，而且还委我以重任，并把我的未来都想到了，我辜负了您的一片苦心，我给您丢脸了，我是个忘恩负义的人啊。我不求您宽恕，都是我自找的。

说着，胡文华眼里流出了泪。

现在说这些有什么用？你喝口水，好好想想，把事情的经过说说吧。

胡文华听话地端起纸杯，抿了一口水，院长，这么说吧，您昨天跟我谈过之后，我也真的认识到了，艾平跟我闹是有理由的，她把我赶出了家门，我只能在办公室里睡了。您不让我参与招生工作了，让我反省，我把自己关在办公室里认真地思考。上午，我跟吴爱莲通了个电话，我是想把这几天发生的事情跟她说一说，也把您的意思跟她说一下，希望她带着孩子回去就算了，这个试不能再考了。可是，吴爱莲就跟我急了，她说，您这是吓唬我呢，说我老婆那样的女人不值得那么认真，说她闹就闹，大不了离婚，吴爱莲说，跟她离了，我们在一起，什么的。她把我说动了，我一时冲动，就说，我怕谁？让孩子考吧，反正我现在也不是考官了，我告诉孩子怎么考。我当时想的是，在外面更危险，被别人撞上的可能性较大，就让她带着孩子到我办公室来，因为我觉得"灯下黑"，在我办公室虽然是在您的眼皮子底下，可也是最安全的地方，没谁会发现的。就这样，她带着孩子就来咱们学院了，我在办公室给那孩子上的辅导课，我也没想到会被人录了音，还拍了视频。

你呀你呀。你怎么这样耳根软呢，旧情人的一句话就把我这个院长的嘱咐给抛到脑后去了？你读了那么多的书，怎么这么一点做人的理智都没有？想没想过，她只是为了她自己，而你是被她指使了？

现在想一想，我是太冲动了，犯糊涂。她是在诱导我给她办事，可是，还是害了大家，不仅害了我，也害了您，给您脸上抹黑。我知道，我完了，我认了。

你知道不知道，无数双眼睛在盯着咱们，无数双手都在等待着伸向艺考这块小蛋糕？要自律啊，要管住自己啊，这不是句套话、空话，这得需要做啊。进步需要漫长跋涉，堕落只在一念之间。

我知道现在说什么都晚了，就等待着命运的安排吧，怎么处理我都接受。

你得回家。回去向艾平道歉，求得她的原谅，要不你到哪去？那档子事还没有完，你又惹新的麻烦，哎呀，你呀你呀。

院长，能不能告诉我，学校打算怎么处理我？不会送法院吧？

你说呢？你是个知识分子，读了很多书，你自己掂量掂量会有什么结果。反正，老师你是当不成了，这是严重的师德师风问题，即使学校想保你，可是教委会放过你吗？好好想想吧，现在不仅你，还有你家的艾平，打着你的名号辅导学生，她竟然也敢搅和到这里来了！

跟胡文华谈完话，李禾根就回自己的办公室，推开门他惊讶地发现桌子上堆满了学生的作品，小山似的。他叫了一声，小林！

林莉答应一声跑步过来，院长！您叫我有事儿？

李禾根问，这些作品都给老师分下去了吗？

林莉说，都分下去了。

李禾根问，都分下去了，怎么还有这么多？

林莉说，一人一份，考生们每人每篇作品交 10 份，分发给每位阅读打分的老师，这是给您的。

李禾根叫着，我的天哪！这么多呀？我这里哪放得下这么多作品？这样吧，你把这些作品都搬到小会议室去吧，我到那里去看。

林莉答应道，好的。

林莉一个人也搬不了这么多，又叫来几个学生帮忙，都是女生。李禾根看到几个女孩费劲地搬作品，有些不忍，就抱起一大摞来，也参与到搬作品的队伍中来。还没有走出办公室的门，就有人叫他，李院长！您怎么还自己干活儿呀？我找几个人帮您搬不就行了？

李禾根抬头一看，原来是后勤处的朱晓天，他笑着，朱处长啊，哪能劳您大驾？我们就快弄完了，您这是视察工作呀？考试季够你们忙的，管吃管喝，还要管外请老师的接送，真是不容易啊。

朱晓天夹着一个小文件包，他把文件包放到地上，试图从李禾根手上接过作品来，李禾根躲闪了一下没让他接着。朱晓天就笑着说，我是来找您这个大院长的，有事！文学院不是请了几个外面的专家嘛，我跟您商量一下，按照什么标准安排招待。还有啊，接送啊，如果加班，他们的休息什么的问题啊，等等，这还得听您的指示。

李禾根说，这些事，您自己定就行了，那些专家也不会挑剔的，都是为了考试嘛。

朱晓天说，那可不行，招待不周，不仅让您丢面子，也让咱们北艺丢面子啊。放下放下，必须跟您谈！哪怕是大体上给指个路子呢，也要明确一下。

李禾根见推脱不掉，只好把怀里的东西放下来，请朱晓天坐下，给他倒上杯水，说那就速战速决，快说快定，您没看见，这么些作品，我得一篇篇看，还要打出分来的。

朱晓天看看桌子上的东西已经没多少了，这样吧，我再搬几包，就完成了，咱们再谈吧。

不一会儿，李禾根办公桌上的作品全部都清理走了，朱晓天轻轻地关上门，转回身来说，李院长啊，我找您呢，主要还不是公事，是私事。

说着，朱晓天从包里取出一个厚厚的信封，我看您这么劳累，是来慰问一下您，我们不知道您的口味，这点银两，是给您买茶叶喝的，当然买点水果的也行哟……

说着，朱晓天就笑了，然后坐到沙发上，点起了一支烟来。

是考试的事，请您帮个忙，我哥的孩子，亲哥。我知道现在咱们北艺各种管理制度都很严，我也不去找别人了，不给您添麻烦。咱们平时都挺不错的，您这个人很义气，怎么着您也得帮弟弟我这个忙。我哥现在就住在我家，本来是想让他自己来找您，可是，这也不太合适呀，我还是来了，你得给弟弟我这个面子。

当朱晓天把信封放到李禾根的桌子上时，李禾根就已经感觉到了他的用意，钱放在桌子上时他的脸色就沉了下来。听朱晓天表明来意，李禾根就说，朱处长，您这是干什么？是每位老师都发，还是只给我？如果只给我，是学校发的呢，还是您个人的？这个得说明白。

朱晓天心里想的是，你他妈是真糊涂还是给我装蒜？李禾根的态度是他早已经想到的，所以他并没有着急，而是依然微笑着，做出大咧咧的样子说，哎，搞得那么清楚干吗？给您的，您就拿着，别问为什么，就是一包茶叶的钱，也没什么。您说，咱们平时不是也没机会一起喝个茶聊个天什么的嘛。

李禾根很严肃地板着面孔，朱处长，整个招生过程您是知道的，有些政策您也是参与制定的。您应当明白，咱们北艺的招生在程序上几乎滴水不漏，您甭说您哥哥的孩子，就是校长的孩子恐怕也帮不上什么忙。除非她下个命令，让咱们必须招，否则一点办法也没有。甭说您一杯茶钱，就是一百包茶叶，也解决不了问题。

朱晓天不紧不慢地说，看院长说的，百密一疏，再严密的制度也会有漏洞的，只要哥哥你肯帮忙……

李禾根就烦这种江湖口气，耐着性子反问，我怎么没发现？如果你知道漏洞在哪里，我倒是很想知道呢。

朱晓天笑了，我的院长哥哥！要是没有把握我是不会来找你的，我也是个谨慎的人，想不明白的事，一般也不会去办。我找你，就是想出了解决办法，哥哥您呢，就照着小弟我的办法，一通百通，肯定能行！

李禾根气得想笑，讥讽道，朱处长您可真是绝顶！咱们北艺那么多人想了几十年的堵漏办法，您一朝就给破解了，可是个人才！

朱晓天自信地说，那是！院长，我可说了，您呢这么办：我让孩子在每一张考卷的特定位置都写上同样一段话，比如"冬天到了，春天还会远吗"。就像地下工作者对暗号似的，您只要见到写着这句话的考卷您就一下子认出了孩子，您呢再把这张卷子推给您信任的考官，请大家都帮个忙，考完试我请大家吃大餐去！

哈哈哈。李禾根终于忍不住笑了，您可真不是一般的人，特务接头的办法都用上了，真是挖空心思！

朱晓天没有摸清李禾根的笑是什么意思，您可别把这方法说出去噢，这是我的发现！您可知道，我是转业到北艺的，当年咱们在部队虽然搞的也是后勤采购什么的，可是，那些侦察兵的招数也学了不少呢。

李禾根把信封拿起来，扔给朱晓天，朱处长，您的心思我知道了，咱们哪儿说哪儿了，我还有事……

朱晓天站起身，连忙说，您收着，您收着！您还跟我客气什么呀。

李禾根一边向外走，一边说，我这不是跟您客气，拿人家的手短，吃人家的嘴短，我不能让别人说闲话！

朱晓天还想强行塞给李禾根，李禾根正色道，我平时可没有得罪过您！您这是害我吗？我刚才说了，咱们是哪儿说哪儿了，好说好了。我不会跟院里说，您也当作没这么回事，要是您非逼着我收下，我可丑话说在前头，我可要上交！

朱晓天的心理素质的确不错，他没有慌乱，李院长，考完试再谢您也成啊。不过您还没有给我个答复呢，行还是不行，我给您发暗号，还是不发？

李禾根已经跨出了办公室，站在门边，做出要关门的样子，望着还在室里的朱晓天，朱处长，您那么聪明的人，还没有听明白吗？

第7章　特招

　　文学院连同行政人员，现在有27人，人多了，开会的地方就显小了。虽然这间把三间大办公室打通后改造的会议室已经很大了，但要是全员开会，还是有些紧巴巴的。老师们陆陆续续地走进会议室，聊着闲天，等待会议开始。

　　李禾根走进来，跟大家点头，打招呼。副院长蒋明亮先到的，他正聚精会神地看手机，李禾根坐下说，什么东西这么吸引人？

　　蒋明亮指着手机低声说，消息出来得可真快！您看，您上午接受的采访下午就出来了，还有一篇是对考生的专访。

　　李禾根坐下，接过蒋明亮递过来的手机，看那上面的新闻。新闻是个系列报道，这篇是北艺文学院招生，吸引来全国写作高手、知名作家谈文学教育，醍醐灌顶，之类的，还配着不少照片。蒋明亮说，院长您挺上相的，多年轻。

　　我们老喽！李禾根自嘲地说着，笑了。他翻着蒋明亮的手机，看到了报道北艺文学院报名现场的新闻下面是一篇考生专访，他一下就认出了那个和他合影留念的家长和学生。

　　读着读着，李禾根的眉头皱了起来，我不是这个意思啊，这母子两个可真是会造势！我说过这些话吗？我说她儿子是我学生了吗？

　　蒋明亮说，您说的不是这篇新闻吧？

李禾根把手机还给蒋明亮，这篇专访，简直无理！这母子两个确实跟我拍了张照片，照片拍了不假，可是没说什么话呀，他们这是想干什么呀？咱们不是表演专业，露个脸，挂个名，似乎就能成似的，这是玩的什么把戏呀？看来，以后接受采访，在公开场合说话可得小心，这明显是利用咱们嘛。

蒋明亮安慰李禾根，没必要跟这些人认真，无关紧要，他们愿意嚷嚷就嚷嚷吧，翻不了天，也左右不了他们的命运。我们该怎么着还怎么着。

李禾根说，人来得差不多了，该开会了。今天的时间很紧张，会议开始之后，我先讲两句话，然后你组织大家开，我们今天就得把"特招"的初拟名单定下来。外请的几位专家马上就到，咱们自己的专家我带走，去开那个特招会，你辛苦一下。

蒋明亮说，您放心吧。

蒋明亮对大家说，咱们开会了啊，这是咱们考前最后一次会议了，五位出题的老师都被关在外面隔离保密，其他的人都到齐了。今天的事情挺多的。因为教务部催咱们今年的特招初步名单，为了能有个初步的意见，尽快定下来上报，李院长还要到学校去开特招会议。文学院外请的几位专家已经到了，三点半李院长就得过去参加学校的特招会议，所以，咱们先请李院长讲话，讲完之后，他就离开，咱们再继续开会。

李禾根接过话说，一年一度，到了这个时候大家都很辛苦，也很紧张，可这是每年正式开课前必做的事。文学院人手少，也顾不上大家的生活起居，请各位老师照顾好自己，打好这一仗。各位老师有什么困难，工作上的，家里的，什么都行，就跟办公室说一下，由罗可牵头给大家去办，办不了的，找我。另外，我今天主要是想强调以下几点：

第一，是我们的自律问题，我们必须得严格遵守招生考试制度。不允许辅导，不允许与考试有关的人员见面，绝不吃请，不能收钱物，一旦发现，必受到处理。别看咱们平时可以对他们网开一面，但是，这个时候不能！咱们"不允许"看似有些苛刻了，可是，你们想想，这也是对大家的保护啊，一切责任，你们都推到制度上：我们就是这样规定的。实在不行你们都推到我身上，就说我李禾根查得严。

第二，我强调的是，如果谁有亲朋好友的孩子考咱们专业，必须退出考官队伍。退出考官队伍并不是什么丢人的事，这是自证清白，是好事，说明你光明磊落，别把这当作负担。相反，如果你不报，也不退出，一旦被发现，那才是真的丢人，那才是坏事。所以，咱们丑话说在前头，哪怕在改卷前一分钟你突然发现考生中有你的关系，你立即退出来，咱们不追究，也不张扬，退出来就好。可是，要是隐瞒不报，不报不退，那可是不允许的。

第三，我相信，院机关的人，教育部门的头头脑脑，其他的兄弟院校的，反正各种途径吧，都会找大家帮忙，你们是有压力的，这个我很理解。因为，这些天，我自己就承受了巨大的压力，来自各方面。如果你们也遇到了这样的事情，你们把球踢给我，你们不要私自承诺，更不能打包票。你们都把责任推到我这里。如果你们实在不好意思直接拒绝，你们就说要跟我通气商量。

第四，我特别强调，一再强调，绝不能明知故犯，收钱收物，许诺发誓，违背教师职业道德。我在这里向你们透露一件事，我们已经连续多年在招生问题上没有出过任何问题了，可是，今年居然有人在自己的办公室里给考生辅导，胆子也忒大了！被另外的考生家长在门外听到了，还录了音，清清楚楚啊，想赖都赖不掉！那位告状的家长站在咱们楼道里等着下课的那位老师和学生，偷偷地给他们拍了照，录了视频，告发到学校那里去了，还直接捅到了教委。问题是，告发者还威胁说，一定要把自己的孩子招进来，不然，他要在网上公开这些丑闻。后来学校有关部门找那位老师谈话，那位老师承认了，还承认了其他的事情。这不仅是在砸他自己的饭碗，也是在砸我们北艺文学院的牌子啊。我提醒各位老师，在招生考试这个问题上，要三思而后行，要好好掂量掂量后果。事情败露了，没人能够救得了你。

话又说回来，大家都是同舟共济的战友，互帮互助，互相提醒，互相关照，就没有过不去的坎儿。招生是关系到考生命运的大事，也是关系到我们老师职业操守的大事，一个老师失德失风，又如何育人？望各位好自为之！就讲这么多吧。

老师们低头私语，叽叽喳喳地猜测，这位犯错误的是谁。李禾根站起来向外面走，边走边说：很快就会有准确消息的，不要瞎猜，不要传谣。我走了，你们继续开。

"特招"会议在学校党委会议室进行。院长刁子规主持，曹耀辉书记及学校9位常委参加，各二级学院的院长，及各学校聘请来的校外专家们，有30余人参加。北艺的招生政策中规定，在准确考查和专业确定下，每个专业拥有三个特招名额。这三个名额，可以使用，也可以不使用，只有那些经受了严格考核和复查后的具有某些天赋的考生才有可能进入到特招名单中。特招对象，不仅意味着专业超常，只要高考文化课过关一定优先录取。而且这也是一种专业荣誉，即使未来进入不了北艺学习，但是，一提是北艺的特招生，也将被另眼相看。

刁子规说，今年的考生比较多，各个专业挑选的余地也比较大，各位专家从对文学艺术教育负责的角度出发，谨慎筛选。拜托各位，发现真正有培养前途的人才，推荐真正具有天赋的孩子，不要让好生漏掉，更不能让那些充数的考生进入。有些专业马上就能定下来，比如表演专业的，有的还不能确立下来，还需要经过更为严格的考查和更加专业的确认，比如文学创作专业，弹性比较大，文学创作的"特长"究竟是什么，是不是仅仅被我们确认下来的就一定是特长生？我看，要慎之又慎，仅靠考生们提交的报名作品能不能就可以确认考生的水平？这也是值得考虑的。因此，像文学创作专业、美术专业等这些专业，只能初步拟定一个重点考查对象的名单，等专业考试完成之后，才能比较清楚考生的真实水平。

请各专业的专家们先对特招政策提出意见和建议，看看今年的政策是否需要进一步完善和调整。

李禾根出面请来的老作家胡敏先发言，我先表达一下我的意见，或许不对，但既然刁校长让大家谈谈想法，我想，就这几年参与贵院特长生招生，或者如你们所说的叫作"特招生"招生来说吧，我觉得实在没有必要在专业招生考试之外，再来这么一个特殊的确认。

我就在想，文学创作有"特长"这一说吗？特长就是聪明的人吗？不聪明的人就写不出好作品吗？我们招收在写作方面的所谓特长生的目的是什么呢？我想，我们寻找确定特长生的目的无非是发现创作方面有天赋的人才。可是，天赋这个东西是仁者见仁智者见智的东西，有没有"天赋"这回事都是不能确定的，都是依靠决断的人靠个人的感觉来确定的。就根据似有似无的个人感觉来确定一个人是否具有天赋，或者写作天赋，是不是太轻率了？

就我写了一辈子的人来看，我觉得，文学创作这个东西，并不是靠天赋，靠先天的东西。有时候，那些看上去拙嘴笨舌，甚至木讷愚钝的人却能写出好作品。有的人，可能偶然写出一篇不错的东西，但是随后就见不到好东西出来了。有人写作靠的是爆发力，有人靠的是绵绵长劲，力道渐显。有人少年早熟，有的人大器晚成。写《堂吉诃德》的塞万提斯，早年在写作上并未表现出什么才华来，到了59岁才写出《堂吉诃德》来，根据我们的标准，他连进入我们普通考生的队伍都难。他不是天才吗？我觉得他不是天才，但却是个优秀的作家。有的作家甚至智力都有问题，诗人余秀华，她聪明吗？嘴眼歪斜，要是倒退一些年，来考咱们的北艺，她能被确定为"特招生"吗？

虽然我参加了北艺多年的"特招生"工作，但就我个人的观点看，我认为文学创作是不能在专业课考试之外再进行"特招"的。作家是需要时间成长的，培养作家——如果作家是可以培养的话，那也只能是"温水煮青蛙"的过程，是小火慢炖的过程。怎么可能仅凭一时半会儿，一打眼就能鉴别出这些人比那些人强？就像鉴宝一样，一打眼，专家们就能知道真假？再厉害的专家也有走眼失误的时候啊，他又如何十拿九稳地确定谁就是真谁就是假？如果我们自己都不太确定准确与否，我们又凭什么说我们是公正的？我们可以回顾一下，这些年有多少被我们定为"特招"对象的学生，进入校园写出了好作品的？又有多少"特招生"毕业以后成为有一定影响作家的？这就已经充分地说明，我们年年搞的"特招"政策是值得商榷的。我的话完了，说得不对请各位领导专家批评。

胡敏说完对着李禾根拱拱手，意思是对不起了啊，没跟你商量。李禾根笑了笑，没说什么。

美术学院的董青山接过胡敏的话说，我赞同取消特招生的政策。我的理由是，除了专业上无法准确判定之外，我认为在操作上也是有很多问题值得考虑。我觉得，招生考试在程序上越简单越好，经手的过程越复杂，越容易产生问题，甚至是腐败。特招生是人为确定的，本来我们的招生流程已经相当严密，几乎无懈可击，没有什么空子好钻。制度的严密与公平，保证了考试的公正和权威性，也给所有的考生创造了公平竞争的平台。可是，这一"特招生"政策就给招生考试增加了一个环节，而这个环节又是人为的。我们并没有制定一个像正常专业考试那么严格的制度。或者说，无法制定一个像专业课考试那么严密的制度。全凭个人的感觉和认识来判定一个考生的水平，一旦被确定为"特招生"，他就有了特权。

据我所知，有许多考生家长不是让考生积极备考，努力提高绘画水平，而是想方设法要挤进特招名单。到处找关系托后门，就有人到我这里活动啊。我原来还可以以我们的招生制度严格、没有办法帮忙为借口，拒绝那些想走捷径的人。可是，现在他们直接提出来，要利用咱们的"特招"政策，把他们的孩子直接放进特招名单里。我要是拒绝，他们就会进一步提出来，向我要专家的名单。显然，他们是想一个一个地攻破。如果这个办法行得通，我的天哪，咱们北艺成了什么地方？校长啊，书记呀，你们是考虑大事的人，可是，你们不觉得"特招"政策给招生的非法活动提供了便利机会吗？

董青山继续说，同时，反过来说，能够决定谁是特招生谁不是特招生的专家们，都是由领导机关来确定的，我们怎么能保证这些选特招生的专家没有私心？没有偏心呢？我们当然是可以提供本专业的高水平专家人选的。可是，最终决定用谁不用谁，并不是由我们来决定。即便这些专家由我们来定，我们也不能保证这些专家的判断力就是准确无误的呀。而且，谁推荐专家不都是推荐熟人啊，熟人不是个标准，可也是个标准，我不认识人家，又如何推荐人家？我们的确有专家库，可是，那个专家库就是个摆设，最终不都是由我们指定吗？如此，衡量考生的标准历年都是争吵的内容，我们又如何能够自信地说，由这些我们自己聘请来的专家判断的报考生就是天才呢？

同时，就美术作品来说，参加到美术专业考试的考生们，从根本上来说，都是专门学过画画的。他们的水平如何，就像胡敏老师说的那样，如果他不是特别的差，我们凭什么判断一个考生是不是有天赋，是不是个特殊人才？那都是仁者见仁、智者见智的事，艺术有一个统一标准吗？在一些现实主义的画家眼里，那些抽象的、变形的东西，那些表现主义的东西都是垃圾，都是不入流的，他选定的"特招生"又特殊在哪里？同样，一个表现主义的画家，看到那些门是门窗是窗的再现画作时，有几个认同？他们的判断又如何科学理性？可是，我们相信，每一位能够有勇气到咱们北艺考场上露面的，敢试一试的，他们的专业基础一定都不是十分差。因此，我建议，取消特招生的制度，如果今年取消不了，明年也要取消，如果其他专业取消不了，我建议先从美术专业开始取消。

音乐表演学院的洪吉生发言，可能是因为专业不同吧，我不赞同取消特招生。我觉得就音乐表演专业来说，是有天生的好嗓子，天生的好材料的。而这些考生大多数都是偏科严重的，不仅是文化课不太好，甚至就音乐素养来讲也不见得比别的考生好。但是，他们有副天生的上帝赐予的好声音，如果不借助特招的政策是无法将他们招进来的。就拿低音来说吧，我们非常缺好苗子。我年年想招个条件好一些的学生，可就是没有，选来选去就是没有啊，今年咳，终于发现了一位！我们找了几位顶尖的专家对他进行了考核，大家都判断是非常好的苗子。可是，这个学生就是嗓音好，其他都平平。但其他的东西我们可以教啊，等他入学之后，我们甚至可以组织一个专门的教学小组教他。人才啊，难得的人才。所以，我不管其他专业如何，我认为，就音乐表演这个专业来说，还是有天才这一说的。我希望今天的讨论特招名单的会议不要变成一个特招政策存废问题的会议。我相信咱们的刁校长也不会反对我的观点吧？您是搞歌剧出身的，一定也有切身体会。选拔一个优秀的专业歌唱人才不是件容易的事，要是遇到了就干脆招进来，不能让人才跑到别的院校去。谢谢大家！

舞蹈学院的陈飞燕应和着洪吉生说，我同意洪老师的意见。就我们舞蹈专业来说，我们也是需要特招生的。因为，正如音乐表演存在特殊人才一样，舞蹈人才也有特殊的，有天赋的孩子存在。遇到一个也不是件容易的事。而且，我们今年已经确立的特招名单经过千挑万选，千锤百炼，我认为还是比较准确的。我们能保证选拔过程的公正，也完全拿得出手，绝不给北艺丢人。

刁子规很想听听一直沉默的李禾根的看法。目光扫过来，李禾根心领神会，他清了清嗓子说，没想到，今天的会议讨论的问题集中在了特招政策的存废上。我认为大家谈的都非常有道理。但是因为专业角度不同，感觉不同，所以意见也就不一致。特招制度是有很多问题的，这个我们得承认。比如，大家谈到的，走正门行不通的，有些人就想走这个偏门。要想走这个偏门，就有人去找看门人。过去，看门人可能就是各二级学院的那几个，可是一"特招"，看门的、把门的、守门的人就多了，几乎谁都有可能伸一下手。往年的经验是，特招成了特权，特招场成了权利平衡场，这是我们最为苦恼的。正像胡敏老师说的那样，有时，我们回顾一下这几年"特招"进来的学生，有几个成才成事的？即使像文学创作这样需要文火慢炖，需要成长时间的专业，这么多年"特招"政策过去了，也没见着有几人冒出来。这就让我们想到了我们的政策是否适合文学创作这个专业？也为我们今后搞不搞、如何搞特招生的问题提出了拷问。特招生政策也给本来就捉襟见肘的老师队伍带来了巨大的压力，这件事是马虎不得的。可是，要认真就得有人来干啊。从北艺的其他专业来看，虽然特招生出现了一些问题，但是，特招政策也确确实实在起着必要的重要的作用，为一些专业发现并培养了人才，这也是不能否认的。

所以，我的意见是，今年有些专业，比如我们文学创作专业就可以暂停一年，有的专业还可以继续执行这个独特的招生政策。虽然，这几天我都在加班看考生们报名交上来的作品，时有兴奋之作，有的甚至超出了我的想象，真好！我恨不得马上要见上考生一面。可是，转念又一想，第一，这些作品是不是考生本人的，我们如何确定这些作品的真假？第二，这些作品，我看着好，是不是真好？我想还需要更多的人的共同确认。正如胡敏先生刚才所谈，这也是个仁者见仁、智者见智的事。第三，我们还有三次专业考试，是不是个"特长生"，是不是个人才，其实这三次考试是完全可以考出来的。现在的这个报名的作品只是个参考，不应当起绝对的作用。有些考生是交了作品的，但有些考生是没有交的，交作品的并不代表他就优秀，而没有交作品也不能证明他差，那得考场上见识一下才可以。

曹耀辉谈意见，我看哪，今年是不是各个专业都保持不变？政策嘛，应当是个稳定的东西，如果今天用明天废的，朝令夕改，就让大家摸不着头脑。

有人反对，如果调整政策，现在恰逢时机。现在不调整更待何时？明年依然是现在这个样子，我们依然还可以推到后年去，明日复明日，许多事情就会这样被拖没了。

有人支持，政策需要稳定，需要一定时间的稳定运行。特招政策才实行了三年的时间，现在就推翻重新来，是仓促的。应当给政策一段时间的适应与调整，经过实践考验、观察后慎重改变，不能说改就改，说变就变，这样也无法稳定我们的考试方向。

反对者，招生的基本面是稳定的，这个政策是附着在大局上的一个小包袱，什么时候改、如何改并不影响大局。

反诘者，那可不一定，虽然每个专业仅三个名额，可也是最为宝贵的三个名额。是全社会都在关注的，这并不是一件小事，是件引起高度重视的大事。这个特招政策并不是附属品，而是个精品工程，是选人才的精品政策。

那该怎么办，明天就正式进入考试了，必须有个决策才对。

大家的目光转向了刁子规，刁子规一直微笑着认真地听大家的意见，还不时地在笔记本上记上几笔，这时她放下笔开口了。

非常感谢大家提供了这么多的宝贵意见。各位专家为北艺的招生用心专心精心，让我特别感动。特招生政策是近几年才经教委特批实行的一项特殊政策，在设计之初我们也是有各种各样的担心，经过这几年的实行，在实践中我们也发现了许多问题。正如刚才各位专家提到的许多弊端都是存在的。甚至有些情况大家可能还不知道，比大家了解的要严重得多。今天有的人提出要废除这项政策，也是自然的事。因为出现了许多问题，不同的专业有不同的问题。有的专业虽然在实践中能够处理好一些矛盾问题，但是，有的专业，是很难处理的。有些困境是专业上的，比如文学院、美术学院提出的一些仁者见仁、智者见智的问题，这确实是个显性的问题，不能回避。有的问题，是管理和制度上的问题，简单讲，这是在艺考招生之外搞了一个艺考，是国中国，是大菜园中的自留地。好不好？还不能一下子就定论。究竟该怎么办，是否坚持搞下去，我想，还是需要慎重的。虽然明天就考试了，但我想，我们还是有时间再深入一步搞搞调查，从老师、考生、家长，从我们的上级管理部门那里广泛地听取一下意见。今天的这一次会议还是不能够完全定下来。我的意见是，大家还是按照原计划继续执行特招政策，一切照旧，该上报名单的上报，该组织单独考核与测试的都照常进行，最终我们会在专业三试前定下来。学校党委、各二级学院的领导们也都认真地研究、论证，把意见汇总上来。咱们先来个充分的民主酝酿，最后再集中到学校党委常委会来。

散会的时候，刁子规叫住了李禾根，到我办公室说两句。

大家纷纷散去，热烈地议论着。似乎情绪还没有从刚才的讨论中走出来。李禾根跟着刁子规去了，秘书们收拾起领导的杯子、文具也跟着走了。

推开办公室的门，刁子规似乎换了一副面孔，轻松地说，这两天你很忙啊？喝点什么？茶，还是白水？

李禾根坐到刁子规大板桌前的椅子上，什么都不喝，听完您的指示，我还得马上回去。还有一大堆的作品等着我看呢，还有一大堆的事等着我去处理呢。这个院长不好当啊。

刁子规没有坐到自己的大班椅上，而是靠在离李禾根较近的桌边。端着水晶杯，望着李禾根，又是"一大堆"？谁还不是一样！你呀，要学会做减法，一大堆变成一小堆，一个人的事，分解成许多人的事，要学会放手，不是所有的事情都需要从头到尾地盯着。你看我，现在虽然还是那么忙得要死，可是，我把权力都下放给你们了，有些事就无须我再去过多地操心，就轻松多了。你一定要学会把你的事情分解成若干块，分给各专业教研室去，他们再继续分解，直到落实到每一个人头上，事情就不会那么多了。放手啊，学会放手！

李禾根苦笑着，有的事情是不可能放心的，本来我想基础课部的胡文华挺老实的人，让他多做些实际工作，分担一下文学院的工作。才用了一个学期，这不就出事了？我还不知道下一步怎么找人补他这个空呢。

刁子规说，你是看人不准，用人不慎。选好人，用对人，才能提高效率。

李禾根问，校长，您叫我来有什么吩咐？

刁子规回到自己的座位上，就你心急！我找你是教委领导找我，要我们支持一下民办大学的教学。现在教委大力支持民办高校的办学，支持民间资本进入教育，教委实施"一校帮一校"的政策，让公办大学在管理、教学等各方面帮带一下民办大学，使他们快速地发展起来，弥补公办大学教学的欠缺与不足。

给我们的任务是帮带一所民办的艺术大学。教委前些年批复了一家投资规模比较大的山西民办高校，叫北岳大学。这所大学是以艺术教学为主体，有专科，也有本科，但是发展一直比较缓慢。教委想在西部地区扶植一下这所大学，他们在硬件方面基础很好，也招收了一批不错的力量。但是由于缺乏经验，推进得比较慢，教委领导们要给他们加把劲，就想把咱们北艺跟北岳大学拉在一起，建立共建合作关系，请我们在各方面给予增援。前些年，他们也搞文学创作专业的本科招生，但是路子还是中文专业的路子，这个专业每年招收的人数也不多，教学基础也是普通高校的中文那一套。这些学科评估没有达标，正处于整顿中。你们文学院招生考试之后，要接触一下北岳大学，了解一下情况，制定一套帮带的方案。

李禾根突然想到，唉，胡文华不能待在咱们北艺了，让他到北岳去得了。也算是给了他一条生路，虽然他犯了个错误，可是可以戴罪立功呀。

刁子规笑了，你还挺会钻空子的。

李禾根想着，更加肯定了自己的主意，这样，他也可以洗白自己了。要不，在公办大学里他带着污点也不好办呀。到了民办，不提这段不光彩的事，还可以把咱们的经验带到那里去，把北艺的作风带过去，说不定这就能更好地帮带。

刁子规说，人家点名请你指点迷津，你不能一推了之。

李禾根答应着，那是那是，我也会尽力支持的，把北艺经验带给他们，把北艺的一些人才也介绍给他们。

刁子规警惕地说，你可别把我们的人都弄到北岳大学去啊，咱们培养这些人也是花了本钱的。

李禾根笑了，校长，您看，您不是说要全力支持北岳的办学吗？怎么一说调人过去您就不愿意了？我是有我的想法的。

刁子规问，你有什么歪主意？

李禾根答，是好主意！我早就觉得现在的老师们如果没有太大追求的话，他们的压力并不大，而且，交流进步的机会也不多。我突然想到，若是能够把北艺的老师和北岳的老师进行流动不是挺好的嘛。我们的老师去北岳工作个一两个月，北岳的老师们到咱们北艺工作个几年，各自都可以开开眼界，换换思路，把各自的优长带给对方，把那些缺陷弥补过来，这个方法应当是最管用的。

刁子规笑着说，你这是想把北岳办成北艺的分校啊，扩张势力。

李禾根肯定地说，正是这个意思，有何不可？我们的师资，甚至是我们的学生都可以跟他们进行交流啊。我们这里的名额少，可是，民办的相应就可以放开招了，在哪里不是给国家培养人才呀，丁！

刁子规深有感触，体制内的大学有许多羁绊，各种各样的规定，各种各样的制度。有的是合理的，有的是不合理的。合理不合理都得执行。有的事情，在公办体制下是无法完成的，教育资源的浪费，人才的流失，等等，都跟这个公办体制有关。唯学历论，唯论文论，唯名校论……当年，要不是我跑断了腿把你要过来，你怎么会到北艺？他们一句话就把我给顶了回来，他才是本科学历，国家有规定呀，在大学任教必须是博士学位，他有吗？我说，你们不能只看学历，不看能力，不看成绩呀。我说我不是"反智"，你们知道吗，在我们北京艺术大学，无能的博士多了去了，我们是个实践性非常强的学校，你们让我们招那么些个高学历的废物干什么？我们要创作能力强、实践能力强的，你们得支持呀。当时，我一级一级地找，动用了很多关系，公共的，私人的，什么都用上了，最后才把你这么个大神请进北艺来，现在想起来真是费劲啊。

李禾根开玩笑地说，我要是知道您费这么大的劲，我就不来了。您把我弄进北艺是帮了我呢，还是害了我呢，我还没搞清楚呢。进了北艺，我失去了自由，当了老师，我就不能写东西了，这损失多大呀。

刁子规撇了撇嘴，看把你给得意的！说真格的，体制内还是有体制内的好处啊，不是也解决了你许多实际问题啊，靠私人的力量怎么可能？但是，公办体制的弊端确实也不少，我们可以把两者结合起来互补。民办大学灵活一些，在招生人数、人才引进政策、福利等各个方面都会较公办要宽松得多。如果，真的把北岳大学办成咱们自己的分校那又何乐而不为呢？我接触过北岳大学的班子成员们，他们的思路很新，都是照着最新的专业、最新的教学思路走的，我看好这个学校。这也是我想叫你分出一部分精力用在这里的原因，办好了，就是我们的火种，办大了，就是为艺术教育做贡献。

第8章 暗流

天阴沉沉的，要下雪，还是要下雨？一脚跨到初春一边的北方，是多变的。空气是潮湿的，清新的。轻雾薄蒙，镜片有诗意的影子。

李禾根跟学生们讲过，他喜欢阴天。在人少的街道上走一走，呼吸一下，思索一下，沉浸一下，文人的小自我就来了。微醺似的轻松纯粹，恣肆汪洋。放下手里的稿子，他想出去走走。

校园里人少，离开学还有一个多星期，考生还没有回来。报名的人都在操场上。走在安静的校园里，不时地传来操场上的广播音乐声，还有请某某某到广播站领取丢失的学生证、身份证的消息。他就这样走着，大脑里转着乱七八糟的事情。

走了一会儿，李禾根想，回家看看吧。明天之后，就不可能再回家了，都得守在考场和改卷场了。没有时间回家，也不准许回家。想着，就朝校外走去。绕了几个街区，就走到了北艺经济适用房小区。

大门口挺热闹的，车来车往，人出人进。许多熟识的、陌生的面孔。走到入口那里，出示了证件，保安让他进去。门口有许多人想进，负责任的保安仔细地核对，陌生人得给住在里面的人打电话，里面的人证明了是找他的才放行。有人大包小包地在院子里问路，赵老师、张老师、陈老师家住在哪里，问洪院长、冯院长住哪里，李主任、朱主任住哪里，我是谁？我是他的亲戚呀，大老远的，他没回家过年，这不，过完年了，我来看看他。

李禾根笑了，心想，这些送礼的人真是可怜，拎着大包小包的送，就不怕被人看到猜到？这个年月哪还有这么大张旗鼓送礼的？他就想到当年从煤矿上回到家乡，为了当兵，老父亲带着自己，给村长，给武装部的人，给镇里的干部们去送礼，求他们帮忙，就是这个样子。他知道，这样送礼的人都是穷人，都是社会底层的普通百姓。真有钱有势的人，都是暗送，都不是一般的小打小闹。他无奈地摇头，唉，中国百姓活着真是不容易啊。

快到80号楼时，远远地看到有个农民模样的人站在楼下，旁边立着编织袋，编织袋旁还站着一个大男孩，个子挺高的，穿着校服，愣愣地立着。李禾根心想，这肯定又是找哪个老师的。

走近的时候，那老汉满脸堆着憨厚的笑意问李禾根，老哥，打听一下，这是不是80号？我想找李院长，他是不是在这儿住？

李禾根吓了一跳，居然是找自己的，是呀，我就是李禾根呀，你认识我吗？

哎呀，老汉伸出大手，热情有力地握着李禾根的手，我是冯继国呀，是秀芹他妈叫我们来找你的，快来快来，这是我儿子冯启发。

李禾根吃了一惊，岳母跟自己说的那位"冯起火"来了，他笑着说，嘿，这孩子这么高？有一米八吧？

冯启发不好意思地憨笑着伸出手来，腼腆地跟李禾根轻轻地握了一下。李禾根热情地说，走走走，到家里去，别在这里站着了。

冯继国从地上扛起编织袋子，有点吃力，儿子上前帮着抬到了他的肩上，边走边说，秀芹娘说，你们过年也没回去，让我给你们带点土特产。

李禾根在前面带着路，这大老远的，带这么沉的东西，多累呀。人来了就行了，还带东西干吗？

到18层电梯打开时，李禾根看到电梯外站着穿着时髦的年轻女人，带着个秀气的小姑娘，后面跟着陈飞燕。看到李禾根，陈飞燕有些不好意思地笑了笑解释，找我上课的，一直跟着我上课。

李禾根很清楚，这个时候大家都回避上课这件事，虽然陈飞燕这么说，可是又如何把考试和日常的上课分得开？其实不用解释，越抹越黑，越解释越解释不清，谁心里都明白。李禾根心想，还不知道陈飞燕如何想自己呢？

他们住对门。把客人送上电梯，陈飞燕推开门进去，在关门的瞬间，李禾根瞥见了陈飞燕家客厅的练功把杆和巨大的镜子。当初，陈飞燕家装修的时候，自家的婆娘张秀芹特别羡慕陈飞燕，看人家那才是艺术家呢，咱们家俗了吧唧的。看人家，客厅都装着练功的家伙什，你什么时候也把家弄得像个艺术家。李禾根给张秀芹解释说，我们搞的专业不一样，她是跳舞的，我是搞文学创作的，我弄得那么花里胡哨的没用。张秀芹就说，咱家的可心以后要是练舞蹈怎么办？还不趁着装修的时候装个把杆什么的？李禾根说，想那么远干吗？你看，咱们家几面墙都打了书柜，将来都摆上书也挺文气的，不也挺好的？说不定他人还羡慕咱们呢。

陈飞燕是舞蹈学院的业务骨干，曾是全国有名的舞蹈大腕，拿过许多大奖。当年也是刁子规费劲把她调到北艺的。调她来的难度也很大，她只是个大专文凭。可是人家在圈内有影响，教委却有规定，不是博士想也甭想。李禾根和陈飞燕在同一年被刁子规作为特殊人才调来的，也因此得到重用。来到北艺之后，她在舞蹈学院的成绩也相当显赫，她带的学生，五次拿过"桃李杯"全国舞蹈大赛的金奖，培养的学生无数。是舞蹈学院的顶级骨干。

李禾根把冯继国和他儿子让进家里，给冯继国倒杯水，给冯启发倒了杯橙汁，父子俩局促地坐在沙发上。冯继国就要从编织袋里掏东西，李禾根制止道，这个先别着急，歇一歇。秀芹娘在电话里把冯启发要参加艺考的事都跟我说了，我先了解一下启发的情况，你在哪里上的高中？

冯启发说，我是在镇中上学，镇二中。

冯继国连忙解释，是咱们那里的重点中学，启发很争气，学习不错的。

李禾根问，你们搞过模拟考吧，能达到多少分？要说实话。

冯启发说，考好了能考550多分，考得差一些也能考520多分。

噢，李禾根深思着说，这个分数可不是很理想啊。你们知道吗，考北艺的学生，最终的高考分数都是在580分左右，最低分数线也在560分，去年的录取线是564分，这是最低的，一般都是580分以上才比较保险。这还只是文化课的分数，要是专业不靠前，即使文化课考得不错，进来的可能性也不大。这是启发要考北艺面临的困难。还有一些困难，也是要想到的。

冯继国望着李禾根，就不能想想办法？你是院长，秀芹娘说了，让我们投奔你来，你能办好，你是院长。启发又是咱们自己的孩子。

李禾根苦笑着，电话里我是没法跟秀芹娘讲清楚的，就是面对面我也是解释不清楚的。我这样跟你们说吧，启发是咱们自己的孩子，我也确实把这小伙子当作自己孩子的，我是应当帮助他的。可是，你们知道吗，现在不是过去了，找个人托个关系事情就能办。相反，如果让学校知道了，我有亲戚朋友的孩子考这个学校，我就得退出来，不能参与招生工作了。你们来了，我不能把你们推出去，我必须老老实实跟学校报一下。如果学校还让我参与招生，我就还能参加，但是指望我帮你们可就难喽，很多考生都在盯着我呢。现在的考试程序都是非常严密的，我想违规都没有机会啊，只能凭考生自己的本事考，走捷径是不可能的。

冯继国问，那就没办法了？那让孩子怎么办？这秀芹娘可真是的，还打包票，让我们来。

李禾根说，你们也别着急，我给你们出个主意。第一，我劝你们就别考了，启发是好孩子没错，可是，在写作方面不一定有优势，高考成绩也不是很突出，勉强进入专业考试，也未必最终能考上。还不如专心致志地回去准备高考，考个好大学，选个好专业，比什么都强。没必要在这里耽误时间。第二呢，如果你们还是坚持要考北艺，那就冲一下，我给你们找个旅馆，你们住下，好好地复习，能过一试就过一试，看看最终能到什么地步。在这个过程中，我是要回避的，这是学校的规定，我得遵守。我不是绝情，你们不要再找我了，你们要是找我，对我对你们都没有好处，被人告了，启发的考试资格就没了，我这个院长也就当不成了。你们看，怎么办好？是回去，还是留下来？

两个人沉默了一会儿，冯继国问冯启发，儿子，你说呢？你李叔啊，说的也是实在话，咱不能给他找麻烦。

冯启发低着头，想了半天说，我都来了，怎么着也得试试呀，还是留下吧。

李禾根轻轻地点点头，你说的也是，试试，那我给你们安排个住的地方。叫司机把你们送过去。

李禾根给吴开打了个电话，嘱咐了几句。然后对冯氏父子说，一会儿秀芹就回来了，你们晚上在家里吃个饭，然后让小吴把你们送旅馆去，我还得马上回学校去，还有许多事呢，你们就在这里等一会儿，我跟秀芹说好，让她回来给你们做点好吃的。

冯继国连连说，不用了，不用了！看给你们添麻烦了。

李禾根说，一定一定！到我家里了，还是要吃顿饭的。你们大老远来了，又是秀芹娘给我说过的。

李禾根是知道大家的情况的，每年都差不多。纪律要求严格，规定重申多次，纪检督导一次次提醒，可是，辅导依然还在暗中热火朝天地进行。他李禾根自己可以不做，但也不能抽出精力来阻止这些事情的发生。他没有时间，更没有精力，也不是自己的职责。胡文华因为跟考生的母亲是曾经的恋人，不仅在办公室里辅导了那个初恋情人的孩子，还和这位初恋情人发生了身体接触。胡文华被一直对北艺考试持有怀疑态度的家长盯上了，不仅在隔音不太好的胡文华的办公室外录了音，还拍了视频，照了相，甚至跟踪了胡文华和这位初恋情人约会的饭店，这些材料成为那位家长威胁北艺的铁证。家长发誓，要是他的孩子上不了北艺，他便将这些材料举报到教委，上传到网上，要让北艺蒙羞出丑。学校最终如何处理这件事，目前还没有明确的结果，但是，胡文华被开除出教师队伍是肯定的。

还有谁，还有多少如胡文华这样的愚蠢笨拙的老师，在秘密地搞辅导？李禾根不可能知道，但是，他却明确地知晓，不在少数。

不过，作为叙事者，我可以帮助李禾根来罗列几例正在发生的招生违规事件。

案例一 ——
时　　间：2 月 27 日下午
地　　点：北太平庄咖啡馆
牵线人：北艺后勤处处长朱晓天
目击者：涉事人及北艺戏剧学院李敏生老师
人　　物：考生母亲，女性考生
涉事人：北艺文学院影视教研室教员曹方

经　　过：曹方是文学院专业课教研室青年男老师，教学骨干。2 月 26 日考生报名时，后勤处处长朱晓天给曹方打电话，请他帮忙给考生辅导一下专业课。因为两人平时比较熟悉，曹方没有犹豫就痛快地答应，并约定好次日下午 2 点在北太平庄咖啡馆见面。

次日下午 2 点曹方来到北太平庄咖啡馆时恰好撞见戏剧学院的李敏生老师在此喝茶，但看得出来，他也是在给考生家长和考生进行辅导。他又是说又是做的，引起了曹方的注意，曹方认为他至少是在给考生咨询。曹方与李敏生目光相遇，互相躲开，没有打招呼。曹方因此要求考生家长要一包间。

曹方的辅导在 1105 包间进行。其间考生母亲要来普洱熟茶一壶，茶点若干，干果数盘。曹方先是介绍了北艺的考试情况，基本的规矩和重点的关键的人物，提醒他们可以请朱晓天处长去找这些人，可以省去很多麻烦。随后，曹方进行了 3 个多小时的辅导，他主要是讲了北艺考试中的影视部分，讲述了北艺考试中的影视出题的基本原则、方法和内容。给考生指出应考的重点，以及改卷老师关注的主要部分。考生满意，家长高兴。

辅导期间，考生家长把写有考生信息的纸条递给曹方，请曹方在考试进行中给予必要的照顾和帮助。曹方痛快地答应接受，并告诉她们，朱晓天处长和自己的关系密切，是同乡也是好友，请她们放心，会帮助的。

辅导期间，考生家长离席接过三次电话。考生为重庆人。

许　诺： 在结束辅导后，曹方承诺，他不敢过于大胆地担保，但保考生进入二试还是有把握的。后面如何，他说不好，请她们找朱晓天处长再找其他人暗中相助。

回　报： 曹方请考生和家长先走，他过一会儿再出去。考生家长离开时，把一个信封放在桌子上，告诉曹方，这是辅导费用，请曹方收下。曹方开始推脱了一下，随后收下。考生及家长走后，曹方打开信封，里面是 5 万元人民币。在她们留下的"小礼物"袋中有一部最新版的苹果手机。

曹方在茶馆又坐了十余分钟后，打车离开。路过大厅时，曹方有意寻找戏剧学院的李敏生老师。未果。

案例二——

时　间： 2 月 27 日晚 7 时

地　点： 北艺家属区 6 号楼 3 单元某室

牵线人： 北艺教务处工作人员李献策

目击者： 涉事人及董庆国邻居

人　物： 考生父亲，女性考生

涉事人： 北艺文学院基础课教研室教员董庆国

经　过： 董庆国乃基础课教研室教学骨干，文学博士。2 月 27 日上午，机关教务处李献策联系董庆国，说自己老家来了一位考生，基础非常好，希望董老师给辅导一下。李献策说得比较可怜，说是自己来北艺时间短，认识的人不多，尤其是跟文学院的老师接触不多。只有上学期结束的时候，因上报学生成绩发生了问题，才与董老师相识。并觉得董老师是个好人，所以才找董老师，请董老师务必伸手援助，并承诺不让董老师"白辛苦"。

董庆国想了半天才想起上学期结束的时候，因为学校的教务系统进行了升级，自己不熟悉，上报成绩时，报错了，正是这位李献策同志热情帮忙，才把这件事应付过去。因此，对他印象也不错。但董庆国是谨小慎微的人，说辅导是可以的，但是现在学校管得比较严，一旦发现就是大事，还是要小心小心再小心，不要让别人看见，悄悄地接触一下便可。董庆国还谦虚地说，我辅导也不一定能起到多大的作用。

李献策却肯定地说，您是文学博士，只要您辅导一下肯定会起作用的。为了安全和保密，李献策提出找一家酒店开个房间进行辅导。董庆国不同意，说是太麻烦了，还不如就到他家来。董庆国还开玩笑说，灯下黑嘛，越是危险的地方越是安全，你带着考生和家长到我家来吧。晚上7点。事实证明，董庆国的计划是欠妥的，失算的，考生到他家来的时候还是被人民群众发现了，虽然有惊无险，但是让怕事的董庆国很后悔。

当时的情况是这样的，李献策带着一对父女来到董庆国家外敲门，不料被董庆国的邻居撞见。董庆国的邻居乃舞蹈学院老师侯童，虽然跟侯童认识，但是不熟。所以，当时李献策只是跟她点了点头。侯童脸一红也点了点头。那时，侯童是送人出门，一个漂亮的小女生和一个漂亮的年轻女子。李献策当时猜测侯童送的人一定是考生和家长。这个时候几乎不可能不往这上面想，这么隐私的事儿，他们也不必互相问候。而这个时候，恰巧董庆国开门，他一眼便看到了侯童。这让他很尴尬，愣了一下，才请李献策等人进门。

董庆国把三个人让进屋内后，请考生和家长坐到客厅的沙发上，然后拉着李献策到门口玄关处，有些后怕地说，她不知道是怎么回事吧？李献策见董庆国如此胆小就安慰说，她肯定不知道是怎么回事。况且，要是有事，她也逃不过呀，她也是刚刚送考生出门的，所以她不至于说什么。董庆国不放心地说，但愿不会有问题吧，上帝保佑！

董庆国说自己和侯童也不熟悉，不知道这个人嘴严不严。李献策说，董老师您就放心吧，还有我呢。如果有事，您就一股脑儿把责任推到我身上，绝不会给您找麻烦的。李献策说，我把人送来了，您就费心指导一下。孩子的父亲是个政府机关的干部，他陪着孩子在，我机关里还有事就不陪着了。说完走人。

董庆国在忐忑不安、心神不宁中辅导考生约两个小时，这次辅导让董庆国出了一身大汗，比平时上课要累。考生家长看到辛苦费劲的董庆国很不容易，感谢他的辛苦，走时把辅导费放在茶几上。

许　诺： 董庆国送考生和家长出门的时候，叮嘱他们赶快离开家属区，如果别人问起来可千万别说是来我家的哦，更不能说是我辅导了你啊。说过这些话之后，董庆国又觉得话说得有些过分了，在关门的一瞬间又大包大揽地承诺，你们放心哦，孩子进入专业二试是没有问题的。

回　报： 家长走后，董庆国打开信封，点数辅导费 3 万元，还有高档滋养品若干。对此，董庆国还是比较满意的。

案例三——

时　间： 2 月 27 日下午

地　点： 北京北辰洲际饭店客房

牵线人： 北艺宣传处处长李伟

目击者： 涉事人及北京电影学院表演系考生和家长

人　物： 考生母亲，男性考生

涉事人： 北艺文学院外国文学研室刘淑媛

经　过： 刘淑媛为文学院中年女老师，教学骨干，是北艺知名老师。从教 20 余年，经验丰富，还是北艺文学专业招生考试出题小组成员。虽然出题后按规定她是要隔离一段时间，初试开考后才能回家的，但是，刘淑媛老师因为感冒请假提前回家。

得知刘淑媛老师已经回到北艺的消息后，宣传处李伟处长亲自登门拜访。说是一方面代表组织对刘淑媛老师慰问，另一方面代表个人请刘老师帮个忙辅导一个考生。李处长诚恳有加，说是万不得已才惊动刘老师的，因为这个孩子是其原单位"老领导的孩子"。

刘淑媛当然知道一个出题人接触考生是绝对的大忌，所以当时就很严肃地拒绝了李处长的要求。说，你是知道咱们北艺规矩的，甭说我是出题小组的成员，就是其他人也不允许接触考生的，这是让我犯错误。

李处长为难地说，在北艺，刘老师您是我最敬佩和崇拜的老师，您是大学者，我找您是给您添麻烦了，那就不打扰您了。说着李伟处长就要走了。但是，这时候刘淑媛善心大发，缓和了口气说，也不是绝对的不能见面，现在招生纪律严格，盯着我们的人很多，人多嘴杂，说什么的都有，惹出麻烦不值得。

李伟处长见刘老师这么说一下就放心了，他提出可以找一个安静而安全之处进行辅导，走远一点。

刘淑媛问，哪有这样的地方？

李处长说，我们到北辰洲际饭店去。那里离北艺远，谁也不会想到我们会到那里，您呢在那里也可以休息休息，那里的条件好。

刘淑媛应允。考生是个男生，母亲陪同到京，实际上就住在这座饭店。北辰洲际饭店是一座五星级的大饭店，可见，考生家庭条件不错。

据李伟处长介绍，考生的母亲有一家企业，经营汽车轮胎生意，赚了不少钱，经济条件好，就是希望自己的儿子将来能当作家。而考生的父亲是市政府搞宣传的干部，原来李伟便是这位考生父亲的部下。在地方时，李伟得到了考生父亲的关照，对他很好，进京后，一直保持着联系。

他们进入北辰洲际酒店时，考生与同样到北京考试的同学相遇，她们是来考北京电影学院表演系的。这个意外相遇，让刘淑媛老师感到很不舒服。

辅导是在考生的房间进行的，其母为他们买来了零食饮料，安置好后，母亲出去。辅导进行了一个半小时左右，讲完后，考生打电话将其母叫回，母亲万分感谢，送上一个时尚纸袋，给刘淑媛打车，送其回校。回家后，刘淑媛打开纸袋，里面有6万元钱，华为手机一部，另有首饰盒一个，打开后，是一对手镯。

许　诺：刘淑媛拎着沉甸甸的手袋钻进出租车时对考生的母亲说，你放心吧，这孩子可以进入三试。

回　报：刘淑媛接受家长辅导费6万，华为折叠屏手机一部，手镯一对。

案例四——

时　间：2月27日晚上

地　点：北京天桥张一元茶馆包间

牵线人：北艺保卫处处长刘民潮

目击者：涉事人及北艺音乐学院考生家长

人　物：考生母亲，男性考生

涉事人：北艺文学院基础课教研室吴品贤

经　过：吴品贤是现代文学老师，教学骨干。联系他的人是保卫处处长刘民潮。刘民潮是河北人，他介绍的考生据称是他的亲戚。

当日下午，刘民潮约基础课部老师吴品贤喝茶，两个人离开学校打车到天桥的张一元茶馆。他们是同一年进入北艺的，曾一起在北艺的单身公寓住过，关系密切。开始是想听相声，但吴品贤嫌太吵，就要了一个包间。

喝茶期间有人给刘民潮打手机，大意是跟考北艺有关。刘民潮就笑称"太巧了"，我正好跟一个文学院的老师在一起喝茶，那你们就来吧。刘民潮把地点告诉了对方。然后，刘民潮对吴品贤说，太巧了，我的一个亲戚来考北艺，事先也没有跟我打个招呼，报完名了才找我。要不然，我会带着他们挨个找找老师给辅导一下，就有把握了。好在，他们还是找我了。算他们运气好，我和你在一起。

刘民潮说，想起咱们住集体公寓楼的时候，那些单身快乐的日子，真是难忘呀。今天本来是找你喝茶聊天听相声的，可是，这回是消遣不了了，还得劳累你给我这个亲戚辅导一下。我知道学校有规定，也不时地派个巡视员到处转转的，可是，现在咱们在远离学校的天桥，你也不必太小心了。

吴品贤听从了刘民潮的安排。后来，吴品贤回忆这次"偶遇"说，都是刘民潮设计好的，都是套路，还跟我称兄道弟的，都算计着呢。吴品贤心想，"偶遇"？偶遇会带着钱？偶遇会带着土特产偶遇，偶遇还会开着车拉着一车的高档物品来跟我一个陌生人偶遇？

这一夜，吴品贤也对得起考生和考生家长的厚待，口若悬河地讲了四个小时。结束时，已经是夜里 1 点多。幸亏考生家长有车，他们就把吴品贤和刘民潮一起送到了北艺家属院。车直接开到了地下车库，物品也就直接给了他。

刘民潮说，我和李禾根院长关系不错，要不是今天太突然，我也会带着考生去拜访一下李院长的。不过，现在有你这么有经验的老师，就不再去麻烦李院长了。好好休息，改日我请你吃大餐。

许　诺：吴品贤说，我讲的这些千万别透露出去，这都是犯错误的事。孩子复习完了，把这些资料都毁了吧，省得以后找麻烦。考生的母亲频频点头称，那是一定的，那是一定的，您放心，您今天讲的这些东西，孩子考完了也就没用了，我会监督他销毁的。

分手时，吴品贤握着考生家长母亲温暖柔弱的手，有些忘乎所以地说，你们放心吧，我刚才提了一些问题，也讲了一些知识点，我发现这个孩子的基础是不错的，我保证进入专业前 10 名是没有问题的。

回　报：吴品贤现在依然单身，他结过婚，可是没有多久就离了，现在又恢复到了从前，好的是，现在他有了这所经济适用房。回到家里，吴品贤检查了考生家长给他的东西，计有：辅导费 8 万，土特产四箱，高档烟、酒四箱，黄金项链一条。

案例五——

时　　间：2 月 27 日晚上

地　　点：北艺家属楼 19 号楼 1 单元，1102 房间

牵线人：北艺校办主任裴晓华

目击者：涉事人及北艺教务处干部黄阳

人　物：考生母亲，女性考生

涉事人：北艺文学院基础课教研室杨凤霞

经　过：杨凤霞，女，古代文学老师，教学骨干。杨凤霞出身贫寒，目前的生活条件也不富裕，找她辅导的考生是院办主任裴晓华介绍的。杨凤霞因为评副教授的事，找刁校长找曹书记，一到评职称的时候她都要到院办去，通常要在裴晓华处挂号，由他来安排杨凤霞去见两位领导，他们因此而熟悉。

裴晓华给杨凤霞发短信说要见她一见，有事要说。杨凤霞说有事直接说吧，是不是有考生要辅导？裴晓华回复，您可真是敏感。杨凤霞言，这个时候找我们的，不会有其他的事情，都是为了考试，是你的什么关系？是不是必须要辅导的？裴晓华回复，是我同学的孩子，我就不露面了，我知道您家地址，我让她们直接去找您吧。杨凤霞回复，没问题，让她们来吧，尽量别让他人看到了，别拿东西。裴晓华回复说，这您就放心吧，我都会嘱咐她们的。

通过微信不久，那母女二人就来到19号楼1单元。

杨凤霞家住1102号，教务处干部黄阳住在杨凤霞对门1101号，一梯两户。可是门牌号不清，母女两个搞错了门牌，敲错了门，敲的是黄阳家的门。黄阳打开门问，你们找谁，她们紧张地说要找文学院的老师杨凤霞。黄阳当然知道她们是来干什么来的。指了指对面的门就把自家的门关上了，这是晚上七点半，刚刚吃过晚饭。

杨凤霞穿着睡衣睡裤，或者是她故意做出没有准备、在做家务的样子。门一开，母女两人尚未自我介绍就被杨凤霞热情地拉进屋里。让她们换鞋，给她们倒上水，请她们坐到客厅的沙发上。杨凤霞离婚后，一直一人居住，她因此而轻松。

杨凤霞热情而详细地给考生讲了三个小时的课，并划出"重点"。杨凤霞提醒考生，古典文学中的四大名著是必考科目，要作为"重中之重"去复习。特别是《红楼梦》更是重点。她还指出，《红楼梦》中的金陵十二钗你必须知道，也要知道跟十二钗相近的十二个丫环儿的名姓，她们的基本性格呀什么的。另外，《史记》也是个重点，不仅要知道《史记》中的某些篇章，而且还要知道《史记》的独特体例，以及《史记》对后世的影响。

杨老师的学识让母女二人信服有加。三个多小时的辅导杨老师居然一口水都没喝，滔滔不绝，一泻千里。

许　诺：杨凤霞跟母女两个分手的时候肯定了这位考生的基础，并且自信地说，凡是经过我辅导的学生肯定会进入三试的，你们放心吧。

回　报：考生家长也知恩图报，临走时放在杨凤霞家茶几上两个厚厚的信封，明确告知杨凤霞，这是杨老师的辛苦费。后经过杨老师的清点，共计10万元。另，女生的母亲还送给杨老师LV包一个，项链一条，高档手表一块。

杨凤霞全数笑纳。

李禾根其实并没有想好是真的回避，还是继续干下去。但有一种意识是清晰的，那就是必须把跟自己有关系的考生来考北艺这件事跟两位领导说清楚。他也知道，即使把这层关系说出来，刁子规也不会让他放下工作去享清福的。他要是不干，连他自己都想不出谁能接着干下去。

李禾根把情况向刁子规说完之后，刁子规并没有急于表态。她打了一个电话，请曹耀辉书记到她这里来一趟商量。曹书记一听就说，禾根肯定是不能退出考试的，关键的时候怎么可能让他离开呢。

刁子规说，不回避就得想个万全之策。规矩是咱们自己定的，不能自己定的自己先来个破例吧？

李禾根笑着说，我倒是很希望回避一下，这样，我也就可以省省心，轻松一下了。

刁子规说，美得你！想休息？那得等招生完了，招生完了，我放你三天假。

李禾根说，就三天假？您可真吝啬！

第 9 章　规则

电视专栏《韦芳说艺考》：北京艺术大学

滚动字幕简介（画外音）：北京艺术大学是个综合性艺术类大学，现有六个二级学院：文学院，戏剧学院，音乐学院，舞蹈学院，美术学院，传媒学院。因各专业差别巨大，因此，北艺的招生考试根据各专业的不同而各自独立完成招生设计。

掌声中，灯光亮起，舞台上巨大的椭圆形主持台，两个座位：女主持人韦芳坐左侧，李禾根坐右首。

韦　芳：各位现场的观众，电视机前的观众朋友们，大家好！（掌声）我是韦芳，是本期《韦芳说艺考》节目主持人。从这期节目开始，我们将分三期直播北京艺术大学的艺考，全面介绍北京艺术大学这所全国知名的艺术学府的招生情况。这期节目的主题是"文学创作"。

今天我们邀请到的嘉宾是北京艺术大学文学院院长、著名作家寒风尽老师（热烈掌声）。寒老师是著名的艺术教育家，同时也是知名作家，是中国作家协会全国委员会委员，他的长篇小说《守望高原》获全国大奖无数。目前有一部长篇小说《生机》连续两周占据图书排行榜第一名，作者正是寒风尽老师（热烈掌声）。《守望高原》写的是西藏，而《生机》写的是新疆，寒老师所书写的西北边地，充满了异域风光，也充满了艰辛与坚毅，充满了诱惑与渴望。不过，我们今天谈的不是他的作品，而是他所从事的艺术教育事业，是艺考。

我们今天把寒风尽老师请来，就"文学创作的艺考"问题，请他谈谈北艺文学院艺考的基本情况、政策情况。我们今天除了现场的观众外，还有许多场外的观众，我们欢迎观众朋友就自己所关心的问题，向寒老师提问。我们现场有工作人员在接听场外电话，我们可以随时将电话接入直播间内，与寒老师对话。现在请寒老师给我们介绍一下北艺文学院艺考的基本情况。（热烈掌声）

李禾根：谢谢韦芳老师！感谢大家的厚爱。文学创作上我不敢说有什么成绩，取得了多大成果。因为，据我所知，在中国搞文学创作的大有人在。人外有人，天外有天，高手不在殿堂，在民间。我目前取得的一点成就，只是因为我在文学教育这个位置上，也是因为我多年来积累下的人脉，这没什么可炫耀的。但是，就北艺的文学教育、北艺的招生考试，我倒是有许多话要讲。而且，我也可以在这里吹个牛，谈北艺的艺考我是有资格的。因为，自从北艺有文学艺考招生以来，就是由我来主持和组织考试的。艺考政策的制定与文学艺考的方法、过程、形式等各方面，我都是主要的负责人和实行人。所以，今天你们提的任何问题，只要不涉密，可以说，基本上都能够得到比较专业准确的回答。（掌声）

我们文学院招收的是文学创作专业，也就是培养未来的作家、剧作家、诗人、网络写手。这个专业是与北京电影学院、中央戏剧学院等艺术院校的戏剧文学同属一类，但考试的方式与内容却大不一样。

经过多年的招生实践，北艺文学院的专业考试已经形成了一套成熟有效的制度。从考官的确立，到出题，到三次专业考试，两次专业课考试的评分，一次面试的出题评分，都形成了严密的程序，每一步都有着细致的规定，以此保证北艺专业考试的公平。

当然，绝对的公平在任何时代、任何情况下都是很难做到的。我们也听到了社会上流传着各种各样有关北艺招生过程中的不良现象，这里当然有一些关于文学院老师的各种说法。我不能否认，社会上的这些传言并非都是子虚乌有。但是，就我作为一个当事人来看，我敢保证，不良、不公的现象是罕见的，或者说，那些行为是上不得台面、不可告人的。我希望各位，要相信这个社会的法制精神、公平原则正在得到越来越多的人认可，不可能有太多的空隙给那些歪门邪道大开方便之门。就北京艺术大学的招生考试的考官们来说，他们是很自信的，考试的程序设计，全过程的监督与管理几乎无懈可击。

韦　芳：您谈到了文学院的程序设计，那么，您能不能大体上介绍一下文学院考试的基本流程？

李禾根：好的。我们文学创作专业的考试分专业考试和高考文化课考试两个部分。通常，专业课考试的排名是在未来高考达到最低分数线后的录取依据。也就说，当专业考试的排名确定以后，只要达到北艺录取的最低分数线后，就是看专业排名，按照专业课排名的先后录取。比如，我录取20个人，那些在专业课考试中，你只要排在前20名就可以被录取，但前提是高考成绩要达到艺术类高考成绩的最低线。

韦　芳：请您介绍一下北艺的这三次专业课考试的大体情况。

李禾根：我们的专业课考试是三次，初试是综合考试，考的是文学常识和文学鉴赏。二试考的是专业课，就是现场写作。三试是面试，就是当面测试考生的文学创作观和文学创作方法方面的知识。

韦　芳：这三次专业考试最终都是按照一个什么样的比例计算成绩的？

李禾根：文学院的三次专业课考试根据在专业考核中的重要性，或者说是根据我们考核的重点是这样确定的：一试的综合考试，占全部成绩的20%；二试的文学创作考试，占全部成绩的70%；三试的面试，占全部成绩的10%。也就是说，我们的专业考试最看重的是文学创作，所有的三次考试的出题重心也都是围绕着如何考出考生的文学创作能力而设计。即使像综合考试这样的形式，里面也有"文学鉴赏"这样的创作能力的考核题目，而这一部分内容在打分的时候也是我们关注的重点。

韦　芳：每一次考试的成绩都是重新计算的吗？一试是一试的？

李禾根：不是，在设计考试程序的时候，我们考虑的是学生的整体素质和能力，因此，在整个考试过程中，每一试的成绩都将被带入到下一次考试中，是按照考生的总成绩排队的。排名靠前的进入下一次考试，并将前一试的成绩自动记入下一次考试。最终确定是否被录取是根据专业排名的先后。专业课考试后，将由北艺统一发"北艺专业课考试合格证书"，里面就有考生在此次艺考中的总体排名，此后，参加全国高考，由北艺定下基本高考录取分数线，只要达到了北艺的最低高考分数线，专业录取将看专业排名，而不看高考成绩排名。因此，专业考试的排名将决定考生是否能够进入北艺。

韦　芳：那么初试都是怎么出题的？都有哪些形式？

李禾根：负责初试出题的考官有5位专业老师。因为初试是一次综合考查考生基本文学素养的检测，所以，初试出题的考官都是由文学院不同专业的教员构成。出题考官的组成由各教研室教员抽签决定，原则上是一个教研室确定一位出题人。出题考官要与学院签订保密协议，保证不泄题。按规定，出题小组5人必须在规定的时间集中在规定的地点出题。题目拟出后，出题人不再参与专业考试的其他过程。出题后，所有初试出题考官均在规定的地点进行保密隔离，不准许离开隔离点，直至初试开考后方可离开。

韦　芳：哎呀，还真是严格呀。这样就能保证考试的公正性了。

李禾根：初试考官在出题的同时要给出参考评分答案，除客观题外，出题者在给出主要参考答案外，还应提供多项可以延伸的答案可能，以供改卷人参考。

韦　芳：初试的题目有多少套呢？考过之后，是不是能够公开？我们学校有没有历年的考题汇编之类的？

李禾根：我们的考试题目是作为艺考的一个保密项目，每年的考题即使考过以后的，也不能外泄的，更不可能编辑"汇编"，这是要避免那些社会上的培训机构进行模拟训练，以及考生进行机械式准备的。另一个原因就是，我们的考题，基本上每年都在变，从形式到内容，都会有大的不同，把上一年的考题出版是没有意义的，可能还会误导考生。所以，我们的考题都是保密的，不允许公开。假如有谁在市面上发现了所谓的"历届考题汇编"之类的书籍，就应当判断是冒充的了。

韦　芳：您可以透露一下，初试题目的大体出法吗？

李禾根：刚才我讲了，文学创作的初试的出题考官由 5 人组成，这 5 个人从 5 个不同的专业方向各自拟定题目 10 套，全部共 50 套题。这 50 套题目在开考时由学校领导现场抽取一套，现场复印。其他题目在初试结束后，在纪检机关的监督下一次性销毁。已经考核的题目不准外流，北艺的所有笔试专业题目都不对外公开，每年的考试内容和形式都不允许重复。这是基本考试制度。

韦　芳：那么，您刚才说了，这些出题考官出题之后就不再参与改卷工作了。那么谁来打分呢？

李禾根：初试的出题考官出完题之后，他们就基本上退出了考试过程。改卷考官由另外的老师担任。今年我们预估考生会比较多，所以，我们计划组织大约 100 位老师进行专业课的改卷工作。

韦　芳：哎呀，文学院有这么多老师吗？这可不是个小数字呀。

李禾根：是呀，文学院是没有这么多的人。目前，我们北艺文学院共有教职工 27 人，连出题的老师都算上，也远远达不到改卷要求。因此，初试改卷考官的组成就复杂了，也比较庞大。基本上由三部分人组成：本院老师，本院研究生，外聘人员。本院老师是主要负责人，根据情况分成若干改卷小组、复核小组。文学院每位老师各负责一摊，主要负责组织、管理和复核工作。改卷老师的主体是文学院的硕士研究生和部分博士研究生，其余不足的部分，聘请其他高校的文学专业老师。考试成绩由纪检人员和机关行政人员组织的小组进行统计登录。

韦　芳：这么多老师，如何保证考卷过程的有序和公正？

李禾根：我们也制定了严密的改卷纪律。现场改卷时，不准携带通信工具进入改卷现场，全部考卷改完前也不准离开改卷现场。在改卷过程中，改卷考官不准讨论考卷的内容，不准交头接耳，不允许就某一份考卷进行议论。

还有，参与文学院初试改卷的老师结束工作后，除本院老师外，其他人员不再参加复试的考试工作。改卷后，不能从改卷现场带走任何资料和与考试有关的信息。信守保密原则，不传播任何与考试有关的信息。

韦　芳：改卷的考官们是不是还要签订保密协议之类的文件？

李禾根：是的，每位被选定为改卷考官的人员，都必须签订保密协议的，谁泄密，或者违反了保密规定，都将被追究法律责任。因此，有些考生试图想通过某位考官达到提高分数的目的基本上是没有用的。第一，改卷的人不敢。第二，即使改卷人帮助了你，也仅仅占到每组 10 位考官中的 1 位，也就是十分之一，这基本上可以忽略不计，是没有任何意义的。

韦　芳：那么再接着给大家介绍一下复试。

李禾根：因为复试就是文学创作的考核，就是由考官出创作题目，在考试现场创作一篇文学作品，因此，出题考官不像一试那么多了。复试出题的考官是由 3 人组成。由以创作为主的作家老师及外聘的知名作家构成。3 位考官各出题 5 套，与初试确立题目的方式相同，现场由学校的领导从 15 套题目中抽取 1 套，现场复印。

韦　芳：既然是出创作题目，是不是就不会像综合考试那些严密了？

李禾根：虽然是创作考核，出题也是制定了一些规则的。复试出题考官在出题时，除了给出题目之外，还要解释题目的基本用意，考核的目的，以及评分的基本标准，划出复试创作的档次。

通常，复试的评分标准分为四个档次，一类是优秀，打分区间在 85 分到 95 分之间，特别突出的可以给到 98 分；第二类是良好，打分区间是 75 分到 85 分之间；第三类是一般类，分数一般是 65 分到 75 分之间；第四类是不合格，65 分以下。

出题考官针对每一个档次的打分标准都应当给出明确的判断必要条件，这些条件都是经过出题小组成员反复讨论，共同认可的。

韦　芳：这样，改卷考官就会有依据了，比较科学。

李禾根：复试改卷的考官是根据一试按照十分之一比例淘汰后剩下的人数确定的，今年我们大概有 5000 余人报名，那么，我们初步定下的考官是 50 人。

韦　芳：嗬！也不少啊。复试的考官选择是不更严格了？

李禾根：是，也更专业一些，因为复试是最重要的一次考试。复试改卷人员的主体是文学院的老师，以创作见长的老师为主，出题考官可以参与改卷。改卷人员主要是由文学创作专业（MFA）的研究生组成。与初试不同的是，复试的改卷主要是由本院的老师改，这是选拔专业人才的最重要环节，文学院的全部力量都会投入进来。此外，文学院还聘请了一批文学刊物的编辑和一些知名作家参与到复试的复核中来，以保证准确判断复试作品的水平。

韦　芳：这可是个庞大的工程！

李禾根：因为，复试时参加考试的考生剩下 500 人，改卷人员分成 5 个小组，每个小组负责其中的 100 篇，看过后，再由复审专家进行质量评估。

韦　芳：真是严密。那么，复试要剩下多少人？

李禾根：复试是按照 1 : 5 的比例留人的，也就是 500 个人最终按照排名进入面试的是 100 人。经过艰苦惨烈的厮杀，最终闯入面试的只有 100 人。

韦　芳：可真难哪！那么，进入面试后，考生是不是可以稍稍轻松一些了？

李禾根：其实从考试内容来看，面试的确不像前两试那样有压迫感，面试的方式和内容相对也比较宽松一些。

韦　芳：面试考官有多少人？有多少外请的专家？

李禾根：这次我们不打算外请考官了，我们想面试主要依靠我们自己的老师。

韦　芳：咱们文学院的老师够吗？

李禾根：没问题。刚才我介绍文学院情况的时候，我说，我们一共有 27 位老师。面试的时候将会全员参与。分成三个组，第一组 10 人上午面试，第二组 10 人下午面试，还剩下 7 人参与到纪检复查组去协助有关人员进行统分、复查、复检什么的。这 27 位考官都是通过现场抽签决定参加哪一个小组的。这样可以充分发挥本院老师的作用。

韦　芳：面试好神秘哦。面试都考些什么内容呢？

李禾根：面试的方式分两步，第一步是必答题，由考官每人出 10 道题目，在面试时带到考场，由考生抽取，考生有一次选择机会，如果第一次抽取的不满意，可以再抽一次，两个题目可以任选一个回答。第二步是考官自由问答，每个考生至少回答一位考官的问题。打分时，不只是提问的老师一人打分，而是根据考生的回复结果，全部 10 人……噢，对了，加上主考官，共 11 人打分，算出平均分，即为该考生此次面试的成绩。我们的打分是用打分器进行的，也就是考生回答完问题后，考官们直接在打分器上打出该考生的成绩，这个成绩直接被传送到后台的统分和纪检组，当时就出成绩。但这个成绩是不告诉考生的。其实全部排名也在这个时候排好了。前面两试的成绩都在这个大名单里，加上三试的成绩，专业考生的排名就形成了。

韦　芳：为什么不直接告诉考生成绩？

李禾根：这里主要是技术原因。一是，考生的心理承受能力。排在前的当然高兴，可是，您想 100 个考生，只有进入前 30 名的才有可能被录取，大部分都会被淘汰的。第二个原因是，现场打出的成绩，需要进一步地核实，在全部面试结束后，再由专业人员配合纪检督察人员进行一次全面的核对，准确无误后，前 30 位考生姓名留下，其他将封存起来。并且，已经考核的题目也要封存，不准外流。

韦　芳：这么严呀？！面试是按照什么比例确定最终名额的？

李禾根：按照考生的 1∶3 的比例，也就是 100 个进入面试的考生最终留在榜单的是 30 名。

韦　芳：这 30 名最终都会被录取吗？

李禾根：不一定。今年学校给我们的录取数额是 25 人，之所以留

30 个人的名单，是因为防备有些考生高考过不了北艺的最低分数线，预留了 5 人的备选名额。

韦　芳：非常感谢您这么详细地介绍了文学创作专业的三试考试流程。现在，进入互动环节，现场的观众和电视机前的观众们，大家可以向寒院长提出问题。

现场观众：您好！寒院长，很荣幸能在这里见到您本人，我读过您的小说，刚才主持人提到的最近的一本《生机》正读，很喜欢。我的孩子今年也考北艺。我想问的是，报考北艺文学院是不是需要特别的条件？比如是不是必须有作品发表，或者写出多少作品。谢谢！

李禾根：您提的这个问题，其实我们的《招生简章》上都有说明，不过比较简单一些。除《招生简章》里的基本要求，比如，必须是应届高中毕业生外，我在这里再明确一下专业方面的要求。报考北艺文学院有两个"不确定"条件：一条是，通常各省都会有一个艺考证，但不是所有的省份都有艺考证，但从有要求艺考证的省份来的考生必须提供艺考证。第二条是，报名时需要三篇文学作品，可以是小说、散文、报告文学，或者剧本、诗歌等。这些作品通常要求是发表的，但是，未发表的也可以提交。报名时提交的作品不作为打分的依据，却是在同等分数下定生时的参考。如果通过了三试，在最终排名的时候，你与他人同样分数，那么，如果提交了发表的作品，可能对录取会起到一定的作用。

现场观众：寒院长，我是今年参加北艺文学院考试的考生，我想问一下，您刚才提到的一试情况。一试的综合考试和文学鉴赏内容各占多少分？都考什么内容。

韦　芳：这个问题恐怕已经涉及了艺考的内容了吧？

李禾根：没关系，我可以不说具体的内容。这大概是考生们非常关心的一个问题了。

首先，第一个问题，综合考试中两部分内容所占比例。文学院的一试是综合知识和文学作品鉴赏考核一起考，其中综合知识考核占 60% 的比例，文学作品鉴赏占 40%。两部分加在一起，是以百分制打分的，最终要按全部考试成绩的百分比进行折算，计算在总分里。

其次，出题的内容。

综合知识考核的主要内容以古今中外的文学常识为主，作家作品，文学现象，兼顾文史哲，社会热点等问题。大体上，中国古代文学、中国现当代文学、外国文学、影视文学、戏剧文学、文史哲社会热点平均分配分数，这里没有重点和非重点之分，基本上都会涉及。第二部分的文学作品鉴赏考核的方式，是由出题人提供一篇作品，考生写出对作品的鉴赏文字，通常不少于800字。

最后，一试出题的基本原则。综合知识出题的基本原则是95%的内容不超出中学生教科书中的文学常识和其他文史知识范围，但有5%的内容要超出中学生的教科书。超出部分考查的是考生的阅读面和对某些社会问题的判断及思考力，以及独立、创新能力，这一部分也是一些考生突出出来的主要方式。当然，最重要的部分还是文学鉴赏，这是初步考查考生文学品位、文学写作能力的部分。同时，这部分也是拉开考生距离的部分。

现场观众：请问，寒院长，能不能说一说一试综合考试的题型？

李禾根：一试试卷的出题方式有两类：

一类是客观题目。由100道选择题构成，考生只要用铅笔在答题卡的正确答案位置涂抹即可。最终这部分将由机器阅卷，客观公正。但这部分考核难以考出学生的真实能力，只是测试考生的平均水平。目前北艺文学院也正在考虑如何改进，这部分考核尚不能完全判断出考生的真实知识水平，是不是将这种形式废除或者寻找一种替代的方法？会的与不会的都可以凭知识或者运气涂抹，其中也有相当一部分是靠猜测、撞大运。

二类题目是主观题。包括两种题目，一种是描述某个经典作品中的经典人物形象，另一种是描述某个经典作品的经典情节。这一部分考核的目的一是考查考生的阅读面，更重要的是考查考生的文学描述能力和对情节的叙述能力、捕捉细节的能力。也是一种初步考查考生文学敏感性的考试。这部分由考官人工现场改卷。

一试的鉴赏文章的写作部分是整个一试考试中的重点，也是表现考生写作、鉴赏能力的部分，通常是给出一篇短篇小说，或者一篇散文、诗歌，根据这些作品写出一篇文章。这类考试的目的是考查考生的审美能力，这也考查表达能力和对作品的判断能力。

　　韦　芳：大家问的都是非常敏感的问题，也都是考生们非常关心的问题，还能进一步地问下去吗？

　　李禾根（微笑）：再问下去就要把题套出来了。我想这里我已经把一试能够讲的都讲了，聪明的考生一定能从我的回答中捕捉到了有用的东西，只要照着我说的内容和方法去准备一定会有帮助。我这里再给大家透露一点小秘密，文学鉴赏是我们最看重的部分，你们要是能在一试中突出出来，一定是这部分写得好。（掌声）

　　韦　芳：现场的观众已经提了足够多的问题了，我们现在给场外的观众一些机会，请他们也提一些关心的问题。请接进第一位观众的电话。（接通）喂，您好！您是考生吗？好的，您有什么问题吗？

　　场外观众（外放声音）：我想问一下二试的考试在全部考试中占多大比例？

　　李禾根：我们文学院的专业考试中二试是个重点，这是专业写作考核，在全部考试中，占比为70%，考官会按照百分制打分，最后根据所占比例折算出实际分数。也就是说，二试是考试中的核心，一试和面试都是围绕着专业考试进行的。在历届考生中，都有"二试决定"论的说法。也就是说，很多人都认为，只要二试考好了，基本就能确定考上了。但，我想这并不是绝对的，其他两次考试也都非常重要，特别是在二试水平相当的时候，一试和面试都是起很大作用的。所以，我的意见是，哪一试都不能大意。但是，因为一试留下来的考生基础知识基本过关，关键看其专业创作水平，这个考试也的确决定了考生的最终命运。二试的考试是三个小时，在三个小时内完成一篇作品的创作。

　　场外观众（外放声音）：请问，寒院长，二试通常怎么考啊？是考记叙文还是考议论文呢？

李禾根：这个问题问得好。这是所有考生都应当了解的，我稍微详细地讲一讲。

二试的出题有两类：一类是命题创作。试题给出两个题目，考生选择其中的一个题目写出小说或者散文、剧本，字数限定在1500字以上。第二类是条件创作，就是题目给出一些创作的基本条件，由考生自拟题目，写成1500字以上的小说或者散文、剧本。

大家要注意，你们考的是文学创作，因此，特别要注意完成作品的文学性问题。专业考试绝不是中学生那种记叙文，或者议论文之类，我们考的是虚构或者非虚构的叙事能力，也就是你的讲故事能力。如果说一点窍门的话，我告诉你们，千万不要议论，要讲故事，要叙事，要有人物，有情节，有结构方式，要文字美。还有一点提醒各位考生的是，要力戒议论，避免不必要的抒情。你们要注意我强调的一个关键词，就是"叙事"。讲道理也是通过叙事引导出来的，而不是直白地表达出来的，请你们务必注意这一点。

场外观众（外放声音）：寒老师，我想问一下，面试的问题，面试占多大比例？有很多人说，面试就是走一下形式而已，是不是这样？面试都出什么样的题啊？

李禾根：面试可不是走形式的考试啊，面试虽然占比不大，但是，也是非常重要的，千万不能忽视，谁要是忽视了三试的考核，他会后悔一辈子！

三试，也就是面试，占整个考试成绩的10%。面试通常是综合口头考核，但重点是围绕着二试考核中的作品来考核的。到了三试学生所剩很少，因此考核得相对有针对性。二试中考生完成的作品是考官们提问的重点。考官从不同的角度对二试作品提出各种问题，如作品的构思过程，作品的来源，作品的创作方法，作品要达到的目的，作品中的人物、情节、结构、语言，等等。同时，三试中也要问一些常识性的问题，作为必需的补充考核。

在这里，我再次强调一下，通常因三试考试所占比例较小，有些考生会忽视，但在每一试的考试成绩都带入下一试的实际计分过程中，即使只占 10% 的三试，也是相当重要的。你放弃了这 10% 就相当于，你 100 分的卷，你把 10 分主动放弃了，前两试即使你答的是满分，也只有 90 分。更何况前两试从来也没有人答过满分的呢！所以，面试的 10% 虽然是个小比例，有时却是决定考生最终是否会被录取的"救命稻草"。

韦　芳：还有什么问题吗？寒院长能够参加我们的节目是很不容易的，机会难得呀。

现场观众：寒院长，您能不能透露一下，今年报名的人数？

李禾根（笑）：这也是个敏感问题，不过，我可以向你们透露一下，到目前我掌握的情况看，已经有接近 5000 人报名了，还剩下的这几个小时，我想，达到 5000 人已经没有悬念了。

韦　芳（吃惊）：这么多呀！都快赶上表演专业的了。那每一试都非常重要了。

李禾根：是的。我们今年考试的准备工作就是按照最低 5000 人设计的。今年的考生确实较往年多，如果最终是 5000 人的话，按照我们通常的淘汰比例，一试淘汰 9/10，即 5000 人考过之后，有 500 人进入二试；二试再淘汰 4/5，即进入三试的是 100 人；三试淘汰 2/3，剩下 30 人。也就是说，从 5000 人的考试大军中，如果谁能考进二试，他就是个优秀的人才。当然，我们也不否定那些没有考进二试的同学就不是优秀的学生，我的意思是说，在这么多参考人数下，在这么严格苛刻的考试方式下，你能进入二试，的确不是一般人都能做到的。这应当成为你炫耀的一种荣誉了。（笑声）如果，你不但进入了二试，而且还闯入了三试，那就更不得了，那代表你具备了独立的文学创作能力。因为二试是个专业性非常强的考试，那样的考试你都能够考进去，那更是不得了。（笑声）进一步说呢，假如，你能够被划入最终那 30 个发放艺考合格证的名单中，你就是个奇迹了。（热烈掌声）

韦　芳：您刚才提到，文学院最终要录取 25 个人，那剩下的那 5 个优秀学生怎么办？

李禾根（苦笑）：这也是没有办法的事。之所以招生名额是 25 人却留下 30 人的名单，是因为有两个原因，一是有些专业排名靠前的学生，高考成绩达不到北艺录取的最低分数线，不能被录取，这样就由后面的补位，必须预留足够的名额。第二个原因是，有时其他专业由于种种原因不能完成原计划的录取名额，文学院的考生高考成绩相对比其他学院的成绩要好，那些多出来的名额就会被调剂给文学院，文学院的实际录取名额就会有所突破。这样，也需要预留名额。

韦　芳：是不是可以这样理解：这 30 个学生，或许都能够被录取？这要看其他的专业情况？

李禾根：对，正是这个意思。有时，有的考生运气好，虽然考到了最后一名，可是就赶上其他的专业考生高考成绩提不上来，而咱们的考生恰好高考成绩好，很有可能被录取了。

韦　芳：在京城几大艺术院校中，北艺历来被认为是最难进的学校，您对此有何评价？

李禾根：这差不多就是个事实。有人说，在京城的所有艺术类院校中，最难考的就是北艺，这个我们得承认。因为报考北艺的学生多，北艺的初试题目就特别难，北艺初试的主要目的就是淘汰。因为每年教委只给北艺文学创作专业 20 个名额，经过工作今年文学院又争取增加了 5 个名额，这 25 个名额依然远远不够。通过一试综合考核，把绝大多数考生淘汰掉。从这个角度讲，二试以后的专业课考试才是北艺文学创作专业的真正考试。不过，一试的考试题目却已经含有相当比例的创作内容。

韦　芳：可是，这样就有一个问题了，有的考生可能文学综合基础知识差一点，但是却有着较强的创作能力。现实中，有些创作能力强的人，也的确是一些偏科的学生，也就是，他的主要精力放在了创作上，可能会忽视了综合知识的学习和积累。这样，不是就把那些优秀的创作人才淘汰掉了吗？

李禾根：您提出的这个问题非常好！通过难度较大的综合考核的确是可能淘汰一些基础一般的考生，但同时，也很容易把确实有一定创作能力的学生也淘汰掉了。原因是，有创作能力的学生往往是偏科比较严重的学生，他们的综合知识，甚至就是文学基本知识把握得也不好，但他们却能写。实际上，文学院要招收的恰恰是这类创作能力强的学生，但是通过一试却有相当一部分学生被淘汰了。

韦　芳：有没有办法留住这样的学生？

李禾根：这也正是近几年我们发现的一个问题。所以，我们还是想办法采取了一些相应的补救措施。为了弥补这个缺憾，北艺才制定了一个"特招政策"，就是一旦经专业考核，发现某个考生在创作方面确实有实力，可以确定为特招对象。特招生是在所有普通考生之外单列的，通常只有专业在前三名的才可能被确定为特招生。文学院想以此来把最优秀的创作人才留住。在实行特招政策之初也确实招收了一些偏科明显创作能力却很强的学生。

韦　芳：谁是特殊的创作人才？如何确定这样的"天才"——可以这样说吧？这需要更为专业的挑选了。那么，从什么时候开始北艺有"特招生"的？特招有没有出现偏差的情况？

李禾根：我们的"特招"政策实行了有三年多了，北艺的全部专业都在执行这个政策。就文学创作专业来说，我以为，开始筛选的对象还是比较准确的。但是，随着时间的推移，"特招生"也出现了许多问题，比如，综合知识比较差的学生，实际上也是不太爱读书的学生，他们不读书只专注于创作，这也不是优秀作家的路子。这些学生招进来以后，在教学上也是比较难管的，进步很慢。他们常常自以为自己是个天才，了不起，恃才傲物，原本想通过入学后的教育提高这些人的综合能力，但却往往失败。因此，这些特招进来的学生有的很难走远。文学院的专业教育中，常常对此比较苦恼。

韦　芳：如果选拔出来的天才成不了天才，这岂不是招生的失误？

李禾根：还有一个问题是，对于文学创作这个专业来讲，谁有"才"，谁平庸，这可是一个非常难以判断和做出准确认定的事情。有的学生开悟较早，有的学生明白得晚一些，考试的时候可能还不知道文学创作是什么，但是经过一段时间的实践却突飞猛进。更多的学生在学校期间可能都表现一般，毕业以后，走到社会上，却突然写出了好东西。没有老师因一个学生在校期间没有写出有一定水平的作品，而判处这个学生未来永无出头之日，也不会有老师因为一个学生在学校偶发佳作就断定其未来定成人器。

文学创作是个文火慢炖的过程，是一个需要时间和耐心的事情。有些考生可能一篇两篇作品尚可，但是，却很难写出更多的令人满意的作品。还有的考生为了获得特招生的身份还要作假，有钱的找枪手，没有经济实力的剽窃抄袭，使得这种特招变得很不靠谱。

更为可怕的是，"特招生"后来发展成为一种"特权生"，成为某些权力游戏的牌局和招生过程的旁门左道。也是招生腐败的隐秘手段，所以才有了废止还是保留的争议。

韦 芳：那今年北艺还有没有"特招生"？

李禾根：这个问题争议比较大，现在正在讨论中，表演专业可能因为其特殊性，支持要搞特招，而文学呀、美术呀就想废止这个政策。还没有完全确定下来。

韦 芳：时间也差不多了，还有最后一个提问的机会，给现场的观众吧。（有人举手）请吧，请您提问。

现场观众：寒院长，我是一个考生，我想问一下，每一试公榜有什么规定吗？

李禾根：噢，北艺文学院成绩的公布通常是在每一试考完后的次日下午六点左右公榜。公榜名单只公布考号，不公布姓名。公榜的次序也不是成绩的排名次序，而是考号次序。

如果公榜的名单上有自己的考号，考生要在现场办理下一试的考试手续，并抽签决定考场、考序等事项。

韦 芳：感谢寒院长！感谢各位现场和电视机前的观众们！今天的节目到此结束，谢谢大家！

第 10 章　逃离

深夜时分，李禾根终于拖着疲惫的身体往回走了。

其时，天空深蓝，星星点点，微风习习。可对于作家李禾根来说，已无望月思仙、见星伤心的心境，他只想快回家，快摸到床，快睡去，越快越好。

爱熬夜的艺术家们还在不知疲倦地弹琴练唱。

猫在不远处叫春。

电梯开门的时候，李禾根吓了一跳，灯下一个人蹲坐在他家门前。他走出电梯时，那人也吓了一跳，一下站起来，憨厚地笑着，不好意思地说，李院长，您，回来了？边说边揉着腰。

李禾根从疲惫中惊醒过来，你是谁？你怎么在这里？这么晚了，你要干什么？

那男人龇着牙笑着，我是山东一个考生的家长，我想给您送一点土特产，自己家种的，绝对绿色。说着，那人指着地上几箱东西。

李禾根皱起眉头，谁告诉你我的住址的？你为什么要给我送东西？

我是打听着找的，问了很多人，才知道您的名姓。您可能太忙了，这一天都没等到您，我跟我老伴轮流着等，她白天等您，我是晚上等。我想您怎么着也得回来睡觉吧，我老伴回旅店去了，我还是把您等到了。见到您我可是真高兴啊，您也可真不容易啊，这么晚了才回来。

你这又是何必呢？你孩子要考就去考，找我有什么用？要是他有能力就会考上，要是能力不行，你找谁也没用呀。

男人像犯了错误的孩子，立在那里，手脚没地方放的样子，嘟嘟囔囔地解释，我住的旅馆里都是考咱们北艺的。家长们都在一起议论，他们都说考北艺要是不送个十万八万的是考不上的。我呢，就是个种地的，家里不富裕，拿不出那么多的钱，可是我来的时候带来不少土特产，值不了几个钱，也是个心意嘛。您收下，看您这样劳累，补一补。

李禾根哭笑不得，你这是何苦来呢?！

李禾根知道，关于艺考招生，谣言满天飞，解释是解释不清的。其实何止艺考，任何考试都会有这样那样的说法。有的人听听而已，有的人却深信不疑。同时，也不得不承认，一些人，的确做了不该做的事，收了不能收的钱，败坏了学校、老师这些神圣的字眼。但那仅仅是"一些人"，或许这一些人不是一两个，但那是见不得光的，见光就死，拿不到台面上，拿上来就亡。现在，传闻似乎成为一部分人的共识了。

李禾根不缺乏同情心，也并非铁石心肠，但是，面对这样一个农民样的考生家长，他又能如何？请他进屋喝口水？慰问一下他，让他放心，说你的孩子一定能考上？他什么都不能做。从大道天理上讲，李禾根哪怕喝了考生的一口水，公正的天平也会失衡。对他同情了，就是对其他人的不公平。从小道私心讲，要是昧着良心干了不道德的事，李禾根还想不想干老师这行了？不能因小失大也是人之常情。

李禾根严肃地对那个男人说，辛苦你一天等我这样一个不值得等的人。大道理我不说，相信你能理解。趁没有人发现，你现在就赶紧离开这里，我不追究。要是你还固执，我记下你孩子的名字，他甭想进入北艺。同时，我会把这件事捅大了，当作反面典型向学校反映。我说到做到，你信不信不重要，重要的是我会这样做。我想你不会愿意这样干的。

那人吓傻了。结结巴巴地说，我走我走！再也不敢了，不敢了。

他刚转过身，又回过头来不甘心地说，可是……我跟您说实话吧，我是王副院长的老乡，我找他，他说让我来找您。我寻思着，不能给他找麻烦，就说是自己找来的……

李禾根怎能不知道，一个普通的农民如何有胆量直接找他？他只是不愿意知道而已，是王院长还是李院长，他并不关心，谁也不能在我这里占便宜！

李禾根按下电梯的按钮，忘记你刚才说的话，你别再找任何人了。在考试这件事情上，就是皇帝老爷派你来的也不行。你如果想连他一起害，很容易，无非是把事情闹大。如果你立即放弃，就当这件事没有发生过。

李禾根指着放在门口的大箱小箱的东西，您把这些东西拿走，一点都不要留。说着，他按着电梯不让电梯下去，等那位家长把所有的东西都搬了上去，才放开手。

那位家长悻悻地进入电梯，哀怨地看了李禾根一眼。李禾根想，他肯定恨死我了。那位指使他来的领导肯定也记住了我这个人，幸亏我在仕途上毫无所图，他若想阻止我"进步"也很难。

站在电梯外，李禾根想，我就是这样一个油盐不进的臭人，茅坑的石头又臭又硬。你们拿老子怎么办？！

我们国家有着几千年的人情关系史，大部分人不相信规矩公平，法律正义，只相信关系，相信所谓"人脉"，什么事都"找人"，走关系。并且在相当长的一段时间里，那些掌权者也确实"摆平"了一些事。关系学、厚黑学大行其道。虽然现在或许正在好转，却也让我们悲观地看到，靠自然的改变不是件容易的事。

李禾根打开门，小心地进来，他不想开灯，但是灯自己亮了。是妻子打开的，她迷迷糊糊地埋怨，都几点了才回来？

李禾根不好意思地轻声说，真对不起，把你吵醒了吧？没吵着可心吧？

张秀芹这时候已经完全醒了，你在门口跟谁说起来个没完没了的？你们那么大的声音，就不管别人休息不休息？晚饭吃了吗？

李禾根边脱鞋边说，吃了吃了，盒饭。是一个考生的家长，送"土特产"来了，劝了他半天，才劝走，我还以为你们已经睡着了呢。真是没办法，就没有一天安静的。不知道都是怎么想的。

张秀芹埋怨着说，你要是再不回来，咱家就被占领了。你这是刚遇到一个，就可心回来这一会儿，来了一拨儿又一拨儿，还堵在家门口，非要进来不可。这日子都没法过了。

李禾根吃惊地问，这么严重啊？你没放他们进来吧？没收什么东西吧？

张秀芹有些生气地说，你以为我是谁呀，我会稀罕他们那些破东西？咱们连正常地过个日子都难了，这都是什么事儿呀？你干脆辞职得了，别干了，咱们又不是没地方去，就是你没工作了，我的服装店，也可以养活你。这样下去可真受不了！

李禾根说，咳，这点事就让你顶不住了？这不是季节性的嘛。每年都如此，习惯了就好了。再过几天，招生考试完了，咱们也就恢复正常了。忍几天，啊？

张秀芹突然想起，哎，禾根，这些天有个人总是到咱们的店去买衣服，一买就买好几件，连价钱也不问，也不试一试，大小颜色也不管，拿下来就让打包。我都觉得瘆得慌！今天那女的又来了，还是像前几天一样，上来就要拿衣服，我就没让她买。我就问她，您天天来这里拿衣服，拿得我都怕了，这到底是怎么回事？您要是说不清楚，我不卖给您了。你猜怎么着，那女的说，她就是闲得无聊，陪着孩子到北艺考试，她帮不上孩子什么，就到服装店里转转，觉得你们家的衣服好看，多买一些存着，慢慢穿呗。我说不对，您连看都不看，连问都不问就拿，这不像是给自己买。那女的说，我家有钱，不差这点，我穿不了的，送朋友。我还是不相信，我就问，你孩子考哪个专业的？她说，她孩子是考你们文学院的。吓了我一跳！我一听这女的根本不是看中了咱家店里的衣服了，而是冲着你来的！

李禾根有些歉意地说，哎呀，真是给你惹麻烦了。我说呢，前几天有人写我的匿名信，说咱们家的服装店是个洗钱的店，考生家长们都是去店里送钱，幸亏学校没当回事。这要是查起来，说不清啊。真可怕呀！真对不起你呀。

张秀芹不高兴地说，两口子还说这样的话！真没劲！

李禾根歉意地说，我心里确实觉得对不起你们。

张秀芹恍然道，哟，我还以为考试期间店里的生意好，是因为北艺招生，周围来的人多的原因，原来还有这样的事？那咱们可不能让人抓住小辫子！我看那女的，早晚会找你的，不是托人，就是自己找上门来，这可怎么办？

李禾根小心地征求张秀芹的意见，要不，咱们暂时把店关了？这些人无孔不入，连不认识的人粘上都不肯放手，我怕后面还有更厉害的。他们找不到我，就会找你，家里找不到，就到店里去。

张秀芹支持丈夫，关就关了吧，反正过了年之后，还没有休息过呢。咱们说关就关，我一会儿就给小齐打个电话，叫她在店门口贴个布告，就说服装店要装修歇业，我也就不去了。

李禾根很欣赏妻子的通情达理，这么晚了，等明天再跟小齐通话吧。

张秀芹说，她们这些年轻人都喜欢熬夜，不一定睡了呢……

李禾根说，还是明天吧，睡不睡的，这么晚了都不好。

张秀芹说，也好，我给她先发个微信告诉她一下，休假期间工资照发，她会高兴死的。

李禾根说，我想，光关店可能还不够。你看，明天进行初试，连着复试、三试，随后最后定名单。一路下来，咱们家说不定就成了车水马龙的自由市场了，这个找，那个寻的，会把咱家的门敲烂的。有些人不让他进来可以，有些人，领导呀，机关的干部呀，邻居呀，不让进不近情理呀。要是在家，少不了就得登门，送这个送那个的，答应肯定不对，不答应又怎么能放过？咱们孩子天天在这样的吵闹中会受多大的影响！我看呀，咱们也把家门关了吧。

张秀芹疑惑地问，把家门也关了？你什么意思呀？

李禾根说，我的意思呀，是想从明天起，咱们都不在家住了！

张秀芹不满地说，那你让我们上哪去？可心还得上幼儿园呀，我要是走了，谁管她？

李禾根笑着说，我看，你们也别在北京待着了，你带着可心出去玩玩儿吧，等招生完了再回来。你给可心请几天假，我给你们订去三亚的机票，订好了饭店，你们去三亚玩，怎么样啊？

好啊！这时，可心高兴地叫起来，不知道什么时候把她也吵醒了，正好听到父母说要去三亚的事。她高兴地跳到李禾根的怀里叫着，可以不上幼儿园喽！我要去玩了。

看把你高兴的，还没有定呢。要是订不上票就白高兴一场！秀芹笑着说。

可心不放心地说，那谁管欢欢呀？

欢欢是李禾根家的狗，是条拉布拉多母犬，此时正老实地卧在一边睡着。

李禾根说，那就让你吴叔叔每天来管管它吧。

张秀芹也说，小吴和欢欢也熟，准没错。

李禾根说，把你们送走了，我就找刁校长去，把教学楼顶层的那几间房子借过来，在那里战斗、生活、隔离！

张秀芹担心地说，你吃饭怎么办？

李禾根满不在乎地说，这你就不用担心了。一招生，学校就开始管饭了，还有水果，加餐，零食，还有咖啡。哪个领导去视察都会推着车去的，学校招生考试的后勤好得不得了。

张秀芹笑着说，咱们明天就关店、关门，全都歇菜！

可心也学着妈妈的样子，举着小拳头，全都歇菜！

李禾根笑着掐了可心的脸一下，别跟你妈学脏话。

李禾根又说，说干就干，我这就给你们订票，现在刚刚过完春节，恰好是淡季，说不定票价会低不少呢，酒店也肯定有优惠。

张秀芹嗔怪地说，这下可随了你这农民心理了！省了。不过，我告诉你，我们到了三亚可不会给你省，我们要铺张浪费的。

可心也嚷嚷着，我们要大吃大喝！

李禾根突然想起，哎，可心，我还没问你呢，今天在幼儿园表现得怎么样啊？表现不好可不能去三亚的。

可心得意地说，爸爸，我今天表现可好了，老师还让我领读了呢。

李禾根高兴地问，我女儿真棒！领读什么了？

可心朗读道，一头牛，两匹马／五只母鸡一群鸭／十棵桃树万朵花／我家小院一幅画。

李禾根称赞，咱们的可心可真棒！

可心说，老师也说我棒，叔叔还奖励我一个iPad呢，可是，妈妈不让要。

嗯？李禾根望向张秀芹，这是怎么回事？

秀芹有些气愤地说，还没来得及跟你说呢。有个男的，今天到可心幼儿园去了，说是你的朋友，叫什么杜匡，非要给可心iPad，说是奖励可心领读好。我就问老师，怎么可以让陌生人进入幼儿园？老师说，他说是可心爸爸的朋友，来看看可心，给可心送些东西，就让他进来了。幸亏我去得及时，要不然，就差绑架了。

李禾根恍然道，噢，他呀，我的同学，他儿子考文学院，找过我，我说让他儿子考去，看情况再说。他就去幼儿园了。

张秀芹埋怨道，以后干脆一点，别说模棱两可的话，你就直接告诉他，你帮不上忙，别让人抱有幻想。

李禾根无奈地说，这些人就知道送钱送物，就没有点儿新鲜的花样，又好笑又可气。

张秀芹嗔怪道，难道给你送个女人就新鲜了？

一直把去三亚的机票和酒店都确定好了李禾根才睡。

这一夜睡得很不踏实，脑子里总是转着这事那事。五点多的时候就再也睡不下去了，起了床，洗漱完毕，换上运动装下了楼。

天刚刚亮，空气很好，李禾根就在开阔的南湖边上慢跑起来。小区很安静，偶尔有运动的人路过，还有几个人在练太极。

第 11 章　任务

文学院招生报名工作结束的那一刻，数据出来了：5100 人！

官员们都喜欢"第一""创纪录""有史以来"这样的词儿表示成绩或者数据之类的结果，李禾根是最讨厌这样的词儿的。当罗可把今年报名的精确数字告诉他的时候，他还是不由自主地使用了这些他不喜欢的词：这是文学院"有史以来"报名人数最多的一次，创造了文学院历年之最。

问题是面对这样一群庞大的考生队伍，如何安排一试？要知道，有多少人考试就要提供多少个考生座位，就要看多少份考卷，打多少人的分数呀。

就整个北京艺术大学来看，今年也是创纪录的，每个专业的报名人数都超出了往年的数据。这可是考验北艺的时候了。除了文学院的5100 位考生外，其他的五个学院专业考生更多。北艺虽然占地 3000多亩，有众多的建筑设施，但是要想安排如此众多的考生进入这个学校，可不是一件简单的事情。经过反复开会研究，北艺决定六个二级学院的考试交叉进行，2 月 28 日上午文学院先考。

北艺不可能有那么大的教室供 5000 余人考试。北艺最大的场地就是大礼堂，但最多也就只能放下 3000 余人。最大的教室，也就是表演学院的小剧场，能够放下 500 余人，还有舞蹈学院的 5 间练功房摆上桌子，能容下 500 余人，再加上比较大的阶梯教室 10 间能放下 500 余人。还是不够。最终，学校决定把办公大楼的阳光大厅也摆上 500 张桌子，这样才彻底解决了考场的问题。

在文学院办公室主任罗可的组织协调下，考场在前一天晚上就已经布置完毕。学校的后勤部门配合文学院，又雇用了一批临时工，再加上提前到校的学生，忙活了一天，到晚上很晚才算完工。李禾根带着文学院副院长蒋明亮和各专业教研室的负责人巡视一番，确认无误后才放心。特别是摆在办公楼阳光大厅里的 500 张桌子，特别壮观。

文学院考试的基本程序是，考生在考前 1 小时抽取临时考号，决定考试场地，考试位置。现场抽取的考号与报名时给的准考证上的号码是不同的，这也是为了公平设计的，谁也不知道某某考号在哪个考场，只有到了现场才知道。

考生按照抽取的考号排队候场，由领队带着考生们进入考场。考前由各考场的主考官宣布考场纪律，然后由学校领导现场抽取考题，各考试现场复印考题。下发考卷后，由主考场发出统一答题指令，所有考生在规定的时间内答题。考试开始后通常不准许去厕所，如果不得不去，由考官指派专人陪同。初试考试时间为三个小时，从上午 9 点开考到中午 12 点结束。统一收卷，统一密封处理。然后由保安护着交到学校保密室的密码柜内，由专门的安保人员看管。下午开始改卷的时候，再由教务处的专人会同保卫处的人员，在纪检人员的监督下打开保密柜，取出考卷。由安保人员护着到改卷现场，由纪检人员当着改卷老师的面打开，重新在考卷上打上临时号码。每个改卷老师人手一份打分表，打分表上已经按照临时号码排好次序，改卷老师不能在考卷上做任何标记，只能在打分表上直接打分。打错的可以改，但改过的地方必须自己签名方可。全部考卷按 10 份为一本的方式装订在一起，每个老师都按照不同的专业分开看卷打分。

早上，李禾根路过教学大楼的时候，考生们已经排起了长长的队伍，喇叭里清晰地念着考生的考号，按照考号排队，由老生们带入考场。

李禾根很欣赏能干的办公室主任罗可，他一人把这么大的一个工作都承担起来了。有序地组织提前返校的学生们协助他布置考场，准备考试所需物品。教学秘书林莉值守办公室。人手少，有时林莉那边有事情决定不了，还得找他，他也应付自如。真是不错的小伙子。

他老远就看到了站在教学大楼高高台阶上拿着名单指挥同学们的罗可，他举起手跟罗可打了个招呼，罗可笑着也跟李禾根打招呼。随后，罗可跑下来问，院长还有什么要嘱咐的吗？李禾根说没有了，你忙你的吧。

罗可就问，院长，您接到院办的通知了吧？就是在开考前曹书记要给考试组的老师们开个会，让您带队去书记办公室，开过会之后再去考场。

李禾根说，没有通知我呀，幸亏你问了我，不然，我还不知道。

罗可说，可能您的手机不好打吧。另外几个老师我再叮嘱一下，七点半去书记办公室开会，八点去考场，九点正式开考。

李禾根刚要走，罗可就告诉他，我们今天白天就会把教学楼八层收拾好，一切准备就绪。此外，改卷老师们的临时休息场地也准备好了。不过，今年的考生超多，考场分散，学校又要求每个考场都必须至少有一名专业老师在，这样，就把几位今天不改卷的老师也叫来了，让他们监考。

李禾根说，你做得很好，辛苦了！

李禾根来到曹耀辉办公室的时候还没有人到，曹耀辉说，知道你先到，咱们可以先说两句私密的话。

李禾根笑了，曹书记总是对我另眼相看，总让我有惊有喜的。

曹耀辉笑着给李禾根递过来一杯茶，别书记书记的，咱们私下里可是哥们儿！这是好茶，先品一口。

李禾根连连摇头，可不敢，可不敢！您是大人物，高层领导，我顶多不过就是您手下一个小催巴儿，哪敢跟您称兄道弟？您这是骂我了。

曹耀辉不满地瞪了李禾根一眼，又来了——少跟我来这套！

李禾根嘻笑着油滑地说，哪里哪里？您一给我倒茶，我就感到压力山大，语无伦次，不由自主就矮了半截儿。

曹耀辉坐下，正色道，禾根哪，跟你说个正事。既是组织的意思，也是我的私事。有个朋友找到了我，想把孩子弄到咱们北艺来，在咱们北艺的各个学院选来选去，就选中了文学院，孩子呢基础差一些。可是，孩子的父亲是财政部一个头头，管财政拨款这块儿的。咱们学校这几年不是一直想把大礼堂拆了，盖个写字楼嘛，这事一直没有完成。我是负责人，在任上怎么也得把这事促成了。咱们工程没成的原因呢，就是弄不到钱，现在这个财神爷求咱们来了，我就想，能不能在他那里弄个专项拨款什么的。对于财政部来说，咱们这个项目就是个小钱，给谁不是给呀，只要头头们点个头，这个事就成了。所以，我就在常委会上提出来了，想办法把这个孩子弄进咱们北艺。这个项目如果成了，就是咱们北艺的百年大计呀，办学的经费就有了后盾。我呢，也算在任一届有个圆满的结局了。常委们虽有点不同的声音，但基本上还是倾向于我的意见的。这个呢，就得靠你来落地了。

李禾根不敢痛快地应下，为难地说，哎呀，曹书记呀，您也知道，招生政策咱们是对外公开的，程序也是封得死死的，怎么个办法？插不上手哇。要是硬塞，那得领导给个政策，否则要是被人指着脊梁说闲话，可是不利呀。

曹耀辉肯定地说，咱们有办法呀，不让你为难，你执行就行了。

李禾根不解地问，什么办法？怎么执行？

曹耀辉说，咱们不是有特殊政策吗？"特事特办"，那天开会你们还都犹豫，我就主张保留"特招政策"，否则，咱们怎么消化这些特殊对象？就用特招的办法！

李禾根吃惊地问，那个"特招"政策不是被大家推翻了吗，怎么又决定保留了？

曹耀辉说，那是自然的。我就不同意取消这个政策，这个政策的存在虽然还有许多问题和漏洞，但是，利大于弊！这个政策的存在会让我们变被动为主动。我们有了主动权，许多困难就会迎刃而解。今天不就是这样吗？要是没有这个政策，财政部这个头头的孩子非要进来，咱们又不能硬顶的话，怎么解决？现在有了这个政策，问题就不是个问题了，咱们就顺理成章了，不需要任何解释。

李禾根说，可是曹书记，您也是知道的，判定谁是特招生谁不是特招生，那得专家组打分表决的……

曹书记打断了李禾根的话，"专家"？专家不都是咱们自己选定的吗？文学这个东西都是公说公有理、婆说婆有理的事情，还不是说什么就是什么？这个，你比我懂。特招生是能够控制的，咱们没这个把握还成？

李禾根问，您刚才不是说，这个孩子基础比较差吗？他有没有作品？定特招可是要先看作品，后进行专业考核的。

曹耀辉把握十足，这个你放心吧，他们会交上作品来的，而且质量肯定也错不了。我说他基础差一点，是指高考，高考的时候怕他达不到咱们的最低线。但是，咱们只负责把专业给他提上去，高考就得靠他们自己了。如果走特招的路线，那么，专业也不是个问题了，一定特招一了百了。

李禾根又问，那么，刁校长的意思呢？

曹耀辉挥挥手，大局，大局为重呗！你呢，就去办，有什么困难随时跟我说。今天召集你们文学院的这些老师的意思，也是想减轻你的压力。我从院领导的角度给大家布置任务，让他们去执行，你也在执行命令的人员之中，就不会有谁指责你了，你们都听命于我就行了。责任，都推到校党委身上，都推到我身上。有什么不理解的你不要解释，让他们找我就行了。我解决不了的，我会上报给校党委解释。这件事，说起来有点私人关系在里面，可是，本质上并不是哪个人的私事，这是给北艺谋福利，给全校的教职员工们解决后顾之忧呀。咱们解决了一个考生的入学问题，便是解决了北艺一大家子的吃饭问题呀。

李禾根心里是有怀疑的，曹书记不直接回答他的担忧：如果刁校长不知道这回事，这就不是校党委的事，如果不是校党委的事，这就是私事，如果这是私事，他们执行了曹书记的命令，那就是在集体犯错误！

这个想法像一块石头重重地压在他的心头。可是，李禾根转念想，我是不是想多了？曹书记乃一校之书记，是北艺2号人物，他怎么可能撒这个谎？他不也是为了北艺的整体利益吗？就是刁校长不知道这个事情，作为北艺的主要领导也不是不可以私下里办这个事的。如果，就是个私事，曹书记找到他这个二级学院的领导不也是正常的吗？曹书记说，你帮我弄进个人来，我给你政策，你给我办，我能不办吗？

这的确是个令人困惑的事。他决定问一下刁子规，至少让她知道，曹书记让他们办的这件事，并不是件容易做到的事，如果一旦完不成这个任务，刁校长也可以从中斡旋。对！得跟刁校长说说！

办公室主任裴晓华敲开曹书记的门，告诉他，开会的人都到齐了，就差……他看到了坐在曹书记办公室的李禾根，笑了，噢，那就都到了，书记，开会吗？

曹书记端起茶杯，开始开始！他们马上还得去考场上去，大战在即。

李禾根跟着曹书记走到了会场。曹书记微笑着跟每个人都点头，打招呼，各位大专家都到了，你们辛苦啊，你们即将开始大战了，你们劳苦功高啊。有你们这样一支能打硬仗的队伍，北艺是幸运的。

刘淑媛以有些讨好的神情仰望着曹耀辉，感谢领导的关心！真正辛苦的是校长、书记，你们是绘制蓝图的人，我们是施工队。我们干得好，是因为设计得好，思路好，图画得好。你们给我们定了方向，指明了路线，我们才会干得漂亮啊。开明的领导班子肯定会带出过硬的队伍，才能百战百胜啊。

曹耀辉很受用，哈哈哈地笑着坐下，每年啊，这个时候都是既辛苦又兴奋的时候。如果说我们定了调子，发了口令，给了任务，那么，你们就是个敢打敢拼、作风过硬的施工队。有了你们这个超级棒的队伍，再有个得力的包工头，这工作就错不了啦！还是具体干活的人才是真正的英雄。你们是真正的大英雄！

刘淑媛有些撒娇地说，哎呀，要是领导们真是这样想的话，那就来点实惠的呗，给点实在的，鼓鼓劲嘛！别你们画饼，我们充饥。

曹耀辉一边微笑着一边"咝喽咝喽"地喝着水，哈哈哈哈，这个嘛，你们放心吧，我这个做后勤保障的队长也不是白给的，我会尽最大的力量支援你们，做你们有力的后盾。放心放心！

说话寒暄的工夫，服务员给每位参会的老师都倒上了水。曹书记精神很好，愉快地打开笔记本，开始讲话。

大家都很忙，咱们长话短说，开门见山，直入主题。召集各位老师开个短会，有一件事通报大家知道，有一个任务交给大家完成，都与招生考试有关。

第一件事是通报北艺校党委的决定。北艺校党委集体研究决定，今年仍然保留"特招政策"。虽然大家对目前的特招政策有不同的看法，在执行过程中也的确出现了一些问题，但校党委经过慎重研究，觉得一项政策的实施应当具有连续性和稳定性，不能说制定就制定说取消就取消。政策就是允许试对，也允许试错的法令。对与错都需要时间和历史的检验，都是需要研究与分析，之后再放到实践中去试的。特招政策在北艺只是经过三四年的试验，至于问题，当然是存在的，可是，这些问题是不是能够在实践中得到有效的解决？能不能客观地控制问题的发生，这得需要一个过程。不能说出台就出台，见有问题就缩回去，这就不是改革创新的意识，这是干不成大事的。所以，经过党委研究，最终取得一致意见，决定还是要保留特招生的政策。至少今年依然保持这项政策的持续稳定地运行。今年招生过后，党委会专项调查研究论证，最终再决定明年的政策。也就是说，各位专家今年招生还得辛苦一下，还得继续确定特殊学生。既然政策决定了，那么，就得严格公正地执行，就有劳各位老师们，做好相应的特招工作的准备。据李院长的消息，目前文学院在这方面做的工作比较细，基础也比较好，做起来应当会比较容易的，只是工作比较繁琐复杂一些。

第二件事是党委布置的任务。这个任务希望大家不要外传，不要议论，大家照办就行了。这个任务也是招生问题。目前财政部有个领导的孩子要考我们文学院的创作专业，跟我提出来，希望能够关照一下，我把情况上报给了校党委。考虑到目前我们的办学经费主要依靠财政拨款，而财政拨款是有限的，给谁不给谁是这些领导一句话的问题。校党委主要领导们在一起议论了一下这个事情，决定给予这个考生以关照。从一试开始，希望大家都关注这个考生。一会儿我让院办的裴晓华主任把考生的基本信息发给各位考官。在这个考生问题上，不要有任何疑问，这是校党委给你们的任务，完成就行了。这个考生的未来关涉到我们北艺的经费，希望大家从学校的发展出发，从大局出发。

刘淑媛提问，我们是看不到考生任何信息的，按照考试规矩，也不允许我们知道考生的信息，我们怎么可能去关注呢？

曹书记得意地说，这就是我们保留"特招"政策的原因。每年都有许多不能不关照的特殊对象，可是，我们的考试管理规定又是那么严密，是不可能有办法的。但是，"特招"政策就让我们把这个问题解决了，只要我们确定目标对象为前三名，确定为特招对象，就不存在解决不了的问题。这就是方法，这也就是学校保留特招生政策的主要原因啊。

陶仲生来了一句，真是用心良苦！照这么说，特招生也就是"特权生"呗，正常渠道弄不进来的，就走这个偏门左道。

曹书记白了陶仲生一眼，你怎么总是阴阳怪气的，这哪里是特权生，这是特殊政策。

陶仲生被曹耀辉的霸道口气激怒了，怎么不是特权生？！冠冕堂皇！特招生这个荣誉称号变得一文不值了！还什么"特招生"啊，这就是个腐败生！我看早晚会出事的，不信咱们就走着瞧！

说完，陶仲生站起身来离席而去。李禾根既没有制止陶仲生，也没有发表意见，他沉默着。曹耀辉有些气急败坏地说，这，这，这个老陶，胆子也越来越大了，连党委的意见都敢反对。算了算了，他执行不执行不要紧，你们听招呼就行了，少了他一个还办不成事了？

会议不欢而散。曹耀辉想截住李禾根再说一会儿，李禾根指了指手表，意思是得去考场了，已经来不及了。曹耀辉只得摇了摇头，摆了摆手。

李禾根想，陶仲生有陶仲生的底气，曹耀辉有曹耀辉的权力，他又能如何站队？

他忽然想起，这事得让刁老板知道，并且他要弄清楚，这件事刁子规到底知道不知道。如果刁子规也卷入进来，他李禾根又当如何？

想着，就去掏手机，可是没有。忽然想起，把手机放在家里了。因为按照规定，考场里任何人不能携带手机，何况，李禾根早就下决心，考试期间戒手机。

李禾根叹了口气，看了一下手表，7点45分，真是短会。参加会议的人只有李禾根需要到考场去，其他的人不是改卷老师，就是待命老师，就是等待专业考卷出了问题时，提供咨询。

走出行政楼，李禾根刚要向教学大楼走，就被陶仲生叫住了。

院长，我觉得今天的这个会开得有些不对头啊。

你说话就不能委婉一些？给人面子，也是给自己面子嘛。你觉得不对头？有什么不对头的？是因为这个任务吗？

有些莫名其妙啊。突然就通知咱们开会，只有一个曹书记召集咱们，别的领导一个也没有到场，至少得有个管业务的副校长参加嘛。这倒不是主要问题，问题是，要真的有什么重要事情也可以，可是，不到两个小时就要开考了，却召集开这么个不伦不类的会，还是为了一个特定的考生，您不觉得这有些不正常吗？

实际上李禾根一直就有这样的疑问，只是没有说出来而已。他苦笑着望了陶仲生一眼，刚想说话，走在他们身后的刘淑媛却插话了。

这有什么不正常？领导觉得这个事情要在开考前讲，就召集了，也不奇怪啊，很正常啊。他不用跟咱们每个人事先都通气再开这个会呀。要是开考后再说，不就晚了吗？曹书记这是在布局，是在为后面的北艺大厦谋划资金的事，这是大局，我们得体谅领导的良苦用心。

陶仲生很讨厌刘淑媛的插话，很没礼貌。就厌烦地说，请您不要插嘴，我是跟李院长说话，没跟您说。

你跟李院长说话我就不能参与意见了？你说的可都是曹书记刚刚说过的内容，会议太短，我们并没有把情况搞清楚，我说几句话怎么了？

不怎么！很讨厌！

陶仲生挺恼火，就这么个货！真是没有羞辱感。

刘淑媛不依不饶地指责，都是为了北艺的大业前景，我们每个成员都有说话的权利和义务。只能你说，就不许我说？讲不讲理？

你是在偷听别人说话！这是品德问题！我又没跟你说，你怎么就不能有点教养呢？你也算是读过一点书的人，怎么就没有一点做人的素质？！你不知道两个男人私下里讲话，作为旁人是不能偷听的，更不能插嘴呀？你妈没教过你呀？

陶仲生！你这话是什么意思？难道作为一个专家我就不能发表自己的见解吗？你有什么权力阻止我说话？我是外国文学专家，我是意大利文学研究专家，我是艺考的资深专家。

得了吧！大"专家"，您真是不知天高地厚，深浅无感啊。什么专家不专家的，给你，你就是专家，不给你，你就什么都不是，给了你，再撤回来，你一样什么都不是！

这话应当用在你自己的身上。陶仲生，你现在的一切不都是曹书记给的吗？他要是不给你，你才什么都不是呢！当年要不是曹书记调你进来，你连个教员的资格都不配！你得有感恩的心，知恩图报才是你做人的本分！

我的一切都是我凭能力得来的，我用不着他给！要给，也是组织给的，是工作给的，是北艺给的，轮不到哪个人给我！

哼！什么"组织""工作""北艺"？那不都是曹书记说了算吗？他要是不同意，什么狗屁组织呀，工作呀，能力呀，什么都不是！我就是要说明白，曹书记够仁慈的啦！多好的一个人啊，就不值得你尊重吗？人家曹书记容易吗？大清早，人家一个快60岁的人了，还是我们的重要领导，你就那么不能给他一点儿面子？你们想干什么？还有没有一点人性？要支持他呀！还老是在拆台，还老是反对反对反对！怀疑怀疑怀疑！

陶仲生冷笑了一声，哼！你他妈这是狡辩！你就是胡搅蛮缠！你以为你是谁啊？

刘淑媛有些急眼了，她嘴里叫着，你竟敢骂人！老娘跟你拼了！

说着在陶仲生的后背上使劲地推了一下，把毫无准备的陶仲生推得向前趔趄了几下，差点扑倒在地。一旁的李禾根一把拉住了陶仲生，刚要训斥，刘淑媛已经冲上前来，撸着袖子上前把陶仲生的衣领揪住了，大叫着，以为老娘怕你是不是？咱们今天就打一架！谁怕谁！

刘淑媛一边抓住陶仲生的领子使劲地晃，一边涨着紫茄子似的脸，失去理智地对着陶仲生的脸就吐了口黏痰。叫着，撕破脸吧，撕破脸吧！豁出去了！

刘淑媛的疯狂举动，完全出乎陶仲生的意料，他怎么也不会想到，一个女人，大学教授，知识分子，居然会有这样的行为。他迷惑地望着刘淑媛，本能地用衣袖擦脸，不由自主地嘟囔着，好男不跟女斗，好男不跟女斗！

这时，李禾根使劲地把刘淑媛的手掰开，一手推开刘淑媛，一手又推了一下陶仲生，劝解着，这又是何必呢？这又是何必呢？都是工作上的事，何必大动干戈呢。

这时，看热闹的人也多了。虽然是早晨，却正是上班时间，人流熙攘。有其他学院的老师，有行政人员，也有考生的家长。那些人把他们围在中间，不明就里。

刘淑媛的行为更是大大出乎李禾根的意料。他的疑问和陶仲生的几乎一模一样，她怎么可以这样？不过，他很快冷静下来，盯着刘淑媛怒道，还要不要脸面！你想干什么？

然后，他又对陶仲生说，你们都需要反省，在这样的关键时候，都要有理智，不能说过火的话。都是大学教授呀，你们还要不要斯文？

刘淑媛被李禾根吼了这一下，却更来劲了，李禾根！你和陶仲生这个王八蛋、这个人渣穿一条裤子！你们是一伙的！你偏心眼！你向着他说话！你们不执行党委的决定，你们不正义，你们腐败无能！

李禾根拉着张牙舞爪的刘淑媛的手，刘老师，刘老师！您消消气！您消消气！

刘淑媛转脸对李禾根，你拉我干什么？你再拉我，我告你性骚扰！你们他妈的都是一丘之貉！都不是好东西！垃圾，混蛋！

李禾根一脸无辜，窘迫地无可奈何地站到了一边。

刘淑媛见人越来越多，索性一手叉腰，一手挥动着讲开了大道理。

你们也给评评理，他们一点都不尊重领导呀。曹书记，那么大岁数了，给大家布置一项普通的工作任务，他们不是顶着，就是对抗着，都不情不愿的。我就是看不惯那些总是自以为是的所谓教授。他们总是想与众不同，标新立异，跟领导、跟组织对着干。这是不正之风呀，我就是要跟他们这些腐败分子斗争到底！你们想想，曹书记，那是为了咱们北艺大业啊，他为了北艺呕心沥血，把财政部管财政拨款的干部的子女招进来，那是为了咱们北艺大厦的建设啊。北艺大厦若是建起来了，那不是曹书记一个人的事，咱们整个北艺的日子也会好过起来，这是多么大的事呀，投资几个亿呀。曹书记为了建设咱们北艺大厦兢兢业业，勤勤恳恳，多么不容易啊。啊，今天曹书记召集大家开个会，要让大家手下留情，把这位管财政的领导的子女招进来，这有错吗？这不是为了他个人的利益啊，这是为了北艺！再说了，人家那个女孩，也不是一无是处啊，人家基础也是很好的。这样说吧，曹贝贝同学是我见过的考生中长得最好看的，1米7的个头，女生啊，多秀气！身材也是最好的……

讲到这里，刘淑媛发现有些偏了，又往回找补。

曹贝贝同学，文学创作方面也是很突出的，在中学时期就写出了长篇小说。现在的中学生都在忙着应试，有几个能进行文学创作的？

可是，曹贝贝这个同学却是忙里偷闲，不仅写了许多短篇的作品，而且还写出了一部长篇小说。长篇哪！人家这孩子多好啊，如果不把这么好的学生招进来，那可是咱们北艺的耻辱！我就是要站在正义的一面，我就是要跟这些恶势力、腐败分子斗争！他们阻止这样优秀的学生进入北艺，一定是有他们个人的野心。他们口口声声说要把优秀的考生招进北艺，把最好的学生培养成艺术家，可是，这么优秀的考生他们却视而不见，他们这是在犯罪！他们是在利用手中的权力阻止优秀的人才进入大学，进入北艺这个艺术的天堂。我们能答应吗？作为北艺的一个老教员，我一定要捍卫我们北艺的名誉，要保护我们光荣而神圣的艺术殿堂不被玷污！

这时，罗可挤进人群，找到李禾根，焦急地拉了一下李禾根，院长，得到场了！就差您了，不然就要推迟了。

李禾根看了看正在热血沸腾、慷慨陈词的刘淑媛，叹了口气。心想，这女人，一时半会儿也不会完的，就跟着罗可挤出了人群。

陶仲生见李禾根走了，紧追了几步，刚要说什么，李禾根说，陶老师，今天这事儿，你受委屈了！我知道你要说什么，你就以大局为重吧。把今天的初试进行下去，不然，全被她给搅和了。你就多担待着点吧，要不，怎么办？不过，这事儿不能算完了，是要追究后果的，这你放心！

陶仲生理解地望着李禾根，没说什么。这时，一直在围观的舞蹈系老师王国祥走过来，他和陶仲生是好友。对他说，不能跟这么个疯子斗了，你是斗不过她的，撒泼打滚，她什么都可以做出来的。跟这样的女人较劲，不是脏了咱们的手，也脏了咱们的眼了。

陶仲生委屈地说，谁能想到啊？这都不是正常人能做出来的事啊。全都是正义、正直那一套的，一派正人君子的样子。好像咱们都是坏分子，只有她一个好人。这都是什么世道啊。

王国祥说，不信直中直，但防仁不仁。越是声称正义正直的人，越是高叫着集体的人，越是小人，越是较不起真！因为，她缺什么就要叫嚷什么，她担心的正是她怕的东西。走吧，咱们也消消气去吧。

陪你走两步。

王国祥拉着陶仲生向南湖边上走去。人群还在围着刘淑媛，听她振振有词的正义言论。

刘淑媛口无遮拦的喧闹让李禾根恍然明悟，原来在和他交谈之前，曹书记已经找过了刘淑媛。从刘淑媛的话里，李禾根也明白了刘淑媛介入得很深，她甚至知道那位即将进入他们视线的考生的名字，不仅知道名字，还知道她的底细。说不定刘淑媛还辅导过那位考生，她之所以底气十足，飞扬跋扈，正是以为得了曹书记的"真传"授意，可以有恃无恐。曹书记的这位"财政部"干部子女是不是真有那么回事，很难说，刁校长是不是知道这回事更是难说。

李禾根无奈地叹息，然后匆匆地赶往教学大楼。

可能，刘淑媛已经忘记自己是因为偷听陶仲生和李禾根的谈话插嘴而引起的战争，她可能完全忘记了自己是因为什么疯起来的吧。刘淑媛根本就没有注意到她的斗争对象已经消失在了人群中，吵闹的主要当事人，陶仲生、李禾根都退出了人群，干自己的事去了。而她，却还在激情昂扬地演讲。她说话的对象已经从具体的陶仲生这个人变成了不明原委的一群人。她在讲她如何被曹书记"个别谈话"，比参加会议的人，甚至比李禾根都较早地知道了今天曹书记布置的任务内容，她觉得这个任务很光荣，也很无私，她没有因此而收受任何报酬。她宣称自己是情愿全身心地完成这个光荣正确而集体的任务的。她一定要同招生中的一切腐败分子斗争，要与一切以招生谋私利的行为斗争。她说，她就是这样一位正直、正派，光明磊落的人。

有了表演感，投入了激情，让刘淑媛自己感觉形象高大起来。她觉得自己光芒四射，神圣无瑕。不明真相的群众们都为她叫好，称赞，为她的正直和正义竖起拇指。她微笑着，自豪着。突然一只手紧紧地抓住了她的胳膊，拉着她便往人群外走。

她不情愿地说，哎呀，裴主任！我还没说完呢，我得把事情的真相告诉大家呀。

校办主任裴晓华尴尬地拉着刘淑媛的胳膊，他若是不强行拉刘淑媛，她怎么会跟着他走呢。但他又担心这一拉，刘淑媛也会像骂李禾根那样，说他是"性骚扰"。可是，曹书记交代了，不能让刘淑媛这样闹下去了，必须，立即，马上制止。好在，刘淑媛已经忘记，或者没有想到拉她胳膊的那个人是个男性，她还完全沉浸在自己的慷慨陈词、大义凛然的演讲状态中。

刘淑媛被裴晓华拉出人群，依依不舍地回头向围观的人挥着手，说了一句，等有机会，我一定会把事实真相说出来，让大家都明白，我是一个多么不容易的堂吉诃德！我是一个孤军奋战的堂吉诃德！

第 12 章　大战

　　文学院的初试有 18 个考场，分在不同的地点。每个考场都编了号，主考场设在大礼堂，是 1 号考场。1 号考场平日里是学校组织全院大会时使用的礼堂，也放电影，也当个剧场，设备比较好，有 3000多个座位。每个座位上都有隐藏式的侧桌板，有点像飞机上吃饭的折叠板。这是礼堂在建设时考虑到师生集会需要做笔记什么的安装的，今天派上了用场。

　　主考场的每个座位前面都用红纸黑字标记着考号，每 10 排安排一个监考。考虑到考生人多，密度大，决定考试使用三套正式卷，相邻的三个座位考卷不同，即纵横每隔三排才重复一次。

　　主考场有大屏幕，其他 17 个考场都有同屏直播，所有的考场行动都是统一的，统一时间，统一发卷，统一答题，统一停止，统一收卷，统一封卷，统一送卷。一切行动都是在统一的号令下，在不同的场地进行的。

　　门口有两名在校的学生守卫，监考人由学院行政人员组成，每个考场根据考生的多少决定监考人数。走廊上是不断巡视的纪检人员和保安。这阵势如临大敌，胆小的都会被吓着。

　　李禾根到达大礼堂后台的时候，刁子规已经在领导休息室里坐着了，她正在和秘书交代什么。李禾根进来时，她面色凝重地瞥了一眼，然后告诉秘书，快去快回！

李禾根坐到刁子规对面，服务员倒上一杯水。李禾根见室内还有音乐学院的巴图鲁院长，就静等着他们谈话，他们说的也基本上是考试的事。音乐学院明天考一试，他们的一试更复杂一些，因为要一个一个的考生唱，一个一个的听，都是面对面，人要比文学院的还要多很多，所需要的场地也更多一些。听巴图鲁的话是商量请中央音乐学院的老师协助，以及他们的费用问题，看来，对方要的报酬比较多，得特批。

等找刁子规的人都走了，室内就剩下李禾根后，刁子规公事公办地问他，你是什么问题？

李禾根像是随意地说，我只是想确认一下，曹书记刚刚给我们文学院专家组开会的事。

刁子规问，曹书记给你们开过会了？是个什么会议？

李禾根答，就是特招的事，我想确定一下，党委是不是正式做出了继续实施特招政策的决定？我们还是照着去年的办法办？

刁子规有点不满地说，当然是党委做出的决定了。

李禾根问，我们文学院还没有接到正式通知，所以，今天就是顺便问问，确认一下。有这回事就行了，我还以为曹书记给我们开吹风会呢。

刁子规看了看手表，就这个问题？好了，时间也差不多了，我们得到前面去抽题了吧？

李禾根紧着又问道，刁校长，那让我们把财政部某干部的孩子确定为特招对象也是校党委做出的决定？这让我有些为难呀。因为专家组的老师们有的是有意见的，如果不能取得统一认识，这件事是做不成的。

刁子规吃惊地瞪着李禾根，什么"财政部某领导"？这是曹书记给你们交代的？

李禾根站在刁子规面前，这就是曹书记在考前召集我们开会的主要话题，他不是与我们商量，是给我们下任务，而且不允许提出异义。因为完成这个任务有些难度，即使咱们执行特招政策，您知道也需要走程序，要经过专家们完全一致的认可才可以，只要有一人不同意也不能确定的，咱们是一票否决制呀。现在就有老师提出不同意见了，要是现场，可能会有更多的人提出意见来，要确定其为特招生的难度就大了。所以，我请刁校长有心理准备，更想问问，一旦确定考生特招资格的事不成，还有没有备案？如果有，也请事先告诉我一下，我也有个策略。

刁子规的表情告诉李禾根，她显然并不知情。她略一迟疑，这件事，我知道了，咱们先把眼前的事处理完再说。

这时，北艺党委的九大常委已经全数到场，大家西装革履，神情庄重。18个考场的考生们盯着屏幕，都感受到了这个庄严而隆重的时刻。考生们在如此严谨且有些威慑力的考场中经受进入北京艺术大学的第一次考验。

刁子规走在最前面，后面是曹耀辉及其他常委们。他们一露面，台下就响起了热烈掌声，常委们也都随着鼓掌，在礼仪向导的引领下，走到了舞台中央。隆重庄严的考试仪式开始了。

李禾根走向舞台中央，接过罗可递过来的话筒，开始主持这场规模宏大的考试。

欢迎各位考生报考北京艺术大学文学院！今天，我们尊敬的刁子规院长亲自带着北艺党委常委的全部成员来到考场，这是对我们文学院招生考试工作的高度重视。在此，我代表文学院全体教员和全体考生对各位领导们的到来表示感谢！（掌声）首先请文学院蒋明亮副院长宣读考场纪律和考试注意事项。

蒋明亮有些紧张，他站在台前，接过罗可递过来的稿子，高声地念着纪律和规定。他强调了两点：第一，考生不能将手机等电子产品带入教学大楼，如果有人已经带到了考场，那么就请把手机关成静音并且放在舞台上来。第二，考试期间不准许上厕所，如果需要上厕所，抽题后，立即去，考试期间一般不准许离开考场。如特殊情况，可举手向考官请求，得到允许后，在工作人员的陪同下方可离席。第三，不准偷看，左顾右盼。

考场纪律一共是10条20款，念下来已经是5分钟过去了。常委们站在舞台上被舞台灯光照着有些不舒服。有的常委就低语，这个考场纪律也太长了吧？以后要修改一下，简短一些。另一个常委也低语，考场规则应当在考生报名的时候一人发一份，让他们自己去学习就成了，考场就是考试场，上来就应当考试的。还有一位常委低语，考试规则嘛就应当在考场上念，这是严肃的事情。

站在中间位置的刁子规觉得这些常委声音太大了，更觉得太不严肃了，就严厉地左右看了看，几个低语的常委立即沉默了。

等蒋明亮念完考场规则后，李禾根神色庄重声音激动地说，现在请刁校长为我们抽取考试题目。刁子规微笑着，落落大方地走到舞台中央的电脑前，在工作人员的引导下，按动了键盘。

庄重的时刻开始了，大屏幕上的红色数字急速滚动，几乎看不清数字。考场上氛围凝重紧张。考生们死盯着大屏幕，屏幕上滚动的数字有如心跳，快速而机械，考生们已经被带入到了情境之中。这时，刁子规悬在按键上方的手指猛然用力按下去，顿时滚动的数字戛然不动了，大屏幕上显示出数字为"3"。

紧张的氛围下，不知是谁带头鼓掌，稍稍缓和了紧张的情绪。工作人员立即打开了由四名保安人员护卫着的金属试题箱，从中取出3号考卷，庄重地递到刁校长面前，刁校长也仪式化地接过3号试卷，向全体考生全面展示试卷的密封完整度。

然后，李禾根对考生说，各位同学，有谁对此密封考卷有疑义？请举手。

等了几钞，李禾根高声宣布，第一套试卷为第3套题！

下面的考生们鼓掌。李禾根又宣布，现在请北京艺术大学曹耀辉书记抽取第二套题目。

曹耀辉学着刁子规的样子，也站在电脑前，在工作人员的引导下按动键盘，屏幕上的数字再次快速滚动起来，曹耀辉的手指按停的时候，屏幕上显示"10"。

李禾根高声宣布，第二套试卷为第十套题！

考生们再次鼓掌。李禾根宣布，现在请北京艺术大学冯坤副校长抽取第三套题目。

冯坤走上前来，先是朝台下看了看，然后在工作人员的引导下按动键盘。屏幕上的数字再次快速滚动，当停止下来时，显示巨大的"8"字。

李禾根高声宣布，第三套试卷为第八套题目！

全体考生热烈鼓掌。常委们也热烈鼓掌。

李禾根请刁子规上前讲话，现在，我们请刁校长讲话！

台下、台上热烈鼓掌。

刁子规走到台前，微笑着说，来了，就讲两句吧。我代表北京艺术大学党委和全体老师们，对从全国各地赶来的考生们表示热烈欢迎！（热烈的掌声）

北艺文学院是座历史悠久、人才辈出的文学院，在全国都有着重大影响。在这个文学院走出了三位茅盾文学奖的获得者，走出了五位鲁迅文学奖的获得者，还有几位获得了国际文学大奖，我相信你们正是被文学院巨大的影响力吸引而来的。文学院不同于其他大学的中文系，中文系是不培养作家的，而我们的文学院却是专门培养作家、剧作家、诗人，这里也是文学实战实操的主要教学阵地，我相信各位考生也正是抱着想当作家、艺术家的梦想而报考这里的，你们将在这里得到文学创作的"真传""绝技"！（掌声）

你们将跟随着这里的优秀老师们，从文学创作的基本方法学起，逐步走向中国文坛，走向世界文坛！（掌声）因为这里只培养作家，你们如果不想当作家就无须报考它，但是，我相信能够坐到这个考场的同学们都是要当作家的，否则就不会来这里。你们来到这里就说明你们对文学创作充满了期待，对北艺文学院充满了渴望！（掌声）

如果你们经过艰苦的拼搏最终走进了文学院的课堂教室，那么你们将是非常幸运的。你们知道今年报考文学院的考生有多少吗？你们

如果能够考入这个学院，那将表明你们是非常优秀的人，你们将终生以此为荣！（掌声）

北艺文学院有强大的师资力量，这里有全国知名的小说家李禾根（掌声），有《流浪青春》的编剧曹方老师，有大名鼎鼎的诗人叶子，还有其他一些大学者，大艺术家。这里还有良好的教学条件，硬件、软件在全国同类专业中，都是顶级的。重要的是这里有浓厚的文学氛围，在这里学习、创作，有如来到了文学的海洋里，你们可以和最优秀的人对话，和最纯洁的灵魂共生。这是一个充满着挑战性的专业。希望同学们都有好运，展现你们的才华，圆梦北艺！（热烈的掌声）

在掌声中李禾根宣布，现在开始拆卷！

在考生们热切的目光中，蒋明亮拿起第一套卷子，向考生们展示，无损，然后接过剪刀裁剪。打开密封条后，交给等在一旁的工作人员，立即开始在复印机上复印。第二套题、第三套题如法炮制。

在监督拆封后，蒋明亮宣布，试题开封完毕，请大家按照考场规则把物品放到舞台上来，有需要上厕所的考生尽快去。

常委们在刁子规的带领下，离开了舞台，李禾根也跟随着向后台走去。

考场内，考生们动了起来，有的放包，有的关手机，有的跑步去了厕所。所有的场景，在其他几个考场里再现。舞台上摆放着三台快速复印机，一张张考卷不断被吐出来。其他考场的监考人员及保安们都等在一旁准备取卷、护卷、送卷。复印装订试卷的过程进行了约20分钟。

送走校常委之后，李禾根重新回到了主考场上。其他考场的试卷已在纪检人员监督下被护送到了各考场。李禾根盯着巨大的监控视屏，那上面同屏显示着各考场的情况，试卷都已经护送到位。

蒋明亮对着话筒宣布，现在请各考场考生填写涂抹答题卡信息。

接着，蒋明亮又宣布，现在请各考场开始发放试卷。试卷发放后，背面朝上放置，考生不得擅自阅看卷。

考场内安静而紧张。蒋明亮看了看手表，把话筒递给李禾根低声说，院长，时间到了，可以答题了。

李禾根点了点头，高声宣布，现在，我宣布，文学院文学创作专业初试正式开始！考试时间为三个小时。

大屏幕上开始显示倒计时时间。考生们立即翻开考卷，急迫地浏览，答题。

考场上的监考老师开始静静地核对着每个考生的准考证和身份证。

过了一会儿，舞台的后门响了，从后台走进来几个端着相机、摄像机的人，前面是教务处的黄阳带着。他们走到前台，黄阳低声地跟李禾根汇报，曹书记让拍些照片，留作资料，刚好有媒体的记者采访，就带着他们来了。

李禾根没说什么，记者们就忙活开了，纷纷选择位置。长枪短炮，噼噼啪啪，电闪雷鸣。把考生们都惊着了，被打扰的考生们抬头望向这些意外来客，有的低下头继续答题，有的却皱眉叹气，有的不耐烦地怒视，有的无奈地摆弄文具。记者们是不管不顾的，他们寻找各种角度没完没了地拍着，可这却是决定考生命运的专业课考试啊，谁愿意被打扰？

显然，李禾根也不太高兴，却也没有表示什么。记者、摄影师们忙活了好一会儿，考场才安静下来。通过大屏幕，李禾根也看到了其他考场有相似的情况。这也是没办法的事，既是必要的，也是非必要的，例行公事，公事例行，年年如此。正因如此，文学院有个特殊的规定，就是在正常的答题时间外，延长 15 分钟，以弥补这些干扰。这延长的 15 分钟时间通常在临近结束考试 30 分钟的时候才宣布，那时，有些人已经交了卷子，这些人是不需要这 15 分钟的，但剩下的考生却需要。每当这时，考生们的脸上就会显现出快乐之色，他们为意外多得的这一刻钟而高兴。

有个年轻的女记者对着舞台上的李禾根和工作人员一番乱拍，然后收起相机走上舞台，来到了李禾根的面前。李禾根瞥了一眼她，认出来了，是那天在操场上采访过他的记者，他微笑着朝她点了一下头。女记者凑到李禾根面前，李院长，能不能问您几个问题？您简短地回答就行。

这时，李禾根不由得望向站在身旁的黄阳，黄阳有些不高兴地阻止道，露露老师，咱们可是说好的，只拍照，不采访，采访是在考试完了后的呀。

露露吐了吐舌头，做出调皮的样子，对不起，对不起！见到李院长，我就有些忘乎所以了。说完，露露站在高高的舞台上对着台下的考生们又拍了几张照片，然后与李禾根轻轻地握了一下手。跟着黄阳向后门走去。

等记者们都离开后，李禾根看了看手表，差不多是 10 钟的时间。考场又恢复了安静。

李禾根拿起桌子上备用的一套卷子想大体浏览一下。按照考试的规则，作为院长，他是主考官，他是不参与出题的。出题由出题小组的 5 人各自拟定，他们之间也互相不知道题目，只是自己出自己的，最终也不组合，都是按照各自专业出一套完整的题。也就是说，考生在考场完成的实际上是五份不同内容的答卷。

李禾根大致看了一下，今年的题目沿用了往年的套路，依然是按照三部分内容拟定，一是 20 套选择题，都是各专业的文学常识。二是五张卷子各自出一道问答题。第三题是文学鉴赏文章，总共出了五篇作品，从中选择一篇作为鉴赏文章写作依据。

李禾根打开卷子，五份卷中的文学常识内容似乎比往年要更细致，包括了中国古代文学、中国现代文学、中国当代文学，还有外国文学、戏剧影视文学及写作知识。李禾根注意到，有一张当代考卷里出现了一些热点问题，如刚刚谁获得了诺贝尔文学奖，今年的网红文学作品有哪些，列举当下流行语三个，你对网络文学的认识，你对科幻文学创作的认识，等等。虽然，这些题目的大部分都在中学课本的范围内，但有相当一部分确实超出了中学课本，有些是较为新鲜的、当下的焦点问题。通常大多数考生对那些中学时期就要求的应知应会的文学作品回答都是不难的，但难的是那些超出中学课本的部分，而这部分内容却是拉开成绩的关键。当初，拟定出题规范考虑的是，因为作为一个文学爱好者，他应当在阅读面上要比普通的中学生广泛，作为写作者也应当具有一定的知识拓展，因此，在中学课本之外要对一些问题有所涉猎。

考卷的第二部分，都是根据各自专业的不同拟定的问答题，显然，这些题目的目的是"两考"：一是深入考查考生的文学基本功，即对文学常识的了解；二是要考查考生的写作能力、写作观念、对作品的把握程度。

李禾根看到有一道题目是：请用你的语言描述一下"祥林嫂"这个人物形象。

这个题目实际上有两种回答方法，一是按照高考复习资料上的那些已经总结归纳好的现成答案回答。实际上许多考生正是背诵了那些答案走到这个考场上的。可是，这样的回答方法是不可能得到较好成绩的，因为所有以这种方式回答的考生的答案都是一样的。甚至那些记忆功夫比较好的考生之间一个字都不差，完全一样，如此，他们之间考的仅仅是记忆力而已，不是文学创作专业要考核的作家思维。

第二种回答的方法就是根据"自己的语言"，用自己的描述方法去答，这样的回答是五花八门的，语言不同，描述角度不同，描述方法不同，在有限的文字里就能表现出考生的基本文学素养。

显然，第二种回答方法正是这次考核的测试重点。文学创作考试考的不是记忆力，而是基本的文学表达能力。这就与高考的考试区别出来了。

在第二个问答题中，李禾根还看到了另一种问法：请重述一下《三国演义》中的"温酒斩华雄"这个情节。

李禾根不由得赞道，这个题出得好！让咱们的考生来试试描写只闻其声不见其人的情节。

还有一道题是"描述莫泊桑《项链》的故事梗概"，这个题，看似简单，实则很难。这也是考查一个作家概括能力、叙事能力的题目。别林斯基不是说过吗，对于一个作家来说，最难的莫过于把一件事情说清楚。说清楚一件事，概括地把故事说完整，人物描述清楚，情节不走样，是有相当难度的。

李禾根对于今年出题的5个老师很满意，他觉得卷子出得很好，既有难度，又有专业性，老师们是动了脑子的。

他看到了考卷的第三部分"文学鉴赏"。五份卷子出了五个题目。"文学鉴赏"出题的基本要求是，给出一篇作品，通常是小说，或者散文，读完后写一篇"文学鉴赏文章"。这个题的目的是考查考生对文学作品的感受力、领悟力和文字的表达能力。这五篇作品的体裁的选择都是事先由5位出题者协调好的，谁出什么体裁都是事先"认领"的，五篇作品涵盖了文学的基本面，小说、诗歌、散文、报告文学、剧本，都有。

李禾根快速浏览了五篇鉴赏作品，"小说"部分选择的是美国作家凯特·肖邦的《一双长丝袜》，诗歌选择的是徐志摩的抒情诗《我不知道风是在哪一个方向吹》，散文选择的是汪曾祺的《寻常茶话》，报告文学选择的是2015年诺贝尔文学奖获得者白俄罗斯作家阿列克谢耶维奇的《二手时间》的片断，剧本选择的是曹禺《雷雨》的片断。

这五个题目要求考生任选一篇进行"鉴赏"，文字不少于800字。

总的来说，李禾根觉得今年的题目出得很好，重点放在了考查考生的创作能力上，一题多考，既考查了他们对文学基本知识的把握，也考查了考生的文学基本功。

李禾根走到台下，在考生们中间转了一下。偌大的礼堂坐满了人，显得很壮观。考生们都在紧张地低头写字，监考们也恪尽职守，巡视，督察。

初试的考试时间是3个小时15分钟。在这三个多小时内，考生通常不准去卫生间，如果确实需要，由考场工作人员陪同出入。这时，有人举手，要求上厕所，学生监考请求老师监考，老师同意由学生监考陪同前往。

在台下，李禾根清晰地看到刁子规正带着常委们巡视到了第五考场，他们所到之处，都是前呼后拥的人跟着，拍照的，引路的，低声汇报的。

这是每年最隆重的例行公事，刁子规乐此不疲。在主考场抽完题，讲完话之后，刁子规就带着校常委们挨个考场巡视去了。李禾根给刁校长们算了一笔账，如果18个考场都巡视完毕，每个考场停留5分钟，18×5=90分钟，加上路上的时间，整个巡视过程，大约需要将近两个小时。因为在每个考场刁校长和常委们都要拍照，还要秀一秀看考生答题，检查考生的身份证、准考证什么的，有时，还要停下来低声跟监考人员交谈几句，这个过程没有个5分钟也下不来。

李禾根想，刁子规无论如何也已经是年过半百的人了，虽然精力旺盛，体力也不错，可是架不住这么大的工作量啊，就是小伙子长期这样玩命也挺不住啊。

所以，李禾根劝刁子规，您不一定每个考场都要巡视呀。您在主考场抽完试题、讲完话后，在主考场转一转也就完了，不一定非把18个考场都转完呀。您要是非想转转，转个一两处，意思意思也就行了。

刁子规心里是同意李禾根的看法的，但是当着那么一群官僚随行人员，她肯定不能接受。不仅不能接受，还要佯装一副生气的样子红着脸批评李禾根，你怎么在这个时候犯糊涂？多么重要的时刻，我能离开吗？常委们也不能离开呀。我要是离开，就相当于战斗正打得激烈的时候我一个指挥官临阵脱逃。我要是只转一个考场，对其他考场的考生就是不公平、不尊重嘛。走，必须把所有考场都转完！于是，刁校长带着她的队伍就向第二个考场走去。

刁子规的话让李禾根在众人面前有些丢面子，他愣在那儿不知道说什么好。主管教学工作的冯坤副校长凑到李禾根身边低声安慰说，李院长，你是了解老板的，她呀，就是这么个脾气，别往心里去。她，你还不知道吗，就是这么个直肠子，她不是在批评你，只是担心外界有意见。

李禾根苦笑着说，没事，都习惯了。我陪着你们一起去转转吧。

冯坤制止道，不用，我们转我们的，你呢，还要主持这里的考务，还是留在这里的好。

大屏幕上显示，刁子规已经巡视到了第七考场。在那里，依然是拍照，与监考人员握手低声寒暄，看考生答题，检验考生证件什么的。学校的宣传部派了专业摄影师追着领导们拍照，在刁校长和各常委们的身边，摄影师们换着各种角度和花样，领导们积极配合，摆着各种姿势和面容对着镜头或龇牙，或严肃，或微笑，或整肃。

李禾根心里笑，挺专业的，都已经习惯了。都是演员出身啊。娘了个希匹！

作为这些文学院考场的指挥官，李禾根是真怕出点儿事，特别是考卷上出了什么纰漏，这是要影响考生的大事，虽然他已经尽心了。但是，不考完试就放不下心。所以，心里虽然对这些形式主义大师的行为艺术有些瞧不上，可是内心还是紧张的。

怕什么来什么，就在学校党委们转到第 10 个考场时，问题出现了。

屏幕上显示，官僚们按照正常的巡视程序正在摆拍、看证件、和蔼可亲地微笑的时候，主考场的李禾根看到一个考生举起了手。

他快步走到考生面前低声问，你有什么事？

考生并不说话，她指着讲台前的同步大屏幕。李禾根一下就看到第 10 考场的画面，学校的头头们正在那里仪式般地巡视呢，趁乱有一个考生在偷看手机！

李禾根心想，这些东西，就知道自己舒服了，这么大的漏洞他们居然没有看见。他朝告状的考生点点头，意思是我会处理的。李禾根最担心的并不是考生如何违规，他担心的是考卷一旦出了问题，这可是大事，而考生偷看抄袭都是好处理的事，这个，他是有经验的。

李禾根注意到常委们、随员们并没心思看屏幕，没有一个注意到一直在偷看手机的考生，甚至，那些监考的老师也都围绕着领导们，没人关心考场的动静。否则，有考生在偷看手机可能就成为被炒作的焦点事件了。

李禾根走到舞台上，拉了一下正低头登记考试情况的罗可，示意他跟着自己到后台去。李禾根带着罗可走到后台休息室。

有考生举报第 10 考场的 9 排 15 号有个考生在偷看手机，你先去把这个考生叫到走廊了解一下情况，我随后就过去。

罗可吃了一惊，吓了一跳，在他眼里这是非常严重的事件，他居然没有发现！他觉得自己有些失职。他立即急急忙忙地向外走去，奔向第 10 考场。

李禾根回到舞台上，对蒋明亮说，我要去其他的几个考场巡视一下，这里你把好关，有事及时通知我。

蒋明亮点点头，这里有我，您放心，不会有什么问题的。

李禾根赶到第 10 考场时，老远就看到考场外面站着那个看手机的女生和罗可。犯了错误的女生正低着头面对着罗可哭呢。李禾根看了看可怜巴巴的考生问，进考场之前就严令禁止带手机进来，怎么就不听话呢？

罗可说，她说自己是放在内衣里带进来的，监考也没有发现。

李禾根问，监考知道她的事吗？

罗可说，他们还不知道，我跟他们说，这位考生要上厕所，我陪着她。

李禾根又问女生，你是抄袭吗？你能找到答案？我们的考卷是不可能有答案的，你怎么傻到查答案的地步？

女生呜呜咽咽地说，我不是看答案。

罗可把女生的手机递给李禾根，指着信息说，您看，她是想向人求助。

李禾根看手机上的信息："难死了！"回复信息："我怎么帮你？"然后就没有了。

看完信息李禾根长叹一口气说，孩子，这种考试别人是帮不了你的，也代替不了你。这考的是你的能力和素质，没有标准答案，别人也找不到标准答案。别人不仅帮不了你，而且还会害了你。今天这个事幸亏其他人不知道，否则，你不仅不能再参加考试了，而且你若是想考其他的学校也不行。因为我们要是把你当着所有的考生面赶出去，学校会处理你的，会通报给你的学校，你的名誉就毁了，高考都参加不了。你说，何苦来呢？

这样一说，女生更是泣不成声了，我错了，我错了，再也不敢了！您原谅我吧！

李禾根叹了口气说，记住这个教训吧，我不打算处理你。你呢，还是悄没声地回到座位上去继续考试，只当没有发生过。手机我们给你保存着，考完试找罗可老师去要。

李禾根没有问考生的姓名，也没有问她的考号，更不知道她进没进入后面的复试、三试。可是，他相信，这个事件会让这个女生记住一辈子，每当想起就会不安。

女生被罗可送回考场的时候，恰好领导们从考场出来。刁子规一眼就看到了李禾根，哎，你也来了？！正好，咱们合个影。

说着，刁子规一把拉住了李禾根的手腕，轻轻地捏了一下。李禾根心里很清楚，这是她为刚才在主考场的几句训斥表示歉意，想弥补一下。他心里太明白了，就微笑着配合刁校长。

拍完了照，跟在刁子规身边的刘民潮低声说，李院长，刚才在监视室，有个保安在核对考生报名时留下来的照片，发现考场上的一个考生和留底的照片上不一致。他跟我说了，我也反复地看过，觉得确实有些怀疑。你看怎么办？

李禾根问，可以完全确定留底照片和考场上的考生不一致吗？如果能肯定，就得进一步处理了，但是，这对考生的未来有非常重要的影响，一定要慎重。

刘民潮说，我们还不能完全肯定，所以才跟您商量。可是，我和几个保安核对的情况是，这个考生和留底照片上的样子不太一致。很有可能是个替考的。

李禾根吃惊地问，真的吗？听说，现在国家对替考处理得非常严格了，已经上《刑法》了。弄不好，替考的人会被判刑的呀。这更要慎之又慎啊。我叫罗可到现场去核对一下准考证、身份证和他本人的相貌，要慎重，要慎重啊。

李禾根叫了一声，小罗！

跟在他身后的罗可应了一声，李禾根嘱咐道，刘处长和监控室的人检查考生信息的时候，对其中的一位考生的身份有疑问，你呢，悄没声地去核对一下身份信息和那考生本人的情况是不是一致。我就在主考场，有消息告诉我一声。

罗可问，在哪个考场？第几排第几座？

刘民潮说，在 12 考场。这样吧，咱们两个一起去。

李禾根心想，今年这是怎么了？一桩接一桩的事，往年也没有这么多的事呀。

回到主考场后，李禾根就盯着大屏幕看，一会儿就见刘民潮和罗可走进了 12 考场。两个人装作在例行检查证件，慢慢靠近了一个考生。他们一个人拿起考生的准考证，一个人拿起身份证，似乎轻声地对考生说了句什么，考生有些不情愿地抬起头。略一辨认，罗可和刘民潮就对视了一下，两个人互相点了一下头。随后，刘民潮和罗可一前一后，把考生夹在中间请他离开了考场。

李禾根心里咯噔一下，心想，完了。

他走出主考场，站在门口等着他们的到来。过了十分钟左右，罗可和刘民潮就把那位考生请了过来。

刘民潮问，院长，咱们到休息室谈吧。

李禾根点了点头，几个人就来到了教室旁的教员休息室，那里有沙发茶几，还有饮水机，房间不大。

一进来，李禾根就问，怎么回事？

刘民潮答，我们可以肯定地说，准考证上的人和考生本人不是一个人，他是顶替者。

罗可也说，很明显，这不是同一个人，现场看得很清楚。

说着，罗可把身份证和准考证都递给了李禾根，您再确定一下，这明显不是一个人嘛。

李禾根接过证件，对着考生一看，没费多大的劲，就看出来了，照片上的人虽然跟这个考生有点相似，但可以看出，完全不是一个人。他叹了口气，把证件交给了罗可。

刘民潮严厉地问考生，这个，你怎么解释?!

考生理直气壮地反问，解释什么？

刘民潮生气地说，你难道不知道我们为什么把你从考场上叫出来吗？

考生装糊涂，为什么？我哪知道？

李禾根心想，这家伙心理素质还挺好，一点都不怕。

刘民潮说，这个准考证上的人是你吗？你能说是你吗？

考生答，肯定是我呀，不是我，我还考呀？不是我，你们也不会放我进来呀。

一旁的罗可也有些忍不住了，还狡辩呀！那你说，这个身份证件登记的住址是哪里？这你总能说上来吧？

考生根本不在乎地说，那上面不是写着呢吗？

罗可说，让你说呢！既然身份证是你的，难道你不能准确地说出自己的住址吗？

考生沉默了，但看得出来，还想抵赖。

刘民潮皱着眉说，你知道不知道，你这是在犯罪，会被判刑的！

考生吓呆了，你你，你这是在吓唬我！

刘民潮说，我吓唬你？你知道吗，过去替考给个处分也就完了，可是，现在替考入《刑法》了，你不知道？看来你的业务不行啊。新修订的中华人民共和国《刑法修正案（九）》在第十二届全国人民代表大会常务委员会第十六次会议已经通过了，第二十五条……

刘民潮从身上摸出一个小册子念："在法律规定的国家考试中，组织作弊的，处三年以下有期徒刑或者拘役，并处或者单处罚金；情节严重的，处三年以上七年以下有期徒刑，并处罚金。""代替他人或者让他人代替自己参加第一款规定的考试的，处拘役或者管制，并处或者单处罚金。"

李禾根心想，刘民潮的功课做得不错啊，随身带着法规，有心计！

刘民潮警告考生，你要知道，这已经不是什么简单的替考问题了，你已经触犯了《刑法》了。

考生这时突然恳求，老师，老师！我错了我错了，我不该替别人来考试……您就饶我这一次吧，下次再也不敢了。

刘民潮说，既然认定了你是个替考生，那么，我们就管不了了，这件事得由公安司法处理，我们无权处理。

第 13 章　明争

初试散场后，教学大楼的考场保留了 10 个，每个考场有 50 个座位，这样复试的 500 个考生也就够了。剩下的部分考场在初试的当天中午就被改造成了试卷场。

改卷是另一场恶战。考生们要经受一次等待裁决的煎熬，改卷老师们得经受一次体力和智力同时消耗的战斗。

参与初试改卷的主体是文学院的研究生和部分博士们，还从其他单位借来部分教员一起参与。5000 份考卷，由 100 个人来改，分在两个较大的教室里进行。为了公平起见，每个改卷场还要进行轮流重复批改，现场有纪检、有学校各有关部门的管理人员参与，还有保安在。现场还有四个监控摄像头，整个改卷过程都要全程录像。监控除了连接到保安室内外，校长室、书记室及纪检处等也都有实时监控画面。整个改卷过程都是透明的，每个人的行为动作都是被监控着的。因此，有的老师就说，上午是在考学生，下午就是在考老师，每个参与改卷的人心理上都有较大的压力。

初试试卷的保密工作比较麻烦，每个考场在收取了考生的试卷之后，要做密闭处理。每一份考卷上的考生信息都被遮盖起来。每一份考卷上都重新打号，这个号码是随机的，与准考证上的不一样。改卷者打分时是不在考卷上打的，是在另一份空白的表格上先填写所看考卷的临时号码，再填写给这份考卷所打的分数。打完后，要在每一份打过分的表格后面签上改卷者的名字。全部考卷打好分数后，再由纪检及机关人员到保密室打开，把临时号码连同准考证号码一起进行登记，反复核准每份卷子的分数。最终，所有的考分形成大排队，按照复试录取的1/10比例，也就是留下500人的名单，其余全部淘汰。被淘汰掉的全部考卷也将封存起来，进入学校的保密室存留档案。剩下的，装入复试档案袋中。

由于保密和尽快公布成绩的需要，初试改卷的老师们必须在第二天把5000份考卷都改完，并完成成绩的统计，列出进入复试的考生名单。老师们将在当天晚上连续工作至所有考卷都改完。如果当天夜里改不完，是不能够离开的，休息、饮食都要在改卷现场。

学校的后勤保障很给力，为老师们准备了丰富的饮品、零食、水果。还临时租用了几台按摩椅、几台室内健身器材，支起了几张临时休息的简易床铺。

开始改卷前，李禾根宣布了几条改卷的规则：

有些老师年年参与改卷，规矩都已经很熟悉了，不过，我今天再重复宣布一下，以提醒各位老师在公平与公正的背景下一视同仁，绝不能错过一个优秀的学生，也绝不能把一个不合格的学生放进来。各位责任重大，你们要为文学院把好第一道大门。

第一，所有的改卷人员都不能把手机等电子产品带入现场，如果已经带进来的，请把手机交给罗可，由他进行保管。

第二条，改卷期间不准看其他任何文字的东西。也就是说，可能有人将已经写好的纸条带到了现场，那么，现在请你交出来，如果不交，也绝不能看。咱们是全程都有监控录像的，如果发现有人看自己带进来的文字，无论是什么，都将当作违纪处理。

第三，在改卷期间不能交头接耳，改卷老师互相之间不允许说话。不能对正在阅读的试卷发表任何意见，不能在考卷上做任何记号，一旦发现卷面上出现记号，必须说明原因。咱们是"背对背"地改，也就是说，你给的分数代表着你本人的水平，你如何给，是按照评分标准和你的判断来，不要议论任何与试卷有关的事。

第四，改卷期间，减少离席次数。我们的改卷场所足够大，活动空间也是有的，若是想略作活动可以在空地上走一走，不能到走廊或者外面去活动。若是去厕所也要由机关派来的监督人员陪伴才可。

第五，改卷期间不允许接受任何外界来访。我们已经事先请各位老师与家人交代好了，这期间有任何问题直接找罗可解决，他解决不了的，他会交由上级部门去解决。因为你们的通信工具都已经上交，所以，你们与外界联系的可能性也不大。并且，咱们这里安装有屏蔽器，即使你带有通信设备也使用不了。再者，在改卷考场外，还有时时侦测设备。这一切都是为了保障考试的公正性和权威性，请大家理解。

第六，改卷期间不允许回家，什么时候改完什么时候散去。饮食和生活由学校的后勤部门全力保障，如果有谁有特殊的要求随时可以向工作人员提出，由他们来提供。

讲完了这些之后，李禾根又强调，这些规矩比较严格，也比较非人性化，这些规定也是从各个角度来屏蔽外界的干扰，以保障这个全社会都在关注的招生考试的公正性。我们也知道，这些规矩没有柔性的可能，没有商量的余地，就是限制大家的。所以，各位老师，如果不能认可这些规定，也不能遵守，不想参与这次改卷活动，就请您退出。在正式开始前，请您提出，我们再安排其他人加入。有无想退出改卷队伍的？

李禾根环视大家，并没有人提出来。随后，他说，当然，纪律是纪律，我们还是要有些人文关怀的。因此，各位老师有任何要求，生活方面的，习惯方面的，都提出来，向现场的保障人员，我、蒋副院长、罗可主任、林莉秘书，都行，我们将全力保障。我就是你们的后勤部长。

好了，现在考卷都处理好了，请大家开始改卷吧。

改卷人员开始了改卷工作，现场没有声音，打开考卷后，都紧张有序地开始了工作。

刚开始没有多久，刁子规便出现在改卷场了。她微笑着问候老师们，她身后跟着院办的裴晓华主任，还有后勤处的朱晓天处长，再后面是拉着平板推车的工作人员。刁子规笑着说，我来看看大家，顺便给大家送点给养，大家既要工作好，又要吃好喝好，你们是最辛苦的了，有什么要求，请大家向李院长提出来，我来保障你们！

大家鼓掌，对刁校长的无微不至表示感谢。

李禾根说，请刁校长给大家讲讲话吧？

刁子规笑着说，不讲不讲了，到处乱讲话，是个坏毛病。我就是来看看大家，大家在前方打仗，我这个后勤部长也要了解一下需求嘛。

刁子规没在改卷场待多久，随便转了一圈就向外面走去。前呼后拥的部下们，跟着校长大人又到第二间改卷场去了，李禾根也就随着这支队伍离开了。

李禾根陪着风风火火的刁子规看完了第二间改卷场，想跟她说说上午曹耀辉给几个专家布置"任务"的事。因为，如果确定"特招"，那就得在复试后定下来，否则，时间就来不及了。

李禾根问刁子规，校长，上午开考前，我跟您说的事，如何定？就曹书记说的那位财政部官员的孩子，要是定为特招的话，我们现在就应当启动程序了。

刁子规一听就皱起了眉头，她对身边的随从们说，你们先走吧，我要跟李院长谈事。

仪式已经进行完了，那些机关人员自然也就显得多余，他们正不知道如何办呢，听到刁子规的这句话，像得了个特赦令似的，立即跟刁校长和李院长告别走了。

刁子规有些不满地嘟囔了一句，这个老曹……

随后她盯着李禾根问，你是怎么想的？你打算怎么办？

李禾根已经感觉到刁子规对曹耀辉的不满，但是作为一个部下，他知道自己在这个时候还不能表达任何倾向性的意见。便说，曹书记给我们布置了这个事，我们得落实……

别说这种模棱两可的话，你就告诉我，有没有办法折衷？违反不违反考试纪律？与规定是否冲突？可能性有多大？

刁子规嘟嘟嘟地一顿乱炮，李禾根就乐了，校长，这不正跟您商量办法呢吗？

刁子规也扑哧一下笑了，在这个问题上，我站在你一边，你说怎么办就怎么办，全权交给你了，把办法告诉我。不过……你呢，也要考虑一下曹书记这么大的年龄了，在咱们北艺也不是一天两天的了，还是要想办法给他个面子，能办就办了。

李禾根跟着问了一句，要是办不成呢？您也知道，这可是要超常突破的事儿。

刁子规想了想说，你先去策划着，就按照特招生的路子走，看看这个孩子到底水平如何，如果差不多就招进来。但是实在不行，也不能违反原则。这个事，你就操办吧。

李禾根心里有数了，但是，他还是想确定一下，校长，我问您一下，您到底知道不知道这个关系？是不是财政部的？是不是真的为咱们的大厦建设弄来钱的人？

刁子规挥了挥手，你搞那么清楚干吗？你呀，就是个死木疙瘩！有时，你得需要灵活，你知道吗？你要是走官路，这样的性格是走不通的。

李禾根笑了，我就是不想走官路呀。

刁子规瞪了他一眼，你不想走就不走了？

李禾根到底也没有弄清楚刁子规对那个财政部子弟的态度。但显然，刁子规是想帮曹书记一把的。李禾根想，既然要考虑特招现在必须动手了。他看到罗可从改卷场里走出来，就招呼他过来。罗可来到跟前后，李禾根说，你通知一下特招组的专家们到旁边的这个教室开个会……李禾根指了指第二改卷场旁边的小教室说。

罗可跟李禾根确认，就是陶仲生老师、刘淑媛老师、胡文华老师三个人吧？

李禾根摇了摇头，胡文华？你怎么还提他？这样把，把小说教研室的李立国老师叫上，再把咱们的老作家胡敏老师叫上，加上我，五个人开个特别招生会议。你再通知林莉把那几本水平较高的报名作品都拿过来……哎，对了，曹书记有没有叫人送作品过来？

罗可回答，有，今天上午初试结束后，院办的裴晓华主任亲自送来的。是一部电视剧剧本，挺厚的，送来了六本。

李禾根说，哦？是部电视剧呀，那就把这部作品一同带来。

几位特招生专家到场的时候，李禾根正聚精会神地看那位财政部子弟的作品。是一部20集电视剧的剧本。他惊讶地发现这部作品相当不错，名字叫《将门虎子》，是写戚继光抗倭的。倒不是因为题材，而是因为剧本中对人物的塑造和对情节的铺设，相当地成熟，对话写得老练，不是普通的初学者的水平。李禾根心想，真不能以事取人，以人取人啊。他有些自责：只因为是曹书记推荐的人，我就自然以为水平不怎么样，只靠关系，差一点就错过一个优秀学生啊。

李禾根招呼几位老师，陶仲生总是那么意见多多的，这领导是一点也听不进咱们的意见啊，还是搞。以后啊，这北艺就搞成了"高干子弟大学""权贵子弟大学"算了。中国的教育啊，本来就是那么回子事，现在被搞成这个烂样，真是让人看不下去。

李禾根和陶仲生共事多年，比较了解他，这个人就是牢骚满腹，可人并不坏。是那种说归说、做归做的主儿。不管嘴上说得多么严重，到实际落实的时候，还是认真踏实地去做的。他笑着说，就你老陶意见多，你就不怕被人抓住小辫子？

陶仲生皱着眉头，我怕什么？大不了就被打成个左派。我算看透了，当个左派也不错，我就是个新左派了。

李禾根笑着说，你？肯定不是左派，你是右派呀，最可能是个新右派。因为老右派不见得认可你，而老左派也不会收留你，你说你两头都不粘啊。这要是在"文革"，你必须被弄成极右分子呀。抬举一下你，你也就是个造反派吧？反正，你肯定不是保皇派，更不可能是个左派，你的言论已经……

不伦不类，不伦不类！

陶仲生自嘲地抢过李禾根的话，我说谁都不待见我呢，原因在这里啊。我既不是左也不是右，那我算哪一出啊？废了废了！

哈哈哈哈。大家笑了起来。

李立国笑着插了一句话，您是个独行侠，哪里不公哪里有您，哪里掐架，您就到哪里，一边给一巴掌。

陶仲生白了他一眼，你是说我没有是非感了？

李立国连忙解释，您当然是位正义的侠客了。我是说，您最烦的就是那些吵吵嚷嚷的行为，所以您先给他们两巴掌，让他们全都闭上嘴，搞清楚事情的原委再站队呀。

刘淑媛边翻着作品边说，陶大师的确是位侠客，是位不计名利、不分公私的正人君子！

陶仲生带着戏弄的口吻，能得到淑女的肯定，万分荣幸！

胡敏老先生来稍迟了些。罗可让吴开去接的他，虽然胡敏住的离北艺不算太远，但还是有点距离。胡敏戴着一顶鸭舌帽，拄着一根拐杖，穿着长款的呢子大衣，笑眯眯地走进来。李禾根一看赶紧起身与胡敏握手，又折腾您一次，让您辛苦了！

胡敏说着哪里哪里，把帽子摘了，放在一边，还是要搞特招呀？

李禾根不好意思地解释，领导的意思是今年还要搞，明年搞不搞再说，所以就得惊动您了。我们几个人选了几个，觉得还是不错的，只是得验证一下真假，到复试以后就得定下来。现在呢，先按照他们报名时提交的作品做个初步的判断。

这几篇有"特别"的吗？

胡敏强调"特别"是有所指的，李禾根自然也明白，就笑着说，目前有一个，是曹书记让特别关注的，咱们先就这篇给个初步结论。这位考生交来了六份作品，咱们先看看，其他几部大家大体上都是看了的，就是这部作品有些长，是新提交上来的，还请大家辛苦一下。

其他几位也都开始认真地阅读。

过了一会儿，陶仲生嘟囔着说，特招是个藏污纳垢的政策，我是不主张搞的。可是，这狗日的领导就是非要弄，不过是为把自己的关系搞进来，用以掩人耳目吧。这篇吧，这哪是个中学生写的？我敢料定，这是个枪手活儿，不定是从哪个见钱眼开的主儿那买的呢。

刘淑嫒反驳陶仲生，中学生中也有高手呀，写不好，咱们说人家能力不行，写好了，又说是枪手干的，咱们不就是选突出的优秀人才吗，说不定，这位就是个高手。

胡敏摘下老花镜，嗯，我大体上看了一下这部作品，真是不错呀。如果这篇真是这位考生写的，我想，今年咱们可真是发现了一个天才的作家。你们说啊，戚继光抗倭的题材不是个新鲜的东西，可是，过去就是个历史的翻版，就是把历史影像化了，没有多大的新意。可是这部《将门虎子》的角度是相当不错的，他不直接写历史事件，而是写了一个流落民间的英雄后代的故事，又把抗倭当作背景，让人物在故事里站起来，写情感，写内心，这才是文学的呀，没让历史视角遮挡住文学思维。你们看看这语言，多结实！

陶仲生同意胡敏的看法，却提出怀疑的意见，正是因为他……这个作者叫什么来着？

李禾根翻了翻封面，曹贝贝。

对，正是因为这位曹贝贝写得太好了，我才怀疑是不是她写的？如果是她的，那么，这的确可以被视作天才。在作家中，她至少是个中上等的水平。我陶仲生甘拜下风，她可以当我的老师。就我的专业水平判断，假如这真是她写的，这个考生一定是位天才！

刘淑嫒一脸准备激辩的神色，自古道，弟子不必不如师，师不必贤于弟子。要是一个学生强于老师，也没有什么不妥的呀。我看呀，这部剧作肯定是她写的。我们大家只看到了作品中那些闪亮的东西，突出的表现。可是，我却从剧本中看到了许多幼稚可笑的东西。即使语言吧，也并没那么好，只是有些对话写得漂亮，大部分都是口水，也不见得那么高明。

李禾根看着李立国，立国，你是第一次参加这种会议，你也来谈谈看法吧。

李立国不好意思地说，我觉得吧，大家说得都有道理。我呢，是搞小说教学的，对剧本不懂，但是从故事的角度和语言的角度看呢，我觉得，这部剧作是有一定水平的，语言也相当不错，虽然不是都令人满意。这剧本人物形象很鲜明，情节紧凑，悬念设置也比较合理。我的判断是，这部作品肯定是不错的，是优秀的。但是，是不是她写的，我下不了结论，没有任何依据。我的意思是，在没有确实证据的前提下，还是认定就是曹贝贝的作品吧。

刘淑媛赞许地点着头，是呀，在我们没有真凭实据的情况下，我们没有理由随便怀疑一个人的，法律上还讲究"疑罪从无"嘛。

李禾根摆摆手说，立国呀，你是两头不得罪，你把我要说的话都说了。我谈谈我的意见吧。大家对这篇作品的水平都是给予肯定的。我想，如果真是这位叫曹贝贝的考生自己创作的作品，我们是完全可以按照"特招生"招进来的，这一点大家有没有不同意见？这样吧，举手表决一下，我们抛开作者的真假，就这部剧本判断，能不能把它作为一个特招对象选拔进来？同意的请举手。

在场的五位考官不约而同地举起了手。

李禾根看了看大家，看来大家的看法是一致的，都觉得这部作品值得肯定。各位考官都知道，在选拔特招生的问题上，我们的规则是"一票否决"制，只要有一人有异议，都不能将其列为特招的。现在看来，大家对这部作品是充分认可的。接下来就是作者的问题，现在我们不能完全确定作品就是这位考生的作品，对此，有不同的看法。我想，我们还是要举手表决，如果大家现在认为作者也没有问题的话，那么，我们就可以简单地确定曹贝贝就是我们的特招生了。但是，如果有异议，那么必须进行进一步的鉴定。现在，同意作者即作品的原创者的请举手。

刘淑媛举起了手，李立国犹豫。刘淑媛给李立国使眼色，李立国望向了李禾根，李禾根没有表情，于是，李立国迟疑着举起了手。刘淑媛满意地朝李立国点头。胡敏老先生盯着桌面沉默，没有举手。陶仲生平静地看着大家，没有举手。

刘淑媛这时有些忍不住地说，二比二！至少有两位考官认为这部作品的作者是真实的。就看李院长的意见了。

陶仲生用嘲笑的口气说，这还看不出来？李院长是站在我们一边的，他也怀疑这篇作品的真实性啊。不是二比二，是三比二！

李禾根连忙制止道，大家都表达了意见。刚才我强调了，我们的原则是"一票否决"制，其实是不用我举手或者不举手的，只要有一人觉得这个作者有问题，那么就不能确定他是特招对象。

刘淑媛有些焦躁，那么，这么好的一位学生，我们只是因为怀疑作品不是她写的，就放弃了吗？这也太不公平了嘛！

李禾根解释，倒也没有那么严重，我们并没有放弃她。我的意思是说，现在如果不能确定作者的真实性，我们可以继续验证，不是还有复试、三试吗？照这部作品的水平判断，我觉得最起码正在进行的一试中的"文学鉴赏"文章写作是可以检测出她的水平的。一试的其他部分我们不去碰，我们只看"文学鉴赏"部分的文章。我们把文学鉴赏文章分数最好的前十位提取出来，我向学校申请，把这前十位鉴赏文章密封处打开，核对有没有曹贝贝的名字。如果有，就可以初步证明，她的文字基础和文学眼光是不错的，我们可以继续关注。如果前十位没有她的名字，那么，我们再给她一次机会，就是看复试的专业写作。同样的方法，如果在专业写作中，她依然是前十位，那么，我们基本可以确定，现在的这部剧本是她写的，这个大家同意吧？

陶仲生不满地说，排在前十位哪成？她必须排前三位才可以呀，如果我们以普通考生前十位的水平来决定一个人是否是特招，那咱们无须费这么大的劲专门来考核了，那就按照大排队来定就完了。

李禾根问，依你的意思呢？

陶仲生说，依我的意思，"特殊"人才就必须有"特殊"的考核呀。不能以普通考生的水平看待，我们必须在三次专业考试之外，进行特殊的考核才可以。在制定特招政策的时候，不是也有规定吗，特招人才和普通的考生排名是各自单列的。特招生"雷打不动"，只要确定了是特招生，我们是不管他的文化课是否合格，是否能够达到我们北艺的最低分数线的。只要参加了高考，我们就会采取特殊的录取方式，特殊人才特殊政策。普通考生的前三位是考出来的，不是我们专家组集体确定的，他们的高考分数必须达到我们北艺的最低录取分数线才可以。这有本质的不同。您不能用特招的前三位挤掉正常考试的前三位呀。所以，我主张，既然大家都觉得作品很好，部分考官怀疑作者的真实性，那么就要在正常的考生三次专业考试之外，增设特殊的考试。我们不用违背考试规则，去违规打开现有的考试卷，核对谁是谁，而是在正常的考试之外单独考试、验证她的真假。

李禾根心里还是挺赞赏陶仲生的，他觉得这老陶不愧为"怪博士"，还是真有办法。就说，陶老师的话，倒是提醒了我，我们是得单独进行考核的，这的确是有规定的。这样也可以解决正常考试与特招生考核的冲突问题。胡老，您的意见呢？

胡敏说，我看，陶博士的意见是对的，也是可行的。我们就在专业考试之外去考考她，要是她真有这么高的水平，我看对她也是一次提高的机会。只要她通过了咱们的单独考核，她可以不参加正常的三次专业考试，她参加了专业考试，也可以不算数。既然是特招生，就要特殊对待。

李禾根说，咱们还是举手表决吧，同意单独考核曹贝贝的请举手。

一致通过。

等大家都离开后，李禾根上了八层，那里是他的临时办公室。一坐下，就立即抄起了有线电话，拨通了刁子规的手机。

刘淑媛是不参加改卷的，所以，特招生会议之后，她就走出了教学大楼。四下看了看，校园里有许多人，来来往往，闲逛溜达。看得出来，许多都是考生的家长。刘淑媛找到一个背静的地方，拿出手机拨了一个电话，忙吗？书记。

第 14 章　封山

　　李禾根从刁子规那里要来的临时办公室在教学大楼的八层，罗可利用空隙时间已经给他布置好了。

　　所谓布置无非就是支上一张行军床，摆上办公桌椅、办公用品，弄个烧水壶，凑些生活物品之类的。这个房间原本准备用作存放物资的仓库，房间因此比较大。开间也高，有 10 米多高，有近 100 平方米的面积，显得有些空旷。室内摆着一个乒乓球桌，靠墙边堆放着健身器材，可能是要安装到运动场上的，还没来得及安装。

　　这个大房间让李禾根很开心。他让罗可找来一块大桌布把乒乓球桌子罩起来，就成了一个会议桌，再搬些椅子，临时开个会什么的，也不成问题。这就成了他的临时指挥所。

　　李禾根决定从初试的这一天起，就在这个临时指挥所生活工作了。

　　从八层的临时办公室到顶层十八层，坐十层电梯就可以上去。那里是一个大平台，有充足的活动空间，晚饭过后，或者累了，他就上到顶层散步或者慢跑一会儿，有时站在上面做做操。要做其他的运动，他的办公室里有的是各式各样的器材，还真是不错。

　　教学大楼有保安 24 小时站岗，无关人员无法进入。就是有关人员如果不告诉他李禾根的位置，也很难找到。除非一个教室一个教室地搜查，否则这么复杂的一个楼体，如何寻找得到？

李禾根原本使用的手机，在考试期间已经停用，他现在只用有线电话。手机不放在身边，好让自己没有打开看看的冲动。他过着原始生活，重要的事情都是靠人工传送，靠面谈。他突然发现，其实这种已经陌生化的原始状态是最舒服的。生活原本没那么复杂，也不需要那么多的信息。简单、简洁、简化的状态并没有影响工作的质量和效率，他甚至觉得比原来的工作方式更出活儿，更有效率了。

对外联系的事儿，都是由文学院办公室主任罗可代替进行，李禾根在临时办公地里指挥了所有考试工作。没有什么人要求李禾根这么做，可是，在这个特殊时期要想正常地工作却也只能这么做。

我就说嘛，咱们曹书记介绍的人也不会太差，他也是一校之书记呀，所以，你们都不要有成见。你的方法我同意，我给你撑腰，做得对！

刁子规不是对每位部下都这样说话的。6 个二级学院的院长，说话最随便的就是李禾根。她不用摆架子，也可以不用太顾及面子。刁子规比李禾根大六岁，有时像个老大姐，有时又像长辈，两个人有种默契。刁子规有时像训小孩子，说话没轻没重，有时又像个朋友，知心蜜语也让李禾根觉得很舒服。

李禾根说，不过，校长，我是有些不祥预感的，我觉得这个作品是曹贝贝创作的可能性小。因为没有接触过她，也无法断定这个感觉是否准确。要是……要不是她写的，这个事儿可就有些麻烦了，我怎么向曹书记交代？如果硬顶着，那是不现实的，可是，不顶着，我又如何向大家交代？很为难哪。

刁子规安慰他，没事儿！走一步说一步吧，办法总比困难多。一旦验证不是她的作品，也会想出其他办法的。大胆地干吧！

提一个小小的要求行吗？

刁子规答，提吧，只要不违反原则，都可以提。

特招考试开始的时候，我想请你们两位领导也到现场，目睹监督整个过程。

刁子规问，既然那样，我倒是觉得再扩大一些，请所有的常委们都到场，当着大家的面考。对特招生政策不是有争议吗，咱们就来个阳光底下的特招！这也让你减少压力，当着大家的面，谁说什么，哪个考生怎么样，咱们一碗水端平。

李禾根很高兴，那就太好了！这样，也不用谁谁传话了，都在明面上，可以争论，可以妥协。

时间可不能太长啊，一共有几位需要单独考核的对象？

不会占用您太多时间的。一共有6位特招对象，留下3个，淘汰3个，二比一。每个考生给15分钟，大概一个半小时左右就结束了。有的可以简单地问问，不一定都要15分钟，或者安排一个地方单独写篇作品就是了。也不会都采取同样的考核方法。

刁子规突然笑着说，过去都是你们哭着喊着见我，现在你可倒好，我要见你还得求你啊，你封闭起来了，还不能出教学大楼，见你一面还得跑上去，不容易了。

李禾根不好意思地说，这不都是逼的嘛，谁还不想回家待着去，可是，不允许啊。

得了，别说得那么可怜了。一会儿我叫刘秘书给你送点好茶叶去，有空我再去看你。

谁也没想到，北艺文学院专业初试考试中，出风头的不是文学院的人，而是保卫处的处长刘民潮。除了在考试现场当场抓获了一位替考者，并移交到了公安之外，在文学院的改卷现场，他也发现了异常。

当然，这是由于刘民潮的工作决定的。文学院专业考试的纪检组组长是党委书记曹耀辉，副组长是校长刁子规，秘书为校办主任裴晓华，副秘书就是刘民潮了。前三位都是领导，只是挂个名，真正干事的就是刘民潮带着从各机关抽调出来的其他的纪检成员们巡视、督察，主要职责就是发现问题。

刘民潮三十七岁，身体强壮，头发稀疏，头顶已秃，显得有些老气，却是个做事认真、聪明细心的人。按照考试规定，改卷老师改过的卷，要由纪检人员进行复核。他们复核的不是考卷的内容，而是形式。就是在考卷中寻找那些不寻常、有疑点的外在形式。正是在复核的过程中，刘民潮发现了一张不同寻常的考卷。

那张考卷答得比较圆满，在刘民潮看来，至少是字写得比较多。与其他考卷比较起来，字写得比较干净整齐，也好看。这引起了他的注意，就认真地多翻了几页，这一翻他发现，这张卷子有个奇怪的地方，就是每一个题目开端的题号那里都被考生画了个字母"Y"，在题目结尾处画了个"V"，如果仅仅是一个题目做了这样的记号，还可以理解为考生的无意识行为，但是，试卷的每个题目前后都出现了这样的标记，这说明是有意为之！

如果有张考卷上被考生有意地留下了记号，这又说明，改卷老师中有人与此有关，考生希望通过特殊的记号让那个人认出这张卷子。这样一想，吓了刘民潮一跳。

他再次反复地核对，认定，这份考卷大有名堂。他想，这件事必须向纪检组长曹书记汇报了。

曹书记也觉察到今年的招生不太平，连连出现异常，他有意想抓个典型案例。他对刘民潮说，就在改卷旁边的教室里，召集有关人员开个会，商量一下处理方法。

刘民潮召集开会的人员不多，校长刁子规，党委书记曹耀辉，校办主任裴晓华，保卫处处长刘民潮，教务处代理处长黄阳，文学院院长李禾根、副院长蒋明亮、办公室主任罗可。会议由曹耀辉主持。他先请刘民潮通报了发现异常考卷的情况，并让大家传阅这份有着明显记号的考卷，请大家再次确定，是不是特殊标记。显然这张卷子做的记号过于明显，没有谁否定这不是个标记。

曹书记说，这张卷的目的是想告诉某些人知晓这张卷，这是冒了很大的风险的。显然，我们的队伍有"内鬼"，现在还不能确认是改卷老师里的内鬼还是能够接触到考卷的人员。我想大家讨论三个问题，一是，这张考卷处理不处理？如果我们装作不知道，还放这篇作品进来，是不是公道？二，要是深究起来，必然涉及我们的内部人员，不管是我们的老师，还是我们的机关干部，如何处理？如果揪出来了，怎么办？三，要不要公开这个消息，如要公开了，我们会不会被动。

刘民潮说，我看，这个考生背后一定是咱们的人，他们很熟悉北艺的考试方式，我猜想很可能是文学院的老师。

蒋明亮不高兴了，那可不一定！或许也有可能就是机关的人搞的，找我们的人大都是机关的，反而我们的老师没有一个跟我打过招呼的。

刘民潮辩解，我倒不是说，我们的老师不干净，而是说，这套做记号的方法和做记号的目的，只有老师才可能想得到、接触得到啊。您想啊，机关的人即使知道了考生做的记号，他们也不可能接触到考卷啊。

他接触不到，他可以告诉能接触到考卷的人，让那个人认出来，并帮助他做手脚啊。

李禾根突然想起了朱晓天，后勤处长朱晓天那天在他的办公室里请他关照他的一个亲戚，他曾经说他想出了一个主意，那个主意正是"我让孩子在每一张考卷的特定地方都写上同样一段话，比如'冬天到了，春天还会远吗'，就像地下工作者们对暗号似的，您只要见着写着这句话的考卷就一下子认出了孩子"。

李禾根想，要真是朱晓天做的手脚——他还真能做出这样的事来，那就是在他这里碰到了钉子，在别的老师那里打通了关节。但是，这也仅是自己的猜测，这可不能当作依据。但愿不是朱晓天的关系。

刁子规想尽快结束这个会议，打断了他们的对话，我看机关和老师都是有可能的。刘处长你们去查就是了，查出来，谁也不能逃脱，该处理的处理，该停职的停职。李院长，谈你的意见。

李禾根说，这个消息让我很吃惊，考生的胆子比较大，在考试之前，咱们是宣读过考场规则的，一旦查出卷面做了记号，考卷作废，考生淘汰。这个利害关系他们应当很清楚，如果有内鬼，这个内鬼更应当清楚，这是在玩火呀。

刁子规不客气地说，李院长直接说你的意见，下一步该怎么办？

李禾根说，我的意见是，在找出证人证言之前，这份考卷还是不能当作有问题的考卷作废。"疑罪从无"。虽然，考卷的标记明显，但做标记的目的不能完全确定就是为了作弊。我想，我们把这份考卷可以作为特殊对象关注。也就是说，请有关人员将这张考卷的号码记录下来，合分统计成绩的时候，把这份考卷的真实考号查出来，看其卷面打分的成绩是否正常。如果正常，就放过这位考生，如果不正常，因为每一个打分的老师都签字的，我们一下就能知道谁打的分数不正常，那就是谁的关系。冤有头债有主，这事儿不难查。

刘民潮直竖大拇指，李院长，真是高！

本来这个会议是由曹耀辉主持的，可是，刁子规是那种强势的女人，她把握了会议的主动权，我看，李院长的办法是对的，也可行，就按照李院长的办法去办就是了。散会！

有人说，艺考是关系到考生命运的"国考"，靠的是招生学校公正有效的制度，更靠的是参与招生的考官们的良知和责任感。

如果站在考官的角度，招生考试可能是他们最难过的一个季节。对于大部分人来说，招生季正是他们紧张、忙碌，甚至是神经质的时期。外界都觉得这个时期考官的权力最大，是高不可攀的，总在寻找任何可能接近他们，巴结他们，贿赂他们。站在家长的角度，所有的合法和非法的行为与构想都是可以理解的。但是，可能外界没有注意到作为一名考官的精神压力也是最大的，在北艺因为临考而精神崩溃的老师也是有的。

按照规定，北艺的考官是绝对不允许辅导考生的，也不能接近考生家长，不见面，不辅导，不交流，不说任何与考试有关的内容。而考官也是正常的人，也有正常的社会关系和交往，也会有同学朋友，上级下级，远亲近邻，就是你封闭这些关系，关系也不会放过你的。

考试临近时就谣言四起，并且会一直持续下去，特别是有些名望的老师被学校、家长、新闻媒体死死盯住，不敢说，不敢动，连散个步都偷偷摸摸，躲躲闪闪。这就是北艺老师们的艺考季，也是受难季。

北艺对外宣布了监督电话，也宣布了监督信箱，校园里有可能的地方都安装上了监控，随时可以看到北艺校园及周边的现状。监督电话响个不停，监督信箱涌进了无数的信件。有的没的，各种或基于某种事实，或基于猜测和捕风捉影的议论，在校园、在社会上像瘟疫一样快速奔走着。

在一碰就会粉碎的日子里，谁都不会大意，特别是那些"有关人员"更是小心翼翼，高抬轻放。

校园内到处是走来走去等待消息的家长们，也有一些得到允许进入校园的媒体人，还有一些得不到允许、徘徊于校外的各色人等。北艺其他专业的初试都将晚于文学院的考试，因此，在初试之后，那些出现在校园内外的无数好奇的面孔，大多都是针对着文学院的考试的。他们密切地关注着初试的结果，同时，也在敏感地观察着周围的情景，稍有异象都会引起他们过度的猜测和推导，以致小事变大，大事成剧。

罗可把6位等待"特招"的考生集中在教学大楼五层一间教室里，规模是按照普通考生三试时布置的。蒋明亮和罗可以及纪检组的几位机关人员全数出场，宣布纪律、考试规则、考试要求、抽取随机编号一样不少。

蒋明亮告诉考生们，因为你们的报名作品比较突出，学院想进一步考核一下你们的创作水平，并验证一下你们所提交作品的真实性。如果可能，你们这6位同学中有3位将被确定为特招生，享受特招生的政策。这个考试不影响此后要进行的复试和三试。如果被确认为特招对象，录取的方式将与普通考生有所区别。

正式的考场在相邻的一间教室内，5位专业考官及9位常委一字排开，面向考生，左边是以李禾根为首的专家，右边是以刁子规为首的学校常委们。进行考核之前，刁子规说，请李院长给我们说说考试的内容和方式，考核的目的和手段。

李禾根站起来走到中间，对大家说，各位领导，各位专家，我们今天安排的是一场特殊的考试。因为在考生们提交的作品中，我们发现了六篇较好的，按照学校特招政策，我们想通过这次考试初步确定特招名单。我们的考核分两部分，一部分是面试部分，这部分主要是辨真假，分虚实，通过提问，我们来考证一下，这些作品是不是考生自己写的。第二部分就是笔试，我们出了几道创作题目，请考生任选一道进行创作，时间是三个小时，目的就是要进一步验证一下考生的真实创作能力。总之，我们的目的就是辨真假，定高低，选实才。

我们的考试规则是由5位专业考官根据考生的情况实名打分，5位考官的分数取平均值。在座的领导们也可以随时提问，对考试过程中的程序、方式都可以质疑。就是这些，不知道说清楚了没有？

刁子规说，说得很清楚，那就抓紧开始吧。

李禾根加了一句，各位专家、领导，我们这次需要确立3位主要的考生，因此要分清主次，打分时要拉开距离。还有就是我们的重点是考查创作了20集电视剧的考生曹贝贝。按照常规，我们是不应当知道考生姓名的，但是特招又需要知道姓名，且需要当场确定，因此，请各位领导理解。

李禾根的话显然是说给曹耀辉的，他的意思是，你看见了吗，我是特意为你的那个"财政部"子弟设考的，其他的都是陪绑。曹书记并不看李禾根，装作什么事也没有。

李禾根对站在门边的罗可说，先请曹贝贝进来吧。

曹贝贝进来后，先给考官们鞠了一躬，然后说，各位老师下午好！我是曹贝贝。

曹贝贝个头很高，看上去有1.7米以上，深色细长的牛仔裤，粉红色的厚毛衣，一双亮亮的大眼睛，长得很清秀。

李禾根指着中间的考生座位说，请坐！几位专家读了你提交的报名作品后，觉得很不错，想进一步跟你交流交流，你呢，放松回答就可以了。

曹贝贝边坐下边说了声，谢谢老师！

陶仲生先提问，曹贝贝同学，你写戚继光后代的故事，你应当对明朝的历史是比较熟悉的，那么，我想问一问，戚继光在世的时代，是明朝的哪个皇帝？

曹贝贝有点傻了，显然她是不知道的，支吾了半天没有答上来。然后陶仲生又问，你是通过什么方式熟悉明朝历史的？

曹贝贝对这个问题看来是有准备的，我是读了"当年明月"写的《明朝那些事儿》才对明朝的故事感兴趣的。

陶仲生继续问，读过《明史》吗？

曹贝贝有些着急了，没读过，可是，我是读过《明朝那些事儿》的……

陶仲生说，据我所知，《明朝那些事儿》是网络作品，而网络作品中有些内容是不可信的。就拿这本书来说，其中有些东西是值得商榷的，这本书提供的内容也是不全面的，仅凭一本《明朝那些事儿》对于创作一部20集的电视剧来说是远远不够的。你肯定还有其他获得知识的渠道吧？

董贝贝辩解，我主要是吸收了这本书中的一些基本知识，根据这里的一些内容描写那个朝代的社会风貌的，还有就是网络上的一些散落的文章。

陶仲生接过她的话题，那么，你又是如何在你的《将门虎子》中描写戚继光后代的日常生活、生活场景的呢？

曹贝贝回答，我是想象的，根据网上的一些知识想象了他们的生活。

陶仲生说，那你的想象力还是比较丰富的。我看了你的作品，觉得你至少对明朝的生活了解得比较透才可能完成这部作品。比如，你作品中在描写日常用品的时候，你如何区分出你写的是明朝的用品，而不是宋代元代，也不是清代的呢？你所描写的人物的穿着如何具有时代的特征？我想，你至少是知道哪些该写，哪些不该写的。因此，你在创作这部电视剧的时候，应当储备了相当多的历史、文化知识的。你应当熟知明代宫廷、民间、社会普遍的习惯，普遍的通用语言，他们在婚丧嫁娶、生老病死等独特时刻都有哪些独特的习惯，等等——你的作品里可是写得很地道啊，这让我很吃惊。仅仅一部《明朝那些事儿》这样的书很难解释你作品的优秀程度。我很希望你能解释我的这些疑问，满足我的好奇心。

这段话把曹贝贝问得有些蒙了，头上浸出汗来，她傻愣愣地坐在那里回答不出来。

李禾根想缓解一些气氛，贝贝同学，你是不是很喜欢跳舞呀，看你的身材，学过吧？

曹贝贝不好意思地说，我小的时候学过舞蹈，后来改学表演了。

李禾根微笑着说，那你是多才多艺呀。

胡敏老先生明白了李禾根的用意，也以亲切的口吻说，以后有机会请曹贝贝同学给咱们表演个舞蹈啊。不过，我还是对你的剧本很感兴趣。我看了你的大作，20集的电视剧剧本《将门虎子》，不容易，故事写得不错，特别是你写戚继光的故事不是直接写第一代，而是从后代的故事讲起，写的是情感线，写得很好。我想问你一个问题：这个剧本肯定会花去你很多的时间，那么，你是什么时候进行剧本创作的？在高考复习这么紧张的情况下，你的家长支持你吗？你是怎么安排时间的？

这个问题让曹贝贝觉得轻松一些了，我在初中的时候就读了网上很热的《明朝那些事儿》，我就觉得那里边可以发展出一个故事来。后来就看到了戚家军的故事，也查了一些资料，就开始构思。

那你是从初中的时候就开始酝酿写作这部作品的了？那你都什么时候写作？家长支持你吗？

这些问题让曹贝贝放松下来，我爸爸妈妈平时都很少顾得上我，他们的生意很忙，我放学后基本上都是一个人在家，有一个阿姨陪着我。

曹贝贝的回答让在场的几位知情者大吃一惊。因为根据曹耀辉提供的信息，曹贝贝的父亲是"财政部"的官员，是可以为北艺的发展拨款的主儿啊，怎么成了"生意很忙"的商人了？

李禾根心想，这下咱们的曹书记坐蜡喽。他便装作没注意似的想替曹耀辉遮掩一下，那么你的写作一定是受什么人的影响吧？比如，有的人喜欢沈从文的风格就学他，有的人喜欢莫言的风格，就会去学习莫言的方式，那你受谁的影响比较大？

曹贝贝自豪地回答，我谁都不学，我就是我自己，我要树立一个自我独立的形象，一个真正的有个性的作家形象。

刘淑媛自然也感觉到了对曹贝贝十分不利的空气，噢，一个很有个性的女孩子！没有娇生惯养的习气，有的是个性的张扬，这才是这个时代女作家们应有的样子。贝贝同学，我提一个问题，你作品讲的是戚继光后代的故事。戚继光有五个儿子，大儿子戚祚国子承父业，任登州卫指挥佥事，最后升任济南府掌印都司。其他几位后代，次子戚安国，三儿子戚昌国，四儿子戚报国，小儿子戚兴国，这几位不是做过"锦衣卫指挥"，就是任过"锦衣卫百户""锦衣卫指挥佥事"，请你说一说你对明朝"锦衣卫"的了解好吗？

刘淑媛的本意是转移话题，给曹耀辉解套，可是，没有想到，却把曹贝贝给难住了。这个问题对她而言简直就有些"天问"的意思，她涨红着脸望着刘淑媛傻笑着。

一直观察着考场的刁子规已经完全明白了，但她不戳破，只是微笑着听大家提问，听考生回答。这时曹耀辉有些坐不住了，他扭动了几下屁股，椅子发出吱吱嘎嘎的响声。

曹耀辉大概是对整个考场都不满的唯一的人了。他心想的是，陶仲生这孙子，出手真是狠，把这丫头往死里整，一点面子也不给。李禾根他妈的装疯卖傻，故意搅浑水。胡敏这死老头子，也不怎么地，没起到好作用。私下里跟李立国这小子叮嘱了无数遍，可关键的时候就是不说话，等死吧你。唯一能说上话的刘淑媛还错点火捻，把这个傻妞烧得不知所措。他又在想曹贝贝，这丫头，不是私下都说好的吗，就说亲爹的职务，后爹跟你有毛关系！让我这脸放哪放？

曹书记看看这尴尬的场面说话了，他举着手里的报名表，我问你一个问题，你这报名表上填的是，你父亲在国家机关某部委工作，你刚才怎么说你爸爸做生意？你能解释一下吗？

曹贝贝听到曹耀辉的问话，才完全放松下来，救星来了，啊，这个呀，我说做生意的爸爸是我的后爸，我表格上填的爸爸是我的亲爸，现在我跟着我妈妈跟后爸住在一起，他是个做生意的人。

这多多少少让大家明白是怎么回事了。李禾根看了看大家，征求意见道，看大家还有什么问题向曹贝贝同学提的？

刁子规轻轻地点头，示意他继续进行。

李禾根说道，如果没有什么问的，就请曹贝贝同学退场。

他又对守在门口的罗可说，叫下一位吧。

曹贝贝向外走，下一个考生走进来，走到中间的位置向考官们敬礼。这也是位女生，个子矮小，肥胖。自我介绍说，我叫辛然，来自广东潮州市……

李禾根制止，我们知道你的基本情况，请你坐下，回答考官们的问题就行了。

刘淑媛第一个提问，你在北京生活过吗？

辛然答，没有，我从小在潮州长大，跟着外公外婆。

刘淑媛兴趣盎然，你的作品《白雪飘落》写到了北京城，写到了老北京的四合院，写得非常美，那里的人和事都很生动，如果你没有在北京生活过，你是如何了解北京，特别是二三十年代的北京城的？

辛然答，我喜欢读京派小说，京派的主要代表人物周作人、废名、沈从文、李健吾、朱光潜、林徽因、汪曾祺等我都挺喜欢的，特别是周作人和废名，他们散文化的写作风格我很喜欢。

刘淑媛感到很意外，噢？你还挺熟悉文学史的嘛。这些知识可是超出了中学课本的。

辛然说，我们在业余时间组织文学社"海潮社"，有一个语文老师给我们讲的这些文学史知识，介绍了许多名篇，我们受他的影响很大。周作人、沈从文、汪曾祺什么的，我们只是在文学常识里知道他们，可是，参加文学社以后，他们的作品我们也读了，受他们的影响也开始学着写作。我的这部长篇《白雪飘落》是我的第一个长篇，也是学着京派的风格写的。

李禾根听辛然的回答，自然而坦然，觉得这个孩子挺朴实，除了创作了这个长篇小说之外，你还写过什么东西？

辛然答，我主要是以写散文为主，平时写一些随笔、杂感什么的，这个长篇是我的第一次尝试。

李禾根问，你还写到了雪，你没有在北方生活过，那些关于雪的描写，那些真实的感受也来自阅读吗？

辛然答，是的，主要是阅读，还有，我对北方雪天的想象。我挺希望这次到北京参加考试能赶上一场雪的。最好是大雪，想亲身感受一下真实的雪。可惜，已经是春天了，也许赶不上一场漂亮的大雪了。

李禾根笑了，那可不一定，说不准你的运气好，会赶上天上飘雪花、地上滚雪球的日子呢。

辛然开心地笑了，要是那样，我就太幸福了！考上考不上不要紧，能赶上一次北方的大雪多好啊。

辛然很陶醉的样子。李禾根想，这孩子要不是在表演就是真性情，肯定是块好料。

李立国问，你写的北京四合院很"北京"啊，你能说说，北京的四合院和其他地方的有什么不同吗？

辛然答，我对其他地方的四合院知道得不多，但对北京的四合院的结构和特色还是看了一些书的，比如……

这时，曹耀辉低声跟刁子规说，我要离席了，在这里也没太大的用。

刁子规点了点头。李禾根见状也起身，要送曹耀辉走。曹书记也没有说什么，看来他是有话要跟李禾根讲。

来到走廊外，曹书记站住了，望着李禾根，意味深长地说，还挺复杂啊。

李禾根应道，实际上，我看那部作品是相当不错的，只是孩子临场太紧张了，没有发挥出水平，回答不够理想。看来，有一定的难度。

曹耀辉像是自言自语，也像是对李禾根，得控制住局面啊，不能太自由了。

说着，曹耀辉走了。望着曹书记的背影，李禾根没再说什么。他知道，曹书记对自己很失望。但是，他又能如何？

全部特招对象的面试完成后，又进行了笔试。出了两道命题写作，由考务人员进行监考。三个小时后，再由专家组进行改卷。好在，只有六份卷子，很快结论也出来了，两次考试叠加在一起，进行成绩大排队。前三名没有曹贝贝。

这个结果没人感到意外，这差不多在面试现场就已经得出了结论。

吃盒饭的时候，刁子规对李禾根说，走，到你那里吃饭去，顺便参观一下。

其他常委们都走了，几个专家也离开了，秘书们就把刁子规的杯子、袋子，还有盒饭端着，跟着李禾根和刁子规到八层了。

第 15 章　肉搏

初试就是一场血流成河的厮杀。

5000 张考卷，初试的最终结果是按照录取名额的 10：1 进行淘汰，北艺分配给文学院的名额是 25 人，也就是说，5000 个考生，初试后只有 500 人能进入到复试，4500 人都是陪考的。大浪淘沙，这 5000 人谁最终进入复试名单，就是一场极其残忍的博弈。

曹书记的宝贝关系在特招的考核中没有过关，这不是哪个人的问题。可以说是 5 位专家的共谋，也可以说是曹贝贝的运气欠佳，更可以说是一次公平阳光的裁决，谁也说不出什么来。

但是曹书记却是很恼火的，我一个堂堂的大学党委书记，居然连一个学生都弄不进来，也太无能了吧。曹书记暗暗发狠，我要是不把曹贝贝弄进北艺，我就白当这个书记了。特招不行，不是还有普通的考试吗？急的不行，咱来个慢的。

初试的改卷过程很艰难，文学院定下的原则是不让一个好学生漏网，更不能让一个差生侥幸进入。排除各种干扰，坚持一颗公正无私的心，这需要每个考官的良知和责任心。

改卷过程虽然保密工作做得很到位，但实际上却是无密可保，谁都知道在哪间教室里有多少人加班改卷，有多么严密，谁谁谁是现场纪检监察，谁谁谁是登分记分员，谁谁谁能接触到考卷，谁谁谁能接触到考分，等等。普通人当然是不可能接触到决定考生们命运的考务人员的，因为楼下有保安昼夜巡查值班，楼上有纪检人员时时监控，通信外联完全中断，不能回家不能离场，可以说是天衣无缝。

但是，哪个人笨到直接去找考官、考务人员走关系，运作成绩的？哪个都是私下里、间接地在找人，托关系。表层一切平静，下面却波涛汹涌。可是，能够真正钻空子的却极为罕见，因为制度严密，严密到无缝可插。这就是制度管人的效果。官方的说法是：让干部们不敢，不能，不会，让考生们无缝可钻，考官们无权可用，官员们无威可发。

不过，人言怎么会放过这个生产信息的机会呢。

一方面考官们日以继夜、废寝忘食地工作吃苦受累；另一方面，外界谣言四起，舆论作妖。有影没影地编造了许多负面故事，但这对考官们并没有什么影响，俗语说："心里没鬼，看地狱活似人间，心里有鬼，看世间人人似鬼。"考官们秉持公正之心，在打分给分这些决定考生命运的大事上，不让私心杂念干扰，严密严谨。如果出现一些问题，也绝不会是这些原则问题上的，最多不过是百密一疏的程序或手法失误，并不影响公平与公正。

李禾根坐阵改卷现场，他是总考官，也是总改卷人，他不仅要负责每一份考卷的公道打分，而且还要让改卷场变成一个凭实力角力的战场。

夜里 11 点 45 分的时候，罗可走到李禾根身边，低声地说，刚接裴晓华打来电话，说曹书记要过来看望大家，让我们准备一下。李禾根问，就他一个人吗？

罗可说，还有纪检组的成员，两位副院长，几位安保的头头。

李禾根想了想说，那咱们这边几位改卷组的负责人，外请的邵子玲老师也参加一下，先到小会议室听指示，然后再到改卷的现场。

曹耀辉精神饱满地带着部下们到来的时候，李禾根也正带着自己的部下们等候在改卷现场外的走廊上。曹书记老远就笑呵呵地伸出了手，先跟李禾根握手，然后与其他人握手寒暄，随后，大家走进了一间临时打开的小教室落座。

看大家都坐下了，李禾根说，非常感谢学校领导的关心，这么晚了你们还不休息，专程到这里看望大家。首先让我们以掌声对领导和机关同志们的到来表示热烈欢迎！（鼓掌）

曹书记连忙笑应，哪里哪里，你们都没有休息，我们怎么能睡得着？这是个特殊季节，我们陪着大家度过。今天的夜晚晴空万里，大家干劲十足，这是个好兆头！（掌声）

李禾根先讲话，曹书记，各位领导，我先汇报一下到现在为止的改卷进展情况。首先，就是政策和人员的调整情况。因为今年的报名人数太多，往年人数最多也就是 2000 多一点，今年是翻了一番，达到了 5000 余人，这已经超出了我们的承受极限。因此，根据实际情况对有些规定也做了相应的调整。比如，往年我们规定，出题的人不参与改卷，改卷的人不能当考官，一试考官不能参与面试考试，等等。

那么今年，我们在聘请了部分其他兄弟院校教员的基础之上，在基本政策相对稳定的基础之上，我们请各专业的负责人参与全程的考务工作，这里就有出题组的刘淑媛老师、吴品贤老师等人，当然也聘请了传媒大学的邵子玲老师。今天参加这个会议的几位老师也都是战斗在一线的改卷主力。

第二个情况变化是，这些全程参与了专业课考试的老师实际上并不是直接参与改卷，而是参与到复核工作中来。也就是说，他们实际上还是回避了嫌疑的，不直接打分，而是就已经打分的卷面进行复核。他们也是没有打分权的，包括我自己。我们按照分工，各自负责一部分，在保证进度的基础之上，保证质量。复核的环节实际上非常重要，正是在复核的环节我们才查找到了一些问题，比如卷面的标记问题，考卷答案重复的问题，等等。

第三个情况是，在初试改卷的过程中，我们发现了一些不正常现象，在这里想先向领导们汇报一下，也把我们打算处理的办法汇报给各位领导，请指示。

在 5000 份的考卷中，我们发现卷面做了明显标记的有 11 份，卷面答案基本一致的有 7 份，还有两份是完全答非所问，信马由缰的，这个自然会被淘汰了。其他两种情况，非常明显，特别是在卷面上做标记的 11 份考卷，我们认为问题比较严重。

做标记就是让某位、或某些位改卷老师知道是某人的考卷，那么，这就有两个处理办法：

第一就是查考卷，查考生。我们的改卷队伍中，有涉嫌共谋的内鬼，可能已经帮助这位考生提高了成绩。也许是一位，也许是多位。那么这位考生，也就有可能考前已经接受过相关人员的辅导，因此，他的考卷成绩一定错不了。那么，我们对这种情况的处理办法是，只要统分的时候核对的结果是做了标记的学生排位在前十的，我们要采取复考的形式，对他们进行重新考试，以确定真假。如果，做过标记的卷，最终成绩并不好，也就任其自然，不追究，不复核，自生自灭。

第二，查内鬼，找关联老师。我认为，对我们的改卷老师也应当进行审核和清理，因为大部分改卷者都是我们的研究生和博士生，其余还有一些是临时招聘来的兄弟院校的老师们。这个情况好查，请纪检委的领导们梳理并查找一下，我们这个队伍里是不是有问题。有什么问题，问题到了什么程度，是否会影响到最终的考试名单。

然而，另一种情况是，虽然某些考卷做了标记，我们却没有找出内鬼，或者没有找出帮助做标记的人，那这个就好办了，自然淘汰即可。但问题是，我们是无法判断谁得到了帮助，谁没有得到帮助，除非我们有证据能证明。

所以，裁决的办法是，既然按照规定，所有在改卷上做了明显标记的卷子都要淘汰出局，自然成为废卷。但是，我们又抓不到把柄，那么为了防止一刀切，冤枉了一些考生，在没有充足证据的情况下，我们采取"无罪推定""疑罪从无"的办法。我们假设所有做了标记的考生都是无辜的，那么，一视同仁，只要这些考卷进入到复试名单的，我们都要重新进行复考，也就是在复试前要加试一次。这个情况，我原本是准备在初试改卷之后，向学校党委汇报的，因为曹书记和各位学校领导都到场了，我想还是提前说一下的好，供领导们酝酿决定。

就这些情况，我的话讲完了。

曹耀辉看了看会场说，大家都可以充分发表一下意见，现在是正在进行时，你们的意见对我们能够考出一个公正合理的结果是有帮助的。请各位老师看还有什么，都说出来，我们现场讨论一下。

邵子玲发言，我说说吧。曹书记、各位领导，我叫邵子玲，是传媒大学的老师。我是外来的，本不应当多嘴，可是，既然参与了北艺的考试，看到了北艺的领导专家们如此认真严谨地选人，很感动，就想表达一下我的敬意。同时，今天复核考卷中，我确实看到了一些特别优秀的考卷。我是负责看文学鉴赏文章部分的，我看到有的文章写得非常漂亮，让我这个久经沙场的老师都有些激动。在一篇千字文章中，能够有感悟，有论点有个性，有见地地提出看法，文字还特别的优美，是出乎我的意料的。我甚至觉得，如果我有权力做出决定，我觉得这样的考生根本无须再进行后面的考试了，直接确定即可。如果这样的考生没有进入咱们北艺的大门，是我们这些考官的耻辱啊。因此，我提议，对于特别优秀的考生，能不能采取特殊的政策，绕过大多数考生必须进行的过程，而直接定为特招人才？

刘淑媛听着有些不舒服，如果能够确定考生是优秀的，当然是能够作为特殊人才享受特殊政策的，北艺也是有"特招"政策的，是完全可以绕开大多数考生的路数。但是，文学专业的考试是有较大伸缩性的，仅凭一篇文章如何就能够确定某位考生是一个天才？而且，对于文章感受的优劣，是一个阅读者的个人感受，并不能代表所有人的感受。有的文章，一个人看后激动万分，而另一个人看后，毫无感觉，你不能说，没有跟着你激动的人就没有文学判断力，就是耻辱啊。况且，一篇文学鉴赏文章仅仅是对考生的初步考核，要想真正冒尖，复试的专业写作才是真正的战场，有本事可以进入到复试去大战。

邵子玲反驳，要是进不了复试呢？天才也会被埋没了。

李禾根立即和稀泥，这个问题呢，邵老师提得非常好，的确，有些考卷让我们很动容。今年的考生多，优秀的考生也多，这是北艺的运气。但是，确实啊，刘老师的意见也有一定的道理，因为今年的情况尤其复杂，所以，我们的政策和招生的基本面要尽量保持稳定。我们可以充分发表自己的看法，最终还是由学校党委来定夺。

吴品贤说，我觉得许多问题都是可以变通一下的，比如，对于一些特别优秀的文章或者考卷，大家是不是可以提出来讨论讨论？对同一张卷子我们发表各自不同的意见，对于招到优秀的学生也是有好处的。现在，改卷场里连说话也不让说，更不能讨论，整个气氛都那么压抑，让人感到不正常。

李禾根立即纠正道，在改卷场是不允许说话的，这是规矩。在改卷考场进行讨论争辩才是不正常的，而不进行讨论不允许争论才是正常的啊。这是经过血的教训和长期的实践找到的方法，到目前为止也是最公正的办法。改卷场就是法庭啊，我们批改的每一张卷子都是面对一个考生做出有无可能进入到北艺大门的判决啊，法庭怎么可能让你不压抑呢。压抑才是正常的，不讨论，更不能谈论关于考卷内容、考生情况、与考试有关的问题，这就是咱们的法。有法必依，执法必严，这个问题无须讨论。吴老师提出这个问题就是个问题。这不是可以讨价还价的，只是执行力度的问题。除非，咱们把这个制度废除掉，否则，这就是纲，就是法。

曹耀辉微笑着说，看到大家为把最优秀的学生招进北艺，而这样严谨认真地讨论问题，我是很感动的。有些政策是在尝试中完善的，有些问题是在实践中得到解决的。毛主席不是说过吗，我们要在战争中学会战争。我们就是要在考试中学会考试，学会更合理更科学的考试方式。

大家的时间都比较宝贵，我呢，就简单地表达一下我的意思。第一呢，我代表学校党委常委向辛苦战斗在一线的老师们表示敬意和谢意，你们辛苦了！我这次来呢，你们也看到了，不只是要耍嘴皮子，来点虚情假意，而是带着实物来的哟。咱们既需要精神慰问，也需要物质的补充嘛。一会儿让他们把东西都送到现场去。

第二呢，这也是我的工作嘛，我要到现场来了解真实的情况，有什么问题及时发现，及时解决，特别是一些新情况新问题，咱们大家共同研究，共同解决。

刚才几位老师谈得都非常好，有的意见可以马上研究落实，有的意见需要一个过程，需要普遍的调查研究思考，才能得到妥善的解决。我赞成李院长的意见，就是在找到比目前方法更好的方法之前，我们还是以保持相对的稳定和政策的延续性为好。现在的政策可以进行细微的微调，但是要做大的改动还是要慎重的。目前的政策和方法也都是经过了多年的招生实践形成的，是有相当扎实的实践和科学依据的，现存的不一定都是过时的，改革需要实事求是，是一个"需求侧"的过程。

总之一句话，把文学院的招生搞好，搞扎实，不留遗憾，是大家的共同目的。谢谢大家！（掌声）

李禾根陪着曹耀辉和他的部下们走出会场，罗可在前面引路。在慰问队伍的后面跟着后勤人员推着两个平板推车，上面放着夜宵、饮料。

慰问队伍走进改卷场后，李禾根先对大家说，请各位老师暂停一下，我们的曹书记来看望大家，给大家送给养来了。

大家都笑看领导，曹书记经过的地方，改卷老师们站起来寒暄，曹书记好！

曹耀辉赶紧制止大家，都不要起来，都不要起来！我代表学校党委和刁校长，来看望一下大家，大家辛苦了！（鼓掌）

我就不占用大家宝贵的时间，给大家带来了一点点儿吃的喝的。半夜了，估计你们也累了，需要补充一些营养了。先休息一下，休息一下。

李禾根说，书记亲自来看望犒劳我们这些老师，深受感动啊，谢

谢曹书记！谢谢学校党委，也谢谢刁校长的关爱！（掌声）

随后，曹耀辉依次跟大家握手。一边握手，一边还偶尔说几句或关心，或玩笑的话，气氛是轻松的，人们的疲劳感也一扫而光，闷了半天的老师们这才说了几句话。按照规定，改卷期间是不允许说话的，整个改卷场是无声的、沉闷的、压抑的。曹耀辉的到来，让大家终于可以喘一口气了，所以大家挺感激曹耀辉的到来。

李禾根看了看腕表宣布，各位老师，从现在起休息10分钟，曹书记给咱们送来慰问品，请罗可给大家分一分，大家吃一吃，放松一下。但是，注意啊，还是要遵守改卷规则的啊，不能谈论任何与考试有关的事情。

这个时候，曹耀辉也跟大家握完了手，高兴地跟老师们告别，我就不打扰大家了，你们按照你们的安排，继续吧，大家辛苦了！谢谢大家！

说完，曹耀辉向外走去。李禾根跟在后面送曹书记出去。

改卷场内，大家愉快地挑选着曹耀辉送来的吃食，吃着，随便地聊着天。李禾根回来之后，也挑了一根香蕉吃。

曲友善一边吃东西一边说，每年这个时候才感到自己是个人，才有被人尊重的感觉。

吴品贤不屑地说，那不是咱们这个时候变成了人，是人家让咱们演这个被当作人的角色而已。尊重缘于咱们在干一场若干人等盼望着的结果，并不是尊重你我，而是尊重那个时刻。

李禾根制止了两个人，别牢骚满腹的了！这些事情以后再聊。这么难得的放松时间，还不谈点轻松的话题？

刘淑媛瞪了那两个人一眼，真是的！这么多吃的还堵不住嘴！

曲友善和吴品贤弄得个大红脸。他们不好意思地低卜头，不再言语。

一个晚上显然是完不成这么大的量，改卷不只是批改每一张纸质卷面，还要复查、二次复检，还要由纪检的、保密的、教务的人员进行不断的核对，还要登记，报请相关负责人签字画押，等等，这的确是一项相当复杂和繁琐的事情。到了凌晨四点多的时候，大部分人已经坚持不住，封卷，到休息室去睡觉了。剩下的人也都精神疲惫，脸色倦怠。

李禾根对大家说，这样吧，大家都停下来，去睡一会儿，要不然，也没办法保证质量。把卷子全部暂时封存起来，大家先去休息室里躺一会儿。咱们8点钟再开始。

没有想象的那样引来高兴的声音，大家都茫然地站起身，把手头的卷子交给纪检和保密人员封存，拖着沉重的身体去休息了。

等相关人员把未改完的卷子收好封好后，李禾根在封口签上自己的名字。然后，就走向门外，不过，他并不想去休息。他一点睡意也没有，他想，都凌晨四点多了，现在的校园应当不会有人了吧。一天都没有见风，见自然了，这个时候呼吸一下新鲜的空气该多好。

果然，校园里一片寂静，不远处莲子湖清凉的湖水气息吹过来，有春天的味道，有泥土翻身呼吸的响动，有一种曲曲折折在地下悄然爬行的骚动。校园里充斥着让人不由自主想喊叫的那种幽雅。

李禾根似乎第一次感受到了北艺校园的细嫩与湿润。

这是凌晨，这是北艺的凌晨四点一刻。这个时刻多像诗人食指《这是四点零八分的北京》里描写的那个北京："这是四点零八分的北京／一片手的海洋翻动／这是四点零八分的北京／一声雄伟的汽笛长鸣／北京车站高大的建筑／突然一阵剧烈地抖动／我双眼吃惊地望着窗外／不知发生了什么事情／我的心骤然一阵疼痛，一定是／妈妈缀扣子的针线穿透了我的心胸／这时，我的心变成了一只风筝／风筝的线绳就在妈妈的手中／线绳绷得太紧了，就要扯断了／我不得不把头探出车厢的窗棂／直到这时，直到这个时候／我才明白发生了什么事情／——一阵阵告别的声浪……"

想家了，李禾根想，正好，趁着这几小时的空当，回家去看看吧。

眼前的世界恍若久违。望望天，望望周围，都有点不适应的感觉。闷在教学大楼里，忘掉了世俗生活，现在连空气都带着新鲜感出现在面前。真有那种从外地回到家的感觉。他甚至有吼上两嗓的冲动。

就在李禾根喜悦地看着这个可爱世界的时候，一个黑影从前方快速向李禾根走来。李禾根心想，这么晚了——或者说，这么早——是谁呢？走近了李禾根才看出原来是冯坤副校长。

冯坤副校长是北京艺术大学的常委之一，是主抓教学的副校长，比李禾根还年轻，是近几年才调进来的。李禾根跟他不熟，也没有太多的接触。李禾根看他笑呵呵地走来就问，领导，这么辛苦啊，您这是没睡呢，还是已经在晨练了？这个时候是向您问候晚安呢，还是早安呢？

冯坤走到李禾根面前笑着伸出手来跟他握，唉，你们不睡，我们这些端盘子的怎敢睡去？刁校长和我分了一下工，24小时值班，她是前半夜，我是后半夜，怕你们改卷的时候遇到什么问题。

李禾根笑着说，噢，领导也真是够辛苦的，想得周到！

冯坤说，一场恶战啊。年年如此，可是，又大意不得，必须严阵以待。你们辛苦，我们也得陪着，大家一起来。

李禾根说，今年尤其艰苦，不过，这第一个战役打过之后，下面就好办多了。5000张考卷，得一张一张地看，还不能马虎，不只是体力，还要有智力的投入。大家都坚持不住了，我就放他们睡一觉，等天亮了再干。

冯坤说，我猜你是出来放风的吧？走，陪你走走。

李禾根说，哪敢劳您大驾！

冯坤哈哈笑着，能陪着大作家散步是我的荣幸！

李禾根谦卑地说，您这是骂我！

冯坤笑着说，除了陪大作家散步，我还有事找你，边走边说。

他们就朝着莲子湖的方向走。春风习习，的确让人舒畅。

冯坤说，十比一啊，很激烈。

李禾根说，是啊，很冷酷，年年看着这些孩子残忍厮杀，心如刀绞。可是，不这样又有什么好法子？在找到好办法之前，这可能是最好的选人办法了，不然，还不成了关系的天下？不是拼权力，就是拼财富，学校就会变成个交易所。

李禾根突然问，哎，冯副校长，您不是说找我还有事儿吗，说说看。

冯坤顿了半天，才吞吞吐吐地说，我本来不想麻烦您，可是学校的领导……我就不说谁了，亲自找了我，他说他不好出面，让我跟您提一提。我呢，不说也不行，他想请您关照一个学生。他希望一试能够顺利进去，别漏掉了，不然就麻烦。

一听这句话，李禾根就沉默了。过了一会儿说，冯副校长，您让我很为难啊。我比您大几岁，叫您一声老弟也不为过。老弟呀，在这个时候您提出要我关照考生，很让我难以回答您啊。我要是直接拒绝您，您没面子。您知道，咱们是有纪律和规定的，而且，现在有无数双眼睛在盯着我们，有无数张嘴在矫情着我们，这个您比我还清楚，

冯坤连连点头表现出非常理解地说，我知道我知道，这的确是违背原则和纪律的，但是……您看这样好不好，二试不是留 500 个人吗？如果这个考生进去了，您就不用管他了，如果他没进去，您就把他拎到最后一名呗。让他进了复试，也算给了领导一个面子，能不能进入三试，看他的造化。您看这样行不行？

李禾根站住，望着冯坤有些不高兴地说，冯副校长，您这话有问题呀，如果他考进了前 500 名是不需要我关照的，说明人家这孩子比较优秀。只要能进了文学院的前 500 名，这孩子一定错不了。如果他没有进入前 500 名，非要我把他放在第 500 位，那问题可就大了。那位凭本事考进第 500 位的考生怎么办？这意味着第 500 名考生被淘汰了啊，咱们于心何忍啊?！都不容易啊，能够来到咱们北艺的考场上练上一练的考生，都是付出了多少代价的，要是把人家挤出去，这是不公正的。我们口口声声说的"公正""公平"怎么体现？冯副校长，我不怕得罪您，我也不是不近人情的人，但是在这个问题上，是不可能让我做出违背原则的事的。您也是一个知识分子，我们还是得讲点"良知"吧。既然我已经把话说开了，我就干脆说吧，这件事如果让我来决定，根本不可能！我拒绝您，也是保护您。这是一个雷区，谁

碰谁死，我建议为了您的前途，您千万别继续找人了，我也不会说出去。

说完，李禾根把冯坤扔在那里，气哼哼地向家属院走去。

冯坤没想到李禾根这么不给面子，他呆呆地立在那里，有些不知所措。

那天晚上，李禾根的心境被破坏了，后来他跟自己的好友、作家宋哲说，当时就像"被驴踢了一脚"完全失去了触景伤情的那种小资小私的情调。

宋哲笑着说，这一脚踢得不轻！你到我们北岳来，就是疗伤来了。我保证，在北岳，你是绝对不会被踢得这么惨的。

被冯坤那一"求"击醒了的李禾根并没有回家。他把冯坤甩在那里，本来是想奔家去的，可是，回家的心思也被情绪弄得全没了，他索性在莲子湖畔走起路来。

这个时候，天已经蒙蒙亮了，湖畔已经有早起的人们开始晨练。李禾根就迈开大步，甩开两臂，走起来。平时，他会沿着湖畔走个十圈八圈的，今天的时间多，他走得就更多。

北艺校园很大，有许多山丘、曲径，有湖有水，有花有草，风景如画。北艺校园区里有三个人工湖，南湖、北湖和莲子湖，夏天的湖畔绿草如茵，人群如织。早晨和深夜就安静得多。现在才刚刚初春，加上是清晨，到莲子湖畔走圈的人不多。

快到7点的时候，李禾根回到了教学大楼的八层。洗漱完毕，给自己弄了点早点，脑子里想着今天的工作。

早上8点不到，李禾根从八层下到了五层的改卷现场。老师们都已经就位了。睡了一觉，人家显得很精神，一边聊着天，一边等待着考卷开封。

第 16 章　倾心

第二天下午召开北艺党委特别会议，议题只有一个，就是研究文学院复试名单。

李禾根是二级学院的院长，没资格参加校党委会议。但是，考虑到研究的是文学院的定生问题，他还必须汇报一下文学院初试的情况，就把他"扩大"进院党委会。

主抓教学的冯坤副校长首先介绍了招生的总体情况，评价了这次考试的优点，指出了需要改进的地方。然后，冯坤副校长请李禾根报告一下初试及进入复试考生的情况。

李禾根不想多事就简单地说，初试的情况跟往年差不多，出题、考试、改卷、统分，一气呵成，没有什么好说的。第二个问题，关于复试名单，我想也不需要什么研究讨论，因为排名已经出来了，就按照规矩，将前 500 名考生的名次排序打乱，调整为考号排序公布就完了。这 500 名考生是从 5000 个考生中按照 10：1 的比例精选出来的，请党委通过一下，今天下午晚些时候就可以公榜了。

刁子规白了李禾根一眼，着什么急呀？虽然咱们公布的时间是今天下午，但这不是个着急的事嘛。在定生定名单的事情上，需要千万分地小心啊。这是关涉 5000 个考生命运的大事。

被刁子规来了这么几句，李禾根很不痛快，但又不好反驳什么。

他红着脸，望着刁子规，他想听听"吊死鬼"老太婆到底想说什么。

刁子规环视会场，今天咱们的常委们都在场，你们也发表发表一下意见。

我先说，你们不觉得今年文学院的招生考试有点太热闹了吗？不是匿名信，就是做暗号，不是找这个找那个，就是送这个送那个，别当我不知道！你们在下面怎么活动，怎么"运作"我都门儿清。我告诉你们两点：一是把话说在明面上，二是把丑话说在前面。说在明面上的话是，你们要想关照谁就在咱们这个常委扩大会上说出来，当着李院长的面，当着大家的面，一次性地，别藏着掖着的，都摆在明面上。都做个正人君子，堂堂正正。丑话是，要是你们不把事情摆在明面上，私下里去打扰这个，骚扰那个的，你就是在丢咱们北艺人的脸，你不光明正大，你搞暗箱操作，你搞阴谋诡计，你让人看不起！你就是在砸自己的饭碗！所以，请大家不要客气，直接说。别去找李院长，他没这个权力，没这个本事，更没有这个胆子。但是，我有，我既有权力，也有本事，更有胆子。我也不怕犯错误，只要你们能说出理由来，我给你们兜着！甭说你亲戚朋友的孩子，就是八竿子打不着的关系，只要摆在明面上，能把我说服了，我给你办！别去找李禾根。找也白找！

李禾根这才听出了一点名堂来。他心想，这婆姨真厉害啊！怪不得她能左右这些最不好管的自以为是的艺术家呢。她真的是高！

就在李禾根对刁子规心生敬意之时，刁子规连珠炮似的放大招了。

现在就是个机会，各位要把握好。如果你们今天不说，就不要再提了，再提你就是跟我刁子规过不去，跟学校党委过不去。你今天不说，你当着大家的面不说，私下里却去找李禾根，你就犯了大忌！你就甭想在北艺混下去了。我告诉你，李禾根，你要敢不通过我给在今天的会上不说话，到了私底下找你的人办成一个，你就等着倒霉去吧。所以，我让大家发表自己的意见，你们就直接说，直来直去。说谁谁谁，哪个哪个考生是我的什么什么关系，必须帮一下，你痛快地说出来，我们大家来研究。在这个问题上，我们可以举手表决，不能骗来骗去！找来找去！现在请你们畅所欲言，说吧。

李禾根心里这个乐呀，这刁子规，真他妈的会演戏。演得可真好！围魏救赵。李禾根心里清楚得很，要不是刁子规轰天大炮这么一放，他是重围难解呀。

刁子规心里也得意，我就看你们这帮王八蛋，平常装得跟冰清玉洁坐怀不乱的君子似的，私下里干的那些破事！看你们是不是见光死？

会议开得相当尴尬。常委们都沉着脸，这个喝口水，那个玩玩笔，哪个敢有话？

这时，曹耀辉想解围，他当然知道刁子规的计谋，可是，这个时候，他哪里还有招架之力，但他不死心。

文学院的老师们很辛苦，在李院长的带领下，连续奋战，5000份考生的考卷都改出来了，工作有序高效，并且组织严密，无差错无问题。在改卷的过程中，严格落实学校党委的指示精神，按照考试规则考试程序进行，至今没有发现任何不符合规矩、不按规矩办事的情况，这一点，我代表学校党委提出特别的表扬。也请李院长回去后，向各位辛苦的老师转达校党委对各位考官和考务人员的问候，向他们的牺牲奉献精神表示敬意。

但是，功劳归功劳，问题归问题。在这个过程中，不是绝对没有瑕疵，也并非完全顺利的。在考试过程中，我们发现有些考生在考卷上做了记号，有的写有明显的暗语，还有考生的家长向我们反映，有个别的老师，在考试前，仍然违规辅导，等等。追究起来，问题还是不少的嘛。虽然，我们可以理解在中国这样一个"人情社会"里，这些问题也是不可避免的，但是，要想绝对地公正，似乎也有难度。这就要靠我们的教育工作者的自觉和我们的良知了。这个问题，我不想多说。

另外谈一下我个人的想法。刚才，李禾根院长所说的"不需要研究讨论"的话，我也是不同意的。虽然排名已经出来了，但是，这些排名你们就能保证都是最优秀的吗？你能完全说排在 500 位之后的考生中就没有优秀的了吗？可能有些人并不适应这种考核，没有考好，而另一些人则善于考试，排进了前 500 名。我们不能因为成绩而把一些才华出众、并没有在初试中露出来的考生漏掉。我想，这是我们的党委会需要研究的，并需要统一思想的地方。

李禾根一听，豁然开悟，曹耀辉还是为那位曹贝贝铺垫啊。他想，是不是冯坤所说的那位校领导就是曹耀辉呀。

他本来是压住火气，把这场明争暗斗的常委扩大会议对付过去。但是，他又觉得曹耀辉这孙子里外里都在指桑骂槐地对着我李禾根啊，看来，我真是把他给得罪了，当着这些人的面，冠冕堂皇，合情合理，想攻击我，整我啊。

但李禾根按捺住火气，平静地站起身来说，刁校长、曹书记，各位常委们，我呢，已经把文学院的招生情况和我的意见都表达得很清楚了，我想我的责任也就尽到了。至于党委如何做出决定，正像刁校长刚才说的，我是无权干涉，也是无力干涉的。我想那也不是我的责任，我更无法为此承担更大的压力。同时，我还想说一句，凭实力考入前 500 名的考生，没有一个与我有关系，虽然有人曾经找过我，但是，扪心自问，没有一个是我伸出手来拉过的。我觉得这个排名是公正的，往差一点说，也可以说是基本公正的。作为文学院的负责人，我觉得问心无愧。但是，如果党委会研究的结果推翻了我们点灯熬油判断出来的结论，哪怕前 500 位中有一位因为各种关系被排除出 500 位名单，我都觉得是对我们老师的极大不敬，甚至是一种极端的侮辱，更是对所谓"公平正义"社会道德的亵渎。无论你们用什么理由和借口把其中的某位考生挤出复试名单都是说不过去的，我想这肯定需要做出决定的人负历史责任和道德责任。

其次，我想借这个机会，提出一个我个人的请求，提请院党委批准。因为连续工作一个月，身体出现了问题，我希望党委更换文学院的主考官，并允许我请病假休息。我不是学校党委成员，我该说的也都说了，请党委们继续研究，我走了。

说完，李禾根转身就向会场外走去。

李禾根的最后决定让参会的人都傻了，连刁子规都没有想到，李禾根会这样处理问题。

会场冷静了下来。随后刁子规气嘟嘟地埋怨，比我的气还冲！这李禾根！点火就着啊？你得允许大家谈自己的意见嘛！小裴，把他叫回来！

裴晓华赶紧追出去，想拉住李禾根。李禾根都听到了，但是，拉也拉不回来，连头也不回地走了。

李禾根从校党委会议室出来感到很委屈，在心里恶狠狠地骂了句：×你妈！然后泪如雨下。

原计划是到教学大楼的临时办公室去的，可是，想到自己要撂挑子了，索性就想，回家吧。于是，他的短暂"封山"生活在这次党委扩大会议之后便结束了。

回到家，李禾根浑身无力地倒在床上，从准备开始，恰好有一个月的时间，没日没夜地工作，身体快被掏空了。但是，李禾根却不可能倒下就睡，思前想后，对考生，对自己，对家人，对他所生活的工作环境。

如此绝望，如此无奈。

盯着天花板，久久不能平静。就想，是不是真要考虑像老婆说的那样不干了？这的确是目前李禾根所面临的问题。他觉得直接把曹耀辉和冯坤，还有机关的那些权贵都得罪了，在这里混不出什么名堂来了。虽然有刁子规还能有点公正和偏心在保护着自己，但是，早晚有一天她也会离开的。朝里没人了，还能干到什么程度？他深知，在高校里，得罪了这些大鬼小妖的，即使单纯地从事教学，也会遇到各种各样的麻烦和阻碍。

高校，你以为这是个纯洁的殿堂？其实，这里肮脏起来，比什么地方都恶心。这就是一个江湖！想在这个地方混下去，就得进圈儿，上山。滚猪圈，拜山头，你得属于个什么群体呀。可是，他李禾根就是个独行者，在北艺没什么朋友，也无须什么知己。回想起来，在北艺这么多年，现在才发现自己无非就是个多余的人，有你没你都不重要。

这就是一个酱缸而已！里面爬满了不知疲倦永远蛄蛹来蛄蛹去的蛆虫。

而他自己的确也不是没有地方可去，没事可做，我李禾根为什么非要在这里终老一生？

快到中午的时候，蒙蒙眬眬听到有敲门声。李禾根家的门铃坏了，他猜测可能是文学院办公室主任罗可，就懒洋洋地说，等一会儿啊。

李禾根穿上衣服，踢踢踏踏去开门，打开门发现是刁子规！李禾根愣在那里，没有说请进，也没有问好。只是嘟囔了一句，不是罗可呀。

李禾根居然没有注意到刁子规的穿戴变化。平时工作期间刁子规是穿着职业西装、西裙、平底鞋，一身的庄重而板结，缺少女人味道。走路噔噔噔，说话嘟嘟嘟。干练干脆，板着面孔的时候多，训斥人的时候多，人送外号叫"吊死鬼"。在她周围工作的部下，几乎没有人想到过她是个女人，只知道她是校长，是老板，是大领导。

可是，现在出现在李禾根面前的刁子规却完全换了一副面容：一套华贵而又不扎眼的网眼罩衣下是低胸乳沟鲜艳的时装，下着宽裙长靴，淡施粉黛，浅浅唇印，性感妖魅，女人味十足。可惜，李禾根陷于情绪的泥淖里，没有感觉到刁老板的良苦用心。

刁子规踏进李禾根的家，背着两手微笑着说，他把我带到这儿，我就打发他走了，我得跟你单独聊聊，家里没有其他人吧？

刁子规故意向房间看了看。李禾根不太情愿地说，那就请进吧，我家可是乱啊，没有工夫收拾，都好几天没人管了，您就凑合着吧。

刁子规走进室内，四下看了看，挺好的嘛，没人管都这么利落。

李禾根说，小吴每天都来给我大致弄一下，喂喂狗，遛遛狗。您请坐吧，我给您倒杯水。

刁子规伸出手说，这是给你的。

李禾根这才发现，她手里拎着一个纸袋。李禾根带着挖苦的语调说，您这么关心下属真让我受宠若惊。

刁子规没理李禾根的嘲讽，亲热地招着手，别倒水了，坐下，跟你说说。

说着，她先坐下了，李禾根这才坐下来。两个人隔着茶几，刁子规就盯着李禾根，他有些不自在地躲避着她的目光。

刁子规盯了一会儿李禾根，叹口气，苦笑着微微地摇了摇头，你还来真的？还真生我的气了？笨蛋！没听出来，我是正话反说？就你这智力，还作家呢。

李禾根拧着眉头，一肚子怨气，我不是生您的气。憋屈得慌！

刁子规站起身，走到长沙发边挨近李禾根又坐下，数落着他，再憋屈也不能当众失态呀，你把一屋子的领导都扔在那也不对嘛，哪个不比你官大？你脾气也忒大了吧？

官儿大怎么了？官儿大也不能胡来！官儿大，我还看不上呢。

刁子规伸出右手来抚摸着李禾根的手背，我长你几岁，作为你的大姐劝你几句：不能像个小孩子，你是个成年人，得受得了委屈，忍得了气。大男人，能上能下、能屈能伸才行。见得了世面，经得了风雨，才担得了大任啊。你看你，连我这个堂堂一校之长的面子也不给，让人叫你拉你，就像头倔驴，连头也不回就走，你哪里把我当个大姐呢嘛。

李禾根扬起头，眼泪汪汪地看着刁子根，哽咽地说，我他妈容易吗？！我豁出老命地给你们卖力，到头来，落得个人不是人鬼不是鬼的。这都是什么事儿嘛！

刁子规慈祥地望着李禾根，手却没有从李禾根的手背上移开，难道洪洞县里就没好人吗？就你好！

这最后一句带着嗔怪的娇声责备"就你好！"连带着用左手的食指点了李禾根的脑门子，一下让李禾根全身有些酥麻。他满脸通红，心在激烈地跳着。刚才他一直陷入到了对会场上那些嘴脸的厌恶情绪中，没感受到一只女人的手正抚摸着自己。这时才注意到刁子规这个不同凡响的亲昵举动和她的用心打扮，这让他不由得身体发热，口腔发干。他想，刁子规这动作是什么意思？暗示，还是无意的？他心里痒痒地骂道，这婆姨！

这时，刁子规似乎又是无意中把右手从李禾根的手背上移开，唉，我们不是配合得挺好的吗？我前台演戏，你后台绷场子。怎么就不理解我呢？你委屈，我也不舒坦呀。

说着，刁子规语气中有些怨气的得意，你呀，就是个长不熟的大男孩！当初我看中你的就是这个天真劲。这官场上，找你这么个傻瓜还真不容易！

李禾根又回到现实中，他心想，这刁子规，还真他妈的是个了不起的玩意儿，把人家挑逗起来了，她又没事人似的了。

李禾根却严肃地争辩起来，这您不能怪我，招生考试关系到一个孩子的命运，我们不能破坏规矩。您知道吗，有多少人找我，送东西，送钱，许官应位，我压力有多大！不是领导，就是有实权的家伙，哪个能真的得罪？可是，我今天就要得罪得罪了：老子不干了行不行？

刁子规有些生气地说，不干了？你说不干就不干，说撂挑子就撂挑子？看把你给能耐的！翅膀硬了？底气足了？你呀！冷静地想想吧。

李禾根心想，我跟她老较什么劲呀，低下头，不吱声了。

刁子规语重心长，我不是打击你，你要清醒，高校就是个文人江湖，你是在走江湖，过独木桥呀，根本没有什么"象牙塔"，这就是个是非圈。怎么受不了这点儿挤对？你有来言，我有去语。兵来将挡，水来土掩。见招拆招，见势破势。咱们得打配合呀。

李禾根无奈地说，唉，您说，不是请我去程府宴，就是给我布置任务的，我能怎么办？我也是被逼无奈呀。

刁子规摆摆手说，你不用说了，这些我都知道。你所受的委屈和你承受的压力我也能够理解。可是你也应当知道，你作为一个有担当有梦想的人，就要有勇气面对和忍受。再者说了，曹书记也是个老北艺人了，在北艺干了这么多年，虽然有关他的种种说法很多，但是，从私人感情来说，我觉得他提出关照个考生，也并非是个不可饶恕的事。他也干不了多久了，咱们也应当给他个念想，咱们也不能太过于冷酷无情。而且，在我离开北艺之前，他当面向我提出这个要求，难道一口回绝就对吗？做人不能如此呀。

李禾根疑虑重重地说，他一会儿是财政部，一会儿是商人，一会儿给我布置任务，一会儿又派人递话，还有没有点准儿？

他不是有点说不出口嘛。你说他怎么着也是个高层领导吧，按理说，这在任何一所学校里算个什么事呀？可是到了你们这文学院就难。跟你说个实情吧，这个曹贝贝是他的亲侄女。他弟弟不敢找他，一找他就被训斥一顿，就去找他老婆，他老婆就逼他。你说，谁家没个为难的事？他那么大领导，偷偷摸摸地跟我说，把他的难处跟我说了，你说，我能一口拒绝吗？他是我的搭档，你说，我张口就说，不行，绝对不行？！不能那样做人。

他给我们布置任务的主意是您的？

刁子规摇头道，那可不是。在官场混了这么多年，这方面他无须别人支招儿。说给你们布置任务的目的，就是想给你李禾根减轻压力，那你还看不出来吗？

李禾根点头，这个我明白，不过，总是有点不舒服的感觉。那么，您真打算把那孩子弄进来？

刁子规微笑地看着李禾根，我以为你是明白的，这还用我解释吗？

李禾根为难地苦笑着，晚喽，特招没成，要是一试也不成，我硬给她拎进来，没法解释呀，会被指脊梁骨的！

刁子规说，我的意思是放她进二试，给曹书记一个面子。如果500个人都放不进来一个人，那么，咱们也太不近人情了。至于能不能留下，那就走一步看一步，车到山前必有路，再想办法嘛。

李禾根坚决不同意，那不行！我还是那句话，放她进来，就等于判了第500名考生的死刑，可是凭什么？！

刁子规有些生气地说，你呀你呀，就是茅坑的石头又臭又硬！一点面子都不给。我告诉你李禾根，这件事你可主导不了，咱们还有专家组，还有党委会，不是你一个人说了算！

刚刚培养起来的脉脉含情一扫而光。李禾根梗着脖子辩解，做人做事，总得有个底线，有道杠杠吧？这个你应当比我还要清楚。

刁子规是真拿这个固执的李禾根没有办法，油盐不进。她以缓和的口气说，还是可以适当突破嘛，我们可以商量一个对策出来的。比如说，500名初试入围之外，再增加一个名额，把她变成第501名，这个，我是有权力的。这不就解决了你的顾虑了吗？

李禾根完全是一副得理不饶人的态度，这不是同样道理吗？你让她占有了第501个名额，那不是也判了那位正常排在第501名考生的死刑吗？让501名后面的人插队进来，也是有违公平啊。

刁子规真有些急了，李禾根！我们还能不能谈事儿？你在家里跟你老婆也这么较劲吗？你轴得都没有道理了！在家里，在单位，想干成一件事，得有合作精神。讲原则，也得讲人情，有对抗，更应当有妥协呀。你一个劲地撸胳膊挽袖子地死硬，能干成事才怪呢。不跟你说了，走啦！

刁子规被李禾根这个死脑筋气得泪眼婆娑。她面颊涨红，跺着脚，你他妈……真想把我气死啊……

说着，刁子规真的哭出声来了，她蹲在地上，捂着脸边哭边骂，你这个石头缝里蹦出来的王八蛋！我算是瞎了眼了，把你这么个东西弄来，我是自掘坟墓呀……

刁子规这一闹，把个李禾根吓傻了，这这……这是他认识的刁子规？！他手足无措地也蹲到地上，想安慰她几句，又不知道说什么。他试探着去抚摸哭泣着的刁子规，想让她止住。不知道刁子规是因为蹲得猛了点头晕了，还是故意的，一下倒在李禾根的身上。李禾根本能地抱住了她，他的眼泪也出来了。刁子规一下就抱住了李禾根的身体，倒在了他的怀里。

和好的两个人，像羞涩的少男少女，他们重新坐回到沙发上，两只手扣合在一起。刁子规倒在李禾根的肩膀上，唇红面绯，娇气嗲嗲。李禾根似乎还在震惊和不安中没有出离。

过了一会儿，李禾根突然想起，轻声地问，嗯？好像你刚才说要离开北艺？是有那么一句话吧？

刁子规笑了，再次用手点了一下李禾根，你呀，就是个呆子！我说了，是我说的，我早晚也会有一天离开北艺的。

李禾根望着刁子规，发现她虽然徐娘半老，却娇羞妩媚，让他心旌摇荡，情不自禁地去吻她的面颊。

刁子规推开李禾根，整理好衣衫头发，从容自然地坐直，没想到你还是个黏人的家伙！本性难移。既然你问，就跟你说了吧。我真的要离开北艺了。

李禾根瞪大了眼睛，真的？！那你能去哪儿？

刁子规娇嗔地说，离开北艺，我就没地方去了吗？

不不不，我是说，这么突然，一点思想准备都没有。是上面的安排，还是你不想干下去了？

刁子规答，哎呀，主要是上面的安排，我不能像你这么又臭又硬地顶着。咱们是中管干部，身不由己。

那会去哪里？

组织部门跟我谈的是，想调我去宣传部，征求我的意见。走是要走的，就是没有确定去哪里。

你觉得会如何安排。

这个嘛，组织的意思是想让我任发言人，让我考虑。

这不是离开教育口了吗？你愿意吗？

想听听你的意见。

李禾根想了想，这倒是跟你的性格、职业挺符合的。这个位置得有硬度的人去担任，还得会……表演，对，就是表演感很重要。你原本就是唱歌剧的，你心理素质也好，形象也非常好。我看，这个位置倒是挺适合你的。只是，这样你从后台可就跳到前台去了，得常常抛头露面。

我当年从云南那个小山村里走出来，就是靠着一副唱山歌的好嗓子，现在或许又让我以另一种方式，重回我的舞台了。人生嘛，能有这样的机会和舞台不多。我也觉得挺幸运的。

回到现实中，刁子规有些伤感，可是，这样就和你分开了，和北艺的人分开了。尽管你们天天给我惹这事儿那事儿的，有这样那样的毛病，可是，真的要分开还是舍不得的。这几年还真的处得有感情了。

天下没有不散的宴席，不可能总黏在一起啊。

你小子是不是想，终于可以摆脱这个老太婆了？要摆脱我？

李禾根连连讨饶，不不不，我是说，小别胜新婚吗！

刁子规笑着骂了一句，该死的！你这是占便宜。

李禾根又回到了一本正经的状态，忧郁地问，那么，什么时候呢？你什么时候离开北艺？不会马上吧？

刁子规站起身来，伸了个懒腰，一时半会儿还不会走的，最快，我想，最快也得把北艺的事安排好，把这个学期坚持过去吧。我得走得放心，走得坦然呀。不能把一个烂摊子甩给你吧？

李禾根不在乎的样子，就文学院这点破人破事儿？难不住我。放心吧，这都多少年了，有你没你的，我李禾根在文学院干了又不是一天两天的。你放心！要是你哪天回到北艺来，你会看到一个比此时强得多的文学院的。这个信心还是充分的！

刁子规爱怜地撇了一下嘴，你呀，你就这点儿出息？经营个文学院就把你满足成这个样子？我说的"不把一个烂摊子甩给你"，可不只是说文学院啊，我说的是整个北京艺术大学！

此话一出，把李禾根吓呆了，什么？！你说什么？北艺？整个北艺？你可别吓我。

刁子规笑了，然后又正经地说，组织部门找我谈话的时候，除了提出调我去当发言人外，也为北艺的未来设想，谁来接我这个班？我当时推荐了两个人，一个是音乐学院的洪吉生，一个就是你。洪吉生人很好，在专业领域影响很大，有权威性，政策性也很高，想问题全面周到。但是，组织部门的领导说，洪吉生有两个问题，一个是他没有干过中层领导，一下子提到校级岗位，担心会有问题；二是，我就是唱歌的，从音乐岗位调到校级领导岗位，现在如果把洪吉生这个大歌唱家也调换到校级岗位，似乎咱们办的是个音乐学院似的，上面也有换个专业领导的想法。想先把洪吉生提拔到二级学院院长岗位上干几年，再看机会，也是对他组织领导能力的考查吧。所以，你就成了他们认为最合适的人选了，你要担大任了。可不能再像现在这个样子，固执己见，刚愎自用。

李禾根连连摇，不行不行不行！我哪成呀？让我去接你的班儿，想哪儿去了？！

刁子规不满地瞪着眼，为什么？

这让我想起上大学的时候，有一年我们班选班长，谁都不愿意当，你推我让的。有个人开玩笑似的说，那就让赵伯仁干，大家哄堂大笑。赵伯仁这小子平时特别不靠谱，不着调，心眼又多，又总是上蹿下跳地找事儿。让他当班长那绝对就是个大玩笑，就是想要耍他。结果他当上了班长，大家就把他支使得团团转。他自己还不自知，像个小丑。都把他逼得变了一个人了。为了干好一件事，他求人，讨好人。没有班费就找几个同学一起勤工俭学，乐此不疲。整个就是玩儿他呢。你要是把我也弄成个赵伯仁，我不也成傻子了？不干不干不干！

刁子规斥责李禾根，瞧你那德性！你不想当赵伯仁？很多人还抢着巴结着想当这个官呢。我问你，那个赵伯仁最后怎么样了？是不是人家干得很成功，毕业后也不错？

李禾根想了想，那倒是，他后来……

刁子规打断李禾根，得了，你不用跟我说了！这个活儿，干也得干，不干也得干！我一腾地方，你就立即给我戳到那！别废话！

第 17 章　榜单

3月2日，北京展现出了皇家气度，天蓝气清，风和日暖。

有人把这个出奇好的蓝天归功于两会，称作"两会蓝"。为保每年3月4日、5日开始的两会，国家也的确花了大力气，减排限号，去污除染，措施频频。这个"蓝"是不是保出来的，没人去深查，可是，万里无云的大北京真面貌却是实打实地露出来了。

北艺校园里春意盎然，莲子湖、南湖、北湖碧蓝的水面上落了几多野鸭、天鹅，湖畔有许多游人拍照。孩子们游戏，成人们散步，绕圈。湖畔旁已经有浅浅的绿草露头了。路边、土坡上的树木也吐出了新芽，嫩绿嫩绿的色彩点缀着美丽的校园。

文学院之外的其他学院的考试已经展开，正是他们进行初试的日子，原本挺大的校园被人流快要挤爆。表演学院的考生们个个靓丽青春，朝气蓬勃，和这个春天的气氛相和。

下午五点一刻，北艺教学大楼前的广场上聚集了大量的人群。广场高高的台阶上支起临时公榜牌，文学院的五块布告牌上白纸打印的501位进入复试者的名单赫然在目。考生、考生的家长们伸着脖子，踮起脚，目不转睛地寻找着自己的考号。找到的欢天喜地，没找到的垂头丧气。

保安们维护着秩序。一位文学院的学生举着话筒不断地高声提醒看榜的考生们，榜上有名的考生请排队办理复试手续。

罗可站在台阶上，指挥着工作人员有序展开复试的报名工作。旁边摆着一排桌子，有人在收费，有人在登记，有人在组织抽取复试考试的临时号码。喇叭里不断传出"2203号""1107号""0099号"的叫号声。考生们来来往往，出出进进。家长们忙忙碌碌，喜笑颜开。

罗可不时地提醒考生和家长们，明天，也就是3月3日进行复试，考试的程序与初试一样，集合的时间、地点都一样。后来，有两个男生抬来了一个大黑板，罗可便在黑板上把复试的时间、地点，都写在了那上面，立在办理复试手续桌子前展示。

虽然临时办公室还在那里，他还经常在那里开会，布置任务，做各种计划，但最终李禾根还是决定放弃这种自我封闭状态。

他想明白了，靠所谓的"封山"来杜绝与外界的接触，以示自己的纯洁和公正，其实很幼稚，也是毫无意义的。中国有句古话说得好，"谁人背后不说人？"哪个人不表面友好，背后不说这说那的？且所有的背后议论差不多都没有多少好话，都是嚼舌根、造谣生事的那种。只要他李禾根在北艺工作一天，只要他不完全在人们的视线里消失，谣言、议论、指指点点就不会停止，就不会完全被隔离。

所以，索性，老汉我就揭开盖子，亮出自己吧。

李禾根打开关闭了两天的手机，瞬间感受到股股巨大的信息流喷涌而至。各种旧信息不断强行刷屏进入，文字、语音、符号，一串串，一行行，弄得他眼花缭乱。干脆先不看了，等着这些信息最终停止的时刻，可是，却总也停不下来。他决定手机安静了，再打开，先让它们刷一会儿。

李禾根是从教学大楼里走出来的，来到文学院的复试办理桌前，拍了拍背对着他的罗可的肩膀，微笑着说，你们还得接着辛苦啊。

罗可回头一看是李禾根，忙叫了一声，院长！我们不辛苦，真正累的还是您。

李禾根说，再坚持几天，到3月6号，三试完成了，也就不会那么累了。不过，三试完了，收尾还得一些日子，好在，就是程序化的工作了，这个你轻车熟路。

罗可想请李禾根坐下，李禾根摆了摆手问，那个曹贝贝入围了？

罗可点了点头。这个结论本已在李禾根的头脑中生成，可是，他还是需要确认。虽然争论得很激烈，甚至到了拍桌子骂娘的地步，可是，最终的结果他并不知道。正像他赌气时在校党委扩大会议上说的那句话一样，最终做决定的是你们，我做不了主，我只有表达我的意见的份。

曹耀辉的侄女以虚构的第501名的成绩"混入"到了复试，事实上，曹贝贝的成绩连前600名都没有进入。这的确是一次不为人知的违规操作——文学院对外宣布进入二试的是500人，可实际在榜单上的是501人。

李禾根用尽了浑身解数都没有挡住曹贝贝的"非法入侵"，他自己甚至都没有心思去细数还有没有像曹贝贝一样的人混进这个大名单。现在他明确知道的是501位，是不是还有突破？ 501、502、503……我的天哪！李禾根知道，这样的事他们是可以坦然地、理直气壮地做出来的。

按照规定，最终打印公布名单的不是文学院，而是由学校教务部门以官方的方式对外宣布。同时也有"三不公开"政策，即不公开考生姓名，不公开名次，不公开成绩。这是个大漏洞，如果真想透明公正，就把一切都公开了，让考生在阳光下暴晒。人人死盯着，谁有一点儿违规就立即被指出，不用所谓的纪检，考生、考生家长比纪检的眼光要亮得多，也敏感得多。"三不公开"政策恰恰是挂在暗箱前的遮羞布，为特权为私利藏污纳垢，为那些见不得人的操作而预留的空间。

李禾根站在榜单前，看着那些得而喜、失而愁的人群，他突然想到，曹耀辉也好，其他的官僚们也好，机关的那些头头脑脑也好，找自己走关系，其实是给自己面子啊。他们根本就没必要通过他这个"又臭又硬"的拦路虎就可以把人弄进来的。这个政策的漏洞有多明显啊，他们难道不知道？连我这样一个笨蛋都看出来了。找你就是拉你入伙而已，那是给你脸！可是，他李禾根却把这当作了一种展示所谓"公正"的机会了。

在这个遮遮掩掩的程序里，想加一个人两个人，甚至十个八个的，就是个神不知鬼不觉的事。如果想，只要私下里跟打字员说一声都有可能办得到——此前就发生过打字员偷偷在名单里塞人后被发现处理的事。反正按照程序，他李禾根是不可能知晓考生真实的姓名考号信息，而他们——那些想托人找关系的却心知肚明呀，极端一些，他们甚至在考前就可以把那些他们想关照的人列入名单的。如果那位打印名单者接受了"上级"指令呢，如果打字员与纪检监督的人合谋共犯呢？如果做手脚的人和查做手脚的是一边的呢？——这在中国特色的机关里，在裙带关系、山头堡垒密布的外墙下很有可能啊！他们哪里需要你李禾根，他们无须跟你费劲掰扯，悄悄地把事情就办了啊。

一切都是在合理合法的外衣下，一切都是在公平正义的幌子下，一切都是在冠冕堂皇的形式下！

李禾根打了一个寒颤，无力地想，会上会下的那些争争吵吵，在政策的无意或有意的漏洞面前，其实毫无意义。如果想突破，想揩油，只要把小鬼小妖们搞定就完了，犯不着跟他这样的笨蛋吵吵闹闹的。这一切内幕，他不知道，也不想知道。就是知道了，也没有机会去拦挡。复试名单定稿之后，人家请他看，只是个形式而已。他能看出什么名堂？他能看出名堂那才怪，看不出名堂来才是正常的。幸亏没有细数深究的人，也就没人发现这个秘密，否则这就是一个解释不了的黑幕。

李禾根内心是极为沮丧和恼火的，仅凭他一己之力，如何跟一个体量庞大的机体对抗？就像冯坤后来话里有话地对李禾根阴阳怪气说的那样：你能斗过体制？

是啊，他李禾根天大的能耐也无法跟体制斗啊。他知道，说得高尚一点，他最多就是个不知深浅、挑战大风车的堂吉诃德而已，说得不好听一点，他就是个傻×。正像那天刁子规责备他的那句话一样，他就是个"轴得没有道理"的寇老西儿。刁子规还有句名言"高校就是个江湖"，走江湖你不按江湖的规矩来，还想混好？

李禾根觉得他不仅斗不过体制，甚至连自己都没有斗过。在气愤的火焰熊熊燃烧的时候，李禾根曾发誓"老子不干了"！老子辞职，老子离开，甚至想，他妈的，老子大不了回家休息去，连那些不断拉自己入伙的地方都不去了。解甲归田，隐居写作，无欲无求。那劲头，傲气冲天，霸气外泄。可是，到了儿，他李禾根不是没走吗？不是还在接着干吗？不是还在天天没羞没臊地照常吗？想跟体制斗？你得先问问，你斗过自己了吗？

我算什么呢？为了什么呢？公正？良知？公平？正义？瞎扯！都是一堆说给他人的台词，你有那么纯洁吗？你真的把自己当作个雷公判官？你不过是个普通的凡夫俗子而已，甚至你就是个多余的可怜虫！如果没有人把你当回事，你根本就不是回事！

可是，为什么撂不下这个过于沉重的挑子？还要继续爬行？像那位推着巨石爬坡的西西弗斯，推上去滚下来，推上去滚下来，可还是习惯似的永无出头之日地熬煎。

李禾根离不开北艺，或者说不愿意离开北艺的原因很多，其中最主要的动因可能连他自己都没有意识到，那就是他对北艺的感情和他对教学工作的真心热爱。李禾根从青春年少就来到了这里，在北艺恋爱结婚娶妻生女，这里的一草一木、一砖一石都融入到了他的生活和习惯中。有依赖，有感情。想让李禾根一下子就与其断绝关系是件钝刀割肉的事，疼啊。还有就是老师这个职业对他的折磨，从少年时代起，他就有当老师的梦想，凭自己的能力他实现了这个理想，又怎能轻易放弃？

当然，还有一个不好意思说出口的原因，那就是懒。李禾根懒得走，懒得再折腾了。他内心对于稳定生活的渴望，对于一个稳定事业的追求，这一切都是他不可能痛下决心离开的因素。

就在他思绪绵绵、多愁善感的时刻，一眼瞥见了正带着人走向大楼的朱晓天。他想躲开，但朱晓天却兴高采烈地走上前，跟他热情地握手，哟，李院长！您那文章写得不错呀，说得挺好！

李禾根疑惑地问，文章？什么文章？

就是那篇采访您的，谈北艺招生，说艺考生多了并不代表社会道德缺失，社会风气不良什么的。您还鼓励艺考生勇敢地追求梦想，像那些把当医生、当科学家、当军人的作为理想一样，把当作家艺术家当作自己的理想追求，什么的。说得好！

李禾根想起来了，是前天在操场上接受的那次访问，咳，那不是应付采访吗？再说了，那也不是我写的文章，是记者写的。

朱晓天还是竖直大拇指，那也是您谈的观点呀，您把社会上那些总是骂艺考如何如何的人来了个大窝脖，说得好啊！真是解气。只许当科学家、宇航员，当作家艺术家怎么了，不都是为国家为人民服务吗？不然，做什么职业也有了贵贱高低之分了？革命，只有分工不同，哪有什么贵贱之分？毛主席他老人家也这样说嘛。

李禾根不想跟他扯闲篇儿，您忙您的去，我还得到院里去开个小会。

朱晓天油滑地说了声，好嘞！哎，对了，谢谢您啊！

谢我什么呀？

朱晓天微笑着说，谢谢您帮忙把我那个考生放进了复试名单呀！要不是您伸手帮忙，他？门儿也没有呀！进来了！

李禾根有些不满地说，这说的是哪里话？说好了，您这是给我脸上贴金，说得难听一点，您这是害我啊，我可什么都没做。我什么时候帮过您的忙？我谁的忙也没帮！

朱晓天的本性露出来了，他嘿嘿地笑着，您这是谦虚！您是刀子嘴豆腐心，我知道您可是使了大劲的！

李禾根脸色沉下来，严厉地说，朱处长，这事儿可开不得玩笑！如果您认为我做了什么，或者没做什么，您得拿出证据来，否则，咱们到纪委去说个清楚！

你看你看！说着说着您还急了。我不就这么一说吗，您做了没做您自己心里最清楚啊。我知道您是个好人，是个正直的人，我哪敢跟您开玩笑呀。得了得了，算我没说。不过，还是谢谢您！

说着，朱晓天向教学大楼里走去。

李禾根站在那里愣了半天，然后，走下教学大楼的台阶。穿过熙来攘往的人群，李禾根心里这个堵啊，他妈的，这些坏人，都成精了，居然想绑架我！

看了看手表，已经是下午5点多了。本来很悲壮的感觉，现在却被一种肮脏污浊感代替。在这个大酱缸里，自己难道不是一条蛆虫吗？说他人在涌动，在蠕蠕，难道自己不是臭气熏天？我为什么还要与此为伍？为什么没有勇气离开它？

有种绝望和挫败感。

院长——！罗可在台阶上向渐远的李禾根叫着，您等一下，有事儿！

说着，罗可向李禾根跑过来。跑近了，罗可说，院长，刚才忘了跟您说了，胡文华的爱人到咱们学院闹了！就是昨天晚上，您不是关机了吗？她说打不通您的电话，就给我打，我说有什么事儿就到办公室去说吧。我约她去了办公室，她一到办公室就吵闹，说是学校停了胡文华老师的职，胡文华老师现在精神恍惚，心理压力大，天天愁眉苦脸，不吃不喝，呆坐叹气，她说，他们家的日子没法过了。要求恢复胡文华的职务，让他参与招生工作，还要求开学后，让他上课。还威胁说，要是出了什么问题，就跟学校打官司。说胡文华给北艺卖了一辈子的命，到头来，就犯了一点小错误，就给停职了，没有功劳还有苦劳呢，不公平，什么的。她还说，她还到您家敲了半天门，家里没人，要不然，就到您家里说理去。我说，李院长加班，你不能打扰他。可是，她说，还要去找您！您在院子里活动可要小心啊。要是被这种女人黏上了，恐怕就要死磨硬泡了。

李禾根问，向学校汇报了吗？

说了，我先找了刘民潮，他说，他们保卫部门会加强警戒，一旦见到她，就要驱赶出教学区。但他说，他得向大领导汇报，看有什么解决办法。

好的，我知道了，你把复试的事做好，我来处理这事儿吧。

罗可说，您可千万小心！

李禾根想了想拨了刁子规的手机，刁校长，有个事儿向您汇报……

我知道了。正在和曹书记商量，你有没有什么好办法？

按理说，这事儿呢是学生家长举报到学校去的，处分也是学校给的，跟文学院没有关系，可是，现在他爱人就到文学院去闹，还到我家去……

你不用说责任在谁了，也不用谈主体是谁，你只提出处理意见就行了。

那就看咱们是想把事情弄大了，还是低调处理一下就行。

别拐弯抹角的！谁想把事情弄大？你就说你的建议。

我刚在想，前几天您不是说，咱们北艺和山西的民办大学北岳艺术学院要"一校帮一校"结对吗？把他安排到那里去怎么样？

刁子规恍然道，哎，我怎么把这个事儿给忘了？这个主意不错啊，把他们两口子都弄到山西去不就不烦人了？这事儿，我能办到。

李禾根却担心，我怕他不愿意去呀。从大北京到小山西去，各方面可都要逊一筹啊，他和他老婆能愿意？

怎么不愿意？这是最佳结果了。拿着一份北艺的工资，拿着一份北岳的工资，有一套北京的房子，到山西再给他弄一套北岳的房子，都是双份的，这么好的事，打着灯笼都难找。

李禾根也豁然，对呀，人家北岳是民办大学，根本就不需要他的这个关系、那个档案的，就是纯粹的办学，没有那么多的约束。不过，还得跟他谈。这家伙不痛快，黏黏糊糊，怕还得提这个条件那个条件的。

刁子规干脆利落地说，你专心致志地把文学院艺考的事搞好，胡文华的事你不用管，处理这种事，咱们的曹书记最拿手，请曹书记出马必然搞定！

李禾根从电话里听到了曹耀辉开心的笑声。

李禾根心想，不佩服刁子规不成啊，绝对是个官场高手。他想，跟这样的领导工作，给力！这样想着，心里就轻松起来。

当天晚上，胡文华被通知到学校党委办公室开会。接到通知的胡文华吓得一头大汗，他对老婆说，可能正式的处理来了！要是被开除了咋整呀？唉，你说我去不去？

老婆就骂他，你这个尿包蛋！怕什么？是福不是祸，是祸躲不过，该是个什么结果就是个什么结果。你得面对！

胡文华胆怯地埋怨，我说不让你去闹，你偏要去闹，这下可好了，真是要闹大喽。我还是不去吧，我还是躲起来吧。

你怎么这样不提气？你还是个老爷们儿吗？你怕什么怕？要是怕，就别他妈沾腥啊，又是辅导吧，又是拿钱吧，又是初恋情人吧。又想吃，又怕烫手！真不是个爷们儿！

胡文华就怕初恋情人这回事，因为这个不知道被老婆数落了多少次了，我去我去，我去还不行吗？哎呀，得允许人家犯错误，也允许人家改正错误嘛，怎么能一棍子打晕，一刀子捅死呢？得给人家机会嘛。

老婆一把扯过外衣扔给胡文华，赶紧给我滚出去！烦死我了！

曹书记的办法是先吓唬，后提出解决办法。在吓唬阶段，曹耀辉发挥了他老辣准狠的特长，不紧不慢，却刀刀见血，拳拳入肉。既重创了外皮，又大大消耗了其内力。如果不是手下留情，胡文华差一点就武功全废。哪里还有还嘴的可能？在解决方法上，曹书记又表现出大度慈悲的状态，如同普度众生的佛爷老祖，语气和缓，好处福利，幸福现在，美好未来，世世代代，子子孙孙。

从学校党委办公楼出来的时候，胡文华已呈摩顶受戒、醍醐灌顶之势。他内心的幸福感油然而生，如果知道是这个事儿，我要是早来几天该多好啊，要是早来几天就不会受那么大的煎熬了。艺术大学就是个菩萨大学呀，多么慈悲，多么宽宏大度呀。双手合十，内心充满了阳光、月光、佛光，他含笑走过依然热闹的北艺校园。走过莲子湖畔，看到湖水里影影绰绰的灯光倒影，甜蜜温暖。

就在这个美好而幸福的夜晚，也就是公榜的那个 3 月 2 日晚上，差不多就是胡文华双手合十念叨着只有他自己知道的良言咒语的时候，文学院的微信大群上，飘出了一条标红的通知：紧急通知，所有老师请于晚上 8 点 30 分到大礼堂集合，召开全体教师大会，传达重要文件，不得请假。

很快，这条通知又以一对一的方式重复给每一位老师的手机都通发了。

老师们猜测，目前正在进行着紧张的招生考试，如果不是特殊的情况是不会在这个时候召开全体会议的，肯定是发生了大事呀。有人给罗可打电话问是什么事，罗可说，我也不知道，是校办的裴主任让通知的，准有大事。

大礼堂里座无虚席，虽然还没有开课，但是按照放假要求，教员们都已经全部返回，除进行专业课考试外，大家都在备课。

参会的人们，没有了往日那种见面寒暄嬉笑逗乐的习惯，个个神情严肃庄重，正襟危坐，不苟言笑。就连最喜欢说说笑笑的吴品贤也嬉容全无。正好他旁边有个空位，李禾根便坐在他的旁边。吴品贤低声问，如临大敌呀，有什么大事要发生？

显然，吴品贤的意思是，每年都招生，年年如是，为何单单今年如此大敌当前状？

李禾根没理他，静静地望着前台。

吴品贤还在问，什么事值得这么大惊小怪的，是不是小题大做了。

吴品贤见李禾根没理自己，就知趣地望着前方，也不作声了。

李禾根突然说了句，死了娘了！

吴品贤听了这句话，乐了。他踮脚抖腿，左顾右盼。李禾根推了他一把，制止他踮脚。你不知道有句话叫"男踮穷，女踮淫"吗？

吴品贤笑嘻嘻地望了一眼李禾根，停止了踮脚抖腿的动作，随后打开了手里的水杯，喝了一口水。

8点28分，刁子规的秘书刘世民端着茶杯走到主席台左侧放在桌子上，然后把一张纸放在相应的位置。随后刁子规、曹耀辉陪着三位神态庄重、面色铁青、臂弯夹着文件夹的人走入会场。小心陪在领导们身后的是校办主任裴晓华。裴晓华把领导逐个引入座位后，和刘世民一起走离开舞台。三位客人坐在中间位置，刁子规坐在三人的左侧，曹耀辉坐在右侧。

有"吊死鬼"外号的刁子规平时脸色就比较严肃，今天坐在主席台上更是杀气腾腾。会议由刁子规主持。

现在开会。介绍一下三位领导，一位是教委第七巡视组组长王国民同志（起身向会场鞠躬），一位是第七巡视组副组长张腾越同志（鞠躬），一位是第七巡视组副组长马骏同志（鞠躬）。今天的会议有两项内容，第一项是宣布关于免去美术学院院长丁兆光院长职务，并提请全国政协委员会撤消其全国政协委员资格的决定。第二项是宣布，教委第七巡视组进驻北京艺术大学进行巡视的通报。首先进行大会的第一项，请北京艺术大学党委书记曹耀辉同志宣读决定。

曹耀辉不紧不慢地拿出老花镜戴上，然后拿起面前的文件开始宣读：

关于免去北京艺术大学美术学院院长丁兆光
院长职务的决定

北京艺术大学各二级学院及全校教员、各机关：

　　经上级有关部门查实，北京艺术大学美术学院院长丁兆光因涉及多起违法违纪案件，并已经被有关部门羁押，经大学党委研究决定，并报请教委同意，现决定免去北京艺术大学美术学院院长丁兆光的院长职务。鉴于丁兆光已经涉嫌违纪违法，根据《中国人民政治协商会议章程》第二十九条规定，建议撤消其全国政协委员会委员资格，报全体委员会议备案。

全院教职员工要引以为戒，从丁兆光犯罪事实中吸引教训，决不步其后尘。不以职务之便，不以个人社会影响、社会关系之便谋私利，徇私情。绝不以权寻租，以利换利，置国法公道于不顾，置教育工作者的良知美德于不顾，从事违背公德、违背社会道义的事情。特别是在招生、职称评定、职务提升，以及对外人际关系中，要谨言慎行，清廉为官，堂堂正正做人，以"学为人师，行为世范"为职业准绳，教书育人，教书立德。

中共北京艺术大学党委

曹耀辉宣读完毕。刁子规又宣布，现在请第七巡视组组长王国民同志讲话。

王国民也没有废话，直接拿起面前的文件宣读。

关于第七巡视组进驻北京艺术大学
进行巡视工作的公告

北京艺术大学全体教职员工：

根据教委直属院校巡视统一部署，教委第七巡视组将于3月4日开始进驻北京艺术大学，对北京艺术大学党委及二级学院、各教研室、各专业研究室、学报编辑部、行政机关等部门进行为期一个月的巡视工作。巡视的重点对象为学校领导干部、领导机关，各二级学院院长，各教研室主任，以及各部门的负责人、工作人员。特别是对招生工作中的基本情况进行重点巡视，查找招生及日常教学工作中存在的问题，将通过接受来访、个别谈话、重点谈话、审计及相关证据的收集分析等手段，对北京艺术大学的党委建设，各级学院建设进行全面的巡视。

目前，正值艺考期，全社会对艺考工作都投入了极大的关心和瞩目，艺考正在考验着教育工作者的灵魂和良知。教委和有关纪检部门接到了各种情况反映，大部分都是负面的、消极的反映。因此，教委有关领导对此高度重视，安排在这个特殊时间派驻巡视组对目前工作进行巡视督导。

我们将公布有关监督和上访电话、联系信箱、电子邮箱，以及巡视组驻地，各部门负责人电话，房间号等信息，我们将布告张贴在校园醒目之处，请各位老师积极反映情况，积极配合巡视组的调查取证和回访工作。

希望北京艺术大学的招生工作顺利进行，也希望各位教育工作者廉洁守法，正人正己，共同将艺术教育事业推向新的高度。

王国民讲话结束，刁子规宣布，今天的会议传达的两个决定非常重要，希望大家高度重视起来，在紧张的招生工作之余，严格遵守。招生工作结束之后，学校还将安排专门的时间进行学习。今天的大会到此结束，散会！

学校办公室主任裴晓华赶紧提醒参会者，请二级学院的院长和各位负责人，机关各处处长及负责人散会后，到小会议室开一个短会，刁校长给大家布置工作。

李禾根看了看手表，这个会议前后共15分钟不到，真是个短会。这在全校大会中并不多见。

吴品贤似乎有意想跟李禾根套点信息，怎么预先一点都不知道呀，突然就这么一宣布，一位美术界的大咖就没了。你们是不是早就知道？

李禾根边向外走边说，少打听！该让你知道的会告诉你的。少议论，议论也会惹事的。

吴品贤是那种没心没肺的人，他才不管李禾根的态度呢，见李禾根不愿意说什么，就拉着后面的陶仲生说去了。

李禾根跟着散会的人群来到小会议室的时候，已经来了不少的人。他在椭圆形会议桌边找了一个不起眼的位置坐下。跟参会的熟人们打个招呼，裴晓华这时走进会议室。

刁子规走在裴晓华身后，快步挺胸进来，一屁股坐在中心的座位上，脸色依然阴云密布，会场立即安静下来。

刁子规神态庄重地扫视了一下会场，然后挥了挥手，裴晓华秘书赶紧把一个两尺见方的手提纸袋放在会议桌上。显然，纸袋里装满了东西，还挺沉的。装得满满的纸袋上方放着两条烟，烟是露在纸袋外面的。眼尖的人惊呼"利群（富春山居）"呀！更"内行"的人说出了这种罕见的香烟价格：两万元一条！两条四万元呐。

刁子规庄重地说，今天，除了文学院进行复试报名外，各表演专业才开始初试呀，就出现了这种情况，你们要警觉呀。今天把大家临时召集来是想给你们各位院长、负责人老爷们提个醒，真刀真枪的时刻到了，回去以后，你们也要告诉那些教授、老师大叔，你们要自珍自爱，自觉自醒啊！

你们看见了吗，这个袋子里装着100万元现金两条高档香烟，这是清晨一位表演学院的头头送到我桌子上的，有人想用这笔钱和物打倒这位院长。这位院长聪明的是，他没有像有些人那么悄没声地把这颗炮弹留下，而是交到了我这里，他怕随时引爆，弄得家毁人亡。我现在问你们，谁手上还有这样的炮弹？谁曾经收了钱物？你们要在这个会议上直接说出来，否则等东窗事发后再求我，央告我，那就晚了。

请各位开这个会，只有一个目的，提醒你们，真正的战斗开始了。你们绝不能在这个关键时刻出任何问题。你们出了问题，我刁子规脸上无光，你们自己就是在犯罪。刚才你们可都听到了，丁兆光厉害不厉害？全国影响，大明星，大咖，大腕，全国政协委员。呼风唤雨，说一不二，霸道蛮横，胡作非为，拉关系，搞山头，简直就是个黑社会！你一个画画儿的要那么一大片地干什么？比我们学校的面积都大一倍，要盖皇宫吗？你要那么多钱干什么？你一张画就能卖几万，还那么贪！丁兆光在成名前，就是一个低三下四的小人物，可是一有了点名堂，就膨胀，无限地膨胀！我告诉你们，无论你们专业多了不得，只要你触犯了党纪国法，你一样什么都不是！现在，咱们被巡视组盯上了，他们的进驻，客观上来说是对各位进行监督，现实上，你们看吧，问题少不了，大家在这个关键时刻要保持高度的警觉，要保持一万分的清醒啊。

招生考试是个严肃的大事，咱们被无数双眼睛紧盯着，如芒在背呀。你们时时刻刻都可能成为慧眼识珠的伯乐，也可能成为见钱眼开的贪污犯，选择在你们自己。不过，我也不是个无情之人，只要你们廉洁奉公，遵纪守法，如果有人误解你们，冤枉你们，我也会为你们出面，我还是你们的靠山。只要你们心里没鬼，我就有底气，就会支持你们，给你们加油。你们回去后，同样把我的意思传达给你们的部下，提醒他们不能图一时的便宜，犯一世的错误。

今天文学院正在公榜，上了榜单的学生很高兴，学生和他们的家长欢天喜地地庆贺，因为这证明了他们的能力，这是个光荣榜。你们各位在社会上也已经被百姓们公榜了，那些榜单正虚位以待，你们若是上了这个榜单，可能就高兴不起来。上了这个黑名单，你们就毁了一生，永远成为耻辱标志。做人要光明正大，不贪不占，是自己的拿，不是自己的不拿，这个最简单最朴实的做人道理要时刻牢记啊。

话我已经说得非常明白了，各位都比我有文化，更比我聪明，你们掂量着定吧。

就说这么多。散会！

第 18 章　预设

有位跟李禾根比较熟的学生干部对他说过，现在没多少人戴手表了，就您。可见……他的意思是，可见您还是老派了。

那时，李禾根就笑笑说，你无非是说我老了呗？可是，戴手表还真是多年来的一个怪癖，但这和老不老没关系吧？就是个习惯，也是个嗜好。

手表还是张秀芹在他们瓷婚的时候给他买的纪念物，他给张秀芹的礼物是一对玉镯。

看了看手表，8 点 55 分，他忽然想念起到三亚的娘儿俩了，他想，得视频一下，看看这几天她们晒得如何。今天晚上是第二场暴风雨来临前的一个平安夜，应当不会有意外事情了。

李禾根美滋滋地想着妻女，想着那块手表的时候，手机响了，是刁子规。

到家了吧？

还没呢，有事？

占用你 10 分钟的时间，到我这里来一下，有个重要的事情。

刁子规的口气里总是带有一股子霸道，有时是不容拒绝的。他说，好吧，就到。

李禾根转回身来，重新穿过稀稀落落的人群，向学校行政大楼走去。

刁子规的办公室的门没有关，她正跟什么人讲话，看到李禾根的脸一出现，就走出来，拉着他到旁边的接待室，没请他坐下，就站着，望着他。

事情很简单，也很重要。丁兆光出事后，他的政协委员资格被停止了，咱们北艺一共就两位委员，上面的意思让咱们北艺再推荐一位。我已经是委员了，我在教育组活动，他们希望再推荐一位从事专业活动的人，在文艺组里补丁兆光的缺儿，我想你来填补这个空位比较合适。不能拒绝啊，这件事我已经跟上面说定了，听我的就行了。你有什么意见吗？

李禾根苦笑着说，我还能有什么意见？您都说了，不能拒绝，我就接盘呗。

刁子规露出了笑容，这就对了嘛。该让的让，不该让的不能让。能上的上，不能上的要创造条件上啊。政协委员3月1日就应当住进驻地了，咱们因为考试，会议特批了几天假，但是正式会议开始之后，就不能缺席。政协会议4号开，咱们4号到场。不过，你们3月6号面试，还得请假。这个你不用管了，我来打招呼。

刁子规还说，巡视组的组长王国民正在跟我谈话，因为我要上两会了，他怕没机会跟我谈，就趁这个时间谈。可能这一两天，抽空他们也会找你的，我让裴晓华已经把你可能的空隙时间都提供给了他们，你要有心理准备。关于参加两会的纪律，提交议案的事等等，明天你们考试的时候让裴晓华跟你大概说说，到了会上，他们也会给你详细地说明，可能会抽出专门的时间对你进行培训，到时，你配合一下就行了。

还要提交议案吗？

刁子规说，按说每个委员都应当提交至少一个议案，但是，因为确立你的委员身份比较晚，我也已经跟他们说了，你今年可以免掉。不过，你要是真有想法，也可以抽空写一个。完了，你走吧，那边王国民还在等我。

从刁子规那里走出来，他又下意识地看了看手腕，刚好9点。

成为全国政协委员出乎李禾根的意料，这事儿对他来说不喜不忧。他想的是，自己身上已经有若干的名堂，这个主任，那个委员的，校内、校外，圈内圈外的，多一个少一个无非是在职务之外，尽一下社会人必行的责任吧。

一到家，他就走进书房，坐到书桌前。宽大的曲屏电脑让他回到了他喜欢并已经习惯的书斋。打开电脑，一边等待着运行，一边脱掉外衣。然后，去厨房倒了一杯水，端到书房。这才注意到狗不在，他想，肯定是吴开去遛了。他的这条拉布拉多体形较大，白天怕吓着人，一般都是在女儿可心上床睡沉后，他会带着狗在街上走个几十分钟，那时人少心静，走走停停，很让他享受。

坐到电脑前，拨通了视频，等了一会儿，张秀芹出现在屏幕上。她张口就说，你还活着呀？都失联两天了，也不来个电话。

李禾根笑着说，我不只是跟你们失联了，跟整个世界都失联了，我迷失在人山人海的迷宫里，都晕了。

张秀芹向身后叫着，可心！快过来，你爸！

小可心兴高采烈地跑过来，对着屏幕叫着，爸爸，你看！这么大一个贝壳，是我捡到的，我要带回家去，养一条小鱼。

可心举着手里的大贝壳兴奋不已，爸爸我还捉到了一只小螃蟹呢。

看到可心，一天的劳累都没了，李禾根笑着说，都想死老爸了，你们决定什么时候回来啊？

张秀芹抢着说，不是说好了，等你们的三试考完了，我们就回去吗？

李禾根对可心说，好孩子，你先去玩，我跟你妈说几句悄悄话。

可心耍赖地说，不嘛，我要跟爸爸说话。

张秀芹感觉李禾根可能有什么重要的事要跟自己说，就对可心说，可心，你去哄着你的小螃蟹睡觉，我跟爸爸说两句，咱们也到了睡觉的时候了。

可心听话地走了。

李禾根有些歉意地说，你一个人带她，辛苦了！

张秀芹撇了撇嘴，假情假意，真虚伪！说吧，什么事啊？

李禾根说，刚才啊，刁校长把我找去，给了我个新头衔"全国政协委员"，想让我顶替丁兆光的空缺，3月4号就上会。

张秀芹惊喜地说，这是好事啊？这个头衔可不小！比其他的都重要。

李禾根懒洋洋地说，不过是又多了一份差事而已，我志不在此。

那你的志向在哪里？

李禾根笑站着说，我的志向就在什么都不干，每天陪着你喝喝茶，聊聊天，晒晒太阳，散散步，陪着我的小可心遛遛狗，做个闲散无业人员，过个小国寡民的生活。

就你？！真让你什么都不干了，游手好闲了，你能忍受？别说长期无事可做，就是过个周末你都烦得要命，忙啊，忙啊，不忙了，给你要的那个天天唠叨的清心寡欲的时光，你能享受？

李禾根哈哈大笑，就我的秀芹能看透我！一针见血！

张秀芹突然想起，唉，我老娘快把我给折磨死了！这两天你把手机给关了，躲清静，她给你打电话打不通，就给我打，没完没了的。

李禾根说，那是你的老娘，对她好一点。我想让我妈唠叨我都没有机会了，你就知足吧，好在还有个娘在折磨你呢。

不是这个问题，她要是跟我说说家里的事，姊妹兄弟，我的童年什么的，也好啊。别看老娘七老八十的，她还总是关心天下大事，她说的都是公益啊，什么国家领导人呀，什么解放台湾呀，什么抵制日本鬼子呀，都是民族大业。我不爱听，她还说我胸无大志。

你就听听而已嘛，又无伤大雅，她也就是说说，这代人总有那些家国情怀、民族气节什么的，这恰是咱们应当学习的。

学习？噢，对了！你看，我跟我妈多像！就会唠叨，把想跟你说的事都忘了说，我说我妈就是想告诉你，那个我妈让他找过你的冯继国的儿子冯启发，就是考你们学院的考生，他竟然考过了一试，进入复试了！我妈给你打电话打不通，就给我打，说是要谢谢你帮了他们，说是后面还要你帮他们。

李禾根也感到意外，这孩子不错呀！能在这么多高手如云的考生中进入前500，那说明这孩子底子不薄呀。你是知道的，我根本就帮不上忙，甚至他考没考、走没走我都不知道。

或许别人看在你的面子上帮了忙呢。

别瞎猜！谁都不可能，因为，每个考官都不可能知道任何考生的信息，这个你也是知道的。

正在这时，李禾根的手机响了，他看了看，是刁子规的。他匆忙地对张秀芹说，我们老板的电话，我得接一下。

秀芹说，那就挂了呗。

结束了跟张秀芹的视频，李禾根顺便连通了刁子规的视频，刁子规微笑着的面孔出现在屏幕上，给谁打电话呢？这么磨叽？

李禾根答，跟女儿，好几天没她们的消息了，想她们了。

刁子规笑了，再给你个任务。你现在穿好衣服，司机就在你的楼下等着，去新大都饭店代我见一下宋哲。他也是来开两会的，但是，我们可能没机会谈合作的事了，你跟他谈一下，你们不是老朋友吗？

李禾根说，我见他是没有问题的，可是，人家是北岳大学的校长啊，跟您一个级别，我一个小小的老师怕是不配接待他。

刁子规不耐烦地说，得了得了，大老爷们儿，婆婆妈妈的！见他是要谈那个"一校帮一校"的事，他们正在筹划的"创意写作学院"想九月份开张，向咱们取经来了，你不是正对路子吗，我跟他谈，不也得带着你去？他又是个作家，你们肯定谈得来。去吧！代我向他问好。

好吧。我马上去。

两会一开幕就没什么时间私下里谈事儿了，反正老婆孩子都不在，你们谈得透一些，为后面的工作铺垫好。

李禾根下到单元门口的时候，吴开正好牵着狗回来。接李禾根的司机是刁子规派来的，吴开并不知道他要去新大都饭店。他问吴开，最近我家里没什么大事吧？

李禾根的意思是，家里没有来什么人吧？

吴开迟疑了一下说，还是有些事的，不过，都不是什么大事，我已经处理好了，等您有时间的时候我向您汇报。

新大都饭店因为是两会驻地，管理严格，李禾根不想进去。站在门外给宋哲打电话，宋哲就下来了，老远热情地伸出手跟李禾根打招呼，禾根！禾根兄，真是难得一见呀。

他们握着手，李禾根说，走，请你喝茶去！

宋哲摇摇头说，虽然来到了大京城，但是，你还是得听我的。我带你去个地方，泡泡澡，捏捏脚。知道你正在考试季，忙得要死，累得要命，给你放松放松。

李禾根笑着说，你倒是把我摸了个门儿清。不过，说好了啊，我请客！让我尽尽地主之谊。

宋哲拉着李禾根一边走一边说，别跟我争了，我是民办教育机构，后面有强大的财团做后盾，家大业大，这算不了什么。

说着，他们便向西走，灯光明亮的甘家口路口向南去就是热闹的主街道，他们聊着天，走了一段路，来到了一家洗脚店。选了个安静的包间，两个人边聊，边享受着捏脚按摩。

李禾根笑着说，你倒是比我这个老北京还熟啊，我都不知道还有这么个秘密之所。

宋哲说，这几年，为办大学的事儿，都是泡在北京，都成了个北京通了。没办法，现在虽然国家支持民办大学，也有很多好政策，可是婆婆太多，审批太复杂，想办成个事儿，不得脱层皮呀。

李禾根很理解宋哲的这种感觉，是啊，这个我有体会。体制内的许多事儿，也都是这样，会议没完没了，文件一个接着一个，有时真想骂娘。

宋哲转移话题道，哎，我说，听说你现在也是委员了？

李禾根说，肯定是刁校长跟你说的吧？这个事情才通知我一个多小时，也就是说，我还不能算个正式委员，报了到，才算。

宋哲说，通知了就是了，哪里需要报到不报到的？

李禾根说，就是晚上的事，刁老板不由分说就给我戴了个大帽子，就是顶丁兆光的空缺嘛。

宋哲问，丁兆光这个人我们很熟，人挺好的呀，怎么突然就出事了？

李禾根叹了口气，唉，过于招摇了。丁兆光在学校属于那种不显山不露水，却名声很大的人。在北艺，可以说，他的名声甚至比刁子规还大。在外面，因为画好，书法也好，在圈内受到普遍认可，也带出了许多目前活跃在一线的艺术家，专业方面在全国，乃至世界上都有名气。国内国外大奖无数，他是当代排名前十几位画家中画作最贵的画家之一，书法也不错。如果不带偏见和其他情绪客观评价的话，他的为人处世也是相当圆滑的，人也大方和蔼，容易接近。

这个我知道，他的大名很响。过去我们有过很多接触，前年，我们申报美术专业本科的时候，他还帮了不少的忙。

李禾根评价道，这个人优点很多，仗义，热情，有感染力，有号召力，有才气。可是缺点也是很明显的。一是爱财，二是好色，三是贪杯，四是贪婪。贪婪得爱财，谁给的都要，来者不拒，不问来由。贪婪得好色，大小老少不嫌，坐怀就乱，风流成性。贪杯不止，有酒就喝，一喝就醉，一醉就闹。

宋哲哈哈大笑，你说得还真准！他还真有这么些个优劣个性。可这是个典型的艺术家性格呀，不拘小节，离经叛道，这要是放在狂放的魏晋时期，恐怕就是个受人追捧的大家。可惜，他生错了时代，误入了北艺啊。

李禾根说，他呀，交友广泛，什么人都能跟他沾上边。这给他带来了不尽的好处，也埋下了祸根。

我不懂啊，他的画到底达到了一个什么水平？

要说他的画呢，在国内活跃的画家中，还算是相当不错的，有一定的高度。不过，他的问题不是在他的画的好坏，而是他利用了自己的才华和职务，贪心了！他的画卖钱，他的职位、影响力也能换钱，许多想进入北艺美术学院的人为了能进入专业考试，也肯出本钱。他基本上来者不拒，其妻是他的贤内助，凡有求者，必善待之，有求必应。

丁兆光最大的问题是什么？查出来了吗？

他呀，现在查出来的最大问题是土地。他收的最大一笔贿赂是他家乡的某领导给他划出的一块地皮。我估计，他这一犯事儿，那位领导可能也好不到哪儿去。拔出萝卜带出泥，不知道会有多少人受到株连。他在老家的势力也不可小视，要真是连坐打击，可能一倒一片喽。给他的那块地皮并不是远郊市镇，而是在闹市区里辟出的一块地。特扎眼！他打着合作办学、引进艺术合作项目的幌子。这在多年之前地价居高不下的时代，那块黄金地块价值不菲。他堂而皇之地拿到了土地证，可以盖房子，建展馆，办学校。

这个我倒是不知道，丁兆光背后还有这么大的事儿呀。可是，他盘根错节、根深基实的，怎么会被捅出来的呢？

李禾根说，实什么呀，他最亲近最应当依靠的人出卖了他。还得怨他这个人太不检点，自己害了自己。本来，他挺舒服地过着大艺术家幸福的生活，可是，酒色之气害了他。他不仅贪占女色，还养小三，虽然才养了三个，但是老婆却不干了。老婆当然不能允许丈夫在外面胡来，几次摊牌无效，屡教不改，只好把事情闹到了北艺纪委。但是北艺哪管得了他？在无果之后，老婆破罐子破摔，一直捅到了中纪委。纪委一查，查出了大案，成为典型。由此也挖出了跟丁兆光来往的各色人等。他是全国政协委员，这可是个有重大影响的事情。不处理怎么交代？贪污受贿，数额巨大，包养女人，搞权钱交易，最终被收大狱。

宋哲惋惜地叹息，唉，没有哄好老婆，很多人坏就坏在自己的老婆身上，没有安抚好。

这么一来，事情就涉及了无辜。现在教委的巡视组也进驻到北艺来了，因为丁兆光的事，再加上今年告状的、写匿名信的多，教委就派了个第七巡视组到北艺来了。

宋哲吃惊地说，哎，这个事，刁校长没跟我说呀。现在北艺这么紧张呀？巡视组巡视什么呢？为了一个丁兆光，派个专案组查案不就行了吗？怎么还都查呀？

李禾根判断，我猜想，上面的意思是选在北艺大多数二级学院招生的时候进驻，就是考虑起到震慑作用，举一反三。不过，这件事儿也有些奇怪，事先连刁子规也都一无所知，他们突然通知要进驻，刁校长都还不知道原因。今天晚上，巡视组先跟两个领导谈话，很快就知道背后的动机了。我想，选这个时候，不过是利用正在招生的机会进行一次警示教育吧，在吓阻某些人的同时，也可以给大多数人提个醒，招生季节绝不能成为发财的季节。

宋哲思考着说，我看，不见得这么简单，可能还有其他的事儿。我是说，巡视组可能是针对着你们学校的某个人去的，不可能无缘无故地就进驻。正常的巡视都是有说道的。

李禾根突然意识到有点跑题了，你看我，瞎扯了些什么？我们刁老板是让我跟你谈大事来的，怎么就扯到了丁兆光的事情上？

宋哲笑了，咱们呀，今天不谈什么大事，就鸡毛蒜皮啦，传传小道消息啦，说说闲话啦，捏捏脚了，按按摩了，就是不来正经的！反正，那些事，一句两句也说不完，等开完了会，咱们单独找时间再聊吧。

也好。咱们今天就以放松为主。

宋哲说，对对对！咱们今天来个"两不谈"原则，一是不谈工作，二是不谈文学，让工作和文学见鬼去吧！

李禾根补充了一句，是"三不谈原则"，第三，不谈招生！让艺考去地狱吧！

哈哈哈哈。

宋哲的到来让他感到生活中或许还有一种东西让你不会在意那种紧绷绷。

李禾根从甘家口回到家的时候已经是一点多了。这么多天来，他第一次不为艺考而烦恼，不为有人找他走关系而谨小慎微、小心翼翼了。这个夜晚，他确实过得很轻松。

第 19 章　再战

　　早上，李禾根五点多就起床了，他睡得晚起得早。

　　穿上运动装，打算去莲子湖畔慢跑几圈。出门前，李禾根想到，过不了几天老婆孩子都要回来了，自由不了几天了，放任一下，早餐去吃个油条吧。她们在的时候，他是不能对早餐擅自做主的。用张秀芹的话说，得吃健康了，特别是孩子不仅不能吃油炸之类的东西，而且，还要营养搭配。而他，这个从农村出来的小子，就馋那口。这一点张秀芹特别不满，总说他"农民""农民"的，说他老土"无知""没文化"，总吃那些垃圾食品。张秀芹的智慧，有相当一部分都贡献给了如何搭配菜食上，她几乎不允许一餐马虎，只要她在家都会精心制作。李禾根也总是跟张秀芹开玩笑说："可惜呀，你一个名牌大学的高才生，天天耗在嘴上。你比我聪明不知多少倍，可惜被家务给耽搁了。"张秀芹不屑一顾地反驳，像你那样就好啦？总得有人主内，有人主外，分工不同嘛。

　　从楼上下来时，李禾根发现是个大雾天。北京的春天就是这样，有时风有时雨，有时雾有时雪，有时阴有时晴的，变幻莫测。还好，没有那么严重的污染。

　　活动活动，在莲子湖畔运动起来了，那里已经有比他起得更早的人们在跑圈。浓雾中，看不清谁是谁，也挺好的，少了打招呼的麻烦。

一个多小时后，李禾根慢跑着出了东校门，那里有卖早餐的店铺。虽然七点不到，可是人却不少。他熟悉的老马家的早点铺里空座位很少，要了两根油条，一碗豆腐脑，一碟子咸菜条。找了半天，在一个角落里发现了一个学生模样的人，一个人坐着。就凑了过去，问这里有人没有，小伙子似乎认出了李禾根，惊喜地站起身来，李院长！

李禾根边坐下边问，你认识我？我怎么想不起来你是谁？

小伙子说，我是考生。就是考文学院的。初试的时候，您在主席台上讲话，我认得您！

李禾根笑了笑，怎么一个人吃早餐？父母呢？

小伙子说，我是一个人来北京的。

李禾根问，父母放心？住在哪呀？

小伙子有些羞怯地嘿嘿笑了两声，我是一个人来的，我住在一个地下旅馆。

站起身来，一边把用过的餐具端走，一边顺便用剩下的餐巾纸擦了擦桌面。李禾根心想，这个孩子挺懂事啊。他盯着那小伙子走出早餐铺，把用过的餐具放在洗碗池里，满意地点了点头，有出息！

北艺校园里有许多野猫，它们对莲子湖畔的风景不感兴趣，通常聚集在家属区、学生宿舍区和教学区里，显然食物对于它们的诱惑要远大于精神的吸引。北艺的野猫肥美慵懒，有如雍容华贵的贵妇，到了春天它们就喵喵地恋爱求偶，那些公子猫平时也只是整天晒晒太阳，吃吃好心的公民们按时为它们送来的美味，然后再闲逛逛，找找乐子，一天天也就过去了。但是，到了春天就不一样了。春天一到，它们的血液流动加速，精神倍增，活跃度也就高涨起来了，白天东跑西颠，到处乱窜，招惹是非，打架斗殴，晚上寻花问柳，春心荡漾，在夜深人静的时候公然叫春，这都是它们干的好事。

李禾根换上衣服，走向考场的时候，雾气还没有散去。他就在清晨淡淡的空气里走进了校园，那时他看到一些善心的人们开始在几个固定的地点喂野猫，猫们的热情似乎不是太高，它们只是围绕在食物周围，闻闻嗅嗅，挑挑拣拣。

李禾根慢下脚步，看那些猫，也注意到喂猫的善心人们。他看到有一个小姑娘也蹲在那里，看样子是真心地喜欢小动物。李禾根问了一声，姑娘，该去上学了吧？

姑娘回过头来看了李禾根一眼，立即站起身了，院长！

李禾根打量女孩，看上去像个南方的姑娘，问，你认识我？

女孩说，您可能不记得我了，我昨天刚刚接受了"特招"面试，我叫辛然……

李禾根突然想起那个写《白雪飘落》的考生，看我记性！想起来了，你是潮州人，写了部关于北京的小说。

辛然不好意思地说，我生活在南方，却特别喜欢北京，北京的口音、北京的日常生活。

李禾根鼓励她说，好好考，说不定就实现了到北京读书的愿望。

辛然腼腆地说，谢谢院长！我一定会努力的。

考场有十个，每个考场50位考生。主考场设在戏剧学院的小剧场，文学院特意在那里布置了一个与初试不相同的氛围。因为复试的写作题目没有太多内容，答卷另外发原稿纸，因此，主会场的布置也就简洁得多，由抽题台、复印台、分卷台构成。

8点多，李禾根到达考场的时候，考生们已经按号分批被带入到考场内，准备接受接下来的考前教育了。蒋明亮、罗可、林莉悉数在场，还有许多工作人员出出进进，后勤保障的、纪检的，都已经到位，见李禾根到来都纷纷地打招呼。

罗可笑嘻嘻地走到李禾根面前低声说，祝贺院长！

李禾根微笑着反问，祝贺我什么？

罗可说，我刚听说您被推荐为全国政协委员了，这可是个大喜事呵。

李禾根不置可否地开了个玩笑，这有什么可祝贺的，你要是喜欢，让给你吧。

罗可笑着摆手，这个我可不敢！这可不是开玩笑的。

蒋明亮也向李禾根祝贺恭喜。

李禾根对蒋明亮说出自己的时间安排，我明天上午还在，明天中午就得去报到了，明天下午的改卷你要组织好，我大概晚上能回来。后天上午开大会，请不了假，后天下午能回来，那个时候复试的事就能定下来了。3月6日我全天都在，面试一结束晚上再去驻会。这期间就辛苦你了！

蒋明亮说，院长，这个您放心吧，不会出事的，反正您也不是一走就不回来了，您不是中间还不断回来吗？有事，我会及时向您汇报的。几个教研室的老师也会帮助我做好工作，还有罗可，他经验丰富，许多事情他也能解决，解决不了的，我们再给您打电话。

说着话的时候，罗可已经把考场规则递给了蒋明亮，蒋院长，一会儿您还得念念这个，再重申一下纪律。李院长，您是不是再讲几句话？

李禾根点点头，我再说几句。

刁子规被她的跟班们簇拥着来了，依然像初试那样，风风光光，拍照的，引路的，前呼后拥。刁子规在公开场合周围总是跟着一堆人，她习惯这样，也喜欢这样。走到哪里都有各部门能决定事情的人在，她可以随时驱使部下们"马上""立即""现在"就办。李禾根私下开她的玩笑说，您这是明星作风，大腕气度。刁子规才不在乎别人怎么看，她就是这么一个特立独行的人。实际上，在北艺，大家都已经习惯于刁子规的这种工作作风。只要她参加什么活动，根据行动内容，校办主任裴晓华就会拟定好一份随行人员名单，交给秘书处，请他们立即召集有关人员随行。

领导们到达主考场时，各考场的考生已经就绪，就等着考试的进行。主考场的舞台上悬挂着红底黑字的横幅：祝贺各位考生进入复试，预祝大家圆梦文学院。

文学院副院长蒋明亮主持复试现场，他介绍了到场的领导，北京艺术大学校长、知名的歌唱家刁子规，著名作家、北艺文学院院长李禾根，还有考试纪检人员，保卫人员，以及服务工作人员。

蒋明亮宣读在初试已经宣读过的考场纪律，还介绍了复试的基本程序，考试规则。然后请李禾根院长讲话。

李禾根说，本来是不想讲话的，怕影响大家的考试情绪，但是有些话必须在考试前重申一下，才能保证大家的顺利参考。

第一，各位能够进入复试的考场说明你们的基础非常好。因为北艺文学院的初试是比较难的，也是比较全面的考试，既有对基础知识的考核，也有对写作能力的测试。虽然初试所占比例不是最大的，却是考核同学们整体文学能力的手段。能够从 5000 个人中脱颖而出，闯入二试的考生是幸运的，或者说，能够进入复试的你们，已经是非常优秀的文学创作人才了，你们是凭借着综合能力进入这个考场的。就我多年的教学经验来判断，无论你们最终能不能进入到三试，就凭着闯入复试这一关，我们就有理由相信，你们是可以从事文学创作活动的，你们具有了相当的基础。只要你们有从事文学创作的意愿，就你们现在的基础是完全没有问题的，只是，在专业技能上需要假以时日进行修炼磨砺。所以，在这里，我代表北京艺术大学文学院祝贺各位进入复试。（掌声）

第二，复试是进入北艺文学院最重要的考试。在三次专业课考试中所占的比例也是最高的。最终决定你们是否能够考入北艺，复试起着至关重要的作用。如果说，初试是最全面的最难的考试，那么，复试将是最专业的考试。在这里你们要发挥自己文学创作的特长，你们有没有真正的文学创作能力，这一试就见分晓。所以，请你们慎重而又专注。这里是没有什么捷径可走的，更没有投机取巧的机会，你们只要去用心地创作就行了，不要有其他的想法。

第三，在具体的写作方面，这里我想提醒你们三点：

一是，文学创作专业的复试考的是创作"文学作品"，而不是像高考那样写"作文"。你们在这里是被视为"作家"，而不是"中学生"的。既然是被当作作家看待，那么对你们的作品要求就不是普通中学生都能写的"作文"，而是"作品"。也就是对你们的此次复试的创作有相应的更高的要求，你们也应当表现出更具专业水平的创作。

二是，复试考的是你们的"叙事"能力，也就是讲故事的能力。在写作中，请大家尽量回避议论、抒情、景物描写、直白的表达等等。换句话说，这个考试就是想看你讲故事和叙述事件，以及塑造人物的能力。所以，请你们把焦点放在叙事上，即使你创作的是一篇散文，也要写一篇叙事性的散文。在散文里讲事件，讲人物，把一个完整的事件呈现出来，这里当然要求有表达的意图，但不能直白地陈述、口号式地表达，这里需要的是恰到好处的叙事与描写，委婉地表达叙事的意图。同时文字要准确，语言要美。

三是，特别强调，不能写成八股"叙事文"，也就是中学教育中已经形成的那样惯性的书写方式。你们应当找到更巧妙和更智慧的角度与叙述方式，具有创造性的叙述会与众不同。

第四，初试的时候，发现有个别同学违规，在这个复试的考场，我希望不要再出现违规违纪现象。在这里我强调，各位同学都非常聪明，你们应当知道，因小失大是不聪明的做法，提醒大家不要在这些细枝末节问题上被指责，这是完全没有必要的，也是最愚蠢的。这种考试任何人都帮不了你，你们只要全身心地投入就可以了。我就讲这么多，预祝大家顺利！（掌声）

蒋明亮请示刁子规，请刁校长讲几句话？

刁子规微笑着摇了摇头。

蒋明亮又请示李禾根，院长，是不是开始抽题？

李禾根看了看手表，时间正好，就点了点头。

蒋明亮高声宣布，现在请北京艺术大学刁子规校长为北艺文学院复试考试抽题！（掌声）

刁子规走到抽题电脑前，按下选题键，大屏幕上快速地滚动着数字，她的手指按了停止键，题号落在了11号上，考生们鼓掌。接着在工作人员的引导下，刁子规第二次按下了按键，数字再次快速在大屏幕上滚动，她再一次按动停止键，题号落在了"5"上，全场鼓掌。抽题程序结束，工作人员立即将题号对应的题目找出，由刁子规向大家展示其完整性，然后亲手将封口剪开，交给工作人员，全场再次响起掌声。考题便被迅速地复印。刁子规撤离现场，全场掌声欢送。李禾根将刁子规一行送出考场外，刁子规请他留步，主持考试。

李禾根回到考场时，考生们正按照要求，把东西集中放到考场前，有的考生去卫生间。一会儿，所有的考卷都复印好后，其他九个考场的试题也被护着走了。

等各考场的考卷都到位后，李禾根宣布，复试开始！

蒋明亮强调，各位考生拿到的是两个题目，请你们选择其中之一完成创作。

复试的题目是：

一、题目：以"离别"为主题，创作一篇文学作品

要求：

1）自拟题目

2）写成叙事文本

3）在题目后面注明"虚构"或"非虚构"

4）不少于 2000 字

二、题目：以一件物品和味道与人物的关系为核心创作一篇小说或散文

要求：

1）自拟题目

2）写成叙事文本

3）在题目后面注明"虚构"或"非虚构"

4）不少于 2000 字

主考场的一位考生举手，蒋明亮示意其可以提问。考生站起身问，老师，"离别"可以作为题目吗？

蒋明亮答，你如何理解就如何去做。从现在开始，所有考生的提

问都不能涉及试卷内容，如果试卷上出现了问题可以提，比如装订、印刷错误等。但涉及对考卷题目的理解、考试的内容的都不要再提。

提问题的考生吐了吐舌头不好意思地坐下。

蒋明亮再次提醒考生们，如果还有什么问题现在就问，开考以后，通常不再允许提问了，还有没有谁想提问题？

没有考生举手。蒋明亮宣布，现在可以答题了。

各考场的考生们都低下头去研究题目开始答题。

李禾根在主考场巡视了一圈，过了十分钟后，就去其他考场巡视。罗可跟着他，蒋明亮继续留在主考场。

走出主考场，李禾根问罗可，你发现今天领导们有异常的地方吗？

罗可想了想，这个，我没有注意到。您觉得有什么不太正常的吗？

咱们的曹书记没到场啊，按理说，复试场合，他作为纪检委书记应当到场的，可是没有啊。

罗可也恍然想到，对呀，是没有看到曹书记。他是不是有其他的事儿被缠住了？

李禾根点了点头，一定是的，不然，他是不会缺席的。

罗可点点头，也有些疑惑。

同时，李禾根想的是，在这个敏感而重要的时刻，曹耀辉最知道是不能缺席的，要是缺席了，一定是有重大的事件绊住了。可是有什么大事情会让他连这么重要的露面机会都放弃了？不过，今天刁子规也没有按照通常的做法，抽题后在主考场转一圈，拍照合影，摆个POSE什么的。这更是有些不同寻常。考虑到巡视组的到来，他不由得有一种不祥的预感。

巡视到第三考场的时候，开考已经有30多分钟了。考生们聚精会神地在写作。李禾根注意到一位前排女生，边写字，边不断地用纸巾擦眼睛。他看到那位考生正在哭，一边写一边哭。罗可也发现了她，就指给李禾根看，李禾根点了点头表示自己也注意到了。然后悄悄地离开了考场。他知道考生进入境界了。

走出第三考场，李禾根突然想起，这位哭泣的考生，就是他来考场的路上看到的那位蹲在路边喂野猫的女孩。他想，这样的孩子心细，专注，有故事，说不定会写出好文章。

转到第五考场，那里的考场负责人是剧作教研室的曹方。李禾根跟他打过招呼后，按程序轻声地问，考场情况是否正常。曹方答，没有意外。可是，我觉得比较意外的倒是领导们。

李禾根疑惑地问，领导？

曹方说，是啊，往年都是刁校长带着她的班子到各个考场去巡视一番，虽然只是形式关心一下而已，可是，让我们这些基层的老师还是挺温暖的。但是，今年，刁校长和曹书记一个都没出现，就觉得，今年的考试领导似乎都不太在意啊。

李禾根故意说，刁校长没到你们这个考场来？或许是漏掉了吧？

曹方说，不是，她哪个考场都没去呀。这不都有大屏幕嘛，我们盯着每一个考场看，发现除了在主考场露了一下面，抽了个题外，她就走了，没到考场去巡视。

李禾根解释说，你不知道，咱们校长有两件事耽搁了，一件是，在这个重要时刻来了群巡视组的钦差大臣，需要特别侍候；另一件是，两会已经开始了，咱们的刁校长为开会的事操心着呢。别太敏感了噢，他们没来，并不代表他们不关心咱们文学院的事儿啊。

曹方说，刁校长来不了，那也得派冯坤副校长到场的呀，横不是他也去开什么两会了吧？反正我就觉得今年好像咱们都犯了什么错似的，领导不愿意理咱们了。

李禾根笑了，咱们又不是离不开娘的吃奶孩子，领导不来，日子就不过了？真是的！

走出第五考场李禾根问了一下罗可，刁校长今年真的没有巡视考场吗？

罗可有些不好意思地说，我没注意，因为精力都放在考生们身上了，没注意领导们的去向。不过，回想一下，似乎他们还真没去哪个考场。

也没见着冯坤副校长？

没有。这样想一想，曹老师说得对，连机关的领导也没有巡视。

李禾根想，这真是个怪事了。曹耀辉没来，可能是因为巡视组有什么问题需要他处理，可是，刁子规呢？她因为什么？这真是有点儿反常。

走到第七考场的时候，考场门外有几个人，刘淑媛的尖嗓门在说话，快点叫救护车吧，不能把孩子耽误了！

李禾根紧走了几步来到跟前，他看到一个男孩蹲在地上，有人说，李院长来了，李院长来了。刘淑媛看到李禾根像见到救星一样焦急地叫着，院长，这个考生一直在呕吐，我看得送医院了，是不是得了什么大病，别给耽误了。

李禾根问，怎么回事？

一位监考说，开考以后，他总是要求去厕所，每次都是腹泻，现在又吐上了。

李禾根问考生，是不是早上吃了什么不干净的东西？

考生抬起头，很痛苦地点了点头。李禾根惊讶地认出，这就是早上在早点铺遇到的那个小伙子。可是，自己也在那个店铺吃的，一点事儿都没有啊，他怎么会出现这种反应？

李禾根问刘淑媛，去叫医务室的人了吗？

还没等刘淑媛回答，校医已经跑着过来了。来到考生身边检查了一会儿，对李禾根说，没大事，这孩子紧张，给他吃点药，过一会儿就缓过来了。我看，不用送医院。

李禾根点点头，尽量让他把考试坚持下来，能考进复试不容易，尽量不要让他掉队。

刘淑媛摸着心脏，心惊肉跳地说，哎呀，可把我给吓死了，这要是有个三长两短的，我都不知道怎么办好了。

复试依然是三个小时，从上午9点准时开始，一直到12点钟才结束。第七考场的那位呕吐的男孩，吃过药之后，基本没有再犯病，坚持完成了整个考试。

12点一到，各考场停止答卷，进行收尾。工作人员收卷、封卷，护送到保密室，一套程序下来，已经是中午1点多了。考试组请示李禾根，下午何时开始改卷？

李禾根说，还是按照惯例，下午两点钟准时开始，先给考官们开个改卷前会议，然后再进行正式改卷。你们工作人员辛苦一下，就少休息一会儿，吃过盒饭就开始开卷打号。

有午休习惯的李禾根想，中午的盒饭不吃了，趁着短暂的间隙去八楼临时办公室里打个盹。可是，来到上面的时候，却怎么也睡不着。躺了一会儿决定，索性到莲子湖畔去转转。

走下教学大楼的时候，他看了看表，一点一刻。

教学大楼前还是人群熙攘，那里是排队等待舞蹈学院的专业考试的考生。家长们守在一旁，那些十几岁的小孩子穿着单薄，家长们趁等待的时候，陪着孩子们，等一叫到他们的号码，随时都要接过披在孩子们身上的大衣。空场上，还有送盒饭的，送快餐的，来来往往的各色人等。

穿过人群，李禾根本想去莲子湖畔的，可是，却远远地看到办公大楼那里乱哄哄地聚集了一些人，他想，大中午的这是干什么呢？

当他走近了看到，东校门外有人拉着一幅横幅，再仔细地看，横幅上写着，还艺考公平！查出受贿者！刁校长，云南老乡们向您求助！

校内校外都有北艺的保安们手拉着手防止那些上访人员进入。李禾根一眼看见了刘民潮，他走上前去问，刘处长，这是怎么了？

刘民潮无奈地说，这是没有过初试的考生家长。他们串连在一起，要求向纪检和巡视组反映情况，说是学校和巡视不管，他们就到全国两会上去呼吁，再不行就到天安门广场静坐。说咱们学校的考试不公正，有后门学生，有贿赂生，好学生进不了初试什么的。

我的天哪！这不是乱套了吗？巡视组的为什么不出来接见，曹书记为什么不说服一下？刁校长知道不知道这件事？

巡视组的领导们正在开会紧急磋商，曹书记正在一组一组地接待谈话，可是这些没有参与谈话的人认为他们也有权利对话，要求澄清一些他们认为的事实。现在刁校长去开两会了，不在家。电话里刁校长指示说，让我们听曹书记的，让考生家长们充分地发表意见，要安抚好他们的情绪，绝不能让他们闹到两会上去。要多和巡视组的人商量。她现在不能马上回来。我也跟这些人实打实地说明了一切，可是，他们就是不肯离开。

李禾根问，反映的都是哪个专业的情况？

刘民潮答，各个专业都有，文学院的考生家长少一些，舞蹈学院的考生家长最多。还有几位没有进入复试的戏剧学院的考生家长，音乐学院的考生家长都很冲，动不动就说这个受贿那个不公的。我估计这些人中，有些人是听风就是雨，捕风捉影，跟着发泄起哄，反正自己的孩子也没有进入复试。可是，有的……李院长您知道，可能就是送过的人，有人拿了人家的却并没有办事，所以让这些人恼火，可是又不敢明说自己行贿了，他们心里有数着呢。我看闹不大，就是在北艺校园里吵嚷一下而已，拿不到台面上去，也经不住调查。事情不可能大到哪里去。

李禾根听了刘民潮的分析，觉得有道理，但还是有些忧虑。

这些人在北艺院里肯定有自己的人，巡视组、曹书记、二级学院院长们，他们都搞得很清楚，也知道在这个关键点上容易闹大，能吓唬人才这么干的。可是也不能太大意了，真吵到两会上去，可是大事啊。

刘民潮自信地说，这个，我有预案，事不出校门，就此打住了。

在办公楼外站了一会儿，看了一会儿后，李禾根想重新返回到改卷场吧。踏进教学大楼时他看到舞蹈学院的考场外那些漂亮天真的小考生正在排队等候，有的还在压腿、弯腰、做动作。

李院长！一个声音从后面传来。李禾根转过头来，发现是舞蹈家、他的邻居陈飞燕。她笑嘻嘻地跟他打招呼。

恭喜李院长呀，成了全国政协委员了。这几天敲您家的门都没有人呀，是不是不在家住？

李禾根与陈飞燕虽然住对门，却很少来往，她今天这样热情让李禾根有些意外。哎，这不是赶鸭子上架吗，勉为其难，暂且填补个空缺，其实您最是个合适的委员。

哪里哪里，我哪里敢跟您这个大作家相提并论？

李禾根笑了，您太谦虚了……您找我有事儿？这不，招生考试嘛，前两天都没在家睡，就在教学大楼将就了。那娘儿俩去了海南岛，家里也没人需要我照顾了，就凑合凑合了。

我说家里没人呢？为了招生您是真拼了。我找您确实有点私事，要是没遇到您，我还想上去找您呢。想请您帮个小忙。这不嘛，我的一个好朋友的孩子，是个男孩考你们文学院。原本一试就想找您，但不知道他的水平怎么样，就想先让他考。如果有本事考过了一试，说明他还有些能耐，再找您。这不，他真的就闯进了复试，我想啊，请您关照关照。

李禾根望着陈飞燕没有说话。陈飞燕又说，我现在是舞蹈学院的主考官，您要是有考生考我们舞蹈学院，我可以打包票，一定让他进入三试的。

李禾根心想，这是想跟我交换呀，不置可否地说，您也知道，这些年，咱们北艺的考试越来越规范……

陈飞燕快人快语，这个我知道，我在北艺这么多年了，对这规定那个规定的太熟悉了，不过，那只是个形式嘛。

说着，陈飞燕从身上摸出一张纸条，我都准备好了，就是这个学生。他若是考上了，他父母会重重地谢您的！告诉您一个小秘密，这个孩子是我的干儿子，我好喜欢他哟。您有没有要考舞蹈的考生需要关照的？

说完把纸条塞到李禾根手里，又用她柔软的手掌在李禾根的手背上捏了一下，转身就向舞蹈考场走去。李禾根无奈地叹口气。

第 20 章 交错

1 点 40 分，文学院各专业 27 位老师全部到位。

通常，复试改卷考官是临时从考官库随机抽取出来的。因为复试是专业考试中最重要的，也是真正考查考生水平的考试，对考官队伍的要求也比较严格。按照规定，在上午考试结束前一小时，由纪检组临时抽取考官库里的考官后，由学校，而不是文学院通知这些被抽中的老师何时、何地参与改卷。也就是说，理论上，在到达改卷场之前，连李禾根也不知道谁参与复试的改卷工作。

但是今年有所不同，在复试开考后，刁子规亲自交代李禾根，说今年的考官全部由文学院自己定，原因是，曹耀辉有关联人考生在参加考试，曹耀辉书记主动提出要回避抽取考官的环节，经学校党委研究决定，今年文学院的复试考官由文学院自己确定。为此，李禾根组织文学院党委在上午结束考试前半个小时开了一个临时会议，由党委集体研究决定今年的改卷工作全体文学院的老师都要参与，不再抽签。并决定今年复试也不外请专家参与，全部工作都由文学院自己的老师和学校机关有关部门的纪检督察人员参与完成。

文学院 27 位教员分成三组参与改卷，第一组，专家组，组长李禾根，由 10 人组成。第二组为复选组，组长为副院长蒋明亮，由 10 人组成。第三组，审核组，组长为文学院办公室主任罗可，由 7 名教员和学校派出的 8 名纪检督察人员，共 15 人组成。

第一组的初期任务是从 500 份考卷中筛选出 300 份淘汰试卷，留下 200 份细看，进行打分。第二组的任务是从被淘汰的 300 份考卷中筛选出优秀之作，以防漏选。第三组的任务是对前两组淘汰的作品进行审核，找出具有较大差异的作品，进行集体评议。

李禾根到场后，给大家开了一个小会，说明今年复试改卷的基本要求，以及打分和改卷的注意事项。

李禾根解释说，今年的复试考题有两个，由考生选择其中之一做。设计复试考核的目的是检验考生的叙事文学创作能力。一试的综合已经可以看出考生的基本能力和素质，复试是看专业创作能力和潜力的。作品的判断分为三个档次：一档是优秀，分值把握在 85 分到 95 分之间，个别特别突出的可以突破 95 分，甚至可以给满分。二档作品良好，分值把握在 75 分到 85 分之间。三档作品合格，为 75 分以下。被确定为三档作品的基本就是被淘汰了，因为我们有 500 份考卷要看，第三档的作品可以忽略不计。也就是说，如果能判断出一篇作品处于三档的，可以不看。我们主要的精力要放在一档作品上，对比起来二档作品中比较优秀的作品可以适当关注。

陶仲生竖起大拇指，这个好！有的作品根本就不需要看，读几段就知道什么水平，如果强制自己读下去，真是折磨。

李立国也说，一锅鱼汤，只要闻闻味儿就知道是好是坏了，无须把一锅臭鱼汤全都喝下去才说这一锅不好吧。支持院长的意见。

李禾根说，我的意思是，大家先不要急于打分，先总体浏览一下，把特别好的和特别差的都找出来，特别好的特别仔细地阅读打分，特别差的，也要打分，75 分以下的就直接淘汰了。

刘淑媛质疑，这可不是科学的标准。你觉得特别差，在别人眼里可能就不是特别差，在你眼里特别好的，在他人眼里也可能就不怎么样啊。

李禾根说，这个问题好解决呀，你就按照你的审美标准去判断好与坏，不要管别人的判断。如果真的出现争议特别大的情况，你认为特别优秀，别人认为特别差，咱们不是还有个争论机制嘛，最后，有争议的放在一起集体讨论决定。其实，我们每个人在划档次的时候就已经是在举手表决了。如果专家组的 10 个人，有 8 个都把一篇文章划在特别好的那个档次里，就已经决定了这篇文章的质量。而且，我相信大家不是作家就是搞理论的，大家对于美的判断、文学的感受应当是趋同的，不可能有过大的差异。

刘淑媛较真地问，如果有特别大的差异呢？

陶仲生有些烦刘淑媛，什么叫"有"啊？那是不可能有的。您想，10 个人，有超过一半的人都有统一的看法，还有三四个人中立，就你一个人提出不同的意见，那不是水平太差，就是故意找碴了。

刘淑媛反驳说，这是严肃的专业考试，我们必须考虑到任何情况的出现，哪怕仅仅是"可能"，我们也要设计出一个科学的方法。

陶仲生说，那属于特殊情况，特殊情况特殊对待，遇到的时候再讨论解决也不迟嘛。

李禾根摆摆手制止他们，两位教授说得都有道理，我们还是在改卷前把基本的标准确立一下，大家根据自己的判断打分给成绩，遇到有争议的时候，集体讨论。

刘淑媛还是揪住不放，那么什么情况算是"有争议"，什么情况可以忽略不予讨论呢？这得事先有个交代吧？

李禾根反问，那么您说呢，我们如何确定"有争议"的标准？

刘淑媛想了想回答，我看，我们还是举手表决为好，如果我觉得有篇需要大家讨论的，我提出来，请 10 位专家举手，多数票就进行讨论，少数票就不讨论。

陶仲生反对，这也不科学呀。你一个人认为值得讨论就提出来让大家举手表决，如果这个人与你有关联呢？你凭什么说这篇文章需要讨论，那篇就不需要讨论？

李禾根说，我看这样吧，咱们这里有考试的督察人员，由他们从已经改过的考卷中筛选出"有争议"的作品进行讨论。"有争议"的标准是，10 个考官，超过半数都将其保留在优秀作品范围的不讨论，如果一半赞同保留，一半反对保留就讨论。这么定大家有没有意见？

陶仲生觉得这是个合理的办法，提议说，对这个办法咱们也可以举手表决啊。

李禾根说，对，那就表决吧。同意对"一半赞同保留，一半反对保留的进行讨论"的请举手。

10个考官都同意。李禾根嘱咐罗可，请罗可主任将此规定写入今天的改卷规则中。

基础课教研室吴品贤提出，虽然我举手同意了李院长提出的这个争议解决办法，但是我觉得"讨论"这个行为本身是与我们的保密规定，和改卷场内"不准交头接耳"的规定相悖的，是矛盾的。我们不能"交头接耳"甚至不能在考场内说话，如何进行"讨论"？是不是复试的考核可以在改卷场内说话，可以"交头接耳"了呢？

陶仲生抢着话头说，刚才不是说了，"讨论"是在全部都改完之后才进行的，由纪检监督组来确定是否进行，而不是边改边讨论，那不就乱套了吗？你的理解力有问题。

吴品贤笑了，有些不好意思地搔着头说，一针见血，一针见血！

李禾根说，为了能够统一认识，我制定了几条标准，请大家执行。

第一，二档以上的作品必须符合以下几个条件：一是，必须是叙事作品；二是，作品中必须讲故事有人物；三是，在上述两个条件下，作品如果语言比较优美或者结构比较新颖，可以确定为优秀作品，重点关注。

第二，三档作品确定的基本标准为：一、不是叙事作品；二、写景、抒情、议论的作品；三、字数不够，没有达到题目要求的；四、语言不通顺，表达不清楚的直接淘汰。

刘淑媛第一个欢呼，还是咱们的院长水平高！这样一下子就清楚了，什么是好什么是坏，什么是优秀，什么是淘汰。

改卷标准确定后，恰好是2点整，考卷都已经打开。500份考卷一份一订，临时号码也已经打在卷面上。罗可和其他纪检监督人员一起给每个考官发放这些考卷。

改卷的流程基本上是一个流水作业的状态，第一组淘汰的作品立即被转交给第二组，第二组复选后的作品又马上交给审核组，紧张有序，快速高效。

经过第一组的初步筛选，超过300份的考卷已经被初步淘汰。

看了一会儿，李禾根对大家说，请大家停一下，我再补充一点。刚刚看了这段时间后，我们可能都有一个体会，就是在我们手里淘汰的考卷中，其实85分以下的都可以被归档为淘汰对象。因为，这500份考卷，我们实际上要做出详细判断的只有150份，那么，大家在打分时，只要达不到85分的，都可以直接放到淘汰组里去。如果担心有遗珠之憾，那么，请第二组的老师们给予特别的关注，特别是那些在第一组打分中接近85分的，要给予关注。没了。因为今年学校把考试的权力下放了，部分属于学校监管的由我们自己来处理，因此，在改卷过程中，只要不涉及试卷内容的，大家都可以随时提出来一起讨论，特别是有关规则和方法的，只要有利于高效和高质量地完成改卷工作都可以提出来大家一起商量。看看大家还有什么意见？

古代文学教研室董庆国提问，我刚刚看到一篇奇文，全部都是用文言文写的，符合刚才院长强调的叙事文学作品的要求，有情节……

刘淑媛打断，这个属于不允许讨论的"文章内容"吧？您一说，大家都知道了，您是想给它打高分，还是想打低分，这是有引导性的。

陶仲生说，让人家把话说完嘛，听听董老师的意思是什么。

董庆国说，这篇作品基本是形式问题，我也不会说文章内容。就是用文言文这种形式可以不可以？

刘淑媛说，形式就是内容啊，说形式就是在说内容啊，这已经触及内容了，我反对讨论这个问题。

李禾根制止道，这个问题各位老师仁者见仁智者见智吧，根据你自己的审美判断来决定其优劣，存留。

陶仲生问，我很想听一听董老师的想法，就是您是想如何处置这篇文章的。

刘淑媛坚决反对，这就有诱导性了，董老师是古文专家，只要他说出了他的意见，就会引导后面看到这篇文章的人向着董老师看齐，或者背道而驰。这是不公正的。

李禾根说，刘老师的意见是对的，董老师还是不要说出您自己的意见吧，您的判断就是您个人的意见，保密。其他人，如果遇到此篇文章，你们也就根据自己的专业判断力去给其打分吧。

改卷继续进行。

应当说，复试的改卷过程是令人兴奋的。这次改卷可以说是一次愉悦的阅读，他们不断地看到精彩的文章，经典的语句。从中可以看出，能够进入北艺文学创作专业复试的考生的确都是优秀分子，几乎每个人都有特别的才华。

李禾根注意到，剧作教研室的李江老师，一边读着作品一边抽动着鼻子。开始他还以为李江感冒了，可是观察了几次，发现他是被一篇作品感动得流泪了。他便注意到了这篇作品，等李江读完，他悄悄地把那篇文章拿过来。他一读也被文章的清秀和文字的流畅表达吸引，重要的是，这篇作品中所讲述的故事，特别感人：

天堂的味道

又到了返校的日子，我一个人在家收拾了行李。爸爸打来电话说爷爷的病更严重了，他没法赶回来，让我自己坐车到学校。我放下电话，心情不禁变得有些沉重。

我和爷爷之间其实说不上有多亲近。尽管我从小就和爷爷住在一起，却也是分在楼上楼下，一般也就吃饭时会见面，又因为二人都不太爱说话，交流就更少了。记忆中唯一比较亲热时，是在爷爷八十大寿时我送了一条围巾，上面简单地绣着爷爷的名字和几句祝福。爷爷感情虽内敛，却毫不掩饰对那条围巾的喜爱，只要天气凉下来就会片刻不离身地戴着。

爷爷身上一直有股味道，我没法形容，却并不难闻，也许是老人身上特有的吧，透着岁月的沧桑与沉淀，却莫名令人心安。久而久之，那条围巾上也沾上了这种味道，无论清洗多少遍也不会消失。我注意到这件事时，爷爷已经快八十五岁了，我对爸爸说等爷爷到了一百岁就是我来办寿筵了，那时爷爷的身体还很硬朗，大家都认为爷爷有很大可能活过一百岁。

谁也没有想到，病痛来得那么快，那么突然。

我升上高三没多久，爷爷就病倒了，对一个将近九十岁高龄的老人来说，是真的"病来如山倒"，在医院里一下子就躺了一个多月。明明是人老之后器官功能开始衰退，不知为何爷爷身上的皮肤也开始溃烂，看过去一片红的黄的，令人心惊胆战。爸爸找来了各种药膏每天给爷爷搽，于是，那条住院也被爷爷戴在身上的围巾上又多了新的味道——溃烂处流出的脓水味和刺鼻的药膏味。

一次我终于腾出时间跟着父母去看望爷爷，在住院部的大楼里左拐右拐，四处穿梭，终于到了爷爷的病房。老人脸上满是时间刻下的深深沟壑，皮肤是那种黯淡的，泥土般的深色，整个人陷在病床里。那种肤色与白色的床单本应格格不入，却又奇异地融合在一起，似乎再也无法分离。阳光透过窗子照在爷爷脸上，看起来有种气色变好的错觉，床头柜上的围巾也隐隐反着光。

爷爷努力想和我们说话，却怎么也办不到，只能费力地张着嘴，每一次呼吸似乎都用尽了他全部的力气。爸爸忙上前为老人顺气，我拿起那条围巾，习惯性地嗅嗅，一股难闻的味道冲入鼻腔，让我有些作呕。下意识把围巾扔开后我才发觉有些不妥，朝爷爷那边看去，还好并没有人注意到，一会儿，陈旧风箱般的呼吸声变得平稳——爷爷睡着了，神色很安详。爸爸在嘴前坚起一根食指，我们悄悄地退出去。

　　后来，爷爷已经无法吞咽固体食物，只能吃流食。爸爸买了台榨汁机，每天一大早就打好各种蔬菜汁、果汁送去医院，时不时还把鱼肉也打成糊状，拌在鱼汤里给爷爷吃，想尽办法为爷爷维持营养的充足。时间一长，爷爷身上又多了些味道，隐约有点像鱼肉味，但也说不出具体是什么，自然，这味道渐渐也沾染在围巾上。此时，我已经不敢再碰那条味道奇特的围巾，只看着爷爷那爱惜的样子，心里说不出地难受。

　　去年中秋将至时，爷爷的病情终于有了起色，食欲恢复了些，也能被人扶着慢慢走动了。征得医生同意后，一家人把爷爷接回了家里，爸爸一直紧绷着的脸也终于放松下来。中秋那天，爸爸叫了很多亲戚过来，既是庆祝节日，也是庆祝爷爷出院。

　　饭后，爷爷把我叫到他身边，天气虽不冷，爷爷却依然把那条围巾挂在脖子上，因为这段时间住在家里，围巾上那些在医院沾上的味道总算散了些。爷爷对我说我是家里最有出息的一个，一定要继续努力，好好学习。我有些开心和骄傲，家里同代的人学习都不太行，我虽然年纪最小，却是唯一一个能考上大学的。想到这些，我脸上的笑容又加深了几分。我没有告诉爷爷过几个月自己还要去考北京的大学，我想给爷爷一个惊喜。

　　说完话，爷爷甚至和大家分吃了一小块月饼，这是爷爷出院后第一次能吃固体食物，尽管只是很小的一块，我仍然觉得那条围巾沾上了月饼香甜的味道。我像以前那样深深闻了一口，爷爷的身体应该马上就会康复了。

　　中秋假期过去第五天，爷爷去世了。

　　爷爷火化那天，爸爸本想把那条围巾跟着一起烧掉，但最后还是留了下来，给我当作纪念。我没有把围巾带去火葬场，我不想让爷爷最喜欢的东西沾上死亡的味道。

回到家里，我从爷爷的卧室里翻出那条围巾，放在鼻子下用力嗅着，却什么也闻不到。爷爷留下时，好像终于什么也不剩，我的眼泪大颗大颗地落下来。墙上还挂着纪念爷爷奶奶钻石婚的照片，爷爷脸上满是幸福，我脑子里突然闪过什么，渐渐止不住抽泣。

再把围巾拿起来嗅了嗅，我明白过来——围巾上还有味道，那是爷爷所在的天堂的味道。

李禾根读着，被作品叙述的情节和人物所感动，也不由得眼睛潮湿，他理解了李江之所以流泪的原因。他反复地读着，这样的好作品其实是应当被定特招的。原来讨论的特招对象的作品实际上是不能完全确认是他们自己所写，可是，这样现场创作的作品就不同了，是作不了假的，这是考生最真实的文学才华的表现。他想到，自然不能完全否定，这样的好作品就不是事先背好在考场上重述出来的。即使这样，如果是考生自己所作也是相当不错的了。

在整个阅读中，像这样的好作品还出现了一些，李禾根想，作为一个教创作的老师，没有比看到学生们写的好文章更愉快的事了。

审核组筛选出了17篇有"较大争议"的作品，按照事先约定，这17篇作品将进行集体讨论。

李禾根提出，因为经过了三轮的筛选，依然有这么多的作品存在争议，说明大家对作品的确有不同的审美标准尺度，它们让我们在某些问题上产生了异议。我的意见是，大家把这17篇作品重新阅读一次，再次进行判断。因为已经读了很多作品，对这类作品的感觉能力越加成熟。可能初步打分时，存在着偏差，我们重新再确认，再打分，以这次打分为基础，我们再进行集体讨论。大家看这样行不行？

没人发言，也没人表态。李禾根再次提议，如果大家不发表意见，那么咱们就采取举手表决的方式吧。同意给这17篇有争议的作品重新进行打分的请举手。

大家都举起了手。李禾根说，那么，咱们就重新阅读，重新打分。当然，重新打分的考官是指第一组专家和第二组的复核组两组20位老师，考卷的最终成绩以20位老师打出的成绩的平均分为准。现在开始吧。

工作人员把17份考卷分别发放给各位老师，有三位老师需要等待，其他人就开始继续阅读了。

刘淑媛一边翻着作品，一边愤愤不平，我认为把这篇写"离别"主题的作品《等你回来》淘汰出局是没有道理的。这篇散文我认为是这些作品中写得最好的，所以我敢给它打98分。你们的审美观哪儿去了？竟然一次就把它给淘汰出去了，我倒想听听你们是以什么理由拒绝这篇文章的。

陶仲生感到好笑，大家是来讨论问题的，不是进行考官水平、人格评价的，我们也不是您的学生，没必要听您的训斥。还有一个重要情况是，打分，打多少分都是我们的权利，谁都没有资格剥夺我们的权利，连校长、书记都没有这个权利，也甭说您一个普通的老太太。

听陶仲生反驳的时候，刘淑媛脸涨得通红，没等陶仲生说完就打断道，你这才叫人身攻击呢！谁对你们的水平和人格进行评价了？！谁训斥你们了？！谁剥夺你们的权利了？！我说的是不公，是你们对这位考生不公，极大的不公！

杨凤霞劝阻两个人道，大家都心平气和地说问题嘛，都是同事，都是知识分子，有话好好说，有争议大家一起商量着解决，不必要吵嚷。

刘淑媛拍着桌子大声地叫着，这样的态度、这样的结局让我寒心哪！还知识分子呢，你们的良知哪去了，你们拍着良心问一问，这作品到底好不好？你们心里应当有数啊。

吴品贤也不高兴了，刘老师，我平时很尊重您，尊重您的学问，也尊重您的人格。但是，今天您这么说话可就不妥了。您一口一个"你们""你们"的，我觉得很不合适。我本来想站在您的一边打打圆场，说两句的。可是，您一下就把大家都推到您的对立面去了，您这是想孤军作战，跟大家对着来。您刚才训斥了我们半天没有良知，不公正了，被您这样一训斥让我很惊讶，也让我头脑一下子清醒了。您这不是讨公道，讲公平，您为这篇被大多数人都判了死刑的文章进行背水一战，想跟大家的学术水平和道德修养决斗。我不想说您跟写篇文章的作者有什么个人关系，我想说，您要么是偏执，要么是看走眼了。您自己心里都清楚，通过这样的赌气您必输无疑。我倒是怀疑您这样气急败坏地谩骂大家的出发点……

你才气急败坏呢！你是在说我跟这个考生有个人关系？见他妈鬼！

不要打断我！

吴品贤很气愤地说，您这态度是什么？您这根本就是农村的泼妇在骂大街呀，还要不要脸？！还要不要您那张自许为公正、良知的老脸？！

李禾根一直在听大家吵，并没有阻止，但已经吵到快动手的地步，他觉得得阻止了。

还没等李禾根说话，蒋明亮已经忍不住大叫一声，还有没有组织纪律性！谁都不许说了！这是研究工作吗？这就是我们文学院老师的水平吗？你们还怎么面对那些对你们充满期待的学生？

刘淑媛这时使劲地拍着桌子站起身，两眼充盈着泪水，喘着粗气大骂着，你们，你们这些乌合之众！垃圾！王八蛋！混蛋！

说完抬腿就向外走，使劲地拉开门，又"咣当"一声使劲地摔上门。改卷场里充满了火药气息，工作人员不知所措，沉默不语。

陶仲生开口说，事情是由我引起的，我要说说我的意见。

李禾根摆摆手阻拦陶仲生，又沉稳地看了看会场说，陶老师，您的意思大家都明白，您不用说了。刘老师呢，让她出去冷静冷静也好，等她冷静下来，可能也就不会说这样过火的话了。不过，她当着大家的面对大家不恭，是错误的，无论事情出于什么原因，无论谁对谁错，都不能进行人格侮辱，她必须向大家道歉，否则，组织也会处理。

吴品贤不服，道个歉就行了？她这么嚣张！与众为敌，还翻天天了呢？大家都在看着，听着呢，她这个样子，涉及了名誉权，人格羞辱问题，这是法律问题，不是道个歉就能了结的。强烈要求组织处分她！不然，我们要罢课！我们要打官司！

蒋明亮责备吴品贤，别再火上浇油了。都在气头上，说过火的话，发泄发泄也就行了，目前还是以大局为重，艺考才是大事，改卷才是当务之急呀。

吴品贤火气冲着蒋明亮过来了，我告诉你，蒋副院长，我说的话不是在开玩笑！平时你们见到我嘻嘻哈哈的，你们只是看到我善的一面了，这次我要让你们看看我恶的一面！等着瞧！这老娘儿们根本就不是什么知识分子，就是一个泼妇！她如此恶毒地骂我们"垃圾""王八蛋""混蛋""乌合之众"，您居然让我们忍？！你还是个爷们儿吗？她骂的人也包括您哪！你老婆这样骂你，都不能忍。她算老几啊？！她凭什么侮辱我们，她凭什么这么没大没小，无法无天？她今天这个泼妇样子，还不是让你们这些软蛋皮领导给惯的！就知道欺侮我们这些好说话的人吗？今天老子不好说话了！要较较真！你们要忍你们忍！老子不忍了！你们不要脸，我还要呢！

李禾根这时铁青着脸瞪着吴品贤，行了！大教授的脸都被你们给丢光了！

吴品贤的烈焰被点燃起来看样子也要失控，教授？教授怎么啦？教授也是人哪，教授也有人权哪。

李禾根责备他，教授当然是人，教授不仅是人，更是文明的人，不是随性而为的"兽"类，更不能成为失去理智的"叫兽"！不能成为一只吼叫着、不要脸面的野蛮动物。你这样非理性和被你指责的"泼妇"还有什么区别吗？你从一个教授回到了"人"，可是，你却把自己恢复得过了头，你把自己还原为了浑身长满毛发、四肢着地的爬行动物。既然是人就要有道德约束，就要有理性。光去叫嚷谩骂，撒泼打滚，那就不是人了！从人到教授，是文明的进步，更说明进化的结果，教授决不能成为"叫兽"！

吴品贤气哼哼地不作声了。

陶仲生似乎从李禾根的话里听出了一些哲学味道，他想表达一下自己刚才想表达、又被制止的意思。院长，是这样，您说的很有道理，我认为，既然大家都首先是文明人，其次才是教授，那么，我们是不是还得遵守文明社会的基本规则，让每个文明人都对自己的行为语言负点责任？刚才那位大"叫兽"已经把体内的污浊之气、肮脏之物一股脑儿地都倒在咱们这个文明的改卷场了，而且，在场的高级文明动物们都被她的这些排泄之物熏得昏天暗地了，那么是不是也得请她到场清理清理呀？是不是至少请她向我们这些"王八蛋""混蛋""垃圾"致意一下呀？请她申明一下，她看错了，我们并不是她说的那样一堆不堪入目的"乌合之众"呀？

陶仲生的阴阳怪气差点让许多人笑出来，气氛一下就不那么紧张了。大家都望向李禾根。

李禾根瞥了眼陶仲生，惹是生非！罗可，你去看看刘老师还在不在，她要是不在你去找找她，她要是不在，请她回来，她走不远。

罗可说，还在呢，她一直就在门口，我能看到她。

陶仲生不屑地撇了撇嘴，就我对她的了解，不可能真走，吓唬吓唬人而已，巴不得马上回来呢。

罗可打开门请刘淑媛进来，刘老师，李院长请您进来。

刘淑媛噘着嘴梗着脖子，昂首挺胸地走到自己的位置上坐下。

李禾根说，我先给大家道个歉，坦率地讲，我刚才说话也过火了，说得不对的地方请品贤老师、仲生老师原谅！大家走到一起，来到文学院工作都不容易啊。你们想想，这么多年了，风风雨雨，坎坎坷坷地相处了这么多年，没有兄弟姐妹情，也有个同事熟人情感吧？咱们是个大家庭，和谐友好相处是底线，不能再这样意气用事啊。我作为院长，刘淑媛老师，我是要批评你的，你说的那些话多伤人啊，同事之间怎么可以这样恶语伤人？而且还一下打击一片，把所有人都捎带上。你知道这样做是不对吗？

李禾根的意思很明显是想搅稀泥，缓和气氛。可是，刘淑媛却梗着脖子，眼睛向上翻着，一副不服气的样子。这让李禾根很不满，我给你找台阶下，你却不领情，整个一个不明事理的棒槌！怪不得大家都不喜欢你！

李禾根沉下脸，语气严肃庄重地说，刘淑媛同志！你要是认识到了你的错误，请你真心地向在座的被你恶语伤害的同事们道歉，如何处理，等待通知。如果你觉得骂得对，骂得好，骂得理直气壮，那么，现在就请你走！我们这个教师队伍，并不缺你这样一位毫无理性、失去控制能力的人，回去等待组织处理。

刘淑媛听李禾根这样说话似乎害怕了，再也不梗脖子，突然哭出声来，神态可怜，声音凄婉。呜呜咽咽地嘟囔，大家不知道她在嘟囔什么。

李禾根这时真的生气了，他"啪"的一下用力拍了桌子，刘淑媛！你到底想怎么样?！我跟你说话，不只是代表我自己，更代表的是大家的态度，也代表文学院党委的态度。你今天如果不明确向大家道歉，请你现在就离开这个纯洁的地方！

这一声吼把刘淑媛震慑住了，她立即停止了哭泣，望了望会场，顿了半天，站起身用一种"不得不"低头的声音，我对不起你们大家伙儿，我错了！我错了还不行吗?

说着，身体向前微微欠了欠表示鞠躬，眼泪立即全无，哭声也远去了。陶仲生在心里骂了一句，这变态的老太婆，就是个拙劣的演员，自己心里还挺得意吧? 看得出来，会场上所有的人对刘淑媛都不满，原以为她真的认识到了自己的不对，低个头道个歉，大家或许也就放过她了。

吴品贤不干了，你们都看见了，她这可不是道歉啊！她这是向我们大家挑衅！刚才李院长已经把我说服了，我本来也是想，同事这么多年，尽管她说了这么过分的话，放她一马。现在看来，她是真不要脸了，那也别怪我们不客气。我也向组织申明，如果学院党委不处理这个女人，我们决不答应，我保留采取进一步行动的权利。李院长你瞧着办!

李禾根很理解吴品贤的心情,他严厉地对刘淑媛说,刘淑媛同志,请你立即离开这里,等待处理!马上!

刘淑媛一屁股坐在椅子上,你让我走我就走啊!我还就不走了!我看你能把我怎么办!

嘿!陶仲生苦笑着,看走眼了,还真是泼妇!

李禾根叫罗可,罗主任,叫保安来,她不是不走吗,咱们有的是办法!

保安就站在门外,一听叫他们,立即进来四个身体强壮的小伙子,架起刘淑媛就往外走。刘淑媛大叫着"我不走!我不走!",使劲地打着坠儿,耍着赖,撒着泼。

李禾根气得要命,坐在座位上半天没有说话。大家也就只能跟着沉默无语。一时间改卷场里寂静无声。

过了好一会儿,李禾根才清了清嗓子说话,罗可,你到楼下去告诉保安们,不再允许刘淑媛进教学大楼,她的考官资格已经被免除了。

好的,我马上去。

蒋明亮提醒李禾根,院长,您看,咱们往下怎么进行?

李禾根无奈地叹口气,怎么办?还是得继续呀,不能因为这个插曲而停止整个改卷工作呀。这样吧……

李禾根想了想,我们还是就刚才的这篇作品发表一下自己的见解,不要因为她的闹事而改变想法。你们就把你们的真实想法和判断说出来,我们不能因为一个刘淑媛而害了一个考生,也不能因为刘淑媛的胡搅蛮缠而放这个考生进来,客观公正地给一个了断。

李立国这时说,刚才大家议论这篇文章的时候,我又仔细地看了两遍,我生怕错过一篇好作品。我开始给的分数也不高,重读以后,我还是觉得它在500份考卷中一点都不突出,甚至,我觉得还很差,因此,我觉得,我坚持原来的判断。

董庆国也说,我给的分数也不高,也是怕走眼,在开始讨论前我也是把这篇找出来重新读了一下。我的看法是，这篇作品虽然用了三个离别场景，讲离别的主题，但是，很平，语言也不突出，有的句子还存在着语法错误，结构也一般。我想，我给这篇作品打65分，还是比较关照的。严格地说来，我认为，65分给高了。不过，我当时想的是，反正也已经被淘汰，就不在意这几分的差别了。所以，我认为，我们淘汰这篇作品是合理的，是没有什么不当的。

李禾根点名说，曹方、李江，你们这些年轻人也谈谈想法。

曹方说，我给这篇作品的分数更低一些，不到60分，可能因为我是搞剧本的吧。我对故事的要求比较严格一些。这个题目是我出的，我出这个题目的用意，其实是想让考生通过"离别"的场景来表现离别的主题。用画面，几个生动有趣的画面组合表现人物的关系，也就是每个故事都很重要，得讲好每一个故事。我判断的标准是，要写好这个主题，至少要有三个特别有特色的故事场景，一步一步把主题推向高潮。从故事的角度看，这篇作品完全没有层次感，故事太淡，甚至可以说作品就没有讲什么故事，不知道作者的意图是什么。虽然，作品是一篇散文，但散文这样写也是有问题的。散文的"散"最终是要落在一个点上，所有分散的场景故事，看似不相关，但最终会被一个核心的东西绑在一块儿。故事不怕散，就怕没主心骨儿。这篇作品恰恰就是太散太淡，又没有走到一个主题上去。所以，我给这篇作品打的分数不高。

李江发言，曹老师这么一说，我就清楚了。虽然我事先并没有非常清楚自己判断这篇作品的理由，但是好作品和差作品我还是有自己看法的。因此，我当时的感觉是这篇作品一般，不突出，也不是太差，就给了个75分。我的想法是，即使我判断有失误，这个取中的分数也可以被当作一个折衷的办法，可上可下，算是我专业还不成熟，还不够自信的一个处理意见吧。完了。

李禾根说，其他的几个老师也都谈谈，好在，我们只剩下这17份卷子了，可以稍微地放开谈。

陶仲生说，我看呀，大家对这篇作品的态度是比较统一的，不必要再在这篇上浪费时间了吧？我倒觉得，那篇董老师发现的文言文写作的作品值得大家议论一下，这也是给将来咱们的招生树一个标杆。

李禾根点头，陶老师说得很对。那篇作品从一开始出现，大家就在不断地议论，我看了分数，各位老师的差距也是比较大的。有位老师给那篇作品打出了满分，而有些老师直接打了个 60 分以下，大部分人给的分数都不高。的确像陶老师说的那样，这篇作品是有标杆意义的，这为我们以后的招生和教学都提供了一个很好的案例，我们是鼓励用文言文写作，还是鼓励用现代汉语写作。我想，在大家对这篇文章发表意见前，我提议先请董庆国老师谈自己的看法。因为他是古代文学专家，也是古代汉语专家，他是最有资格来判断的。

董庆国说，刚才我就想说，虽然我搞古代文学和古代汉语研究，但我是完全不同意现在的年轻人用文言文写作的。我们是现代，是新的时代，要用新的语言去写作才对。这个考生的文章虽然从语法用词上来说，没有什么大毛病，但是，就文言文写作来说，我是不主张这样写的。文言文是一种死去的语言，社会要进步，语言也需要有提升，我们提倡什么、反对什么应该是鲜明的。这位考生难道会一辈子都用文言文写作吗？就是他能够用文言文写作，有多少读者会接受这种异类？所以，我认为在我们这样的文学创作专业考试中，是不能提倡，不能支持的，甚至要反对用这种新奇的方式、抓眼球的方式进行考试的。这样的写作是没有前途的。

吴品贤支持董庆国的意见，我认为董老师的意见非常好。我们知道，中国现代、当代文学正是在反对文言文，提倡白话文，反对旧道德，提倡新思想的过程中逐步形成的。文言是在五四前后经过无数前辈的苦苦斗争才被废弃的，如今有人又把这种被淘汰的东西捡回来，是要复古吗？可能大家都已经注意到了，咱们这次考试中，有一个考生的文章居然用从右至左竖着写的方式写字，这也是同样的问题。我们知道，竖写的繁体字，现在除了书法外，早在 1955 年就停止使用了，因为我们已经进入到了新的社会形态，开始了新的生活方式，这是一种进步啊。我想，他们也不会有复古的想法，他们只是标新立异而已。包括历年的高考中，有的用文言文写作，有的甚至用甲骨文写作，且得到某些老师的推崇，甚至敢给予满分的成绩，这显然是错误的。这是倒退现象，我支持董老师的意见，不鼓励，且反对这种文章的出现。我们这个社会不仅不是古代社会，甚至也不是现代社会，而是一个后现代社会了，还用这种死亡的语言去写作是完全开历史的倒车。我们这个时代不是旧时代，而是一个"新时代"呀，新时代应当推崇新语言，规范的现代语言才对。

外国文学教研室老师杜荷提出相反意见，我觉得，考生敢用文言文和竖写的方式表明他是有创新意识的，最起码说明他有在形式上出新的愿望。不能打击他们。虽然未来他们必须回到现代汉语的书写中，但是，这样的创新意识是应当给予肯定的。

陶仲生说，我们现在看的是作品，不是意识。光有奇思怪想远远不够，还应当而且必须考虑现实。一个作家，不能只图自己的快意，而不顾现实和普遍的大众的习惯而创作。即使，他真的在现实中就使用文言文，与人说话，写作都是这样，虽然新奇新颖新鲜，可是，却也不能鼓励，这是基本的态度问题。

李立国建议，我看，还是投票吧，投票决定这篇作品是否进入终审。

杜荷有些不满地说，还投什么票呀，票数已经出来了，除了李江老师和我之外，都打了 75 分以下！这不都已经出来了吗？我们辩论的目的是想从对他不利的情况下改变过来，既然大家都坚持，就没必要投票了嘛。

李禾根说话了，票还是要投的，虽然每个人都已经打了分，但是，经过大家的讨论和磋商，或许有人会改变想法的，那么就投一下票吧。

投票的结果，正像李禾根所说的，的确有人改变了想法，但没有改变对这个考生的结论：淘汰。

第 21 章　悲喜

出乎意料的是，复试的改卷工作提前完工了。

原计划是 3 月 4 日下午和晚上都要进行改卷的，因为 3 月 4 日下午政协会议开幕，李禾根请不了假，本想就不参与改卷了。可是由于改卷的规则和方法的调整，效率提高，整个改卷工作在 3 月 3 日的凌晨奇迹般地结束了。统分工作也在此后紧锣密鼓，在 3 月 4 日早上 7 点前完成。

3 月 3 日夜里快到 12 点时，曹耀辉出现在文学院的改卷场，他依然是慈祥可亲的样子。这次他带来的是一些茶点，和每位考官都握了手。他说，因为刁校长昨天就去两会报到了，我呢，代表刁校长、我本人，以及学校党委常委来慰问大家！大家辛苦了！虽然有巡视组在查咱们北艺，虽然有许多规定，但是，老师们辛苦地战斗在艺考的一线，我们还是挤出一点经费来犒劳大家，虽然东西不多，礼轻情意重。今年的艺考是个复杂且多头的考试，有一大堆事儿都赶在了一起，关心大家不够，还请大家原谅！我也听说了一些传言，说我们两位学校的最高领导没有在初试的时候巡视，也没有像往年一样跟大家多一些时间在一起，是不是有什么事儿？我告诉大家，没事儿！不对，有事儿，事儿太多了，顾不上，谢谢大家的关心！同时，在这个关键的时刻，也提醒大家不要多想，不要传谣信谣。我这不是来了

吗？你们已经看到我了，那么你们就应当不再相信那些话了。谢谢大家！（掌声）

李禾根把曹耀辉送到了门口，曹耀辉请李禾根留步，去组织大家继续正在进行的程序，没再说其他的话。但是，李禾根还是把刘淑媛的事告诉了他。曹耀辉似乎已经知道了，他嘱咐李禾根处理刘淑媛的事儿有两条原则，一是要慎重，要全面考虑；二是要考虑到老同志的感情，刘淑媛在北艺工作十多年了，也是给北艺做出过贡献的人，无论有多大的错，还是要考虑感情和历史。她的确做得不对，该让她反省的反省，该处理的时候还是要慎之又慎。

李禾根一下就明白了，曹耀辉这是要保护刘淑媛。心想，先放一放，冷一冷吧。不过，他也想好了，得保护好证据。因为改卷场是全程录像的，图像、声音清清楚楚，都有原始的资料保存，得先拷贝一份存着，以备不时之需。

回到改卷现场后，李禾根就告诉罗可，立即将监控录像复制一份存放起来。

由于改卷工作出奇地快，复试的改卷工作过了12点后，就没有太多的事了，改卷的老师也就不需要再熬夜。老师们在做完该做的工作后，签名交差，回家休息去了。剩下的由纪检督察组的15个人继续统分、排名，完成后面的工作。

离开改卷现场前李禾根交代罗可说，小罗，我回家去睡一会儿，你帮我联系小吴，叫他10点前到我家楼下等我，送我去两会驻地。

虽然有刘淑媛闹事的不愉快，但复试总的来说还是顺利的。好的作品都不出意外地被收入囊中，这是最大的收获。可以踏实地进入下一轮的较量中了。

回家到中，李禾根烤了两片面包，热了杯牛奶，吃过之后便倒在床上。这时，听到有人"咚咚咚"地敲门。他心想，刚把复试的卷改完就上门来了，快过去吧，这日子如何能平静？他没有理，续续睡。

但是敲门声却很顽固，李禾根有些不耐烦了，他起身穿上拖鞋，想看看是谁。还没走到门口就听外面传来声音，李院长，我是刘淑媛呀，您在呀，我刚才看着您回来的。您开门吧，我向您汇报一下情况呀。您再给我一次机会吧，我知道您也是为难的，您平时对我很好的呀，我知道您今天是被他们逼得不得不，您开开门，让我向您道个歉。我是刘淑媛哪！

李禾根头发都要立起来了，真是阴魂不散！鬼附体呀，这是被她黏上了。

李禾根想，让她叫吧，叫一会儿累了，也就走了。于是，转身回到卧室，又倒在床上，可是，却不能入睡。"咚咚咚"的敲门声又传来，夹杂着那女人尖锐且有些嘶哑的声音"您再给我一次机会吧""我向您汇报一下情况呀""您可能还不太了解一些具体的情况""他们这是在迫害我""您不能被他们蒙蔽了"……

李禾根真想给这妖婆一拳，他忍了又忍还是没有动。可是，这又如何能睡得着？他干脆坐起身，走进书房，打开电脑。电脑运行时，他又泡了杯茶放在书桌上。门外的敲门声还在响，李禾根想了想，拨通了刘民潮的电话，刘处长，请您帮个忙，这个刘淑媛在我家门口敲门闹事，我的生活都被打扰了，能不能派几个保安管一管？

刘民潮惊讶地问，她还在闹？！大清早就到纪检处去了，曹书记把我叫去，让我处理，我说了很多安慰的话，请她先回去休息，没想到，又跑到您家去了？这刘老师，也太固执了！

李禾根说，这已经不是性格固执了，这是心理病呀，很危险，刘处长，你也小心吧。

刘民潮说，我马上带人去，不要着急。您不用理她。

过了一会儿，李禾根就听到门外说话的声音，很激烈，也很冲动，他没有开门。这个时候是不能出去的，否则就是自投罗网。

电脑虽然打开了，却也没有心思看，又关上。在房间里来回地踱步，然后抿一口茶水，坐下，站起来，他有些心绪不宁。心想，要不就到会议驻地去吧。

李禾根又给吴开打电话，通了，等了一会儿却没人接。又拨通了，还是没人接，他有些生气，这小吴跑哪去了，一次次地联系不上。

按照日程安排，3月4日下午，李禾根要准时参加政协会议，也就意味着作为文学院领导他没法参加北艺校党委扩大会议，而这个会议就是最终决定三试名单的会议。这个决定名单的会议必须在下午开完，因为，按照计划，3月4日下午是要公榜的。500个考生和考生的家长翘首以待，如果不开会就没办法公榜。可又一想，这已经是板上钉钉的事了，变是不会有太大变化的了。李禾根想，就让蒋明亮参加这个会议吧，至少能了解会议的决定。

随后，李禾根拨通了蒋明亮的电话，蒋副院长，下午的定生会议你去参加吧。你就把握一个原则，就是坚持咱们通过改卷后排下的顺序，这个顺序不能变。其他的问题都好商量，这个问题是不能商量的。咱们要保证学生的质量，就得坚守咱们的基本原则。

蒋明亮说，我会坚持我们的考试结果，可是，我没有您那么大的影响力，我只能呼吁，他们听了，万幸，要是不听，我也无能为力。

李禾根有些不高兴地说，蒋副院长，我就不喜欢你这种"没办法"的态度，你得积极地去争，要硬气起来。这不是给你个人争利益，这是给咱们文学院争取公道。只要给咱们机会就去申诉呀。我相信你有这个能力。

蒋明亮有些为难，唉，都是我的领导，哪个能顶？一句话就把我给训回去了，我哪里还有还嘴的机会？说给咱们压制住就给压制住呀。我力争，力争。

李禾根问，你见着吴开了吗？我要去开会，却联系不上他。

蒋明亮说，哟，我还真没有看到他。我让罗可找他吧。

放下蒋明亮的电话，李禾根又给罗可打电话，罗可说，吴开的电话没人接，跟车队协调了一下，安排其他人出一趟车，把您送到会场。随后我再联系小吴，找到他之后，再去接您回来。

李禾根突然想起来，这几天一直就没见吴开呀，是不是家里有什么事，不好意思跟咱们说，自己在处理？你问问车队，他的车在吗？

问了，车队说有两三天没见着人了，车也不在。

会不会有什么问题？他也不跟我联系，我给他打过几次电话也不接。你给他打电话，他的电话通吗？

通呀，就是没人接。这就怪了，他到底怎么了？

车队指派吴开对口给李禾根开车，虽然不叫"专职司机"，但专门给他开车已经有许多年了。吴开对李禾根忠心不二，李禾根也把他当作自己家人一样，什么也不瞒着他，很多时候也请他帮忙干些家务。吴开对李禾根也像自己的长辈一样看待，尽心尽责。考试阶段，李禾根家里的卫生，遛狗这些事情，小吴都包了。李禾根还向小吴交代过，在他不在的时候，如果有人送这送那的，都请小吴直接拉到院纪检处，在那里登记详情。他全权委托小吴，小吴也确实老实厚道，办事可靠，是个值得信赖的人。可是，现在却突然找不到人了，连车也不见了。

罗可说，院长，车队新派来的司机小王是个新人，还不知道您家具体的地址，我要不要告诉他？

李禾根答，你让他在行政办公楼那里等我吧，我收拾一下就过去。

李禾根想的是，今天晚上就在新大都饭店的会议驻地不回来了，得拿点日用品，背个双肩背吧。

收拾停当，又把窗帘拉好，准备下楼了。打开门后，他发现门外已经没有刘淑媛了，这才舒了口气。

转过家属区，走进东大门，前面就是北艺的教学大楼。那里舞蹈、戏剧、音乐那些表演类的专业，正在如火如荼地进行着专业课的复试。几部高音喇叭交换着叫着考号，广场上的人流密集，来来往往，急急忙忙，翘首以待。走过广场一半的时候，突然一个声音叫了声"嘿！"，一个身影像个小姑娘一样跳到了李禾根的面前，吓了他一跳。李禾根一看，这个恶心哟，竟然是笑嘻嘻的刘淑媛！

出现在李禾根面前的刘淑媛化了浓浓的妆，红红的嘴唇，泛着油光的粉扑扑的脸蛋。李禾根惊讶地发现，这个平时只梳一个老太太抓髻的半老徐娘，今天居然编了两条辫子垂在胸前。这个平时不是穿黑色就是穿灰色衣服的老太婆，居然穿了件鲜红色的衣服，还居然穿着一条黑色的紧身牛仔裤。而且，她的头上居然箍着一圈儿白色的布条，有如日本武士道头上那种"切腹一死"的决斗布带。她的布带没有写字，写上字就是个决斗的武士。可没有写字呢——那就像一条中国人的孝带。头上扎白，身上穿红，下身牛仔，这就是刘淑媛的新形象。

李禾根本能地想吐，再加上刘淑媛做出的那份小姑娘般的天真无邪瞪着大眼睛的样子，要多恶心有多恶心。李禾根转身就走。

刘淑媛紧跟在李禾根后面，院长啊，院长啊，您这是去哪呀，您认不出来了？我今天可是按照您的指示，精心梳妆了一下，您平时不老提醒我"注意形象"吗？嘿，我今儿一打扮，还真是的，就像换了一个人！您说，我以前要是早听您的话，早早地把自己弄得油光粉滑的多好！人家给我送了那么多的化妆品，我竟然一点都没有动过，今天我拿出来，一试，嘿，您猜怎么着？还真好！

李禾根这个恼啊，真是鬼打墙的感觉。大白天的，又是人来人往、人山人海的北艺教学大楼广场，居然被一个跳大神的巫婆给缠上了。他快步地向行政办公楼前走。

这时，突然出现了一个大救星——吴品贤！吴品贤从教学大楼里走出来，被正追着李禾根唠叨个没完没了的刘淑媛一眼瞥见，她的注意力一下就转移到了吴品贤身上。

刘淑媛从媚笑讨好的神态中，一下回到了愤怒和准备战斗的状态。她瞪着从台阶上走出来的吴品贤，尖声地叫了一声，吴品贤！你这个王八蛋！你这个天杀的！你这个无耻文人！你凭什么反对我？你凭什么跟我对着干？你凭什么给一个优秀的考生打那么低的分？

吴品贤被刘淑媛的这一声大叫吓了一跳，他惊讶地看到一个妖状怪物出现在教学大楼的广场的人流中。开始还没有意识到这个怪物是刘淑媛，他愣了愣神，仔细辨认了一下，才发现，我的天哪！这居然是刘淑媛！穿红戴绿，她这是疯了！

吴品贤可不像李禾根那样快速地离开，他站在原地跟刘淑媛对视，他想看看，这东西要干什么？

刘淑媛两手叉腰，嗓音尖厉，吴品贤！你这个混蛋、王八蛋、兔崽子！就凭你，想跟老娘斗？你他妈还嫩着呢！你是干净的？你他妈干的那些肮脏的事，以为老娘不知道吗？你他妈敢说你没拿考生的钱？你他妈敢说，你没有辅导过学生？我都他妈给你记着呢！2月27号晚上你去没去过天桥张一元茶馆？你在那里给考生进行辅导，你敢说，那次辅导你没收人家的钱？都让人看见了！大半夜的给你送回来的，你收了什么？你不知道？他妈的！跟老娘干，你干得过吗？

吴品贤一听，浑身打了个激灵，他想，走吧，跟一个病人纠缠，那就没完了，快走吧！这妖孽！

吴品贤看到不远处刘民潮正带着几位保安向这里走来。因为刘淑媛的大嗓门，病态举动已经惊动了考生的家长们，他们围观，他们议论。显然，他们已经从刘淑媛的不正常的话语里听出了许多弦外之音。当时就有保安向刘民潮汇报了这里的情况，如果任其闹下去，不仅要败坏北艺文学院的名声，也要破坏正在进行着的整个北艺的招生考试呀。所以，刘民潮一边叫人报警，一边带着保安跑步到教学大楼前处理这起事件。

吴品贤一看救星来了，说了声，刘处长，您快管管这疯子吧！

说完吴品贤就走。刘淑媛却揪住不放，你他妈别跑啊！有本事跟老娘对质呀，心虚了吧，尿脬了吧？尿了吧？

吴品贤在前面跑，刘淑媛在后面不依不饶地边叫边追。刘民潮指挥着保安们一下就控制住了刘淑媛。刘淑媛叫着，你们想干什么？！放开我！非法刑拘啦！

刘民潮还是客气地对刘淑媛说，刘老师，您要理智，在这么多人面前，您这样一闹，不仅会影响北艺的形象，对您自己也不好啊。我们请您到行政楼那里歇一歇。

保安有抓住刘淑媛胳膊的，有抓住肩膀的，把她团团围着向行政楼走去。刘淑媛还在叫嚷着，你！刘民潮，你算什么东西，敢抓我？我让你滚出北艺，你信不信？你他妈也不是个什么好鸟，你跟这些乌合之众搅和在一起，穿一条裤子，睡一个被窝，你们都是一丘之貉！

这北艺就是一个他妈的大池子，乌龟王八，臭鱼烂虾，猪马牛羊，什么他妈都养，就是不养人！没一个好玩意儿！放开我！我犯了什么错误，你们抓我？你们凭什么抓我？我不活了！我他妈的不想活了

一路上，刘淑媛不停地闹呀，说呀，哭呀，招来了无数的眼光，也有人跟着刘民潮他们一直到行政楼的。

这时的李禾根还没有上车，他因为想起了几件必办的事，正在跟蒋明亮通话。他本以为已经没事了，没想到，刘淑媛越闹越大。他见刘民潮带着保安押着刘淑媛往行政楼这里走，而且还看到楼下有警车在等待，就一边打着电话，一边钻进了汽车，告诉司机，开车！

刘淑媛眼尖，一下就看到了李禾根，她哭着疯了一样地挣脱了保安的束缚，跑到李禾根的汽车前。边哭边跪在地上，不断地对着汽车叩头，院长啊，院长啊，您得给我做主啊！他们要把我抓起来呀，我犯了什么法呀？他们要把我抓起来呀，求您了，救救我！救救我呀！

保安们冲过来，把刘淑媛拉了起来。这时，曹耀辉从行政楼走出来，皱着眉头，走到李禾根的汽车前，李院长，你快去开会吧，这里有我来处理。

李禾根感激地点了点头，汽车启动，离开了行政楼。

行政大楼下停着闪着警灯的警车，几个严肃的民警正站在门外。刘民潮给曹耀辉介绍几个民警，曹耀辉跟他们握着手，麻烦你们了！家丑不可外扬啊，这样的事，在北艺的历史上也是罕见的，让你们见笑了。

一个民警说，不要紧不要紧，这是我们的工作嘛。

刘民潮请示曹耀辉，曹书记，让民警同志们把她带走吗？

曹耀辉摆了摆手，咱们自己的事，自己来处理吧，不麻烦民警同志了。让刘老师到楼里先歇歇，一会儿，我跟她谈。她呢，就是一时冲动，不会有大事的。民警同志，让你们白跑了一趟，真是不好意思啊。

一直望着刘淑媛被"陪"进了行政楼，民警才和曹耀辉握手告别。

不怕正常人讲理，就怕病人闹事，令李禾根困惑的是，刘淑媛是

真的精神崩溃了，还是在装疯卖傻？如果是装的，那她就太可怕了，不久的将来，这将是一个大难题。可是，再难也得面对，车到山前必有路，到时候再说吧。

他忽然又想到了吴开，便问小王，你和吴开熟悉吗？

小王说，不熟，我刚来没有几天，没跟他打过交道。

李禾根有些不安，他担心小吴是不是出什么事了？打开手机，点按吴开的手机号，手机是通的，等了一会儿却无人接听。一连拨了几次都如此，他只好挂掉了。

李禾根本来是想中午到，吃个会议饭，下午再参加会议。可是让刘淑媛这一折腾，他上午就到了，正在想着找找刁子规，跟她交流一下这两天的情况的时候，他看到刁子规正和宋哲从旋转门走出来。

宋哲先看到的李禾根，就笑着与他握手说，李院长不是说中午才到吗？怎么提前了。

李禾根也开玩笑地说，这不是急着要参政议政吗？责任重大啊。你们这是去哪里，上午不是各小组要讨论的吗？

还没有开幕的，本来安排要先学习文件，再开大会，再进行小组讨论的。我们就相约着出来了，聊聊北岳的事。

刁子规问，复试还挺顺利的呗？这么快就结束了？

李禾根说，正要向校长报告呢。

刁子规看看手表，那到我房间去说吧。

宋哲知趣地说，那我一个人去溜达了，你们谈工作，我想想心事。

李禾根和刁子规都笑出声来了。

走进大厅，刁子规改变了主意，咱们就在大厅里坐坐吧，房间里闷。

李禾根也有此意，两个人就找了个背静的地方坐下来。这时人很少，又安静。他们要了两杯饮料。

李禾根说，刁校长，关于刘淑媛的事……

我都知道了，不就是她在改卷场闹事的事儿吗？

李禾根说，不只是这个，可能还没来得及跟您汇报吧？刚才，我出发之前又闹了，闹得更大了，把咱们北艺的人都丢尽了。因为昨天加了一晚上的班，很累，上午本来是想在家里休息一会儿的，可是，刘淑媛找到我家不断地敲门，弄得我没办法休息。我叫了刘民潮才把她弄走。睡不着了，想提前到会吧，出来就又碰了她。打扮得花枝招展的，拦着我，跟我唠叨起来没完，一句接一句的。我没理她，她又遇到了吴品贤，她又追着吴品贤又骂又哭。刘民潮去制止她又骂刘处长，他们这才报了警。我要走，她就跪在地上给我磕头。大闹北艺，许多考生、家长都围观，如果不是曹书记出来，我恐怕也难以脱身了。这样的人，已经完全失去理智了，咱们得给出个解决办法呀。照这样下去，正式开课后，这都是大问题啊。再者说了，如果不给出个明确的结论，咱们也没办法向老师们交代。

李禾根介绍这些事情的时候，刁子规听得都有些傻了，她惊讶地问，都闹到这个地步了？！

李禾根说，何止呀，我估计，要是不赶紧解决她的问题，更严重的事情还会出现。她现在已经不是正常的思维了，完全陷入一种执迷中不能自拔。

你有没有好办法？她也是个老同志了，在北艺这么多年，能放过就放过，吓唬一下也就行了。

唉，校长，咱们都是自己人，我也说句实话，她这个样子是绝对不能再上讲台的。精神恍惚，胡言乱语，那不是害学生吗？咱们对她负责，可更应当对学生负责呀。

这个，我同意，如果她不能上讲台了，还能干什么？

我的意见是，让她病休吧，回家待着去，可能对学校更好一些。

她这个状态，恐怕回家会更严重的，她是心理问题，可能跟更年期有关，或许过一年半载的会好转起来。

那就安排她去疗养，或者心理治疗，反正不能再让她进入教学区了，这太危险了。

这个你看着办，你想好了，我再跟曹书记商量，基本原则就是尽量关照她。一个被丈夫遗弃的女人，又是被孩子嫌弃的母亲，站在她的角度，同情她，怜悯她吧。

我也不是个恶人啊，她这样闹，让我怎么办呐。我觉得这个事儿不只是我们文学院的事了，它应当是整个北艺的事儿，北艺党委应当下决心去处理她。

刁子规安慰李禾根，还是由你来决定。在所有的问题上，我都是站在你一边的，无论你做出什么样的决定，我都是要支持你的，这个你放心。

我并不担心你的支持，我是想请您有时得旗帜鲜明地表态说话。

刁子规说，这是给你处理人事关系的机会嘛，以你为主，你得逐步地上路，等我一走，谁给你说话，还不是得靠你自己吗？重任在肩，要有承担的勇气呀。

又来了！您走了，也不一定我替您呀。据我所知，有人在加紧活动着呢，他要是想，就让他干呗，人家有积极性，会干好的。这个我倒是很感谢那位渴望接班的人，这样，我也就解脱了。

刁子规说，这个你不用担心。我知道你说的是谁，无非就是竞争呗。你的能力远在他之上，他的优势是比你年轻，但你也不老啊，正是年富力强的时候。你不要怕，只要你踏实稳重，别出大事，谁也动不了你的位置。

李禾根倦怠地说，我不怕您生气，其实从内心来讲，我都疲劳了，也有些厌倦了。不想折腾，谁想干谁就干吧，这不是好玩的事儿啊。

谁让你玩儿了？这是事业！这是对教育事业负责！

刁子规的电话恰好在这时响起来。她打开手机，那边是曹耀辉。李禾根站起身来想回避一下，刁子规示意他不要走，她一直在"嗯""嗯"地听那边说。过了一会儿，刁子规说，我上午还有些时间，要不然你们都过来吧，到我这里开个党委会，李禾根也在这里，咱们一起商量一下。

挂了电话，刁子规说，正好，把下午咱们两个参加不了的定生会一并挪到上午来开，这样咱们都能发表意见了。

刁子规朝正在向店里走的一个小伙子招手。那小伙子跑步过来。刁子规跟他说，小张，您帮我们安排一个小会议室，我要开个临时会议。

小张问，什么时候用？

刁子规说，30分钟以后，开会的人到齐了，我们就开。准备好了通知我一下。

小张痛快地答应，好嘞！

事实上，李禾根离开北艺后，刘淑媛一直就处于一种疯癫状态。她目光呆滞，两眼发直，不停地自言自语。

我从小就是个好孩子呀，没犯过什么错的好孩子呀，怎么就落到今天这个田地了？丈夫丈夫离开了我，孩子孩子也不理我，我这么个优秀的人，他们怎么不能容忍我呢？我都干了什么呀？我是大家闺秀呢，我姥姥最喜欢我了，要不我一出生就给我起了个小姐的名字"淑媛"呢，还不是因为我是个淑女？我从小就是个淑女。那个时候我长得不丑呀。

我不过是去了一趟北辰洲际饭店嘛，那都是2月份的事儿啦。2月27号，下午，我记得那天，那可真是好日子，天气凉凉的，湿湿的，是李处长打的车，把我送到那里去的。那可真是个好地方，那大厅真阔气，人家租好了房间就在那里恭敬地等着我。娘儿两个挺不容易的。您说，人家那老远的来了，奔咱们首都北京来了，奔着咱们北艺来了，我能不热情招待吗？那个学生也不错啊，很聪明，我就从古罗马时代的文学讲起，讲希腊文学，还讲西班牙的骑士文学，讲到古典主义时代的文学，还讲到18世纪的浪漫主义文学，讲到了19世纪的批判现实主义文学，也讲了20世纪，21世纪的都讲了。我是怕漏掉重要的，人家孩子不容易啊，就在那里听我讲，认真地听呀。

我是外国文学专家呀，我是达里奥·福的专家呀，在中国有几个人能讲透他的？只有我呀，你们别瞧不起我，我老吗？不老呀，你们看呀，我还是个小姑娘呀，你们别嫌弃我呀，我还不老呀。

她呜呜咽咽地哭起来，从兜里摸出纸巾，擦着鼻涕眼泪。然后又继续唠叨着。

我们家的那个臭毛肚儿，他不理我了，他现在跟我不住在一起。我那个傻儿子，也搬出去了。我一个人呀，哪儿那么多的事儿，可我这个人又闲不住。你说，人家那么看得上我，张口一个刘教授，闭口一个我的"粉丝"的，还说我是大学者，给我添麻烦了。人家李处长那是个处长啊，那么礼贤下士的，那么尊重我，我有什么呀，我就答应了。

答应了就去吧，就去了北辰洲际饭店。那个饭店可真豪华。可是，在那里我们还是遇到了一个熟人，是那孩子的同学，不是考北艺的，是考电影学院表演系的。虽然有这么个别扭的偶遇，可是也不能出事呀，就进去了。

我想呀，人家考生家庭条件好呀，能住上这么高级的饭店，能在这样的环境下接受我的讲课，对我也是个提高不是？李处长跟我说，那个考生的母亲有一家企业，做汽车轮胎生意，好得不得了啊，赚了不少钱。就是想让儿子能上北艺。你说呀，她就这么个要求，到咱们北京来了，咱们得满足了人家呀。人家也不容易呀，到了北京花了那么多的钱，人家那钱也是辛苦得来的，也不是大风刮来的，人家也是不容易呀。人家那么不容易，我怎么能不帮助人家呢？人家刘处长还说啦，他调到北京之前就是那位考生的爸爸帮了大忙的。他爸爸是市政府的宣传部长啊。李处长也是不容易，李处长调到北京来那么不容易，我怎么能不帮他呢？人家那考生的父亲是个大好人呀，李处长从地方上一个地级市基层调到北京来，多么不容易呀。他那么不容易，我得帮助他呀。人家那考生的母亲也好哇，她太客气了，她给我们买了很多零食、饮料，我们就一边吃一边喝一边讲了。那孩子不容易呀，人家一个地级市的一个小地方，虽然母亲挣了一些钱，家庭条件好，可是人家那地方的教育不太好啊，人家的那个基础呀，不好啊。

人家那孩子认真地听呀，认真地记呀。我们就一边吃着喝着，一边讲着，我看那孩子挺开心的。人家那孩子还说，这是他有生以来听的最好的课，要是他们老师也这么讲，他的成绩肯定就好了，就不会参加艺考。那孩子说，参加艺考也是没有办法，成绩上不去，还得上大学不是？人家那孩子不容易呀。

人家那地方的教育不是太好，到北京了求咱们，咱们得帮助人家呀，就帮了。人家很懂得道理呀，人家母亲还送我礼物，我一看，那个大方哟。人家给咱们什么了？给的都是高档的东西！给了咱们6万元钱，还给了咱们一部最新型的华为折叠屏手机，还给了咱们手镯子一对呀。看看就是这个手镯子，多好看呀，就是我喜欢的那种。

人家说了，那点都是小意思，都是我辛苦辅导应得的，还不是感谢费。如果能够考进来，人家也说了，只要进一试就给5万元的感谢费。这不是嘛，人家很守信用呀，一试过了，人家就给了我5万呀，这二试要是再进了三试，她还得感谢我5万呀，这里外里就是17万啦。人家是说话算话呀，多好的人哪！人家还说了，要是能够进到北艺来，再感谢10万。您说，这样的好人哪里去找？我得帮人家呀，拼了我的老命也得帮他呀。

人家那么仗义，我也不能不仁义呀，我就向考生的母亲承诺啦，我就承诺这孩子一定要进三试的呀。可是，那几个坏东西就是不给我面子，他们知道我拿了考生的钱物了？他们知道就知道呗。谁没拿呀？他吴品贤没拿？陶仲生没拿？还是他李禾根没拿呀？没拿？！没少拿吧？你们不帮人家，我怎么向人家交代呀，我这老脸往哪放哟。他们是故意在整我，我要跟他们斗争到底呀。你说，人家多不容易呀，你们凭什么不让人家进三试呀？

刘淑媛神经质地在那里自语，曹耀辉看看"冷静"的时间差不多了，就走进来，坐在刘淑媛的对面。刘淑媛毫无表情，还在那里唠叨着。

以为不知道似的，我什么都知道，你们那些小聪明怎么会瞒得过我呢？我是北艺教书最好的老师，哪个学生不说我好？他们还嘲笑我，我找学生写我的表扬稿，他们懂什么？他们什么都不懂，那不叫自我表扬，那是我给那些学生机会，让他们通过写我的表扬稿来提高他们的写作水平。这不就是文学院提倡的那种在实践中提高学生写作水平的教学方法吗？连这个都不懂，还当什么老师啊。我这么优秀的一个人，他们居然还排斥我，这公平吗？

曹耀辉见刘淑媛自己停不下来了，就高声地打断她，刘淑媛老师！咱们谈谈吧。

刘淑媛被这一声唤醒了回来，她望了望曹耀辉，然后又哭了，曹书记呀，您可得为我做主呀，我都是为了咱们北艺能够招进来好学生啊。我是没有私心的人哪，这您也是知道的。我是一个没有私心的人哪，他们就是把我排斥在外，合伙想整我呀。

曹耀辉清清嗓子说，刘老师，我们都了解事情的过程，也知道您呢，不是完全没有道理，你的想法，听上去是有些道理的，但是……

是呀，曹书记您那天给我们几个人布置任务，他们都没有执行。李禾根、陶仲生、李立国，那些人都自顾自地忙着自己的人呢，没有一个人在管您的任务。可是，我还是一直想着您的指示，按照您的指示办，据理力争。要不是我在里面起作用，说不定，那个叫曹贝贝的孩子在一试的时候就被淘汰了。我认为那个孩子是相当优秀的，可是，他们就是认为不行，还不断地跟我辩论。他们辩论个屁呀，都是胡说八道的，都是想干掉一个优秀孩子的。昨天那篇作品多好呀，曹书记您可能还没看到，那是所有考生中最好的一篇了，他们竟然视而不见，都给了那么低的分数。我要是不争，不跟他们斗争，那孩子就毁了呀。这回他们没话可说了吧，这回他们承认了吧。他们是在整那个孩子。曹书记，您说，这么优秀的孩子考不进来，这不是咱们北艺的丑闻吗？您的那个孩子，曹贝贝，要是不能考进来，我也是要跟他们拼命的！不能任由他们胡作非为呢。曹书记您要为我做主呢。

曹耀辉看出来了，没法谈，跟一个非正常人进行正常的谈话是谈不拢的。曹耀辉说，刘老师，一切都会得到澄清的。这样吧，我让人陪着你先回家休息去吧。这么多天招生考试，你也累了，睡眠也少，你可能累过劲了。等你休息充足了，需要跟我谈的时候，你再给校办主任裴晓华说一声，请他安排一下找我谈话。好吗？

刘淑嫒依然按照自己的思路自言自语，要是你曹书记能出面，把这些家伙的嚣张气焰压 压，他们还能张狂得起来？他们会立马就老实了。再不行，就给丫的开除了，让他们没饭吃，让他们断子绝孙！让他们丫的没饭吃，让他们丫的没地方住，让他们丫的生孩子没屁眼……

说着说着，刘淑嫒又哭起来。这回是号啕大哭，越哭越凶。她趴在桌子上，敲着桌面，浑身颤抖，一会儿就从椅子上出溜到地上，顺势就倒在了地上。站在一旁的刘民潮见状示意保安上前去搀扶。曹耀辉摇了摇头，表示让她哭一会儿。然后走出了会议室。

跟着曹耀辉走出会议室后，刘民潮请示，我们下一步该如何去办？是继续让她在这里等待着谈话呢，还是送她去医院？

曹耀辉想了想说，我向刁校长汇报一下。你跟文学院的蒋明亮联系一下，请他派一位女教员过来，陪着她回家。先让她睡一觉，她这种表现，也是没有休息好。等我们商量好了办法再说。

刘民潮给蒋明亮打电话，蒋明亮说，那就安排外国文学教研室的杜荷老师过去吧，她们是一个教研室的，平时关系也不错。

通过电话之后，曹耀辉就带着七个常委和刘民潮等人开着四辆车去了新大都饭店。

新大都饭店的会议室安排得很周全，开会用的全套设备都有，还给派了几位服务员，倒水递毛巾的，是按照两会的标准安排的。

北艺的班子到来之后，刁子规说，我们长话短说，开个短会吧。两个内容，一个是怎么处理刘淑嫒？如何安排她的工作？第二个就是卜午的定生会议，我们挪到现在来开，把傍晚要公榜的名单定下来。

第一个事儿，大家都很清楚了，昨天夜里和今天上午都在发生的事情。既然已经出现了，我们也不怕丢脸面，对北艺来说，这件事情虽然不光彩，但也不必惊慌失措，发生了就处理。不上交，不推诿，不拖延，快刀斩乱麻——这是我定的原则。下面请大家发表意见。

冯坤先发言，我觉得还是要追究一下事件的原委，怎么发生的，根源在哪里，症结在哪里，对症下药。

刁子规说，没那么多时间，事情很清楚了，还有现场全程录像。你们谁要是不清楚事实，你们就回去看监控，可以先不说意见，看明白了再发表意见，都告诉曹书记，这件事由曹书记全权负责处理。要是还不完全清楚事情的全部经过，那就请刘民潮处长简明扼要地大体说一下。

刘民潮说，除了全程录像外，我是从昨天晚上就在现场，全场督导人员，所以我知道整个事情的全部经过。大体上可以说有三个阶段：第一个阶段是讨论17篇作品的优劣，开始大家就坦诚地发表各自的意见。刘淑媛老师在这个过程中就说了过激的话，认为大家都不公正，只有她是公正的，力推那篇叫作《等你回来》的作品。第二个阶段，我认为是事情的主要转折阶段，也就是由第一个阶段的学术争端，观点之争，上升到了人格侮辱，脏话谩骂，刘淑媛老师使用了"王八蛋""混蛋""垃圾""乌合之众"这样的词语攻击了吴品贤老师和陶仲生老师，以及当时在场的其他老师。她认为，那些老师和吴、陶两位老师都是一伙的，都是在有意贬低那位考生。第三个阶段，就是今天上午，由对他人攻击谩骂升级到了对自己的自我伤害，也就是，她的精神状态处于疯癫或者不正常状态。说了许多话，她原来是个什么人，她的丈夫、儿子如何离开她，包括她是如何收受她力推考生的钱财，时间、地点和钱数、物品名称数量都有，目前还搞不清她说的是真是假，如果是真的，那么，前面她对各位老师的攻击就是无理的。大体情况就是这样。

李禾根分析说，我觉得有两种处理方式，一种是公开处理，交由公安、司法、纪检部门去处理。第一，刘淑媛的行为已经触犯了治安法，可以拘捕她，在拘留所里关押她几天。但是，这样一来，对于一个大学教授的心理打击过大，她以后还要见人做事，虽然她已经年过50岁，但是，人生的路还是要走很长的。这不是优先的处理方式，但却也是个合理的选择方案，在其他方法都不起作用的时候，也不是不可以使用的。

第二，吴品贤老师提出要跟她打一场名誉权官司，她全程污辱性的词语谩骂吴老师，也谩骂了当时在场的其他人。我们可以拉下脸来，由吴品贤老师牵头，打一场名誉官司。但，这也不是好办法，这可能导致两败俱伤，她不会有好下场，但是，我们就光荣了吗？不见得。所以，我不主张使用这样的方法。但是，像上一种方法一样，也不是不可以使用。到了大家都不顾脸面、都要较真的时候，也是可以使用的。

第三种公开的方法，是按照受贿罪追究她的刑事责任。刚才刘处长已经介绍了，她自己不打自招地说出了她为什么要极力替那篇作品辩护，并不惜以得罪全体老师、谩骂全体同事的非正常方式与大家为敌，背后真实的根源就是金钱在作怪。那么，我们就按照她自己所说的线索去查一查。查不出来，什么事儿都没有，但是，一旦查出来，就是个大事。我相信，一查一个准儿。虽然她说这个话的时候处于一种不清醒的状态，但是，她所说的事却不一定不存在。那样，她就是受贿罪。根据查实的证据，至少要判她几年。但是坦率地讲，我也不主张把事情做到这个绝境。这也是把她往无路可走的地步推，虽然这是她自己找的。可是，她在北艺工作了十几年，她是我们的同事，我们的亲人，我们还是有感情的。我们要从人性的角度，站在她的立场来看问题，我们就不能把她往绝处逼。

那么，我想，除了这些公开的正式办法外，还有内部处理的方法。我主张，还是要按照"家丑不可外扬"的老理，来处理的好。公开的处理，虽然简单公正，却后患无穷。从此以后，她不仅与我们成为陌路人，而且还将成为仇敌。我们每个人在她心里都是不共戴天的。我了解她，她会这样的。

如何在内部处理？我想是不是可以这样，她现在急需心理疏导和身体休养，我们先不处理她。我们可以以招生考试疗养的名义，安排她去相关的专业疗养院去疗养治疗。我觉得，从某种角度讲，她也是一个可怜的女人。丈夫、儿子都离开了她，虽然主要的原因在她自己。但是，我们也要考虑到她正处于更年期，生理心理都在发生着急剧变化。我相信，没有哪个人希望妻离子散的，都是想好好过日子的。可是，一时火起，一时冲动，一时迷惑，都可能造成懊悔不已的结果。虽然，刘老师一直没有在口头上做出认错的表示，但是，我相信，她在内心是后悔的。这样的同事，我们不应当把她往更坏的处境去推，而是要拉她一把，让她上岸，让她过上正常的生活。

因此，我主张，不处理，不给结论，不告诉她如何如何，先给她治病。我们要等待观察，希望她早日康复，在身体上恢复正常，在心理上能够回归到正常的生活中。也就是说，我们得按照对待病人的态度来对待她。不知道大家的意见如何？

许多人都被李禾根的话打动了。

刁子规的眼睛都湿润了，她边擦着泪水边说，就这么办！

第22章 正反

复试的结果出来了，文学院将在 3 月 4 日下午 6 点钟公榜。

公布的名单多出了两个人，一个是曹耀辉关照的考生，另一位是冯坤在最后向刁子规提出的考生。冯坤大概也是汲取了教训，不找李禾根，直接去找刁子规和曹耀辉。他的理由也很直接，考生是自己的直系亲属，基础不错，只是放在这 500 位考生中略有逊色而已，看在我一个副校长的分上，请求关照。

这两个多出来的名字，刁子规嘱咐不对外讲，只是作为特殊情况特殊处理。在后来的最终录取时，刁子规让李禾根深感意外，学校党委掌握的 5 个 "机动" 名额全部给了文学院。也算是一个折衷的解决办法。不然，李禾根是要较真到底的，因为文学院在录取名额上超出了原来设想，多出了 5 个，这对他们来说，也算是件好事。

下午 5 点左右，教学大楼的广场上已经有许多人在等待看榜了。虽然与前一次 5000 余考生的看榜人数相比，这次看榜的人少了很多，但 500 个考生加上家长也接近一千人了。俗话说 "人上一千，彻地连天，人上一万，无边无沿"，加上其他表演学院正在进行着的复试，考生家长很多，广场已经有些承载过大了。

这给学校的治安管理带来了压力。保安们按照不同的专业把考生人流分割开来，拉起警戒线，布上更多的人员维护秩序。作为学校治安保卫工作的主要负责人，刘民潮带着几个助手，不断地巡察布防，精神高度紧张。

拥挤在教学大楼前等待看榜的学生和家长们心情既紧张又兴奋，他们在交谈，在等待着。一边是表演专业复试叫号的热闹，一边是文学院公榜的热闹。这是两种热闹方式，一边是充满期待的翘首渴望，一边是手舞足蹈、跟头把式般的尝试。

下午6点钟，罗可带着助手们把已经粘贴好的告示牌从教学大楼里推到了广场前的台阶上，立即引来看榜人的关注。

像往常一样，他们在榜单旁摆上一长溜的桌子，准备给榜上有名的考生们办理面试手续。一个助手举起扩音喇叭，开始宣布办理面试手续的办法。然后开始逐个呼喊着上榜者的考号，请他们按着次序排好队，等待办理面试手续。听到叫到自己号码的考生们欢天喜地，没有被叫到号码的考生焦急盼望。有的家长就向前挤，挤到布告牌前查找有没有熟悉的号码。

虽然有几百人在看榜，但真正能够被叫到名字的却很少。因此，有些看榜的考生和家长们失望、叹息，有的考生还不由得哭泣起来。家长们安慰着，哄着，拥抱着。离开的，观望的，驻足的，等待的不一而足。

另一边是上榜考生们的欢呼、惊喜、雀跃、拥抱、拍照、合影。

几家欢乐几家愁。

罗可他们在整顿考生队伍的时候，看到在队伍边一位穿着少数民族服装的妇女，喜悦地跳起了舞蹈，引来了许多人的围观。有人给她拍照，有人观看。有位家长凑到跟前问，您的孩子也上榜了？那个人兴奋地说，是啊，上榜了，高兴得不得了！

有人问，您这是什么民族啊。

舞蹈者答，我是苗族，我跳的是苗族舞蹈。我们祖祖辈辈都在大山里生活，还没有走出一位大学生呢。我女儿，这次考北艺，一次比一次考得好，她榜上有名，我高兴呀！

你女儿考的是哪个专业呀？是不是考舞蹈的？

不是不是，我们女儿考的是文学院，她在那里！

母亲兴奋地指给大家看女儿，大家顺着她的手指方向望去，见那女孩腼腆羞涩，不像母亲这样张扬外向的样子。都说，你可真是有个好女儿！

人群外有位穿着西装的男人，喜气洋洋地推着一个平板车向人群里走。车上装着一个松塔状的巨大蛋糕，他后面跟着三位穿着雪白厨师服、围着围裙、戴着高高的厨师帽子的师傅，手里都拎着餐具往人群中央走。

西装男满面春风地对正在排队的考生，围观的家长们，特别是对着台阶上正在办理手续的工作人员说，各位家长，我是哈尔滨来的考生家长，我儿子进了三试了！这是我们老贺家祖坟冒白烟啊。我们家世世代代都是工人，没出过大学生，更何况北京艺术大学这么高不可攀的学校？这比结婚娶媳妇的事都大呀。昨天晚上我一宿都没睡呀，就怕这榜上无名，脸上无光，我早上吃完了饭就跑到这儿来了。可是，人家说，晚不晌儿才发榜呢，来这么早没用。我就在北艺周围转悠，转悠来转悠去，我就看到了北艺南门那里有个蛋糕店。我就跑进去问他们，能不能做一个十几人吃的大蛋糕，他们说做是能做，得需要时间准备，我就说，赶趟儿，能等，只要下午五点前送到北艺来就成。我想啊，要是我儿子能上榜，嘿！天大的喜事呀，我不能一个人偷着乐呀，我要跟大家一起乐！做个大蛋糕跟我儿子认识的不认识的小朋友们、小伙伴们，跟这些老师，跟这些辛苦的家长一起乐！

有个人问，要是你儿子没在榜上呢？

没在榜上也庆祝啊，他已经进了北艺的大门，这就是历史性的突破呀。您想啊，我就是个废物，都下岗十多年了，没什么出息，一个人带着儿子过日子，儿子能进入北艺的考场，这就是大事啊。早就憋着一口气呢，只要他能考过一试，就是胜利。今天我一看，这小子！进了三试了！还不得庆祝庆祝！

西装男是笑着说这些话的，可是，听的人心里却酸酸的。大家不由得称赞西装男有个好孩子，不容易。

西装男笑呵呵地对蛋糕师傅说，来来来，给大家分分，都沾沾喜气！

几个家长也都应和着，沾沾喜气！祝孩子们越来越好！

西装男从蛋糕师手里接过两个盘子，兴高采烈地端着给罗可他们送去，跟罗可说，我儿子要是能拜在咱们北艺的门下，就是让我当牛做马我都干！

罗可说，祝贺您有个这么优秀的孩子！但是，按照考试纪律的规定，我们是不能接受考生家长钱物的，请您原谅！

咳，这算什么！就是块蛋糕嘛，这又不是什么值钱的东西。

罗可说，所有考生和家长的眼睛都在看着呢，您这样做本身就是违规的。但是听您刚的话，您是想表达一下喜悦之情，也就不追究了。不过，我们是绝不能接受的。

西装男有些不情愿地说，哎呀，既然有规定就算了吧。美中不足呀。

这时，另一个女家长从大包里掏出一些糖块，大声地说，我女儿也在榜上，请大家沾喜吧，见者有份啊。

那女人捧起一大捧花花绿绿的糖块向人群撒去。似乎其他的家长也有准备，也有从鼓鼓囊囊的包里取出花儿的，也有取出手工艺品的，向人群撒。一时间，广场热闹起来。

保安们开始可能不知道如何处理这个场景，报告给了刘民潮。这时，刘民潮跑步向这边奔来，边跑边指挥着保安们驱赶几位"撒喜"的家长们。刘民潮严肃地训斥西装男，这是学校，这是考场，不是自由市场，怎么能把蛋糕也推进来了？快走快走！

几个保安围护着西装男和三个蛋糕师向南门外走去。撒喜糖的女人也赶紧收起糖果包来，不过人群还不散。

刘民潮走向台阶对罗可说，把喇叭借我用一下。罗可把喇叭递给刘民潮，刘民潮打开开关，非常严肃地对排队等候办理手续的考生和站在一旁的家长们说，各位考生，各位家长，刚才在这里发生了不该发生的事情。你高兴的心情是可以理解的。但是，决不允许在校园里搞这些庆祝活动！你们是来考试的，不是来闹事的！如果再发生一起这样的事件，有关联的考生将受到牵连，对制造事端的人我们将追究治安刑事责任！你们在家里如何庆祝，在校外如何分享，我们都无权干涉，但是，只要是在校园里是不允许这样聚众闹事的！

有个家长不满地回掼，这哪是闹事啊，这是庆贺！

刘民潮呵斥道，这就是闹事！这么多人，你们在这里又蹦又跳，一旦发生治安问题怎么办？谁来负这个责任？你们在高兴，你们知道吗，就在你们旁边还有一些人在哭呢？你们的孩子上榜了，可是，还有更多的孩子落榜了。你们高兴，可是，有更多的人不高兴，甚至在怨愤啊。如果有人借机闹出大事来，你们谁能承担得起？这不是闹事是什么？

你们还要知道，目前正在召开全国人大和政协会议，正是需要治安稳定、社会和谐的时候。你们在这里一旦挑起事端，就会是大事，就会引起国际关注！我这不是在吓唬你们，你们知道，北京艺术大学的招生考试，不只是一个普通艺术大学的招生考试，它已经是全国关注、世界瞩目的大事了。这里一旦有事，全世界都会立即知道的。别有用心的人会利用这个机会制造更大的事端，编造谎言，以此来攻击我们的教育制度，社会制度，一切都会被放大，也会被无限地扩大。

说严重一点，你们的孩子虽然上了榜，但是，如果一旦发生事情，你们的孩子最终能不能进入北艺都是个疑问。我相信每一个家长都不希望出事，都希望自己的孩子安全顺利地考入北艺。那么，请你们注意，今天的事情不能再发生，任何人任何理由都不行！一旦被发现，我们会立即追究责任！

刚才还在兴致勃勃大把大把向人群撒糖块的女人吐了吐舌头，哎呀，这么严重啊！我们哪想那么多啊？这下知道了，可不能乱来。

那位跳舞的母亲也吓得变颜变色，直喘粗气。她旁边站着的男子低声地对她说了几句话。跳舞女立即惊慌地退到人群外，找个角落把那套鲜艳夺目的民族服装脱了下来，塞到包里，披上件黑色的长羽绒服返回来。

刘民潮讲完，把喇叭还给罗可。罗可接过扩音器，看了看已经排好队静等办理手续的考生们说，在大家办理面试手续前，我宣布几条面试的注意事项，请大家记住。因为面试将在后天举行，各位考生还有一整天的时间做准备，预祝大家考出好成绩来。请考生们注意几个问题：

第一，后天早上7点钟全体考生在这里临时抽签决定考试的次序，考生将按照临时抽取的顺序号进行考试。务必准时到场，到时将点名，没有按时到达的将按照自动放弃处理。

第二，面试的方式是一个一个进行，因此，请大家按照上下午的时间进行排队，抽到上午的，上午都要在候场室候场，抽到下午的，下午再到场。

第三，考试的程序是，先抽给你提问的考官号，再抽取一道必答题，其次回答考官们的自由提问。每位考生回答问题的时间是5分钟。

第四，考试完成后立即退场，不允许在考场周围逗留，不允许向他人透露考试内容、交流考试现场情况。违者一旦被发现将被取消资格。

大多数考生都往本子上记内容，有的家长也在仔细听，认真地记，生怕漏掉什么内容。宣布完注意事项，考生们开始办理面试手续。

晚饭过后，本来还应当继续学习材料，准备次日的小组讨论发言，但李禾根却想回学校，他还是有些放心不下。他想去跟刁子规请个假，回北艺去。

刚走出房间就看到了刁子规，她正在朝自己的住处走来。李禾根说，刁校长，我正想去您那里请假的，我还得回学校去，检查一下后天面试的情况。今天晚上把事情处理好，明天就可以全天在会议上了，省得这事儿那事儿的。

刁子规说，对，你今天还是回去住吧，可以把材料拿到家里去看。另外，正要找你呢，来了通知，让咱们开完政协会议后，去中央党校报到。

李禾根疑惑地问，去党校干什么？

学习啊。在学校受训一个学期，之后就要到新岗位上去工作了。

那，这个学期您不和我们在一起了？谁来代替您主持工作？

不只是我，还有你呀。你也得去。我跟你谈的事儿，不是说说就得了，是要落实的。

李禾根更不解了，落实什么？

咱们不是说好的吗，我给你腾地方，我一走，你也得到位了。

虽然事先刁子规和李禾根谈过，他也没有表示过反对，但他一直都觉得那是个很遥远的事情，跟自己的关系也不大。如今，刁子规说让自己去党校接受训练，李禾根一点儿都不适应。他有些回不过神来地说，哎呀，还没有从这招生考试的深度陷阱里走出来呢，您就一下子给我打了一闷棒，让我去党校报到去！能不能缓一缓？明年，或者后年，我现在是焦头烂额。

刁子规乐了，你就是太专注了，让你当上几个星期的校长，你也会陷到全校的事情上去。你呀就是这么个人。走，陪你走一段路。

李禾根乐了，我今天正是想走走路的，不想坐车了，想走回去。

刁子规说，走？这么远的路，你能走回去？

李禾根认真地说，怎么不能，也就一个多小时的路吧，我走过比这更长的路呢。主要是我想通过走路，让自己清醒清醒，脑子里一锅粥。

走，我陪着你走，今天晚上我也不驻会了。陪你走回去！

李禾根直摆手，哎哟，那那那可使不得，怎么能让您这么娇贵的身体陪我这么个污浊之物？您还是早点休息吧。拜拜了！

说着，李禾根紧走了几步，想尽快离开。刁子规笑了，看把你吓的！不就是散散步嘛，有什么大不了的？你这是怕我累着吗？你是怕别人看见说闲话吧？

李禾根"嘿嘿"地笑着，站下了，他望着刁子规走到自己的身边。

刁子规嗔怪地瞥一眼李禾根，走吧，瞧你那小心谨慎的样子！不过，这也对，在这个关键时候，你是不能出半点儿问题的。不然，我经营了你这么多年，考验了你这么久，因小失大就会前功尽弃。小心着点也好。希望你到位后，也像现在这样如履薄冰，爱惜自己的羽毛。

两个人走出新大都饭店，沿着街道一直向东走，再往前走就是平安大街了。

李禾根解释，我也不是怕事啊，真是觉得您陪我走这么远的路，有点难为您大小姐了。

得了吧！我还不了解你？叽叽咕咕的，不爽快。还那么固执！

李禾根憨笑着，您是把我看透了，就这一堆一块儿，废品一个，没什么大出息了。要不是您这么拉扯着我，推着、赶着往前走，我可能早就掉队了，也可能真成了个要饭的了。

刁子规笑眯眯地问，还记得我是怎么把你给"捡"到北艺的吗？

李禾根笑了，怎么会忘？！我刚毕业那会儿，赶上那个特殊的历史时期，一场春秋大梦就此结束。那个时候大学生少，国家包分配，衣食无忧，天之骄子，社会栋梁，春风得意，金银铜铁锡，什么饭碗随便挑，党政机关，国企民办，想去哪儿就去哪儿。那叫什么？那叫供方市场！不是我们去找单位，是单位到学校里求我们。我那时的梦想就是当记者，就挑了个《人民日报》海外版，都是板上钉钉的事了，连宿舍都分了。可是，突然啊就什么都没了，我们那拨儿人许多都很惨，从天上摔到了地上，一夜之间，什么都没了，说好的工作，没了，设计好的未来，没了，甚至连谈好的恋人，都劳燕分飞，各奔东西。我原来是靠助学金上学的，毕业了，谁还给你啊，就在北京勉勉强强地混着。好在刚毕业时，还是夏天，好混。没住的就在街边、公园的长椅，地下通道，河边绿地什么的凑合一宿，可是没吃的最受不了。我们这代人经历过食物匮乏的年代，最怕没吃的，可是，竟然还是没吃的。没办法，到学兄学姐那里蹭。到了冬天的时候，就不行了，初冬就受不了啦。我那个时候，在北京找工作，哪都不敢要，连到建筑工地当小工都不要，很惨啊。

刁子规很心疼地说，怎么没听你说过？你还吃过这样的苦啊？

可不嘛。如果几年以后没有遇到您这个大恩人，说不定我现在还在衣食无着呢。

刁子规问，那你一直在北京漂着吗？

哪儿呀，坚持不住了，就回山西老家了。虽然愧对乡老，无颜见父母，可是，又饿又冷，不回去也得回去了。借了十块钱——那个时候火车票便宜，就回老家了。父母见我那个样子心疼得不得了。就让我哪儿也别去，在家里，他们要养活我。我在家里待了半个月就待不住了，不忍心啊，年迈的老爹老娘，也不容易。山西煤矿多，那个时候大大小小的，也没人管，矿上缺挖煤的，我就去了。我那个时候20多岁，正值生猛年纪，就下井了。还别说，下矿井挣得多，我还挺喜欢干的。心想，当个煤矿工人也不错。干了有大半年，多少挣了些钱，这算是踏实了。可是父母不让干了，他们觉得我可怜，天天黑黢黢的，累得臭死，回家吃完就睡，也不是个事儿呀。后来，招兵季的时候，我爸爸找人送礼，把我弄进了部队，这下他们才算放了心。

刁子规说，你当过兵，这个你说过。

那个时候的兵都是农村兵，差不多都是小学、中学水平入伍的多，都是十五六岁，有的年龄不够的，还托关系改年龄，他们的年龄都不大。我是超龄的，再加上，家里也没什么关系，不知道我爹费了多大的劲才把我送到部队的。就更觉得对不起他们。到了部队想好好干，转个志愿兵什么的，留在部队挺好。我们那个时候兵役制是四年，一般都是当四年兵以后，都转业了，极少数转成志愿兵的，可以再干13年。以后如果提了干，就可以真正留下来了。我那个时候的梦想就是转志愿兵。但是……唉，您看我唠唠叨叨的，都是陈芝麻烂谷子的，不说了。

刁子规饶有兴致地听着，李禾根却不说了，就说，这都是财富呀，后来你就转业了？以后你的写作跟这有关吧？

李禾根说，4年以后，不得不转业了，转业的意思就是哪来回哪去。我本来应当算是大学毕业于北京，但我入伍的地方是山西，所以，按理说就要回山西。可是一想到老父老母那个样子，就不想再回去给他们找麻烦。我就撒了个谎，对父母说，我在北京找了个工作，转业后就在北京工作了。我说以后稳定了，接他们到北京住。父母深信不疑。就这样，我又回到了北京。先是到处找工作，什么都干过，搬运工，人力车夫，刚开始主要是体力活，一次偶然，我遇到了大学的一个同学，不是一个专业的，她学法律的，就很惊讶我怎么成了拉洋车的了？她说，她在一家法律事务所工作，他们那里缺人手，让我去她那里，我就去了。就这样又回到了文字中。可是，工作也不是太稳定，后来他们的那个公司裁员，我被裁掉了，就继续在北京漂着。

我在煤矿的时候，因为刚刚从天之骄子的虚妄中摔到地面，心里很苦闷，就开始写东西，开始没想发表什么，基本就是发泄。人家不是说了吗，作家都是有心理缺陷的人，写作就是在弥补这种缺失。这话有没有道理很难说，可是，在我身上是有道理的，我就是为了解除内心的挣扎。后来写上了瘾，一直到部队，我都在写。都以"寒风尽"的笔名发表作品，我那笔名的意思就是"寒风尽处，春风必到"之意，内心里盼望着生活好起来。

在北京漂着的时候，我已经是小有名气，可是生活仍然拮据。从律师所出来后，只要有饭吃，能交得起房租，我就不再去工作，而是专心地搞创作。我当时没有太大的野心，就是想能靠写作养活自己就行。但是，靠稿费在咱们这里是养活不了自己的，就得时常地出去找些事做。有吃的就不出去。那个时候，真是有上顿没下顿的，咱们相识的时候，我其实也骗了您。我说，我在家里专职写作。我把我的作品给您看，没想到您看中了我，还委我以重任，知遇之恩，没齿不忘！

刁子规说，也不是我看中了你，是有个杂志社的朋友向我推荐了你。我那时需要一个主持文学院工作的人，没有合适的，《中国作家》杂志的彭浩老师力荐你，说你的作品写得极好，说你的为人如何如何，说你不得志什么的。我就读了你的作品了，读了就喜欢上了，想再见见人吧，见了面谈了话才知道，你还真是个人才，被埋没了。

李禾根特别感激地站住了，望着刁子规，您是我的伯乐，也是我的贵人啊。正是因为您对我有恩，我就更得为您负责呀，我要想周到，想细，不能把事办砸了。

习了规说，什么为我负责？要是仅仅为我，你就不必费那么大的劲，吃那么多的苦了。你知道，就今年的这个招生，你得罪了多少人？有多少人向我告状，什么难听的话都有，什么肮脏的事情都有，都想把你拿下。你呀，你也太固执了，曹耀辉不就是要放一个人进来吗？又是他的亲侄女，虽然他开始是耍了个小聪明，给你们布置"任务"，那不是也想减轻你的心理负担吗？你怎么就一点都不开窍？我手上不是还有机动名额吗？一点都不会动用你的那25个名单的。

李禾根如梦初醒般的，噢，我说您今年怎么不那么坚持了呢？原来手里攥个秘密武器啊。

不让你着急嘛！在这个时候要稳住，别急着表态。我知道你的心思，小事不计较，大事成不了，你想把每个细节都搞清楚了。这在实际中很难，有时不如糊涂一下，或者装糊涂一下。特别是你以后担当了大任，坚持原则是应当的，可是，有时需要在原则之外，讲究一点灵活性。不然，你如何与人合作？合作就是既有坚持，又有妥协呀。在家里过日子不也这样吧，你天天跟老婆坚持原则，一丝不苟，分得清清楚楚，这是对的，那是错的，没完没了地进行斗争？要想过好日子，有时就得退让，甚至就是妥协，容忍。商人做生意也是如此，人家出一个价，你也出一个价，你的价钱不能降，只能升，那还有个成？得让步，适当地让步才可以呀，有底线，有回旋空间。如果不伤大雅，不伤筋动骨，不伤害他人，妥协又如何？

这个我懂，可有时真的忍不住想较真，我就是那么个不知趣的人，固执。有时，我真恨自己，不仅不知趣，有时还不识趣，也没有趣味。唉，您把我看得透透的，可我自己却总在迷局中不能自拔。

你的情绪不对啊。自信，自信，自信啊！一百个自信。你缺乏的就是自信，自信不等于傲慢自满，也不是让你飞扬跋扈，而是自信、果断地面对一切。谦虚是正确的，可是不能妄自菲薄，贬低自己。你呀，就是对自己的评价过低了，也过于自卑了。这和你的经历有关，你不是在温室里长大的，你经历过风雨，你知道低头走路要比昂首挺胸迎风而站更会少受风寒。

李禾根不好意思地笑了。

一个声音打断了两个人的谈话，两位大领导在学校还没有说够，到了两会上，还要开小会呀？

原来是宋哲。刁子规笑着反问，你这是要逃会呀？偷偷摸摸，鬼鬼祟祟。

宋哲说，哪里，我也是刚刚吃过了晚饭，想出来走走，我也正想和你们二位大领导请示，我们北岳办学的事。明年九月份我们的创意写作专业的本科就要招生了，我原本就跟你们二位汇报过，请你们支持我们几位专家帮忙把课程设置、结构设置、人员安排，包括明年的这个时候，也得像你们北艺一样参与提前批次的招生了，你们得帮我呀。不然，我们这个创意写作学院就是两眼一抹黑。

刁子规说，这个你不用着急，大不了让李禾根把北艺的那套教学文案都给你，你复制修改，根据需要调整就可以了嘛。

宋哲说，这可不行！我们没干过，得有个明白人带着我们干一干。

李禾根说，三月份我们先给你派个经验丰富的胡文华过去筹备着。他这个人在北艺工作的时间长，熟悉艺考艺教这些事，又擅长一些具体细致的工作，他先过去给你把基础打好。我跟刁校长商量过了，胡文华以后就留在你那里了，你得管他一辈子的，要好好地待他噢。

宋哲满口应承，那当然了！肯定是顶级的待遇。他什么时候能到位呀？

李禾根说，随时都可以到位。三月份你这里的会议一完，你就把他带走吧，先让他过去安排一下，随后把家也搬去算了。

刁子规手指李禾根，这个你得抓住他不放，我已经交代给他了，有事就找他算了。

李禾根说，干脆我加盟你们算了，省得在北艺这么多的破事儿。

宋哲很认真的样子，对呀，我们巴不得！刁校长，您干脆把李院长给我算了，我看他被您折磨得已经不像个样子了。就参加个政协会议，他就神不守舍的，心思都完全不在会上，估计满脑子都是艺考了吧？您放心，到了我们北岳我们会保护好李院长的，让他出智慧，出点子，发号施令，不会让他累着的。哎，你们这是到哪去？

李禾根答，我们要回北艺，后天就要面试了，还有很多工作要准备。

刁子规也说，我也有好几天没有回去了，你是不是也跟我们去北艺转转？

宋哲笑着摆手，我可不敢去。咱们可是说好了，北岳的事可就拜托两位领导了，大手拉小手，一校帮一校，用你们的经验和实力带带我们这个小兄弟吧。

与宋哲告别后，刁子规和李禾根就沿着平安大街一直向前走着，不快不慢，时间过得却很快。两个人由工作聊到了生活，再由生活聊到了艺术，他们开心地随意地说着话，无拘无束。

原来说是要走一个小时的路，却走了两个多小时，到达北艺南校门的时候，李禾根看了看手表，已经是九点二十五分了。他问刁子规，您回家吗？我要去办公室那边看一看。

刁子规想了想说，我也去办公室看看有什么事没有，有几天没回来了。

两个人便走进校园。校园里灯火通明，招生的宣传招贴，"欢迎报考北艺"的霓虹灯闪闪发亮。看到两个领导走进校园，保安给他们恭恭敬敬地行举手礼。

刁子规的手机先响的，接着就是李禾根的手机也响了。两个人分别接听。给刁子规打电话的是曹耀辉，给李禾根打手机的是蒋明亮，两个人用的几乎都是同样的焦虑紧迫的口气，说着同样的一句话：刘淑媛跳楼了！

第 23 章　胶着

　　刘淑嫒自杀的时候，刁子规与李禾根正沿着平安大街边散淡地说着话，边往北艺走，在他们轻松开心地聊天中，一场悲剧正在悄然地拉开幕布。

　　蒋明亮按照领导的嘱咐安排外国文学教研室杜荷老师去刘淑嫒家陪伴，杜荷遵旨执行。蒋明亮对杜荷说，你只要陪她到了晚上九点钟，你就完成任务了。杜荷正是按照蒋明亮的指示，到了九点钟才离开的。因为她自己也得照顾家人，自己也得休息。

　　据杜荷事后回忆，刘淑嫒人生最后的那个晚上，谈得最多的就是达里奥·福的《一个无政府主义者的意外死亡》。刘淑嫒是达里奥·福研究专家，她是在意大利留学的，还曾经拜访过这位 1997 年获得诺贝尔文学奖的巨匠，她以此为豪。杜荷基本上插不上嘴，刘淑嫒一直问杜荷一个问题，那个无政府主义者从高楼上跳下去了，可是，他是自己跳下去的吗？他是被人推下去的吗？他是自杀呢还是他杀呢？

　　然后，刘淑嫒就认真地给杜荷分析，她说，她认为两者都是有可能的。她说，当年她在意大利留学的时候，他们就讨论过这个问题。而且，还转换了几种角度：假设无政府主义者是被人推下去的，假设警察局局长找来的那个疯子所说的全部都是事实，假设我们自己就是那位无政府主义者，等等。杜荷认为，刘淑嫒教授头脑十分清醒，思维敏捷，逻辑严谨，语言准确，她根本就没有问题，因此，她们的谈话很开心。达里奥·福也是杜荷老师十分喜欢的诺贝尔文学奖获得者，她自己也想在欧洲文学上有所造诣，所以，她非常虚心地听取了刘淑媛在人世间的最后一堂课，然后，她就愉快地走了。

但是，五分钟后，也就是杜荷老师刚刚从电梯上下到地面，就听到了一声巨大的响声，并伴随着尖厉的叫声，从窗口坠落下了刘淑媛教授。

所以，杜荷老师从此留下了心理阴影，她不再敢听到达里奥·福这个名字，一听到，她就想吐，浑身发冷。达里奥·福这个名字总让她想起那一摊喷涌四溅的血，昏暗凄冷的路灯下那具看不出立体感的尸首。还有，那身至死都穿戴在身的红色的羽绒服，黑色的牛仔裤，以及头上那条一直没有摘掉的发带。

陶仲生非常理智地说了一段话，让杜荷痛哭不止。

陶仲生慢悠悠地说，"孤猪独狗，不死就走"，她的结局都是她自己命运的定数。她这样孤立自己，与所有人对抗，她能有什么结局呢？我冷漠地问一句，假如，刘淑媛不死，她如何面对大家？假如她不死，她的结局又会是什么？那只有一个，就是离开北艺，离开文学院。可是，她有去处吗？她愿意离开吗？去一个新的环境，她会不会还如法炮制全部的经历。

吴品贤后悔地说，唉，人都走了，还说这些干什么？都怪我，当时我就不应当跟她较劲。她骂我也就骂吧，又少不了什么。唉呀，没想到呀，她竟走了绝路。

陶仲生说，不能因为人一死，什么都抹掉了。对的还是对的，错的就是错的，生死由命，富贵在天。尘归尘，土归土。天命！

杜荷气愤地说，你真是个冷血动物！

巡视组的组长王国民看上去年龄比较大，他身边坐着副组长张腾越。

两个人与李禾根握过手后，王国民说，知道你们都很忙，正是在考试季，您又参加政协会议，两头忙，我们也就只好钻你们的缝隙抽空谈了。

李禾根说，这是你们的工作，我理应积极配合。

王国民说，那我们就抓紧时间开始吧。我跟您说明一下，我们今天的谈话是要录音的，整个过程也有录像。您在文学界有很高的威望和影响，您在北艺工作了许多年，对北艺的整体情况也了解得比较多，我想，我们可以谈得细一点。

我们谈话的主要内容有三方面，第一是请您谈谈主官的情况，就你所了解的，最好有具体的事情，比如平时他们的爱好习惯，接触的人，特别是您觉得有哪些不符合规定的行为。第二是谈谈您自己的情况，就是您在任职中的一些情况，比如，您经常接触哪些人，您会跟什么人接触，您有没有参与一些规定之外的活动，比如宴请啊，娱乐呀，聚会呀。您有没有接受过一些人的馈赠，比如钱呀，物呀。您有没有为请托人办过什么事情，比如在招生、调职调级、进人等问题上。第三，请您谈谈其他人的情况，就您所知，机关的一些领导干部，一些基层工作的人，在您看来，有哪些情况是您不赞成的，或者您觉得不太合适？另外，我们想就我们了解的一些问题，请您给予回答。那么，就开始吧。

李禾根很坦然，并没有从王国民的开场白中感受到什么倾向性的调查意思。

先谈第一个问题。我对北艺的两位主官总体评价是满意的。是两位有水平、有个性、能力强的领导者，我对他们的工作能力、知识水平、办事效率也是满意的，总体上没有什么意见，也没有发现任何不正常的问题。

王国民插话，您可以一个一个地谈吗？

那就先说说我对刁子规校长的看法。我认为，她是一个难得的好领导。虽说是一个女性，但却是有智慧、有办法的好领导。雷厉风行，廉洁奉公，严于律己，从未听说过她为了自己的利益而做过什么，可以说赤胆忠心，兢兢业业，是个好领导。当然，她也是有个性的领导，在工作作风上，她有时也是专断的。但这么大一个学校，这么多干部，涉及这么多的专业，如果没有果断的决策力，没有干练的作风，也是很难领导好的。

那么，就您所知，这样一个工作作风强硬的领导，是不是在生活作风上，有些特殊的嗜好？您有没有听说过这方面的事情？

李禾根摇着头，不可能，她不可能在这方面有任何瑕疵，如果有这方面的闲言碎语，那也是造谣生事，无中生有。我是坚决不相信的。

噢，您跟刁校长的私人关系如何？你们平时除了工作之外，有什么个人来往吗？

没有。要说我们私人关系嘛，还是比较和谐的，我服她。她长我几岁，生活上很关照我，像个大姐。不过，她对谁都很关心，她关心每一个干部教员，关心大家的生活，子女，老人。

您与刁校长有没有什么私交？

有啊。因为她是独身，有时节假日，我们会邀请她到家里做客，但大多数都是被她拒绝的。不是这个事就是那个事，很少能应邀成行，但人是好人。

听说，您是被刁校长推荐为全国政协委员的？可以不可以这样理解，这与您跟她的私人感情比较深有关？

不可以这样理解！

李禾根敏感地觉察到，王国民的这句问话是话里有话。他警觉地回答，我成为全国政协委员是突然被组织决定的，事先我一无所知，没有任何预兆，也没有任何人向我透露过。我想，因为丁兆光的缺位，导致北艺缺少一个正式代表名额，是组织研究后推荐我的，并不完全是刁校长的个人意图。据我所知，至少两位主官是讨论过的，还上了学校党委会。

这个……请您想一下，您的委员资格与刁校长的力荐有没有关系？

当然有！如果她不力荐，我如何能被推上这个位置？但也仅仅是她出于对我个人能力的赏识，并且评估了其他人选之后而得出的结论，不然，她没必要冒险推荐我。

这个问题，我们会了解清楚的。那么，请您再谈谈您对曹书记的了解吧。

李禾根已经烦了，他本来是抱着较为轻松的心境来应询的，可是，这几个问题回答之后，他觉得轻松不起来了。一些问题，问话的人早有预设和铺垫，每一个问题几乎都是个陷阱，在这种情况下，他不得不小心起来。

李禾根说，我想，既然组织调查两位领导情况，事先也已经很清楚他们的基本经历和行为，也用不着我多说什么。为了不浪费时间，我愿意就组织提出的问题给予直接的回答。请你们问想知道的情况吧。

王国民与张腾越交换了一下眼色，那样也好。我们想知道的是"问题"，您觉得曹书记有什么问题吗？

您指的是哪方面？

哪方面都行，只要您觉得不合适、不对劲的都行，最好有事实，证据。

李禾根不置可否地苦笑，这样就有些漫无边际了。如果这样，我也可以直接回答您，我觉得曹书记人很好，哪方面都好，没有什么不对劲的地方。我的意思是，您最好问具体的事情，我知道你们已经摸了一些情况，就直接问，我想，大家都坦诚相待，问题就比较好谈。

王国民这时才意识到，他遇到了谈话高手，不能遮遮掩掩地谈。好吧，那就来个单刀直入。他问，您跟曹书记的私人关系怎么样？

主要是工作关系，私人关系也很好。

那么，你们经常在一起活动吗？在私人时间里？

不经常，偶尔一起喝个茶，聊个天，没有更进一步的来往。

那么，您跟曹耀辉一起去过娱乐场所吗？比如较为高档的饭店，娱乐场所？

李禾根想了想说，有过。

什么时候？在哪里？都有谁参与了？

就在 2 月 25 日前后吧……噢，我想起来了，应当是开始报名后的第二天，那应该是 2 月 26 日。曹书记邀请我去南长街的"程府宴"。

王国民又和张腾越交换了一下眼色，眼光中有些兴奋的神色，他们觉得似乎挖到了实货。

"程府宴"那可是个高档地方。你们是因为什么去那里？还有其他人吗？他为什么要邀请您去？

曹书记说是请我放松一下，因为，两天后就要进行招生考试了，曹书记觉得一进入考试阶段就会比较劳累，身体消耗就会比较大，他说他要为我放松一下。

是组织行为吗？

那怎么可能？是他私人请我。我那时正忙着报名的事，但是曹书记有些强制我去的意思，所以我就去了。

除了吃饭，你们还有什么消费？

李禾根答，因为那天酒喝多了，吃完饭我就被送回家了，没再有什么消费。

还有谁参加了？

他只请了我一个人。

他跟您私人关系非常好吗？

我们就是同事，他是我的上级。

那他为什么要这样关心您，而且还是单独请您去这家高档的饭店？

这个，您得问他了。

您不觉得奇怪吗？

我是觉得奇怪，他请我去高档的饭店吃饭，没有提出任何要求。也不请我办事——他是北艺的二把手，在北艺他想办什么事根本就没必要向我伸手，他的能力和影响力比我强得多。我当时的反应正像您现在的反应一样，我觉得非常奇怪。可是，后来想明白了，我想，曹书记可能一个人——他离婚了，这您应该是知道的，比较孤单，需要有人陪着说说话，或者找个人喝喝酒。真正想放松的是他自己，无非是打着给我放松的借口，给自己放松。

请您再好好想想，那天，除了喝酒外，你们还有别的消遣吗？比如异性按摩什么的？

我酒量很小，喝了没多少，我就喝多了，后面的事并不十分清楚。他们把我送回家，我们喝多了之后的事情我基本上是不知道的。这是实话，如果后面发生了什么事，我想，曹书记应当比我清楚，你们可以直接问他。

您那天是真醉了？

应当是真的。

"应当是真的"是什么意思？

说真话，我当时确实是醉了。同时，我也确实不想后面有什么活动，心不在那里，只想尽快回去。因为招生的事情太多了，我爱人也千叮咛万嘱咐让我早点回去。所以，虽然真是喝多了，但样子有一部分是夸张的，似乎有一点点儿装醉。如果休息一会儿，我可能也会醒过来。我后来就被人送回了家，一觉天亮。后面的事，确实不知道，曹书记也确实在中间没有提过任何要求，如果提了，我也不记得。我想他没提任何要求。

后来呢，特别是开始招生以后，他有没有给您提过什么要求？

那都是工作上的事情。他给我们布置了一个任务。

他是给您一个人布置还是给很多人布置任务？

当然是我们几个人。我、刘淑媛、陶仲生、李立国，我们都在场。他当时说，财政部管拨款的一位干部的孩子考北艺，让我们关注，是作为任务布置给我们的。他说，这位官员可以帮助我们增加教育经费和基础建设投入。特别是我们即将开建的北艺大厦工程，立项已经开始，可是建设经费却没有着落，这是一个机会，希望大家以大局为重，为学校完成这个任务。

这个孩子被招进来了吗？

目前还没有确定。不过，我想曹书记最终可能会有办法让她进入录取名单的。

您这话是什么意思？你们没有完成曹耀辉交代给你们的事情？

是的。最初，曹书记是想把那个孩子——她叫"曹贝贝"确定为特招生的。您知道，在北艺有个"特招政策"。在正常的考试之外，可以确定三位特别优秀的考生为特招生。一旦被确立为特招生，无论高考成绩如何，都会以特殊的政策特招进来的。也就是说，曹书记开始是想把曹贝贝确立为特招生的，但是大家意见不一致。因为曹贝贝不足够优秀，达不到特招的标准。所以，只好让她参与到普通的招生考试中来。但是普通的专业课考试也不理想，每一次都是勉强进入保留名单，而且都是曹书记做工作后，作为最后一名列入名单中的。如果按照正常的考试，她是没有资格被录取的。因此，我说，曹书记最终会有办法让曹贝贝进入北艺的。所以，这一路走来，曹贝贝都是有惊无险地进入了所有的考试名单，我相信最终她也会顺利进入北艺的。

您觉得这位考生的事情与曹耀辉26日请你吃饭有没有关系？

我觉得没什么关系，至少我没有发现有什么关系。因为后来曹贝贝的事，不是给我一个人布置，而是当着大家的面，给大家布置任务的。您可以去问问刚才我说的其他几个人。

您觉得您自己有问题吗？特别是在招生问题上，有没有要向组织交代的事情？

该说的，在考前我都向组织说清楚了。比如，我爱人的老家有一位叫冯启发的考生，他通过我爱人的母亲找我，让我帮他考入北艺，但是我拒绝了，并劝他们回去，不要再考了。因此，他们要是考的话，按照规定我就得退出考官队伍，进行回避。这是招生规则上有的。但是，冯启发和他的父亲不听劝，还是决定要参加艺考。这样，我就只好向组织汇报这个情况，并且提出要回避、退出考官队伍。经过两位领导研究，并通过北艺校党委会集体研究决定我依然留在考官队伍内，并依然由我来主持这次艺考工作。我想，这是组织集体决定的。我本人本来是不想参与的，但是组织信任我，把重担交给我，我只能听从组织和领导的安排。

那么，还有其他托关系的人吗？

有，比如冯坤副校长，还有机关的一些干部们。但是，我想，这都属于正常现象，我不会因为他们找我而放弃原则，放弃领导和组织对我的信任而对他们有实质性的帮助。

为什么？是您与他们的关系不好，还是其他的原因。

因为北艺的考试在程序上是严密的，甚至可以说"滴水不漏"，根本没有办法，也没有机会去帮任何人。包括我自己的孩子如果有一天想考北艺，我都无法去违规帮她。因为在程序上已经做到了天衣无缝。所以，曹书记才公开地给我们文学院的四个人布置任务，但凡有空隙可钻，我想他也不会这样公开地说出哪个哪个考生需要关照的，直接钻程序的缝隙直接办就可以了。

那么，到现在为止，您有没有收受过考生家长的钱物？

没有。

可是，我们接到了四封举报信，都是说您有这方面的问题。信中的时间、地点、物品、数量说得很清楚，我想，这恐怕不是没影的事吧？

李禾根有些恼火，如果是这样，那么，您说得具体一点，什么时间，什么地点，是谁送的，这样我们也可以对质。

王国民翻看着笔记本说，2月28日那天晚上，九点钟左右，在您家，有两个人上门，您家有人开门，您家对门的陈飞燕老师也看到了，您家进去过人。

李禾根想了想，笑了，我从2月27日晚上开始就已经不在家了，我妻子和孩子是在那一天下午去的三亚，怎么可能家里有人呢？这个您可以去调查的。

王国民说，您好好想想，您的家人是2月27日走的，还是2月28日，如果家里已经没有人，您家的门是如何被打开的？

噢，那就是小吴呗，就是我的司机。我们离开后，他每天都要帮助我们去喂一下狗，遛遛狗，收拾一下房间。那可能是他恰好在吧。不过，据我对小吴的了解，在这方面他是不会有什么非分之想的。

那么，您知道他收没收考生的钱物？

应当不会的。不过，考试开始以后，我还没有见过小吴，也没有跟他联系过，不了解情况。在专业课开考以后我每天都忙着考试的事，基本上没有离开过教学大楼。我在走之前跟小吴交代过，如果有人送东西，就叫他把所有的东西都退给送的人，如果联系不上人，就把所有的东西和钱都送到纪委去。我也跟曹书记说好了，小吴去送东西都要详细登记，时间，地点，谁，为什么，等等，都要详细地登记。我想，如果小吴收了钱物，也会照我说的方法去处理的，这个我是放心的。

那么，您是知道谁要给您送东西的了？

怎么可能？！我怎么会知道会有谁，在什么时候，给我送钱物？开考以后，我的手机没带在身上，我对外联络都是靠文学院办公室的主任罗可传送的，他是我对外唯一的联系人。你们也可以找他问问呀。

但是，据我们了解，情况不完全是这样。所以希望您能如实地反映情况。

李禾根一听这话恼了，如果你们掌握情况，就不要再问，直接"双规"，拿下！不要捕风捉影的。如果，你们没有什么证据，那么，对不起，恕我不奉陪！

说完，李禾根站起身就走。

第 24 章　收官

3月6日，北艺文学院的最后一试拉开大幕。

早上7点文学院全体人员全部到位。文学院共有30人，27名教员，3名行政人员，27名教员如今却少一名刘淑媛一名胡文华，还剩25名。所有老师都按照成为面试官的要求做了准备，包括衣着、提问的问题。

7点10分，曹耀辉带着北艺的纪检督察组到达设在戏剧学院小剧场内的文学院面试考场，开始抽取考官名单。

文学院面试考官都是从北艺的专家库中临时随机抽取的。北艺各个专业都有自己的专家库资源。文学创作专业的专家库成员是由文学院的全体教员及校外专家组成。校外专家通常是在考前的晚上抽取并通知，而校内的专家们则现场抽取。目前校内的专家是由25位组成。因为上午和下午都要进行面试，因此，抽取的考官也是两组，上午一组10人，下午一组也是10人，其余5人为考场监察人员，配合学校派来的纪检督察组的8位老师工作。每一组都是单数，因为李禾根作为主考官要参与全程，主持全部考试的过程，因此每一组的考官实际上是11名。

因参加政协会议，刁子规没有到场。曹耀辉代表刁子规和校党委常委向文学院的全体教员、考官表示感谢。强调了一下学校对面试工作的重视程度，并介绍今天到场听面试的领导们，除了刁校长之外，全体常委悉数到场。

而后，曹耀辉很庄重地提议，为刚刚离世的刘淑媛教授默哀！

默哀毕，李禾根讲话，刘淑媛老师是我们中的一员，是一位为文学教育事业兢兢业业、勤勤恳恳、做出了较大贡献的教育工作者。她的离去是我们艺术教育的损失，也是我们文学教育事业的损失。在此，我代表全体文学院的教职员工们向她表达诚挚的追思和悼念。我们失去了一位优秀的老师，也失去了一位优秀的外国文学专家，我们当以更加努力的工作和精勤的行动招好学生、教好学生。

在面试正式开始前，李禾根再次强调面试纪律：如果面试考生们有各位老师的关联人，请立即退出，可以参与计分、督导等工作，但不能参与打分给成绩。

李禾根说完第一条后，望向大家，没人要退出。

既然没有人与考生有关联，那么我提醒大家五条打分注意事项：

第一，我们提的问题尽量围绕文学创作来设问，比如复试时创作的作品，文学观问题，文学方法问题是各位考官提问的重点，而对于那些社会道德、伦理价值、哲学等问题，尽量不提。由于每个人的时间都是有限的，尽量引导考生进行文学本体问题的讨论。

第二，考官打分时，是一个考官提问，全体考官打分。不提问题的考官，根据其他考官提出的问题，考生的回答情况进行打分。

第三，打分的标准分四档：85分至95分为一档，特别优秀的可以打到满分。第二档分数是75分到85分，为中档，65分到75分为三档，65分以下为四档。判断的基本标准，在打分表上都已经说明了，请大家遵守打分的基本规则，公平公正地判断。

第四，印象分不能过高要求，我们的打分表上有一栏是"印象分"，但这只是相对的，我们不是表演专业的，因此，对外貌基本没有要求。只要外表没有过多的残缺和先天问题即可，但其礼貌礼仪是有要求的。

考生应当外貌衣着得体，朴素大方。考生对考官应当有基本的礼貌礼节。从历史的经验看，大部分考生都比较紧张。但每年也都会出现一些过于自信的考生，有的甚至过于放松，有的跷着二郎腿，有的不断地抖着腿，有的两手插在胸前，一副满不在乎的样子，还有的说话太随意。这些是要适当减分的。

第五，不允许考生透露任何个人信息，特别是姓名、考号、来历、家乡等。有的考生还要"卖惨"，家里如何如何穷，如何如何是穷困山区的，如何如何努力，这一切都在这个专业考试里不允许透露。考生只要提出这些内容，就要中断其考试资格。这在考生须知里都是有说明的，各位考官要注意，一旦有考生这样做立即警告、制止、减分。

另一个要强调的是，我们判断考生回答问题的效果时，如果考生只是简单地回答是与不是，不善于抓住核心话题与考官展开对话，也不能打高分。面试的目的，正是通过对话，发现考生对问题的思考角度，考生的知识面，考生在文学方面的思考，考生的为人，等等。如果没有对话如何判断这些？考生若是不说话，我们无法判断，考官要引导考生开口，表达自己。

教学大楼外，考生们也正在有序地排队抽号。这是他们抽取的进入考场的临时号码，根据这个号码的排序决定上午还是下午参加考试。

一个穿着运动棉衣的父亲跟穿同样款式的儿子，相互击掌，父亲握着拳头，加油！

儿子也握着拳头坚定地回应，会成功的！

然后，儿子转身，走到门口还不忘回过身来做了一个胜利的手势。

曾经在看榜时跳舞的那位母亲往女儿手里塞一件衣服，嘱咐说，进考场的时候一定换好这件衣服噢，它会给你带来好运的。

女儿却不愿意，谁这么穿？花花绿绿的，人家会笑话的。

母亲说，谁也不会笑话的，这是咱们苗族的服装，祖祖辈辈都是这样穿的，你给咱们全族都带来了好运，穿上它，也会给你带来好运的。

不穿，不穿！你会让我丢丑的！

一旁的父亲劝母亲，孩子不穿就不穿吧，别影响她的心情。

女儿快速地离开，追赶已经向里走进的考生队伍。快到门口的时候，她又转回身来，跑到正在伤心的母亲身边，使劲地拥抱了一下她。母亲开心地笑了。然后，女儿也开心地二次回到队伍中。

还有那位向人群里撒糖块的母亲，她正在使劲地朝队伍里的孩子摆手呢，又是拳头，又是胜利手势，又是飞吻的，她不知道怎么表达对孩子的祝福了。

外边的家长们比考生都紧张而焦虑，望着考生们进入教学大楼，他们的心里要多不踏实有多不踏实，没着没落的感觉。孩子们进去了，家长们还是不愿意离开，有的就在广场上徘徊等待，有的聚在一起聊起闲话。也有的家长离开，去给孩子们准备吃的喝的去了。

考场内，第一个考生被放进来，是个女生。长裙，浅色的毛衣，中等个，进来后，对着考官深深鞠躬，考官老师好！我是0011号，我叫……

陶仲生制止她，不要进行自我介绍了。

女孩吐了吐舌头，不好意思，我忘了。

然后，引导员把她引导到侧面桌前，提醒她，请你先抽取提问的考官号。女生随机按动了抽号按键，数字停在"5"上。引导员提醒考官：请五号考官准备提问。五号考官就是陶仲生。

然后，考生又抽取了必答题。引导员请考生坐在"考生席"上，然后打开考生抽取的必答题，念道：2016年4月，曹文轩获国际安徒生奖，这个奖项被誉为"儿童文学的诺贝尔文学奖"，成为中国文学走向世界的重大事件，曹文轩很少给成人写作品，你认为给儿童写作与给成人写作有哪些区别？

引导员念过题后，把题目给了考生，考生接过考题又仔细地看了一会儿，然后问，我可以回答了吗？

李禾根说，你如果准备好了，就可以回答了。你的回答时间是5分钟，从你回答的时候就开始计时了，请注意时间。

考生，好的。我觉得从文学创作的角度说，给儿童写故事和给成人写故事的思维角度是不同的。给儿童写应当是儿童思维，也就是从儿童的角度去构思儿童的世界，这个世界与成人的世界是不同的，最大的不同是儿童把游戏当现实，他们所面对的是一个虚幻的却又信以为真的童话世界，语言和想象的方式与成人是不同的。成人的世界是现实的游戏，儿童的世界是游戏的现实。随着年龄的增长，游戏会渐渐地浮出水面，游戏中的水分会被晒干，变为成年的现实。曹文轩老师的作品我看过很多，从小就爱看他的作品，我觉得他的作品就能说明这个问题。他的作品把许多成人的现实生活游戏化了，让我们看到童心和童心之外的意味。

陶仲生提问，他以轻松漫谈的方式跟考生进行交流。

你刚才的回答很吸引我，看来你是喜欢阅读的，你是不是读了很多文学作品？

是，我平常就喜欢阅读。我妈妈是个作家，她从小就引导我读书，给我讲故事，我受她的影响也喜欢写作。

我给你提一个这样的问题，看你能不能回答：如果可能，你最想采访历史上的哪个人或哪种人？为什么？你会问他什么问题？

女孩抬起头，认真地思考，然后答，这个嘛，我想我会去采访戚继光、郑成功这样的大英雄，如果让我采访女性，我会选择花木兰、穆桂英这样的女英雄。我从小就有个英雄情结，虽然我喜欢阅读，喜欢写作，但我更喜欢那种如北宋张载所称赞的"为天地立心，为生民立命，为往圣继绝学，为万世开太平"的人。我想我会问他们，在家国危难、生民涂炭之际，是什么让他们有了那么大的勇气站出来？

你一个女孩子，有这么大的心胸还是挺难得的。你的想法是不是受家庭的影响大。

女孩点头，是。我父亲是个军人，我也受他的英雄主义、家国情怀影响，喜欢英雄故事。特别是被称作"民族英雄"的人物，非常喜欢。我小的时候，还学过武术，开始是因为从小体弱多病，为了强身健体，后来觉得武术也培养了我的爱国情怀和爱打抱不平的怀格。

你还会武术？！一个女孩。

会，我给您练一套拳吧，我从小就没断过。

说着，女孩就站起身来。这个举动让陶仲生有些措手不及，他望向李禾根，李禾根也对女孩的举动感到意外，不过，他略一迟疑，还是微微地点头。

大家就看着女孩练拳脚。说练就练，她连准备动作都没有，噼噼啪啪，连贯流畅地练了一套漂亮的拳脚，抱拳收势，大气不喘。考官们都鼓掌。

你这是练的什么拳？

少林拳。

很好！你的面试就到此结束了，谢谢你！

女孩再次抱拳鞠躬，转身走出了考场。

下一个考生，女生。程序依旧。抽考官、抽考题，然后坐到座位上回答问题。提问的考官抽到了剧本教研室的李江。

女孩穿着牛仔裤，淡蓝色的上衣，笑嘻嘻的。她抽到的必答是："请举几位你所熟悉的目前比较知名的作家和他们的作品，就一个你比较熟悉的作家或者一部作品谈谈你的看法。"

写军事题材的"丛林狼"，写过《狙击荣耀》，"横扫天涯"的《拯救全球》，"蝴蝶蓝"的《王者时刻》，"唐家三少"《斗罗大陆 IV 终极斗罗》……

李江打断女生，你说的都是网络作家，非网络作家你知道谁？

鲁敏，她写过《奔月》，徐则臣写过《如果大雪封门》，还有王朔，我看过他的《一半是海水一半是火焰》。

你知道得还真不少啊，是不是背过？

女生羞涩地点了点头，为了应对这个考试，我背过一些复习资料，那上面都写了很多。

那么，你真正读过的是哪个作家的作品。

我根据复习资料上的介绍，选择了鲁敏的那部《奔月》看了，挺喜欢的。

《奔月》写的是什么故事。

就讲一个叫"小六"的女人，总想改变生活现状，出了一个车祸什么的，她捡了一个别人的身份证，就冒充别人的身份到一个陌生的城市开始了别人的生活。可是，后来发现，现在的生活和过去厌恶的生活比较起来，其实都是一样的，生活是个轮回的过程，一切都复制了昨天。

李江肯定了女孩的回答，很好，看来你是读过这部小说的。那么，我们来做一个练习好不好？

好呀。

假如，在你面前有一张照片，这张照片是你们全班同学的合影，你来描述一下这个"班级照"。

好的。那是在我们最后一次课之后，我们的班主任老师召集大家拍张合影。我们都围在她身边，我们有着离别的伤感，有着即将分手的凄凉之意。我们手拉着手，像花一样把老师围在中间。我们高兴我们有这样一位像妈妈一样的好老师，我们永远不会忘记这位辛苦的老妈妈。站在老师后面的那个男生，是我们的班长，我们的男神，他高高的，帅帅的，他有着一头浓密的长发，他笑嘻嘻的，他做出胜利的手势。我们手搭着肩，我们笑着哭，哭着笑，那是我们最难忘的一次合影。

女孩说着说着流了泪，看来她动情了。

李江结束了她的面试，很好！你的面试结束了。

女孩似乎还沉浸在对"班级照"的描述中，被李江的这一句话打断了，很遗憾地问，这就完了？

对，你可以离场了。

趁下一个考生进来之前，李江评价，现在的孩子都善于表达。胆大，心理素质好。他们侃侃而谈，自我意识强烈，表现欲也很强，让我肃然起敬。

下一个进来的是男生，陶仲生低声说，终于进来一个男生。

　　那个男生抽到的考官是 8 号李立国。男生高高的个子，长得也很帅，给考官们鞠躬，坐下后又站了起来，很羞怯地问，老师，我能不能朗诵一段莎士比亚的《哈姆雷特》？

　　李立国望向主考李禾根，李禾根心想，既然前面已经有先例了，何必阻拦这个考生的要求呢，就点了点头。李立国说，那好吧，请你尽量少一点，因为咱们这是文学院的考试，并没有"才艺表演"这个环节。

　　谢谢老师！

　　考生又给考官们鞠了一躬，他转脸看见旁边有一架钢琴，也不再征求考官们的意见，快步走到钢琴前，坐下。弹了一段曲子，作为朗诵的开场。然后，用英语朗诵起来，声音洪亮，吐字清晰。大段大段的英文台词流畅而清亮。

　　这个男生表演很投入，以至于忘记了他刚刚答应李立国的"尽量少一点"的要求。李立国不得不干脆打断了他，就到这吧！你的表演很不错，但是，你用掉的时间也过多了，每个考生只有 5 分钟回答问题。现在已经用掉了 2 分钟。

　　男生尴尬地停了下来，坐回到考生的座位上。

　　李立国说，你已经把自己的时间用去了大半，这样吧，你可以做这样一个选择，你是想回答你抽出来的必答题呢，还是回答我现场提的问题？

　　男生痛快地说，我想回答考官现场提的问题。

　　那好，你在复试的时候选择了哪个题目，写的是小说还是散文？

　　我选择的是"离别"那个主题，我写的题目是《一声艰难的"爸"》，写的是……应当算是小说吧，是在真实事情的基础之上，虚构的故事。

　　大体上写了一个什么样的故事？

　　写一个男生跟自己离异的爸爸的故事。爸爸和妈妈离婚了，儿子跟了母亲，父亲长期不跟儿子联系。我写的是最后一次儿子跟父亲见面的故事。虽然很难过，但是父子两个人却像两个真正的男人一样对话，对视。这其实是写两个男人成长的故事。

你是怎样构思这个故事的？

这个故事有些真实基础，我本人就是小说里的那个男孩。很多事儿都是真的，我爸和我妈就在我上高二的时候离的婚，我跟我妈过，我爸走了。我想表现这对父子离别之后，各自成长的故事。我想到，不仅孩子需要成长，其实大人也是需要不断成长的，这是人的普遍性。

我由我自己的经历想到了这个故事的普遍性，我想小说就是应当从个别的现象而推及到普遍的生活的过程。所以，我想告诉读者的是，一个人的成长是一生的事，而不是一时的事。人生就是一个不断否定自己、又不断完善自己的过程。我在作品中虚构了父子在一个咖啡屋见面的过程。小说的开头是母亲开车送"我"去会见父亲，母亲并不想见他，而是由儿子自己去面对，与父亲进行交流。我还设计了一个细节，就是在会面的过程中，不是儿子局促，而是父亲显得很紧张。所以，父亲说话像个孩子一样，像个犯了错误的孩子，而儿子却像个成人一样，冷静地看着父亲。表现出一个因为家庭变故而变得十分成熟的男孩变成了男人的过程。

李立国说，你的这个作品我看过，觉得还是很有新意的，你的想法也相当不错，文字也很流畅，希望你保持这样一种个性化的思维方式。

谢谢老师！

你的面试结束了。

男孩走出去之后，李禾根告诉门口的引导员，先让下一个考生等一下，我跟老师们说几句话。

各位，今天的考生表演欲似乎都很强，但是，我们还是要把握一下时间，尽量不让考生再进行"才艺表演"。如果都来上这么一段，咱们面试的目的就发生偏差了。后面计时的人也要把握好时间，及时提醒考生和考官们时间。好吧，继续！

下一个考生又是个女生。不过，这个女生比别的女生长得高，显得很颀长秀丽。她抽到的考官是"7"号曹方。曹方笑了，打开自己的笔记本，准备提问题。女生抽到的必答题很简单，你喜欢哪位外国作家，为什么？

抽完题，女生坐到考生位，引导员高声地念过题目后，把题目放在考生面前，退在一边。考生看了半天题目，然后笑眯眯地站起身，从衣兜里摸出两块金属片，向后推了推坐椅，噼噼啪啪地打起两块金属板，边打边表演起了山东书《武松打虎》。曹方赶紧制止，唉唉唉，同学，面试是不允许表演"才艺"的，你赶紧停下来！

女生似乎并没有听清曹方的话，继续打板表演：

闲言碎语不要讲，表一表好汉武二郎。
那武松学拳到过少林寺，功夫练到八年上。
回家去时大闹了东岳庙，李家的五个恶霸被他伤。
在家打死李家五虎那恶霸，
好汉武松难打官司奔了外乡。
在外流浪一年整，一心想回家去探望。
手里拿着一条哨棒，包袱背到肩膀上。

在场的考官们都乐了，这孩子表现欲真的是很强。李禾根做出一个制止的手势，请考生立即停下来，这时，那个女生才停下来，红着脸坐下了。

曹方笑着问，你怎么不问问允许不允许就开始表演啊？

女生身子侧过一点，啊？

这个动作让李禾根警觉起来，这个考生是不是听力有问题啊，就问，你是不是听不太清啊？

考生还是微笑着侧过头来，啊？您大声一点，我没听清。

其他考官也觉得这考生听力有问题。李禾根大声地问，你是不是听力不太好？

这下考生听清了，她点着头，是啊，我听力不好。请你们大声一点，谢谢了！

这还是第一次遇到，北艺因为是艺术院校，是不招有身体残疾的考生的，但非表演专业是不是可以放宽政策，这个还需要讨论再定。李禾根示意曹方按照正常程序提问。

这个考生实际上基础相当不错，回答也非常圆满。

可能出去的考生向后面的考生透露了考场内的消息，后来参考的学生们也有要求进行"才艺表演"的。有一位考生要表演舞蹈，化好了妆，进来拉开架势就要跳。幸好，工作人员有了经验，及时制止了。

陶仲生笑着，我的天哪！文学院的考场怎么都变成了表演学院的考场了？

李禾根跟大家解释，这也很正常嘛。据我所知，考生中的一些人是兼报了多个专业和多个学校的，可能觉得自己没有机会去表演考场竞争了，因为那些考场更激烈，用你死我活来形容也不过分。我猜想，闯入咱们文学院三试考场对于他们来说纯属意外，就想借此展示一下没有机会在北艺其他专业考场展现的艺术天赋吧。

一位刚走出考场的考生兴致勃勃，他觉得自己答得很满意，外面有家长在等待着他。他走出去之后，高兴地跳着向母亲跑去，母亲主动地拥抱了孩子，感觉怎么样？

考生自信地说，好啊，感觉很不错，他们的问题也不难，就是随便谈。

这时，有一个男人走过来，很热情地递给那个男孩一瓶矿泉水，小伙子，都问了什么问题呀？

这时，也有其他的考生家长围过来，关切地问，是呀，都问了啥呀？

考生说，这个是不能说的，进考场前老师都说了，说要是被发现了，就取消资格的。

男孩的母亲也警觉地拉着男孩就向外走。递矿泉水瓶的男子一把拉住了男孩，没事儿的，我们又不跟他们说，就是问问，你随便说说，说不准也没关系嘛。

男孩看来有表达的欲望，他看了看母亲，似乎在征求母亲的意见。被这么多人围着，母亲似乎也为孩子感到自豪，就点点头。男孩说，就是两三个题的事儿，一个是必答题，我抽的题目是，描述你的"春节经历"，这个题目多好答！就是讲讲春节干了什么呗，我就讲了我春节没回老家，在北京，母亲陪着我备考的事。还讲了我春节跟我妈在北京找饺子吃却没有找到，我们自己包饺子的故事。我看考官们都挺……

矿泉水男打断了男孩的话，那考官给你提的是什么问题？

男孩说，我抽中的那个考官，提的问题是：在你的阅读中，哪个人物给你留下了印象？请描述一下这个人物。这个也好答啊，我说的是一个网络小说，我在网上读了一部连载的长篇网络小说《西拉沐河的传说》，我就说了里面的一个人物。我猜那个考官没读过这部长篇小说，他只是在听，没再提其他的问题。那部小说是我初中的时候读的，我都记不太清楚了，有些地方就是我随口瞎编的。可是，那位考官也没有说什么呀，我猜，他可能真的没读过那部小说。

矿泉水男追问，就这个题目吗？还问了些什么？

男孩说，还有一个考官问我，假如电影学院和北艺同时录取了我，我会选择哪个学校？我说，我会选北艺的，因为北艺就是我的梦想学校。从初中的时候我就想来，这里出现过很多大家，有大舞蹈家，也有大歌唱家，还有大画家，我很想到这里享受艺术的氛围。那个考官笑了，他说，他们文学院可不是培养表演明星的地方，这个地方只培养作家，文学是一个寂寞安静的事业啊，问我会不会半路当逃兵？

母亲拉着男孩的胳臂要走，孩子该休息休息了，人家也发现咱们了，得走了。

这时，大家回头看见有保安正向这里走来。大家也就散了。

矿泉水男没有离开，他继续在教学大楼外拦截着走出来的面试考生们，不断地问这问那。有一位家长觉得很奇怪，就问他，您的孩子是不是排在后面，您知道了这么多考试的消息，也不能传给他呀。

矿泉水男"嘿嘿"地笑着说，我孩子是下午考，我多收集一些消息，好让孩子准备得充分一些。

噢，那位家长这才知道，矿泉水男多么有心计。后来，他发现还有多位家长也在不断地拦截从教学大楼里走出来的考生，问这问那。有的人还拿着本子，不断地把孩子们说的话记录在上面。

不过，待的时间长了，家长们也发现了一些并不是家长却冒充家长的人，他们更热情、更积极地向刚刚考完的学生们提问、记录。后来才知道，这些人是艺考辅导机构的人员，他们正在搜集艺考的最新信息和考试方式。有好事的家长，就向保安报告。

第25章 破局

盒饭到了，上午的 10 位考官，有的拿了一份就回家去了，有的没拿，要回去自己做。李禾根下午还要继续，所以，他拿了一份盒饭坐电梯到八层那间"临时指挥部"去了。他想，吃过饭之后，还可以打个盹，休息一下。

刚来到宽敞高大的办公室手机就响了，他把饭盒放下，拿出手机，发现是一个陌生的电话。心想，又是考生的家长吧，关掉，没接，坐到乒乓球桌改成的会议桌边，开始吃饭。刚吃几口电话又响了，他一看，还是刚才的电话，又关了。过一会儿又响起来，他刚要发火，一看是刁子规的电话。

刁子规问，上午进展得顺利吗？

李禾根答，一切顺利！虽然时间很长，却也比较愉快，基本就是思想和文学观的碰撞交流。最后剩下的这些学生都很优秀。估计下午的面试也会顺利的。

刁子规说，找你有两件事：一个事是后大刘淑媛的追悼会我要参加。第二件事儿是巡视组的王国民刚跟我通过话，说是你们昨天晚上谈了？

是啊，是谈了，但谈得有些不对劲。

王国民说，进驻北艺后，他们收到四封匿名信，告你的状。他说，昨天跟你核实情况，你却态度不好，不解释也不说明，只是强硬地顶着。他说，不解释清楚就要挖下去，问我的态度。

李禾根有些恼火地说，什么我态度不好？子虚乌有，莫名其妙！他们所说的事情，我一无所知，让我怎么解释？难道他们说一件我承认一件就好？

刁子规制止李禾根，下午你还要继续面试，我不想给你精神压力，我只问你两个问题：一，你有没有他们所说的收受钱物问题？

李禾根坚定地说，没有。

第二，在招生问题上，你有没有对我隐瞒事情？

没有。

好了，你继续休息。其他都不用操心，一切都由我来处理。

李禾根不满地说，还休息呢，我连饭才吃了几口！

挂了刁子规的电话，李禾根心里很不是滋味。他知道，这也怪不得巡视组，这准是又有谁在背后捅刀子了。饭也不想吃了，扔在一边。这时，电话又响了。他一看，是刚才他挂掉的那个陌生电话。接吧。

喂，哪位？

对方没有说话，沉默。李禾根很不高兴，你是谁？给我打电话又不说话，什么意思？

李禾根突然觉得，自己今天有些不正常，说话怎么这么冲。不过，那个电话挂掉了。

他想，可能是个骚扰电话吧，这个特殊时期总有些奇奇怪怪的事情发生。把电话放在桌子上，可是却又响了。李禾根接通之后，很不客气地对着电话说，你若是不说话，就别再打过来了，否则我拉黑你！

是我……院长！是……是我……

李禾根惊讶地听到了这个熟悉的声音，小吴！你怎么回事呀？！你在哪呀？哪都找不到你！

我，我跑了。

你为什么跑？你跑哪去了？走之前怎么也不跟我说一声，这么无组织无纪律！

给您找麻烦了……我是想说，对不起！真的对不起您！

你在哪？赶紧给我回来！

电话那头沉默了一会儿，挂断了。

李禾根很生气，他看了看手机上的这个号码，拨过去，那头已经是关机了。这个恼火哟！这个吴开，搞什么鬼，看我不好好收拾你！跟我玩消失！

下午的面试1点30分开始，同样的程序又上演了一遍。不同的是，因为上午的面试出现了一些意外情况，有几位考生进行"才艺表演"耽误了时间，下午开始前，罗可把下午要进行面试的全体考生集中到一块儿，强调考试纪律：我们不是表演专业，因此，不允许在面试的时候进行表演类的展示。只需要考生进行回答问题即可，否则，将会根据情况减分。

李禾根也对下午面试的考官们介绍了上午的大体情况，以及出现的一些意外，提醒大家，如果出现原计划之外的现象，每个考官都有权及时制止。特别是违规的情况，比如，考生主动进行自我介绍，比如考生主动提出对在座的某位老师的议论评价等。问题还是回到文学创作本身上来，特别是在文学创作观、文学创作方法等纯艺术问题上进行提问。

下午的第一个考生是个女孩，长得很清秀，李禾根觉得很眼熟。他突然想起了两件事，一件是复试前的那个早晨，有个女孩蹲在北艺的一个角落里喂食流浪猫，还有一个画面，就是在复试的考场，那个边写边哭泣的女孩。对了，就是那位多愁善感的女孩，没想到她居然闯进了三试，还是有相当实力的。

女孩穿着朴实，素面朝天，先报出了自己的面试号，然后抽考官，抽题目。她抽到的考官是诗歌教研室的雷鸣，抽到的必答题目是，叙述一个你熟悉的经典文学形象，或叙述一篇小说的情节。

女孩讲述的是莫泊桑的小说《珠宝》的情节。她讲得十分生动，她说，清贫的公务员朗丹先生深爱自己漂亮的妻子，两个人幸福而又美满。可是，妻子却喜欢看戏，喜爱买假珠宝，经常在丈夫面前展示那些做得跟真的一样的假珠宝。朗丹先生觉得很惭愧，自己买不起珠宝，没有办法满足她，觉得对不起妻子。可是，妻子因肺炎去世了，朗丹却惊讶地发现那些珠宝都是真的，他一下发财了。可是，由此，他却又陷入了有钱者的困惑，他疑惑妻子这么多珠宝是怎么得来的？他的命运将是如何的，有钱之后，他还是原来的那个清贫质朴的朗丹先生吗？

女孩对比了莫泊桑的另一篇小说《项链》的情节，她说，两篇小说讲的都是珠宝。有意思的是，《项链》讲的是"真"变成假的故事，而《珠宝》讲的却是"假"变真的故事。两篇小说同时指向一个写作技术问题，就是围绕物品结构叙事。当一篇作品紧紧抓住一个有意味的物品进行叙事的时候，这篇作品将会集中紧凑起来，叙事就会顺畅。我在复试时写的那篇作品就是选择了"围绕物品写人物"的那个题目，我认为，这样会很集中有效。

女孩谈的与其他考生都不一样，通常这类题目非常容易让考生进入"主题思想""阶级分析"中去。离开文学创作，去谈作品的社会意义和道德价值，然后，再去谈资本主义社会对金钱的贪婪，和人性的堕落之类，谈的都是大而无当的非艺术问题。但，这个考生却避开了这些容易谈得平庸又无味的"外在分析"，而进入到了文学创作的基本方法上，这让考官们觉得有新意。

该考官雷鸣提问了，他问女孩，你喜欢诗歌吗？

女孩说，喜欢。

雷鸣问，你熟悉哪位当代中国诗人，你为什么喜欢？

女孩说，我读的诗不多，但有一位河北诗人叫"大解"却给我留下了深刻印象。这位诗人用特别朴实的语言描绘极为普通的生活，比如他写两个长相守的夫妻之间的生死之爱，写特别朴实的日常生活。我第一次阅读"大解"的作品时，就哭了，很感人。但是我没有背过他的诗，就是喜欢而已。

李禾根这时插话说，我给你提一个问题吧，请你描述一下，你这次到北京考试的经历。这个问题不是问你从哪来的，你的名字叫什么，你的父母是谁，是想考查一下你的叙述能力，就是讲述的能力。

女孩以一种漫不经心的方式讲述道，我是一个人坐火车到北京的。我家离北京很遥远，过年前我父母就把我送上了火车。他们本想陪着我一起来的，可是他们怕花钱，说省下的钱可以在我考上大学后用于学费。所以他们没有陪我，我是一个人来的。到北京后，在北艺附近的一个地下旅店住了，那里有很多像我一样来艺考的外地学生，他们都很用功。我和十几个学生住在一间房子里，大家都互相照顾。我看都是普遍人家的孩子，都是抱着梦想到北京的，都是单独来的。她们有的是考北艺，有的是考其他学校的，都用功，都很善良，我交了很多朋友。

李禾根说，好了，你已经讲得差不多了。这些都是真实的经历吗？

女孩点头表示"是"。

在这个女孩身上花费了一些时间，不过考官们并没有提出异议，反而觉得是值得的。后面的考生回答也比较顺利。

下午的考官多了校外的专家、传媒大学教授邵子玲。她是3号考官，抽中她的考生是一位男生，巧的是，那位男生被李禾根认出来了，是那位复试前在早餐店见到的男孩。他能够进入面试环节，说明这个考生还是有相当实力的。

他抽到的必答题目是：喜欢阅读什么文学作品？你喜欢的是什么？

男生说，我喜欢阅读长篇小说，特别是西北作家的作品，像路遥啊，张承志呀，张贤亮啊，那些作家。他们所描写的大西北，和我生活的那个地方有许多相似的东西。特别是路遥的小说我最喜欢。他所写的《人生》《平凡的世界》什么的，我都很认真地读过。我觉得，路遥的那个时代已经过去了许多年，可是，我所生活的那个环境，依然像他写的那样。这让我一方面感到亲切，另一方面感到很失望。我不知道像我这样一个穷学生是不是也会经历孙少平那样的人生，但我却不愿意重复那样的道路。我喜欢看这些作家的作品，主要是因为他们所描述的生活习惯，生活环境，都与我的现实生活有着很大的相似处。我盼望有朝一日那个环境有所变化，但内心又不希望它有什么变化，因为，那个旧的环境，破落的房屋都是我熟悉的，我怕我回去的时候找不到它们。

邵子玲听这位考生的话很感动，觉得这是一个寒门子弟，也是一个有思想的孩子。

你刚才讲到路遥小说中描写的生活环境和你目前所生活的地方有很多相似的地方，那么，你能不能给我们具体描述一下在你成长中，令你难忘的空间或者建筑，讲述一位令你难忘的人物？

考生张口就说，可能我现在经常复习功课的地方就是我最难忘的地方了。那是一间昏暗的窑洞，是我们家放煤的地方。我们家做饭、取暖都是烧煤的。我们那个地方煤矿也比较多，只要有时间我就去马路上捡煤。到矿上拉煤的车，经常装得很满，路不平就会掉。窑洞里的煤大部分都是我和家里的人捡的。我们把捡来的煤存放在那间废弃的窑洞里。因为家里的房子少，没有条件复习，我就在那间堆满煤块的窑洞里用砖头支起一个台子，找了块木板放在上面当桌面，我高考复习就是在那间窑洞里。那里昏暗无光，却很安静，每天我都点上一盏煤油灯，在那里复习。有时很冷，就在窑洞里拢一堆火烤一烤。那个地方虽然很简陋，我却觉得很温暖。我最难忘的人就是我母亲了。我在窑洞里复习功课，母亲经常在半夜的时候，给我沏一碗鸡蛋花端到窑洞里，放在桌子上。摸摸我的头，也不说什么，就靠在窑洞的门框边，看着我，过一会儿叹口气就走了。每天都这样。我出发到北京考试的时候，母亲生病了，我不想来了，她就劝我说，都坚持了这么长时间了，再坚持一下就好了。她说，她没事，就是个重感冒，挺一挺也就过去了。让我放心。我们那个地方通信不太好，跟家里联系不上。走的时候，我母亲说，专心地考试，不让我老想着家。我来北京考试的钱都是她东家借西家借凑来的。不知道现在家里的情况怎么样。

孩子说得很动情，但是也很平静，像是聊闲话。邵子玲被感动了，她没有再问下去。

李禾根觉得这孩子挺朴实，就想继续问他的情况。

你的现实生活与你的梦想间其实是有距离的，那么，你到北京参加艺考是如何想的呢？你把此时此刻你的心里所想的跟我们讲讲。

我做了两手准备，一是如果能够考上文学创作，那就实现了我最大的梦想。我想当个作家，像路遥一样，靠写作改变命运。二是如果考不上，我就要考另一所北京的学校。如果考不上大学，我就走不出那个小地方，我想靠读书改变命运。但是，我也知道，参加艺考的人都是家庭条件比较好的。我虽然没有好的物质条件，可是，我有好的写作基础，我苦闷的时候，烦躁的时候，就在我那间复习功课的窑洞里写，也写了不少的作品，我在报名的时候都提交给了报名处。在这一点上，我相信我比大多数考生都有优势，所以，我相信我会成功的。如果，我母亲知道我已经进入到了面试，而且知道面试意味着什么，她一定会为我高兴的。

谢谢你这么坦诚地回答了考官们的问题。你的面试就到这里吧。

男生站起身，给考官们鞠了一躬，走出考场。

接近尾声的时候，一个男生走进来。走过程序，坐到考生位置后，李禾根吃了一惊，这个考生居然是冯启发！就是岳母要求他照顾，而他几乎都忘记了的那位老乡。他记得，冯启发闯入复试的时候，就让他吃惊不小。因为，凭李禾根的感觉，这孩子的出身家庭背景，都不是艺考的料。初试前他还劝冯氏父子两个不要报考了，回去吧，别受这个罪，我也帮不上忙。可是，冯启发这孩子还挺倔，说是既然来了还是要试，这一试，居然一试、二试，连三试都闯进来了，这让李禾根大大吃了一惊。

好在冯启发抽到的考官不是他本人，否则，事后要是让人谈论起来，这算怎么回事？说不清道不明呀。当时，因为冯启发要参加艺考，根据考试纪律要求，李禾根向领导请求回避，两个主要领导研究，并上了常委会才决定李禾根留下主持考试的。倒不是艺考离开李禾根就搞不成，而是都到了马上就开考的时候再换将是考试的大忌，就集体研究决定李禾根继续主持。但李禾根心里最清楚，所有知道内情的人都在盯着他呢，看你李禾根如何对待自己的乡亲，看你还是不是铁板一块。

看到冯启发自信地坐在考生座位上，李禾根心想，他能够进入面试，说明这孩子确实不错，如果他进入最终的名单呢？他想，进入名单对于冯启发是个大好事，可是对于自己就未必。这让他有些头疼。任其自然吧。

到傍晚六点多的时候，全部102个考生的面试就结束了。

面试采取的是电子打分的方式。每个考官面前都有一个电子打分器，根据考生的回答，考官输入分数，后面的工作人员立即会接收到每一位考官的数字，考生的分数也就立即算出。并且，当所有的考生结束考试的时候，加上前两试的分数，他们的排队也就出来了。也就是，当全部面试结束的时候，实际上榜单也就自然出来了。

按照1∶3的比例，102个考生最终留下30人，这是考试之前就已经确定的计划。

李禾根后来在总结今年的考试结果时，说过一句话，他说除了"极个别"的考生外，今年的考试是公正的，没有私情私心，这个是我们最大的安慰。李禾根所说的"极个别"指的就是曹耀辉和冯坤的两个关系生。特别是曹耀辉的侄女，其专业成绩在一试的时候就应当被淘汰的。但是正如刁子规做他的工作时说的那样，曹书记在北艺工作了十几年，从来也没有为自己的事麻烦组织，在他临近退休的时候提出这么个要求，还是应当照顾的。虽然不情愿，但最终还是因为刁子规额外给了文学院5个机动名额，算是解决了这个难题。冯坤的那个关系生，程度好一些，最起码表面上考生自己"考入"了复试，这样，勉强还有一定的说服力。

102位考生，最终留下的30位就是最终的结果。按规定，次日公榜之后，就会给这30位考生颁发专业考试合格证书。随后各自准备高考，高考成绩出来之后，就按着专业成绩的排名，从前往后录取，如果其中有考生因为高考成绩达不到最低录取线，那就淘汰，后面的补上一位。

当然，正如刁子规私下跟李禾根承诺的那样，她把学校掌握的10个机动名额中的5个全部给了文学院，也就是说，原计划录取25人，结果，最终三试过后的30人名单全数录取。

面试刚一结束，北艺宣传处处长李伟就带着一些媒体人找李禾根，要做一期网上直播节目。说是曹书记跟他说好的，李禾根这才想起下午面试开始前，曹耀辉跟自己说的这件事。那时，曹耀辉也是以"布置任务"的方式跟李禾根说的，他说，这也是为了宣传北艺，宣传北艺文学院，李禾根当场就答应了。

经过一天的面试，虽然有些疲惫，但因为全部工作都结束了，李禾根还是有些轻松的感觉。就说，那就到我的"临时指挥部"录制吧。

大家扛着器材设备，坐电梯到了八层。简单布置了一下现场，节目就开始录制了。

网上直播节目：艺考现场——文学创作

主持人：林　艺

嘉　宾：北京艺术大学文学院院长李禾根

林　艺：有一种说法，艺考是一种残酷的淘汰赛，大多数考生都是陪考的，留下来的是少数，您觉得这种说法有道理吗？

李禾根：说绝大多数考生都是在陪考一点也不假，就我们北艺文学院来说，今年有5100多人报名，上考场的是5000人。可是能够脱颖而出，最终进入文化课考试名单的却只有30个人。4900多人都是陪考的，这不残酷吗？所以，每年有咨询报考我们文学院的人，我都是劝退不劝进。如果没有相当的实力，我真心地劝各位考生不要在这上面浪费时间。没有文学创作实践，又没在这方面下过功夫的同学，千万别相信"一旦成功了呢"的鬼话，现实一些，那些所谓"梦想一旦实现了呢？"都是自欺欺人。连尝试都不要去尝试，这件事与你无关——艺考就是这么残忍。

林　艺：我估计您这句话会遭到很多人的攻击，但听得出来，您说的是大实话。那些考上的考生，大多是什么原因，他们真的都是所谓"天才"吗？

李禾根：多年招生的经验告诉我们，那些考上了北艺文学院的学生，大多数都是多多少少脱离了中学教育束缚的学生。所谓有些叛逆，有些个性，有些自我的人。他们部分地回归了天性，他们答得放松自然，在被各种条条框框压抑习惯后，他们似乎在这场比拼中获得了某种本能表达的放归。而我劝退不劝进的那些考生，根本就是在应试教育的怀抱中长大的。不过我声明一下，我并不反对应试教育。在我们这样一个大国，考试、应试在现阶段恐怕是个自然而必然的选择。但是，艺考却跟这个应试教育有相当大的差距，因为，这是两个路数。就像您练的是保健体操，每天大课间时，集中在一起伸伸胳膊腿就算练了一趟。可是艺考却属于散打实战，不仅要天天出出操，且要拿到台面上比画的。如果仅靠课间操那点功夫，就上来跟那些已经有相当实力的选手去对抗，那不是开玩笑吗？

林　艺：您这样说，有些抽象，这样吧，您有没有一些具体的建议提供给正在梦想着艺考的学生呢？

李禾根：其实，也没有什么特别的妙招，但是从多年出卷、改卷、面试经验的角度，我想提醒那些怀揣梦想，努力想考入北艺文学创作专业的考生一些答题技巧。这也是从考官的角度来回答什么是我们喜欢的，什么是我们不太喜欢的。也就是说，高分艺考生到底是靠什么被我们这些挑剔的考官接受了？

我想，最重要的一点，就是不能把"艺高"当"高考"。这两类考试目的是不同的。高考考的是基础知识，艺考考的是艺术创造的基本能力。高考注重的是考生把握知识的牢靠度，艺考考的是考生的创造能力与潜力。考生们经常把背功当作攻克一切考试的法宝，但在艺考中，记忆力只是一个方面，在记忆力之外更注重的是发现与创造的能力。考生不要去做背诵的奴隶，而要做创造的主人。

在这里，我想声明的一点是，我提出"艺考"与"高考"的不同，只是"不同"而已，我不赞成，甚至反对攻击高考考试的言论。

几十年的经验和我们自己的经历都告诉我们，高考制度在中国这样一个人口大国是恰当的，只是存在着缺陷和需要改革的地方，并非一无是处。

林　艺：但是，据我所知，艺考的考生也需要大量地背诵一些东西，这种背诵本质上与高考是一样的呀？

李禾根：记忆一些基本知识是每个文化人都需要的。高考中的背诵令许多人诟病，但背诵本身并没有任何问题呀。古代的蒙学教育基本都是背诵，先记住了再讲解，讲解之后再背诵，这种制度不也教育出了许多文学大家吗？西方教育也普遍存在背诵，学数学的要背，学物理、化学、生物、计算机的都需要背一些基本的原理、公式，一些常识性的基础知识。学英语不背吗？学驾车不背吗？学法律不背吗？一个优秀的作家并非是一个大脑空空、思维简单的人，而是一个心里装着无数知识，甚至是某一些知识的专家，是逻辑思维清晰、感情丰富的人。

林　艺：这个我同意，修养全面的人也会有好的记忆的。但，艺考的死记硬背与高考的有什么不同吗？

李禾根：艺考的最大问题是，艺考是不能光靠背点儿常识就能应付的，还需要更多的创造性能力。记忆是非创造性的，只要把知识复制在头脑中，用时提取便可。而艺术需要的是创造性，它需要的是发现、灵感，以及独特的感受力和创作力。它不仅要把已知的世界呈现出来，更需要创作未知的世界，呈现尚不存在的新的生活与现实。

高考解决的是知识的储存和再利用问题，而艺考检测的是创造新知识的能力。这两种考试都各有其用意和价值，互相不能取代。知识是创造的基础，创造的结果形成为新的知识。知识需要记忆，创造需要发现与灵动。

林　艺：这可能就是那些落榜者没有认识到的地方了。

李禾根：是的。当一个艺考生把背诵当作万能钥匙的时候，思路就偏了。如果考生们一般的以为能背就行，把那些考点背下来一般也能考过，像高考一样。高考的高分有一部分的确是靠背，但是艺考就不行。在艺考中，即使是一些需要记忆的看似"死"的题目，其实也是一些活题。

林　艺：您能举个例子吗？

李禾根：把死题做活，给知识以活力，给答案以个性。举个例子，拿鲁迅来说吧，高考的考题一般都是考鲁迅的本名是什么？毛泽东评价鲁迅是伟大的文学家，伟大的思想家，伟大的革命家。鲁迅的主要作品是什么？鲁迅出版了几种小说集？《祝福》《阿Q正传》出自鲁迅的哪个作品集？《狂人日记》是中国现代文学史上的第一篇白话小说，等等。这些知识，无论你读没读过鲁迅都是必知必会的。但若是艺考，就会问《孔乙己》中的那个酒店叫什么，请你要来描述一下那个空间。用你的语言来描述一下祥林嫂这个人物。描述一下"精神胜利法"等等。

林　艺：噢，我明白了，就是艺考生得先知道这些文学常识，然后，在这个基础之上再去发挥。

李禾根：基本上是这个意思。不过，即使像上面提到的这类艺考考题，在繁多的应对艺考的资料中也是有"标准答案"的。我们经常在艺考的考卷中发现非常接近，甚至完全相同的答案。开始，我们还纳闷，在艺考的考卷中，怎么会出现相同答案的考卷？后来明白，那些考生都在背同一本复习资料，完全按着所谓的"标准"在回答问题。如果真的是这样，那么艺考和高考就没有什么区别了，也就没有必要单独设置一个艺考了。所以，你不能照着那个复习资料背。

而且你会发现，只要你读过那些中学课本里要求阅读的作品，并且真正读进去了，这些问题其实都是不需要背的，回答起来也不很难，难的是你得答出不一样来。这里面当然有知识在，比如说，你得知道"精神胜利法"是什么，出自鲁迅的什么作品，然后你在描述的时候发挥你的文学描述能力和潜力，用你自己的语言组织并给出答案。这个答案不可能是"统一"的，一千个人眼里有一千个哈姆雷特，我们要的是你眼里的那个不同的哈姆雷特，而不是已经写到复习资料里的那个。

林　艺：这下全清楚了，原来是这样！要是我当年知道这个道理就不会走弯路了，我是考了两年才考上北艺的，可是，考上了也不知道是怎么考上的。原来是这么回事！

李禾根：再比如说描述"祥林嫂"这个人物形象的方法。那些复习资料都有现成的，许多考生就是背熟了那个"标准答案"进的考场。在答题的时候，他甚至连个标点符号都和复习资料上的一致，可是最后发现自己只是得到了一个基本分数，并没有得到高分。其实，这类考生就是走进了误区。祥林嫂是个什么人，考的是你的看法，你所描述出来的祥林嫂的形象，而不是资料里已经给你打印出来的那个。在这一点上，那些没有复习，只是读过《祝福》作品的考生反而会比背了资料的考生考得好。祥林嫂的外在的形象是什么样的，内在活动是什么样的，你得用你自己的话去描写啊。特别是她在作品里尚未表现出来的那个她是什么样子，你发现的那个"不同"的祥林嫂是什么，你是怎么看待这个人物的，等等，这才是艺考要考的内容。

林　艺：真是醍醐灌顶！这可以用"我心目中的祥林嫂"来概括了。

李禾根：总结起来，艺考含有两个考查内容，一是你对基本知识的了解，就是你得知道知识的出处，你得读过这些作品。二是你在了解基本知识的基础之上有所发挥和创造，你得表现出你的能力和才华来。

我想，我已经说得很明白，艺考不是高考，它们的出发点和考查的目的是不相同的，应当有不同的应考方法和思路。

林　艺：李院长，您还有要嘱咐考生的话没有？

李禾根：我想把字写清楚也很重要。在改卷的过程中，我们是不喜欢那些字迹潦草、密密麻麻的小字的。要把卷答得字迹整洁干净才好。你想，谁愿意看那些乱七八糟，让人看不清，需费劲猜测的答卷啊。也不必非得书法般的美，就是把字写得清晰大方，让人一读就懂就可以了。当然，你有书法的功底，把字写得漂漂亮亮也是好的，但无须去追逐这个。我们在改卷的过程中，感到很苦恼的是，一方面不希望把那些优秀的孩子漏掉，得费很大的劲把每一份考卷都仔细地阅读完整，另一方面对那些的确难以辨认其文字的考卷心生倦意。这个问题看似小事，却是关系到考生命运的大事，事实上卷面的第一印象很重要。

林　艺：在具体的答题方面，您还有什么好的建议？

李禾根：剩下的问题也是在初试中更重要的问题，就是第三部分的"文学鉴赏文章"的写作。这项考试的目的是考查考生对文学作品的感受力、审美力、判断力和写作能力，也就是综合考考生的写作基础。

林　艺："文学鉴赏"是不是就是写一篇"读后感"？读后感大家都是写过的。

李禾根：我正是要强调这一点的。这类考试都是给一篇文学作品，让你读后写一篇"文学鉴赏文章"。给什么作品是有讲究的，通常是给一篇小说，或者散文，也有可能给一首诗歌，而在所有的文体中最难的就是诗歌鉴赏。因为诗歌，特别是那些现代诗，需要首先理解诗意，就是诗歌本身的阐释问题。虽然各人有各人的理解，但是，不能搞得南辕北辙，不伦不类，文不对题。在理解的基础之上，才能谈得上鉴赏。而小说和散文就相对容易一些，所以写文学鉴赏文章是有方法的。

林　艺：有些什么要注意的吗？

李禾根：首先不能把"文学鉴赏"写成"读后感"。

"文学鉴赏"与"读后感"有差别。中学生已经习惯的读后感是有一定套路的"八股文"。八股文没有什么不好，问题是，用套路来应对有创造性要求的艺考显然不对。所谓的读后感式的套路，是那些"这篇文章通过什么，表现了什么"式的结构，和"第一段说明了……第二段说明了……第三段说明了……总之，文章表达了……"的拆解式的套路，还有"表达了核心价值观""通过这个故事我们看到了资产阶级身上的……无产阶级……"之类的阶级分析法，以及只从作品的客观外在的哲学、道德的价值，而不是从作品自身的内容出发的品评。

林　艺：这与文学鉴赏的区别究竟在哪里？

"文学鉴赏"要有文学性，有审美的特质。用优美的语言，独特的文字，新鲜的发现去赏玩触摸和体悟作品。特别是对创作技巧与技术方面的发现在文学写作的专业考试中更重要。尽量减少从作品的客观外部的"社会意义"、阶级、价值观等方面去评论作品，更多地从人物、结构、情节、语言、情趣、美学意味等作品的文学评判上去谈论作品。文学鉴赏要充分调动自己的感悟能力，去体会作品的精妙与美好，用经验性判断做出独特的文学判断。

林　艺：听起来挺神秘的，您能不能用个例子来解释一下？

李禾根：我常常用鉴赏一件文物的比喻来讲述文学鉴赏文章的写法。就拿一件宋代的瓷器鉴赏来说吧。你手上有一件宋代的瓷器，你得向一位完全对此一无所知的人介绍它的美学价值，证实这件器物的美或丑，真或假，价值与意义。就得先告诉我们你对这件作品的判断：这是一件北宋时期的官窑作品，艺术价值和收藏价值极高（亮出你的观点）。进一步，你得证实你的观点的正确性：这件器物完全符合北宋官窑瓷器的基本特征，官窑指的是特供官府朝廷使用的用品。北宋的官窑有两种，一种是"民窑"上贡，另一种是由官府自设的"官窑"制作。因为官窑是专门为皇室制作物品，因此官窑的瓷器在造型、装饰、釉色等方面具有鲜明的特征。你看，这个是纯粹官窑特性。因为官窑的烧制技术和产品都是保密的，烧制的也少，差不多都是精品，因此其收藏价值、艺术价值也高。官窑作品极少流传到民间，只要出现就是珍贵的。你看，我手上的这件就是纯粹的官窑，世上仅存在两件，一件在故宫博物院，一件就是这件。它流畅的线条，自然的裂纹，一点都不比故宫的那件差。

此后就展开你对这件藏品的论证过程。论证时，不仅要证明它是什么，还要证明如果它不是什么会怎么样，至少能够提供两个以上的证据来说明你的观点，引用原文，寻找旁证，等等。在这个过程中，要用文学化的语言和个性的思维方式谈你的观点。

林　艺：一下就清楚了，写文学鉴赏文章的确是有技巧和方法的。

李禾根：总结一下写文学鉴赏文章的"三大纪律，六项注意"。

林　艺：噢？干货来了！

李禾根：我所说的文学鉴赏文章的"三大纪律"指的是：鉴赏不是读后感，减少外部评论说技术，论据独特又充实。

林　艺：那么，"六项注意"呢？

李禾根：六项注意指的是：

第一，细读原文。仔细体味，从不同的角度细读，调动自己能调动的所有感观机能去琢磨文本。不要急急忙忙地大致浏览一下就动笔写了，一定要多想想，想得比较清楚的时候，或者大体有个写作的意向时再动笔。

第二，找到论点。在细读中找到话题点，寻找到你的发现，在这个过程中，也是调动知识积累的过程，你会发现你曾经阅读过的一些作品，或者你曾经看到过的某些类似文章。你或者躲开那些被他人谈论过的点，或者使用那些观点来证明自己的独特发现。

第三，整体论述。切记不能把一篇完整的文章切割分段。用"第一段写了什么""第二段写了什么"的八股套路去谈一篇作品。这就像把一头牛拆解为头部、肩部、腿部、腰部，拿起其中的一块说，你们看，这就是牛。每个谈局部的论点，都是从整体中分离出来的，如果单一地去谈显然欠妥。如果非要把一个整体分成数个局部，最终也得把局部组合为一个整体来说。

第四，优美朴素。文学鉴赏文章要有审美性，不能随意，即使看上去纯朴，也是在讲究的基础上素雅。也就是说，你的文章要具有文学性：文字独特，语言漂亮，布局个性化。

第五，个性语言。多用个性化、准确的语言，不使用大话、套话、官话，尽可能减少网络语言。把你对语言的领悟力加载到你的文字里。有的考生为了表现自己的独特性，有时甚至使用口水语、粗话，"哇噻""我靠！""傻×""我了个去""内卷""凡尔赛"等等。不使用谐音字、别字、错字，故意写些同音异体字，这是语言污染，不是创新。

第六，题目精当。为文章起一个好名字，准确生动，含蓄而能表达意图。尽量避免他人可能使用的名字，可长可短，但要确切。

节目录制了一个多小时，到晚上8点李禾根才从教学大楼走出来。那时，蒋明亮、罗可等文学院的工作人员也才刚刚把面试的收尾工作做完，他们在大厅里相遇。罗可见到李禾根高兴地对他说，嫂子刚才打电话说，她们刚刚下飞机，小王去接了，估计10点多就能到家了。

李禾根这才想起来，今天是妻子张秀芹和女儿可心回京的日子。昨天他们就说定，他要去接机的，他接完电话就告诉了罗可。要不是罗可提起，他完全给忘了。

李禾根不好意思地对罗可说，谢谢你啊，我都忙忘了，你要是不想着，她们娘儿俩就会在机场上晾着了。

罗可说，没关系，这就是我的工作，这些事都让您自己去操心，要我这个办公室主管干什么？

回家的路上李禾根就想，这个罗可真是个心细的男人，让人放心省心。

他想到，既然娘儿两个这么晚回来，肯定没吃晚饭。正好自己也没吃，那就回去做，一起吃个团圆饭吧。

出了学校的东门，前面是他经常路过的包子铺。女儿可心就喜欢吃他们做的小笼包子，李禾根走过去的时候，看那里还开着，就进去买了两斤。热乎乎地拎着，他想，回去做个汤就简单地算做个晚餐了。

刚出电梯门，李禾根的头"嗡"的一下，毛发倒立，家门居然是开着的！

　　李禾根大脑立即运转起来，罗可刚刚跟自己说了，妻子孩子还在机场，不可能这么快就回来了呀。她们还没有回来，那又是谁进了自己的家？自家的钥匙除了自己、家人外，没有人手里有，是不是进来了小偷？不对，他突然想起，司机，司机小吴手里有一把钥匙。可是，他已经消失三天了，难道是他吗？他有些不相信，因为中午的时候刚刚跟他通过电话，那小子的意思只是道个歉，一点都没有回来的意思。即使吴开想回来，从外地到北京不是说回来马上就能回来的，如果不是吴开，那又会是谁？那只有小偷了。

　　李禾根站在门口犹豫了一下，他想先悄悄地看看是什么情况，再决定是否报警。于是轻轻地推开虚掩着的门。

　　沙发上霍然坐着吴开！

第 26 章　冷暖

　　吴开一只手搂着李禾根家的大黄狗，另一只手正在翻动着手机。沙发前的空地上是一个旅行箱。李禾根踮着脚无声无息地走进来，吴开没听到，倒是狗看到了李禾根进来，从吴开怀里挣脱出来摇着尾巴去迎接他。

　　狗惊着了吴开，他抬头与李禾根四目相对，激灵一下站了起来，怯生生地叫着，院长！

　　李禾根看到他，叹了口气，摸着心口埋怨，差点把我给吓死！

　　吴开站在那里，胆怯地低下头。李禾根不满地看着他，你胆子不小啊，说消失就消失了，这么多天干什么去了？坐下吧！

　　没等吴开说话，李禾根就走向了厨房，把包子放下，然后又去了书房，换了件衣服，沏了杯茶水，回到客厅。

　　你要是想喝水，自己去弄，想喝饮料到冰箱里取。

　　吴开坐在沙发的三分之一处，直着腰板，一副既惊恐又恭敬的神态。

　　您在电话里说，让我回来，我想来想去，还是尽快回来认罪的好。反正也是这个样子了，您是我的领导，也是我的长辈，您已经够忙的了，我不能再给您惹麻烦了。

　　到底是怎么回事？

唉，本来是没事的。您信任我，把您家的钥匙也给了我，让我自由地出入，让我给您处理那些上门送东西送钱的事情，帮您遛狗，收拾家……

别扯那么远。直接说，这些日子你跑哪去了，干什么去了？

我去太原了。

太原？！你跑到太原干什么去了？

我去还钱，不然，我会蹲大牢的。

还什么钱？到太原去还谁的钱？

还考生的钱。他们一试过后就被淘汰了，考生的家长威胁我说，把给我的钱得退回去，不然就去告状，把我送到监狱里。

你越说我糊涂。你说清楚点，是怎么回事？考生跟你有什么关系？你为什么要还他们钱？来龙去脉。

我刚才不是说了吗，您让我处理那些上门来送钱物的事情，我开始确实都是按照您嘱咐我做的，把钱物都送到纪委去了。每一笔都是有登记的，这个您可以去查。我手里也有一个记账本，都是清清楚楚的。

直到3月2号那天，有个考生家长到您家里来了，我当时正在。她说，她是山西人，她是您的老乡，是您的同学，她说她叫刘译。她说，跟您一说您就知道了。我说，您不在家，你们家里人都旅游去了。她说她知道，但是事情比较急就得马上办，不得不上门来。她能说出李可心的名字，也能说出张阿姨的名字，她对你们家都很熟悉，所以，我就放她进来了。她坐下后说，她知道我叫吴开，是您的司机。她现在都联系不上您，我可以联系上您，求我说，那个考生一试考得不好，虽然能进二试，怕会被淘汰，让我跟您联系把那个考生关照到三试，进了三试就好说了。她还给了我一张纸条，上面写着那个考生的考号、名字。我说，我也联系不上您，她说让我想办法。她就把一个纸袋子放在家里了，说这是感谢我的，她知道您不会收，就说，只要我能帮忙把那个考生考进来，这钱就送给我了。说她绝对不跟任何人说的，连您也不会说，只要我能想办法把那个考生弄进三试。她还加了我的微信，要了我的电话，然后就走了。

李禾根一听"刘译"这个名字就联想到唐达明，怎么又是他们？看来，这吴开犯了大错，上了这两个人的当。他怎么对付得了这两个江湖老油条？

你就这样收了？那是多少钱？

她走以后，我数了一下，50万！

李禾根吓了一跳，50万！他们可真是下血本呀。

你就收下了？你有本事把考生弄进三试？要是他们进不来你怎么交代？

我当时也想，既然她送来了，还是要给纪委送去，登记一下就行了。因为拒绝也拒绝不了，不拒绝又办不了事儿。可是，我又想，这个人对您那么熟，要是我跟纪委说了，这对您不利。万一她真是您的同学，这就说不清楚了，反而害了您。

收下才害了我！你是怎么想的？居然犯这么大的错！

李禾根生气地叫了一声。

所以，我就犹豫了，想了半天，我想起她说，这钱是给我的，我就一时起了贪心，就想收下吧。既然她是您的同学，估计就不会说出去，说出去，她也不会有什么好处。

你就收了？！你知道她是干什么的吗？

是。收了。她也没说她是干什么的，只说是您的同学。

小吴低着头，眼泪汪汪。

我对不起您，谁让我一时贪心呢。后来，我也不敢联系您，知道您也不会允许我这样干的，那些天我坐卧不安。3月4日那天，那个叫刘译的女人跟我联系，说让我还她钱，不然就告发我。我一害怕就开着车去了太原。怕有人知道，电话也不敢接。我早就回来了，也不知道怎么办好。就是不敢见您，今天中午您叫我立即回来，我想了想，总得有个了结。虽然，我知道这件事很严重，可是谁让我一时贪心呢。我认了，怎么处理我都行，只是对不起您，您待我那么好，那么信任我，我给您丢人了。

李禾根叹口气，恨铁不成钢。

唉，怎么办呢……你跟其他人联系过吗？这些事儿，跟其他人说过吗？

没有。

你这不是"一时贪心"，犯这样的错误，说明你本来就有这样的心理基础。吃一堑长一智吧，记取教训。我小时候姥姥跟我说"金用火烧，人用钱试"。越是面对诱惑越要把持得住才是，你的人生还没有真正开始，路还很长，要是处理不好，你这一辈子也就毁了。跌倒了爬起来吧。无论什么理由，什么困境，都不是我们犯规的借口，更不是我们推卸责任的理由。

院长，我知道我错了，是真心的。其实我并不缺钱，家里既不需要我……

不用说了，事已至此，说这些也没有用，想想解决的办法吧。你老实告诉我，你就收了这一笔钱吗？还有没有其他的？

是，就这一笔。

你保证就这一笔？

对天发誓！就这一笔。

都退还给刘译了？全部？写收条了没有？

没有。

你怎么这么没脑子？她要是赖账怎么办？她要是讹诈你你该怎么办？你呀，你呀！

沉默。李禾根想了想说，这样吧，你先回车队去，向车队的领导认个错，但是先不要把你离开这么多天的真实原因告诉他们，也不要讲你帮我在家里处理家务的事。这件事，目前只有你和我两个人知道。我想好了对策再说，先不要说出去。

那我该怎么解释消失的这几天？他们要是逼问起来……

这个也需要我教你吗？

吴开推着行李走后，李禾根就想，这件事必须跟刁子规商量处理了。他抄起手机刚要拨号，门被打开，女儿可心蹦蹦跳跳地跑进来，叫着，爸爸爸爸！我们回来了！

后面跟着张秀芹和司机小王，大包小包地拎着东西，推着行李箱进来了。李禾根高兴地跑过去，拥抱，亲吻，接东西，欢迎回家！想死我了！

张秀芹笑着说，想死你了？还不如说自由死你了呢？这些天没人管着过个单身汉的生活，过足瘾了吧？

说着，东西扔在客厅里。李禾根招呼着司机，辛苦你了，小王，大晚上的，让你还跑趟机场。吃晚饭了吗？跟我们一起吃点吧，我买了两斤包子呢，我马上做个汤。

我吃过了，院长。您看还有什么事儿吗？要是没事我就不打扰你们了。

李禾根满意地说，把人给我安全地接回来了就万事大吉了。也好，挺晚的了，你回去休息去吧。

小王走了。李禾根就到厨房去做鸡蛋汤，熥包子去了。

过了一会儿，李禾根在餐厅里叫娘儿两个，好了，你们过来吃吧。

可心正在摆弄着从三亚带回来的各种东西，叫着，我还不饿呢，我还要整理礼物呢，我给好多人都买了礼物呢。

李禾根在里面说，明天再收拾那些东西吧，先吃了晚饭，吃过饭还得平平胃，才能睡觉哟。可心妈！你呢，你怎么着？过来吃吧？

张秀芹在卧室里回应，我也不想吃了，在飞机上吃了晚饭，你又做，不怕把我们喂成个大胖子？我累了，先躺一会儿。你先吃吧。

李禾根在厨房里叫着，嘿，敢情我白忙活了！你们都不感兴趣啊？那我可自己吃了啊？

张秀芹这时从卧室里走出来，好好好！支持你一下！可心！过来吃饭吧。在三亚的时候不老是唠叨着想爸爸吗？怎么回到家倒是不想了？把礼物都放下，快来吃饭！

可心有些不舍地说，好吧，马上。

李禾根笑着说，唉——这就对了嘛，我一番苦心也得得到回报嘛。

李禾根把热气腾腾的小笼包子盛在盘子里，端上桌子，然后又端来了鸡蛋汤。

"上马饺子，下马面"，我在汤里可是放了一点儿面条啊，咱们吃个"下马面"。

可心问，爸爸，我们没有骑马为什么叫"上马""下马"？

李禾根笑了，这句话是古人讲的，那是很久很久以前了，那个时候交通工具就是马，所以，出门的时候就是骑马的，后来有了车，这句话就成了"上车饺子，下车面"了，不一定是"马"呀。

那，为什么不说"上机饺子，下机面"呢？我们坐的是飞机。

可以啊，只要大家都这么用，就成了俗语嘛。

爸爸，什么叫俗语啊？

张秀芹制止说，吃饭吧，哪儿那么多问题呀？

可心津津有味地吃包子喝汤吃面条，爸爸，真好吃！我好久没吃过这么好吃的东西了。

两个大人笑了。

收拾好餐具后，三个人又回到了客厅。李禾根看了看表，已经是12点多了。然后跟张秀芹商量，刚吃完饭就睡觉也不好，让孩子玩一会儿，明天不去幼儿园了。

张秀芹说，我们本来也没打算去，想在家里歇一天，整理整理东西，收拾收拾房间。

张秀芹忽然想起，哎，今天接我们的，怎么不是小吴而是小王了呢，是不是换司机了？

没有。是临时的。吴开……出了点事儿。正要跟你说呢，先把孩子弄到她自己的房间去再跟你说吧。

李禾根对可心说，可心宝贝，我帮你把礼物都搬到你的房间里，爸爸妈妈说会儿话好吗？

可心点着头说，好啊。

李禾根把可心的大盒小盒的东西，都收拾干净了，重又回到客厅里挨着张秀芹坐下。张秀芹就问，小吴出什么事儿了？

他么，他收了一笔别人贿赂我的钱，这事儿说大就大，说小就小。或许会牵扯到我。

张秀芹吃惊地说，贿赂?! 这是大事啊，怎么会"说大就大，说小就小"呢?

你听我说嘛，别着急。说清楚了你就明白了。2 月 27 号那天，咱们不是都走了吗? 第二天，刘译就来了。就是那位号称我同学的刘译，原名叫"刘春华"的，又来了。带了 50 万，说是他们的那位考生刚刚过了初试，要进复试，想让小吴找我，把考生弄进复试去。她放下钱就走，小吴就起了贪心，收了。但是，他没有把这笔钱上交到纪检去，而是自己留下了。可是，小吴怎么可能把考生弄进复试呢? 复试的时候没有那位考生的名字，刘译就不干了，跟吴开联系，想要回那 50 万块钱，说是不然就告发他。他吓得开着车跑太原还人家钱去了。跑了几天，到现在学校还蒙在鼓里，不知道是怎么回事。

他现在人呢? 找到了吗?

你们回来之前，我刚刚把他打发走。他呢，早回来了，不敢露面，今天中午跟我联系，我让他回来，晚上就来了。来了就哭，向我认错。我把他打发回车队了，是想找个折衷的办法处理这事。

这么大的事! 你怎么还护着? 你不知道他会给你带来多大的麻烦? 直接法办不就完了?

李禾根望着张秀芹，忧虑地说，咱不能这么绝情啊。他还是个孩子，如果这么办了，很简单，可是，也就毁了他一辈子。再说了，小吴不是个坏人。

他不是坏人? 不是坏人还把那么多的钱都收下了? 如果他没回来，这笔钱会让你进大狱的! 不是他进，就是你进! 要不是他，哪里会有这样的事，你现在还不清醒?

李禾根说，《左传》不是有句话吗，"人谁无过? 过而能改，善莫大焉"。只要他改了，也就好了。我刚才跟你说，这件事儿"说大就大，说小就小"就是这个意思。要是把事情简单地交给司法部门，就走法律程序，判他个几年，出来之后，他就是个带有污点的有前科的人。而且，这件事，也会牵扯刘译和唐达明两口子，我也脱不了干系，这就闹大了。

张秀芹吓了一跳，是呀，我怎么没想到这件事与你有关呢？

当然与我有关！虽然可以说清楚，但是，又怎么能说得清楚呢？说这件事与我无关？她是送给吴开的，贿赂吴开的？这说不过去呀？她凭什么把那么多的钱送给一个司机，不就是冲着我这个院长吗？虽然我不知道这件事，可是，我又怎么能证明我不知道这件事呢？如果这个吴开犯坏的话——当然，我相信他不会这么做——可是，把他逼急，为了自保他也未必不会这样做，就是，他也会把责任都推到我的身上，这也是合情合理的。

怎么推？他怎么能推到你身上？

你想啊，行贿的人，是奔着我来的。钱本来是想给我的，行贿的人又是进了咱们家门，那么，吴开就可以顺着这个逻辑说，他收钱是听了我的指示收的。他作为一个司机，是不可能收这笔钱的，他收钱就是我让他收的——这说得通啊。他如果一口咬死，就是我让他收的钱，我又能怎么证明不是我让他收的呢？这样，他不就成了一个受害者，最多就是个可以被原谅的从犯吗，而我却成为一个不能被原谅的主犯了。

张秀芹摸着心口惊叫着，哎哟妈呀，太可怕了！会这样吗？

会的。如果把小吴逼到绝路上去——给他判刑，关他的大牢，他就能做出这件事。因为，他走投无路了。

那你说怎么办？快想想办法呀。

李禾根安慰张秀芹，别急别急，我刚才不是说了，这件事儿，可大可小，咱们刚才分析的是"大"，就是公事公办，走法律程序，结果很可能就是鸡飞蛋打：我因为受贿罪蹲大狱，刘译、唐达明，还有那位背后的市委书记丢官法办，一大串的人都牵扯进来。我一坐牢，你们娘儿俩就成了另类，会被歧视，孩子受辱，等等。但是，我想这完全可以避免。

可急死我了！你倒是说呀，有什么"可小"的办法。

就是不走法律程序呀。目前，其实已经处理到了一定的程度了：小吴已经把钱退还给了刘译。我想，刘译是不敢再追究了，再追究也没有任何意义，只能把她自己也给送进去。所以，这件事，到此其实已经结束了。小吴找个与这件事毫无关系的理由解释这些天不在岗位的原因，我装作不知道这件事——其实，小吴不跟我说，我真的不知道，而且，我也不会把小吴想得这么坏。他本质上不是这样的人，就是一时犯糊涂。

都快把你送进监狱了，还不是坏人呢？

我是说，吴开本质上不是个坏人，他还年轻，人生的路还没有开始，不能因为一时的糊涂就断送了前程。只要不是迫不得已，咱们也不能落井下石，把他怎么了。我心里并没有把他看成外人。他也给咱们干了不少的事啊。在我照顾不到的时候，平时不都是他在咱们家出出进进地帮助咱们吗？

就你善良！人善被欺，马善被骑，你与人相处，不能太善良了。你怎么知道他除了这笔之外，还没有收其他人的钱？

他说没有，他说只有这一笔，我相信他的话。

你凭什么相信他？他只要收过一笔，就会有第二笔，人的贪欲只要被引诱出来，就不会停止的。你等着吧，这件事，是不能用不了了之的办法处理的。

最后的 30 人名单，也需要公布出来，这是 5000 余人的竞争者经过艰难的厮杀后最终的登顶队伍。这的确是一种荣耀了。

3 月 7 日下午 4 点，那个被 100 位考生及家长们盼望的时刻，成为许多人的绝响。

虽然看榜的人数已经大不如前两试，但却是最为隆重的一次。疲惫与僵硬的面孔已经被焦急盼望的表情取代。考生中的大部分都换上了干净漂亮的衣装，家长们也都一身放松的装束。那位少数民族考生和她的母亲也迫不及待地穿上了苗族传统服装，父亲一直举着手机在给母女两个拍照。她们显得如此扎眼醒目，许多人都在等待中注视围观着她们。哈尔滨来的那位家长有些紧张地握着儿子的手，怀里鼓鼓囊囊地揣着什么东西。三试时，在广场散发糖块、鲜花的那几位家长也都喜气洋洋地等待着最终的"宣判"。

广场上不仅有考生和家长们，还有一些媒体人。他们拍视频，采录与考试有关的人们的声音，那些专门跑高校艺考口的记者，也忙忙碌碌地穿梭在人群之中。

4点整，像个仪式一样，罗可和他的助手们郑重地把最终名单布告牌从教学大楼里推出来。与此前不同的是，这次布告牌上的名单是被一块红色软布遮盖着的，这多少有些神秘色彩。今天的罗可似乎也打扮了下，他穿着一身深色的笔挺的西装，一条红色的领带很是醒目，目光凝重。布告牌推到教学大楼台阶的中央，一张桌子摆在旁边，几个女生从里面抱出一摞红色的证书放在上面。

考生和家长们站在台阶下，一声不吭。恰好今天表演专业的考试也没有进行，只有文学院的人在这里。虽然是看榜，空气却显得凝重而严肃。

已经在那里翘首盼望了多时的考生们伸着脖子，焦急地望着那张蒙在名单上的红色的软布。那里面就是对他们的判决书呀，哪个不真心地盼着那上面有自己的考号、名字，哪个又都怕着那上面没有自己的考号、名姓。

罗可望着台阶下的人们，高声讲话，各位考生，今天的公榜是最后一次了。各位考生和家长们，我知道你们此时此刻的心情。李禾根院长委托我在这里向大家表达两个意思，一是，对榜上有名的考生们表示热烈祝贺。榜上有名意味着从专业角度看，你们已经踏入了北艺文学院的大门。至于你们能不能进来，就看高考能不能过北艺录取的最低分数线。二是，对榜上无名的考生也表示祝贺，原因是能够进入北艺文学院三试的考生都是文学创作基础非常好的写作者，经过文学院严格的考试证明你们的文学创作能力已经达到了相当的水平，完全可以从事文学创作活动，只是因为某种原因没能进入30人名单。但同样是喜事。因此，今天是个大喜的日子，是你们所有人都应当感到高兴的日子。我们今天公榜的程序也可以说是一个仪式，一会儿，我们念到谁的名字，谁就上来领取专业课考试通过证书。先念考号，后念姓名。现在揭牌！

罗可走到布告牌前，小心地拉下上面覆盖着的红色软布。红布下面是红底黄字，用手写的方式书写的考号和考生的名字，在渐渐落幕的夕阳下金黄色的字体熠熠生辉。台阶下的人们都踮脚向前望着，仔细地寻找自己的名字。

这时，庄重的音乐响起。罗可把一张名单交到一位漂亮的女生手里，那位女生和另一位男生字正腔圆，交替地开始念榜单。这两位念名单的学生，都是罗可从戏剧学院借调过来的。30位榜上有名的考生，依据名单上的次序，在音乐的烘托下一一走上台来。

上台领取艺考合格证的考生们，像在领取奖状一样。走到罗可面前，深深地鞠躬，然后接过证书，跟罗可握手，然后转过身。下边是专业拍照的摄影师，还有学生的家长们抢拍。然后，从台的另一边有序走下去。考生们激动地和自己的亲人们拥抱，然后静静地站在台下，看别人去领取证书。

整个公榜的场面让人难忘。30位考生都领取完证书之后，在音乐声里，罗可高声宣布，预祝大家高考成功！我们在北艺等着你们！

音乐声高起，广场沸腾起来。考生们、考生的家长们欢呼起来。他们又蹦又跳，欢天喜地。那几位在三试前的广场上就想欢呼雀跃的考生个个都在榜单内，那几位家长似乎早有预感，他们会成功的，所以都有所准备。苗族姑娘和她的母亲直接在广场载歌载舞，引诱着其他家长们也加入。他们手拉着手，转着圈地跳贵州苗族边寨里经常跳的那种篝火舞蹈。哈尔滨来的那位父亲从怀里掏出一幅横幅，上写着"祝贺孩子们考上北艺，感谢辛勤的北艺老师"，撒糖块的家长，换成了鲜花，在人群里不断地撒着。还有一位家长准备了结婚用的那种"天女散花"似的彩片。另一位家长就在人群中，不断地踩踏气球，噼噼啪啪地响着。

保安们不再紧张，也不再去阻止这场自发的庆祝活动，他们只是在人群外拉起一条警戒线，维护着广场秩序，也阻止外来的人群。

没有能够亲临热闹的北艺发榜现场，是因为大会通知李禾根从 3 月 7 日开始就不能再离开会议了。考试结束了，其他的工作也无须他再投入过多的精力，他也已经没有理由再请假逃会了。

李禾根一大早就收拾好行囊，没有叫醒还在沉睡着的妻女，悄悄地走出家门，去新大都饭店报到了。昨天晚上他和妻子聊到了将近两点钟的时候才睡去，他把自己最近的安排以及这些天会议的安排都跟张秀芹说清了。政协会议 3 月 11 日结束，全体会议结束后，他才能离开。

吃早餐的时候，李禾根见到了刁子规，他说，会议前，我得跟你谈谈。

刁子规说，招生已经结束了，你也不用担心什么了，正常运转就可以了。

李禾根说，另一场考验开始了，咱们必须谈谈。

吃过了早餐，他们就到了刁子规的房间。

我会坚持把这次会议开完的，开完之后，希望您能考虑一下，把我从政协委员的名单中拿掉，还有……

别"您""您"的，又怎么啦？

我说完，可能不用我提出来，您也会把我拿掉。因为我犯了非常重大的错误，这回，您再也帮不上我了。不仅政协委员当不成了，而且，我也不可能再在北艺大院里混下去了。

什么事儿，这么严重？

我前天要到这里开会，找司机，找不到了，车队给我临时派了一位司机。昨天晚上，这位失踪了两天的司机吴开回来了，到了我家。我原以为他家里出了什么事，没跟车队，也没跟我打招呼就走了，原来，他是去太原还钱去了。

还什么钱？

我有一个同学叫唐达明，是全国人大代表，这次也进京开两会，提前半个月就到了北京。在开始招生前就找我想把他们市委书记的孩子弄进北艺，可当时我就一口回绝了。但他没有死心，他让他的爱人，也是我的小学同学刘译，到我女儿的幼儿园去送礼物，还请麦当劳的人到她们幼儿园去表演节目什么的。我知道后，就训斥了唐达明，让他管好自己的老婆，别到处惹事，更别指望我能违规帮他。

您是知道的，我从 2 月 27 日开始就"封山"了，不回家。爱人带着孩子去了三亚，都是为了回避那些行贿的人。但是，2 月 28 日那天，唐达明的老婆刘译却带着钱到我家来了，而那个时候，司机吴开正在我家。吴开并不知道上面我跟您讲的这些情况，他就接待了刘译。刘译打着我同学的旗号跟吴开说，她找不到我，也联系不上我，说是那个考生情况比较危险，考得不好，想请吴开联系我。说要是他能帮忙说通我，把那个考生录进来，就把那些钱送给吴开。刘译还说，当着我的面我不好意思收，可能也不愿意收，她说，谁能帮这孩子进来，这钱就是谁的。小吴就收下了那袋子钱。刘译走了之后，小吴本来也是想把这些钱送到纪委的。可是，他一数，一共有 50 万，就动了贪心，决定把钱留下。初试后，那个考生没进复试的名单，刘译就联系吴开，想要回那 50 万元钱，说要是不还给她，她就去告发，让小吴蹲监狱。小吴一害怕，开着车就去了太原还钱。把钱还给了刘译，却不敢回学校，最后让我把他给骂回来了。

刁子规听完了，想了想说，这跟你有什么关系？吴开收了钱，退了钱，没你什么事呀？

当然跟我有关系！您想啊，刘译是我的小学同学，唐达明是我的大学同学，吴开是给我开车的。刘译那 50 万本来是奔着我来的，虽然我并不知道这件事，可是，我脱不了干系呀。

哪有那么严重！让小吴说清楚了就是了。

校长啊校长，事情不会这么简单的。昨天晚上我爱人回来以后……

她们从三亚回来了？

回来了。我就把这件事跟她说了,她的一句话把我惊醒了。我是完全信任小吴的,可是我爱人说,他如果能够拿别人的一次钱,就不会只有这一次,她觉得,这小吴还有其他的事儿。可是,我也问过小吴,我问他除了这 50 万之外,还有没有收过别人的钱物,吴开很坚定地说,只有这一笔。他一时贪心才这么干的,现在后悔得很。我当时是完全相信吴开的,到现在我也是这样认为,吴开不会再有其他的事。可我爱人昨天晚上的话,也真的让我很担心,假如,还有呢?假如还有我不知道的情况呢?这个问题可就严重了。并且,吴开的行为如何处理,这是很大的问题。更关涉我。

刁子规想了想,点头,你确实有时还是比较轻信。不过,这不是什么太复杂的问题,严肃地跟他谈谈,直到他说实话为止,问清楚了情况不就可以想出处理办法了?

这就是问题所在!目前,我只跟我爱人和您说了吴开的事,我不想在找到解决办法之前,让更多的人知道这件事。一旦大家都知道了,处理起来就难了。没人会从好的一边去想,一定会把所有的问题都往我一个人身上推。小吴的一切行动,都可以理解为是我的授意,小吴仅仅是位被迫的办事人而已。而且,一旦这件事牵涉到了法律,也不排除吴开他会这样向司法部门说明,说一切都是我的错,收钱、退钱,他只是个跑腿的。因为两个涉案人都是我的关系,我又是文学院的院长,他一个司机怎么可能有机会接触这么多的贿赂呢?这件事就会反转为,我是个主犯,而他仅仅是听命于我的办事员而已。他无权,无能,这是一个正常人都会想到的逻辑,我并没有办法去证明不是这样啊。

听完李禾根的分析,刁子规没像张秀芹那样大惊小怪,惊慌失措,而是冷静地思考了一会儿,然后说,你做得相当明智!不能让太多的人知道这件事,这样就可以有主动权。这个问题,我来解决,你不用担心!你只要告诉我,你确实是不知道这件事的,而且,也确实没有像你说的最坏的那个样子,是你指使吴开做了不该做的事。

李禾根有些急,当然!如果连您也不相信我……

我不是不相信你，我必须确认这是基本事实，后面的问题就好解决。这件事目前也不能让曹书记知道了，我们最好能有个妥善的办法。或者说，我们根本就不用兴师动众地处理这个事情，或者……这根本就不是个事情！

这话怎么讲？

现在，其实跟什么都没有发生一样啊。小吴收钱，你不知道，小吴还钱，你不知道。小吴的最大问题就是无假外出。不请假就擅自离岗，这只是工作纪律的问题，根本就不用你去管，由车队去处理他即可。如果他有充足的理由，连车队都不用处分他啊，警告他下次不用再犯就可以了。

李禾根笑了，您把事情想得太简单了！您这是叫我视而不见。

你当然可以视而不见。但是，前提条件是，这件事，必须是吴开"偶一为之"的唯一一次。退一步讲，如果事情真的被揭发出来，就是小吴收了钱，退了钱，那么仅仅是这一件事，吴开收钱，可以解释为准备上缴纪委，而其退钱，也是在没有来得及上缴时，退还给了对方。这也基本上是事实。吴开的矛盾现在就转换为，内心对金钱诱惑的犹豫。这也就涉及不到刑律问题，只是一个道德的考验。而面对金钱的犹豫又不是不可以原谅的。但是，假如还有其他的案例，就不好解释了，只能说这是惯犯了，只要有两件事情，性质就变了。今年是这个样子，是不是去年、前年也有相同的情况。而这些情况岂不成了我们北艺的污点？

李禾根跟着说了一句，我看，不视而不见比较现实。作为领导干部，我们要有方正之心，要有规矩意识，更要有是非之心。

刁子规笑了，到现在了你却还要"方正"，你就是方正太多了。做人不能过于方正，过于方正的人是成不了大事的。方正之士，人人称羡，敬而远之，难成大器。成大事的人都是外方内圆。所以，当你面对这样说简单就简单说复杂就复杂的事情时你就缺乏一些回旋机会。我们不能把自己往死胡同上逼。这件事本来就是可以正反说，也可以反正办，哪有那么多的方正啊。说起来好像有一条确切的是非界线，其实，现实中，能够清晰地划出边界的事有多少？

反正，我把情况说明白了，您想怎么处理就怎么处理，您得做主。我呢，听从您的安排。

我想怎么处理？你倒是一副甩手大爷派头，你可要知道，你不仅是当事人，你还负有领导责任哪！这是咱们应当共同承担风险和责任的事，不是我刁子规个人的事，这你得想清楚。

李禾根见刁子规有点生气，就坐直了身子，歉意地说，我把事情跟您说清了，就觉得轻松了许多，并没有摆脱之意，而是……找到了能给我撑腰的家长的感觉嘛。

刁子规不满地瞪了李禾根一眼，给你撑腰？谁给我撑腰？

李禾根想转移刁子规的情绪，便说，那么，既然我被迫成了"当事人"，我就觉得我这个"政协委员"的资格就令人怀疑了。这次政协会议之后，我建议您另选一位比我干净的人来干。刁校长，我可不是闹情绪啊，一方面，这次招生考试后，我觉得自己格局小，心胸也不够大，不太适合给政府出主意提建议。另一方面，党校学习的事，能不能不去了？我能够把文学院的事搞好，就已经是烧高香了，我怕再担大任会辜负您的一片好意。

没想到刁子规更生气了，这是两回事！一码是一码，你这就是闹情绪！在事情调查清楚之前，已经确定的一切都给我照旧！

第27章　缭绕

上午的集体讨论会开得十分热烈，代表们发言踊跃，观点精彩。

不过，李禾根的精神并没有完全集中在会议上，他的大脑还在转着艺考的事情。他想的是，虽然艺考专业三试结束了，一切将恢复到日常，可是，后续的事情还是比较复杂的。由艺考引起的各种问题，特别是巡视组的工作正在如火如荼地进行着。还有没有因艺考而暴露出来的其他事情？这都是不好说的。下周就正式开学上课了，少了刘淑媛，少了胡文华，谁来补位？要是自己去党校学习一个学期，工作交给谁？为了避嫌，妻子的服装店不能在北艺门口开了，要搬家，搬到哪去？吴开的事，如何定夺？

中午11点左右会议结束了，随着意犹未尽的代表们走出会议室的时候，李禾根接到了岳母的电话。老太太唠唠叨叨，先是问可心娘儿两个怎么样，然后说，那个冯继国回来了，他说，你帮了他儿子大忙，考上了！他说他拙嘴笨舌的不会说话，让我替他谢谢你！你可是给我长了脸。那冯继国要在村子里办个喜宴，想请你回来庆贺庆贺，我替你挡住了，说你回不来，连过个年都没回来，怎么可能为了你冯继国儿子考上大学回来一趟？冯继国说了，这次你们对他们不错，说是你给他们爷俩找了住的地方，还让司机侍候着他们。临走的时候，秀芹还做了顿好吃的，像是自己的家人一样，都不错啊。你可要注意休息好啊。我听冯继国回来跟我说，你太忙了，比国家领导人都忙，不容易啊。我都八十二岁了，虚岁都八十三了，没有几天活头了，你们可是还要活着呢，你们还有可心啊，你们还要好好活着呀。

李禾根打断岳母，妈，我还在开会呢，我知道了，您就是告诉我冯继国的儿子考上了，是不是？我知道了。您告诉他，那孩子不错，凭自己的本事能考上北艺，说明这孩子将来会有出息的。我挂了，妈，我这还在开会呢。

挂了，挂了！

老太太挂了。李禾根回自己的宿舍去了，下午还要继续开会，可是，他的心思真的不在这个会议上，很苦恼。

刚踏进宿舍门，妻子张秀芹打来了电话。

张秀芹告诉李禾根，她在平安大街上找到了一个特别好的地方，要把服装店搬到那里去。她说，那个地方周围都是居民区，人流量也大。唯一不太好的是，老北京的住户比较多，可能消费水平不会太高吧。那里离可心她们的幼儿园也不太远，送完孩子正好去店里。

李禾根说，你选的地方肯定没错啊。只要离开北艺那个是非之地就行了，赚不赚钱的是小事。我这两天抽空也过去看看，辛苦你了！

张秀芹说，开店就是要赚钱的呀，不赚钱咱们开它干吗？我搬到这里来，不只是要躲避你们那些考生，更重要的是赚钱。好了好了，不跟你说了。

李禾根说，吴开那件事，我跟刁校长说了。

她什么态度？

她的基本态度还是压事儿，把这事儿压下来，对我对她都是有好处的。

对小吴更有好处呀。如果把他送进去，那他这一辈子就毁了。出了大狱也抬不起头来，什么都完了。

是啊，从这点就看出刁校长是很善良的。不然，一推了之，一判了之，省事公正，又正面。可是那样会毁了很多人的，也可能会毁了几个家庭。小吴就甭说了，唐达明甭想在官场上混了，那位背后的市委马明波书记肯定也干不成了，我可能是最轻的了，也会丢了北艺的饭碗，回到从前。还有刁校长自己呢，恐怕也难辞其咎。一倒一大片，轰轰烈烈，震天动地。

李秀芹说，哎，我想起来了，今天上午我妈给我打电话说，要感谢你呢，说你帮冯启发考进了北艺，解决了冯继国家的大事，要感谢你。

李禾根连连嘱咐，你可千万别再让她到处说了，这要是让人知道了，都是大事呀！我帮没帮他，你是知道的，我可能帮他吗？要是说咱们帮了他们，顶多就是帮他们解决了个住的地方，你给他们做了顿饭吃而已。可是，要是真像他们说的那样，是我帮助他们考进了北艺，这就是瞎说了，不仅是瞎说，还要害了咱们。躲都来不及呢，还到处嚷嚷，你们家这老太太，大中午的也给我打了电话，说的是同样的内容。你赶紧跟她说说，别再到处说这事儿了，弄不好，小吴没把我弄进去，她先把我给弄进去了。

张秀芹乐了，我能管住她？就那老妖婆！

李禾根责备张秀芹，哎，怎么能这么说你妈呢？她可是你亲妈呀。

张秀芹更乐了，她哪是我亲妈呀，那是你亲妈！

集体会议结束后，刁子规觉得必须亲自出马，当面问一问吴开。她根据李禾根提供的信息，梳理了一个大概的时间线，按照这个时间线，她是能够判断出吴开的话有多大水分的。然后她给校办主任裴晓华打电话，让他跟车队说一下，请吴开把车开到新大都饭店待命，到了以后联系她。

吃中午饭的时候，刁子规在自助餐厅见到了李禾根，对李禾根说，一会儿吃完饭，你在宿舍里等着，我要和吴开谈谈，你也在场。我已经让车队的人通知吴开到这里来了，你在场，省得他在有些事情上说谎。

李禾根问，还能谈什么？

刁子规说，我担心他还有事情隐瞒，问清楚了，咱们就能主动了。

吴开到的时候，李禾根已经在刁子规的房间了，他敲门，是李禾根开的。吴开一看李禾根有点儿吃惊。李禾根说，进来吧，校长在等你呢。

刁子规端着水杯走出来，李禾根本想让吴开坐下，刁子规说，你不能坐。犯了错误还想坐？站着吧。

吴开老老实实地站在房间里等待刁子规的训话。

刁子规问，你知道我让你来的意图吗？

吴开点头，知道。

刁子规坐到圈椅里问，能说实话吗？

吴开可怜巴巴地说，是是是，一定说实话。

李禾根说，刁校长也不是外人，校长找你谈话就是想详细地了解情况，越细越好，好考虑处理的办法。

有巡视组的人找你谈过了吗？

还没有。不过，车队领导已经通知我，下午巡视组找我谈话。

你跟车队的领导们说了你这几天没在学校的原因了吗？怎么说的？

我说，我去天津了，去参加同学的婚礼。在那里因为喝酒不敢开车，就待了两天才回来的。车队领导批评了我，警告我以后不能再不请假外出，特别是不能开公家的车办私事。其他就没有说什么了。

那么，你实际上去的是太原？是去还钱去了？把情况说一说，来龙去脉。

是，校长，我去太原还刘译的钱，这件事，我做得不对，对不起李院长对我的信任，也对不起刁校长，给您抹黑了。

刁子规沉下脸来，不是抹黑不抹黑的问题，是犯罪不犯罪的问题。从头说过程。

就是那个叫刘译的人说是李院长的同学，带了一袋子的现金，想请李院长帮助一个考北艺的人。她说她联系不上李院长，请我帮助联系，要是能帮助这个考生考进来，就把这些钱给我。可是，初试之后那个考生并没有进入复试，她就要我把那些钱还回去，说要是不还给她，她就去告发，让我蹲大牢。我因为害怕就去了太原把钱还给她了。

多少钱？

50万元。

你胆子也忒大了吧？你就不怕烫着！

吴开这个时候抹起了眼泪，校长，都是我一时起贪心，都是我的错。

我问你，除了这一笔，还有没有其他的？一定要说实话，我要的是实话。

没有，就这一笔。

是实话吗？

是。

不对！据我掌握的情况，还有！有人写了匿名信。

校长，真的，我真的就收了这一笔。我后悔死了。

李禾根也严肃地说，吴开，你跟了我这么多年，你是了解我的，我也算是了解你的。我不可能收任何人的东西，你得说清楚了，到底还有什么你没说，你还拿了谁的钱物？不然，我是帮不了你的。

吴开急得头上直冒汗，低着头不说话。

刁子规看吴开的样子，跟李禾根对了一下眼神，好了，你回去再想想，给你点时间，要是想起来了，跟李院长联系。你要清楚一点，即使你不说，我们也会查出来的，要是查出来，不是你跟我们说的，你就彻底完了。你要是跟我们主动说了我们还可以考虑能不能挽救你一下。

吴开突然跪在地上，连连磕头，哭诉道，校长啊校长，我真的只有这一笔，真的啊，我对不起学校，对不起领导们啊。求求您了，救救我吧！我再也不敢了。

李禾根一把抓住吴开的衣领，把他揪起来，没骨头！有胆子拿，没勇气承认！

刁子规说，算了算了，你先回去吧，今天晚上 12 点之前，你要是想起了什么，就直接联系李院长。12 点之后，你要是没说，让有关部门查出来，就不要怪我们狠了。

吴开流着眼泪，没有了，真的没有了！

一边说，一边给两位领导鞠躬，倒退着走出刁子规的房间。

王国民请工作人员给吴开倒了一杯水。吴开显得很紧张，坐在那里低着头，目光时时偷望一下王国民和另一位巡视组记录的工作人员。

王国民语调和蔼，我们工作组进驻北艺之后，听到了很多情况，我们的重点是想了解各级领导的一些情况。你跟李院长多年，恐怕也知道一些别人不知道的情况，希望你能如实地跟我们讲。

吴开点着头，是是。

我们就是想询问一下几个事实，你应当是比较清楚的。你还记得李院长什么时候不在家住的吗？他爱人和孩子也是在他离开家的那一天去的三亚吗？

吴开想了想说，李院长是 2 月 27 日那一天搬到教学大楼去的。对，就是在 2 月 27 日那天的下午，我送嫂子和他们的孩子去的机场。

李院长搬走后，就没回来过？

至少 27 日和第二天他没有回来过。因为，他们走的时候，家里比较乱，院长说，我要是有时间帮他把家里收拾一下。那两天我就在他家的沙发上睡，没有回车队，前两天我就没有离开过，所以，我知道他是没有回来的。

那两天有人到过他们家吗？

有，很多，不断地来。

都是来干什么的？

都是为艺考的事。差不多都是找李院长走关系的。

都是什么人？

我记得有北艺机关的人，也有一些外地口音的人，他们都带着东西，还有人带着现金。李院长走的时候嘱咐过我，所有外来的人送的东西，都要登记后，送到纪委去，我就是这么办的。除了27号和28号我在院长家收拾房间外，其他的日子，我是晚上过来，把门口的东西整理一下放到车上，送到纪委去，然后去遛狗。

你记得不记得2月28日那天晚上，有人来过李院长家吗？

吴开的头上浸出了汗，心想，是不是他们知道了那50万的事？这可怎么说？他不由自主地摇着头，不记得有人来过。

你好好想想。那天晚上九点左右，你在不在他们家？

在呀。我刚才不是说了吗，前两天我都在他家收拾屋子，因为他们工作忙，没时间给家里彻底打扫卫生，李院长他们离开的前两天我都在他家里收拾房间。我那天在他们家干了一天，大概八点左右的时候，我在他家煮了方便面吃。

吴开突然有了主意，噢，我想起来了，那天，我吃过方便面就遛狗去了。遛狗回来的时候碰到有两个人，一男一女在李院长家门口敲门，对门的陈飞燕老师还打开门，她以为是敲她们家的门，因为敲门的声音很大。

是什么人？

就是考生的家长。我问他们，找谁？男的说找李院长，我说李院长不在家，他在单位加班呢。他又问，李院长晚上几点回来？我说，李院长在招生考试期间都是不回家的。他问，他们的家人在家吗？我说，都出去旅游了，也不在。他就问我是谁，我说我是司机，他们说，他们能不能进来，他们想给李院长送点土特产，表达一点小意思。我说，不行，李院长有交代，任何人的东西都不能收。他们就做我的工作，说李院长说不让收，那是不好意思收，直接给他，他那么一个大院长怎么好意思收呢？那肯定是不好意思的，但是，要是你替他收了呢，他就不觉得尴尬了。而且，你要是替他收了，我们也不能亏待你的，你只是替李院长收下，等他回来，你告诉他是我们送给他的。女的把一个纸条塞到我手上，那上面写着考生的考号和姓名。女人说，请李院长帮助孩子进入三试，我们还会有重谢的。我说，你们就不用费劲了，李院长知道了也不会收的。他们就强行把带来的东西放在门口，对我说，你就帮他收下，其他的事情让李院长来处理。说完，放下东西就走了。

东西你收下了？

是，我收下了。他们走了以后，我把东西拎到家里，检查了一下，基本都是些土特产，也没有什么特别的东西。

你好好想想，袋子里究竟是什么东西？

就是木耳、蘑菇、金针菇什么的干货。

还有别的东西吗？

没有，没别的了。噢，对了，还有两条香烟，软中华。

你再想想，还有什么。

没有了，就是两条烟和一些土特产。

你拿了什么东西吗？

我当时想，反正李院长是不抽烟的，我就把那两条烟带走了。然后，按照李院长吩咐的，登记了信息之后，赶紧把东西都送到了纪委，这个纪委也是有登记的。这个，我承认，我不该拿那两条烟。

仅仅是两条烟吗？你还拿了什么？袋子里还有什么。

没有，其他没拿什么了。

你再想一想，到底还有什么遗漏的？比如那些物品里放有现金，你拿走了？

没有，没拿钱。

我们再换个话题。你在考试期间"消失"了两天，有这回事吗？

吴开答，是，我是离开了。

去干什么了？

我，到天津去了。

是李院长让你去的天津吗？坐火车去的吗？

不是，李院长没让我去天津，我是自己去的，是开着学校的车去的。

干什么去了？

去参加同学的婚礼。

同学叫什么？电话是多少？

　　事情并没有按照刁子规的安排走，她原本提议的接班人是李禾根或者洪吉生，但事实上，副校长冯坤却抢了位。她还没有走，冯坤的任命就已经到了。

　　在宣布任命之前，组织部领导把刁子规请到办公室谈话，跟刁子规解释最终确定冯坤的原因。领导说，冯坤比较年轻，可以有较长的时间在岗位上发挥作用，他主动向组织部自荐，并且也有相关的领导推荐，经过认真的考查研究，觉得冯坤比较适合。

　　在此前，刁子规一点消息也不知道，领导的话让她大吃一惊，定了吗？

　　领导说，我们研究的结论基本上就是这个意思，找你来呢，想先跟你通通气，省得宣布的时候让你觉得太突然。

　　刁子规很不满地说，现在跟我说就已经让我感觉突然了。组织上不是已经同意我的意见，让李禾根接我的班吗？怎么就变了呢？得有个合理的解释吧？

　　领导安慰她说，你呢，也别着急。我们最初确实认为李禾根是最合适的人选，他能力强，有基层管理经验，业务好，名气大，这都是他得天独厚的条件，也是冯坤所不具备的。但是，就在我们决定使用李禾根的时候，出现了一个大问题。组织部门突然接到了数封告状信，而且是不同的人写的。有的是实名举报李禾根的问题，有的是匿名，这些告状信所反映的问题很严重。虽然组织还没有调查清楚，可是，你要走了，曹书记也要退休，北艺的班子不能出现真空啊。就在这个时候，冯坤自荐要接替你的位置，同时有人也举荐了他，请组织部门去考查他。经过我们的调研和民主测评，对冯坤的反映都不错，虽然，我们同时也在做李禾根情况的调研，可是，在没出结果之前，冯坤就自然排在了前面。

刁子规很恼火，这就是整人嘛，就是要选在这个关键时刻告李禾根，目的无非就是破坏李禾根当这个校长嘛。组织上不可能在很短的时间将事情搞清楚，当调查清楚的时候已经任命了他人，这不就达到了告状人的目的了吗？组织上应当有这个判断。

领导说，这个情况，我们也是很清楚的，我们也知道非常有这个可能，就是破坏这次任命。但是，北艺的情况特殊呀，不能等啊，你一走，曹书记也要退，没有一个主事的校级领导可不行。

刁子规说，那我就先不走，不在乎这一时半会儿的，我的任命再推迟一段时间，等局面稳定了我再从容地交接离开不就可以了吗？

领导说，这也不行，因为，你不仅马上要到中央党校集训，还要立即在新闻媒体露面说话，都是燃眉之急，哪件事情也不能等，不能拖。

那冯坤也得去党校受训呀，那不还是等于空缺吗？

领导说，这个我们已经安排好了，先让新上任的曲书记去参加受训，冯坤主持北艺的工作，九月份，曲书记回来主事，冯坤再去参加党校的秋季班。

刁子规还想努力一下，可以让冯坤先"代理"一下嘛，选李禾根是我经过许多年的考查经营才确定的。他不仅专业好，管理能力强，也是一个厚道无私的人，请组织还是给他一个机会。

领导反问，冯坤难道就不行吗？他年轻有为，也是组织从基层选拔出来的优秀干部呀。当初我们考虑先放在北艺的班子里锻炼一下，而后再另外安排重要岗位使用。现在，对他来说也是个机会啊。

刁子规说，我觉得冯坤虽然有一定的能力，但比较起来，在业务方面，在心胸、格局上都没有李禾根强。

你这是感情用事。我们知道李禾根是你一手培养的干部，在个人感情方面你肯定是有偏见的，你得承认，你的观点有某种私心。我们是同意你的意见的，可是，现在出现了这种情况，作为组织部门不能不认真对待。目前，如果你和曹书记同时离开，就是北艺的空白呀。工作总得有人干，责任总得有人担当。我们并不是不同意李禾根，而是现在告他的人太多。

刁子规说，问题越多越证明李禾根是干事儿的人啊，不干事儿就不会有什么意见，也不会得罪什么人。这也是不公正的，这是奖懒罚勤，这很不公正。

你说的有一定的道理，所以我们就要认真地核实调查，还事实以真相。

领导从桌子上拿起一些信件递给刁子规，这都是需要调查的问题，说他利用职权为自己的人谋利，说他招生期间收受贿赂，说他开服装店洗钱，说他打击异己，等等。反映他的问题的信不少呀，这都需要核实调查的。谁也不敢保证他就没有这些问题，如果有，谁又能负得起这个责任。干部如果"带病"调任，就是组织部门的失职，这个罪名我们是不能够承担的，我们也要尽职尽责。

刁子规随便翻了翻告状信就放在桌子上，我拿人格担保，李禾根绝对是清白的。如果他真的有问题，那我这个校长也是脱不了干系的。他是我一手培养重用的干部，我了解他，他没有任何问题。告状信显然是别有用心，正是想通过这种方式阻止李禾根接班。

领导说，这个我们也不能否认。但是，恰恰因为这些告状信可能是别有用心的，我们就更不能轻易地略过。告状人能够有这么大的能耐告到组织部门来，就有可能继续折腾这件事，所以，我们必须有理有据地给予回复，查清楚，还事实以真相。

刁子规还想回旋一下，冯坤可以担任书记嘛，他并不是一个搞专业出身的，他是不适合当一校之长的。

领导说，北艺需要的是管理干部，不一定非得业务干部。校长就是要把整个学校的管理水平提高上去，全面抓管理。冯坤的条件也不差，组织上认为，他已经担任过第一副校长，有在北艺工作的经验，熟悉北艺的情况。而书记的位置，组织上计划调整北电的一个干部到北艺任职。组织上考虑的是稳定问题。

刁子规问，就没有改变的可能了？

领导说，组织上已经决定了。

刁子规订了一家西餐馆的座位，李禾根也特意穿了一身正装。虽然李禾根个子不高，人却长得不丑，穿上西装更显得精神洒脱。

刁子规笑眯眯地盯着李禾根走来，开玩笑说，都不认识了。

李禾根笑着坐下，敢情！当年上大学的时候，咱们也是个人物呢。人就是怕捯饬，虽然老了点，可是虎老雄心在。

刁子规哈哈大笑，你呀，真孩子气。

我想通了，都听你的，你叫干啥就干啥。我们家的秀芹训我了，说我就是没出息，死硬死硬的，让我随和一些。从今天起，我改了。我要做个乖乖男。

服务员上牛排的时候，刁子规倒了两杯红酒。李禾根嘻笑着说，饿了饿了，我真是个幸运儿，开考的时候，二老板请我去"程府宴"大吃了一通，考完了大老板请我吃牛排，我是哪辈子修来的福气。我可不客气了啊。

李禾根的心情不错，拿起刀叉就开吃。

刁子规微笑着问，知道我今天为什么要请你吃饭吗？

还不是觉得我太辛苦，犒劳犒劳我这个前线将士？领情，领情了！

刁子规说，只说对了一部分。

李禾根确实很放松，他举起了酒杯说，来，碰下杯。除了犒劳，我想，可能还是劝我到党校报到。这个你放心好啦，我不是了说吗，从今往后，要做个乖乖男，听话，你说去咱就去。

听李禾根这样说，刁子规叹了口气，放下杯子，忧愁地望着李禾根。

李禾根瞥了一眼刁子规，喝了一口红酒，有心事？

刁子规说，难以启齿呀。

李禾根开玩笑地说，是不是有了心上人？这是好事啊，一个人过一辈子，也不是个事儿。

刁子规说，别瞎猜了。不是我的事，是你的事。

我能有什么事？是不是又有人奏我的本，告我的状？没事儿，别为我担心，虱子多了不咬人，我都习惯了，皮实着呢，垮不了。

刁子规盯着李禾根的眼睛，那些告状信把我弄得都动摇了，你真没事？

一语双关。

李禾根放下刀叉，也严肃地望着刁子规，你是指我自己能不能顶住，还是问我有没有告状信里说的那些事？

两个意思都有。

李禾根有些不高兴了，你还不信任我吗？

刁子规无奈地说，你说，不但第七巡视组收到了匿名信，组织部也收到了告状信，还专门把我找去谈。

谈？谈什么？我的问题吗？我这么卖命还不够吗？

一码是一码，这是两个问题。你努力工作，尽心尽责，全天下人都看在眼里，疼在心里。可是，这不能解释告状信的问题呀。

你也不信任我吗？

李禾根盯着刁子规。刁子规解释，组织找我谈话，把告状信给我看，让我解释。我"以人格担保"，可是，他们要的不是人格，是事实，是证据，而我拿不出来呀。

李禾根质问，你拿不出什么事实和证据来？难道，你真的以为我做了什么？

禾根，不能这样看问题。我对你的信任你是不能怀疑的，可是，他们提出的问题需要调查，问我，我又答不出。

什么问题？

比如，你们家是不是开了个服装店？在考试期间的收入是不是正常？你有没有对自己的亲戚或朋友在艺考时特殊关照，等等。

开店不假，可是，都是正常经营啊。我们也是普通的人啊，也需要养家糊口，秀芹也需要工作，孩子也需要花销呀，难道就不能做个小生意？我也不是什么重要的领导，无须让自己的家人都远离经营圈，一切都很正常啊。

刁子规两手插在胸前，严肃地望着李禾根。我问的不是能不能该不该开店，而是开店的经营是不是有异常情况。

您就直接说，我是不是利用服装店洗钱。我们确实在艺考期间发现了一些特殊情况，可是，我们立即关门停业，老婆孩子都离开北京了，就是怕引起怀疑啊。

刁子规说，说的就是这个，告状信有鼻子有眼地说了些事儿，这就是组织部的领导要我解释的。

本来是个愉快的晚餐，可是，这件事让李禾根很恼火。他已经没有兴致吃下去了，冷冷地看着刁子规说，刁校长，您要是真相信匿名信里的事，请您赶快把我双规了吧。我巴不得呢，您知道这两个礼拜我过的是什么日子吗？这不是人干的活儿！我在前面卖命，却有人在背后给我捅刀子。您不但不给我挡着，还在伤口上给我撒盐？我一直在心里反省自己，努力改变自己，尽量让所有的人都说不出什么来，可是，我算是看透了，没人会往好处想我。

李禾根气哼哼地站起身，谢谢您的款待！我领情了！

说完，做出离席的样子。刁子规冷冷地看着他，突然吼了一声，坐下！

周围的人都向他们望来，李禾根愣了愣，红着脸，喘着粗气，却没有坐下，气鼓鼓地不说话。

真有你的啊，本事啊。是像你说的那样，我在你的伤口上撒盐吗？上面说收到了告状信，说你为了洗赃钱开了家服装店，跟我说，要调查你。我要是不信任你，我管这事儿干吗？就是因为信任你，才跟你说的，这点儿事你都不明白吗？还敢跟我耍脾气！

李禾根愣在那里。他的确有些情绪不稳。为这该死的艺考，他成天提心吊胆，小心翼翼，如履薄冰，他付出了多少心血？谁人能知？结果还是有人滋事。告告告！他李禾根在前方卖命，背后就有人打冷枪，射冷箭，泼冷水，扯后腿，这都是什么世道啊。是呀，刁子规说得对，这个过程中，要是没有这位铁娘子支持着他，他恐怕早就倒下了，他跟她闹什么呢？

李禾根不声不响地坐下，低着个头，像犯了大错的孩子样沉默起来。

你倒是说说呀，你得让我心里有底呀。

李禾根口气缓和了，服装店也不是今年才开的，都是正常的经营啊，上货出货都是有账的，可以核对。不过，也确实有人在店里不分款式、不问价钱上来就打包买的。秀芹发现后就立即制止了，而且，马上就关了门，没有再发生过。

行了，我知道了，我就是问这个。既然服装店出入都有详细记载，那就让工商查查账。她经营正常不正常，北艺也没有资格去查。她租的是哪里的房子？

就在咱们北艺南面对外出租的房子，后来，因为有闲言说，我是利用权力从学校无偿得到的场地，又用于不正当经营，秀芹就想搬走了。她从三亚回来后，就另外找地方，今天她跟我说，相中了平安大街上的一个房子，要租下来。

有些事情是说不清的，你是正常流水，还是异常进出，外人是无法知晓的，有人就是钻了这个空子。你说不清，他们就开始乱说。你说，他们说你把自己的亲戚招收进来，还收贿赂，给人办事。这些问题，一时半会儿的都查不了，那些人正是想利用这个时间差要把你上升的道路堵死。阴谋！

李禾根抬起头来，你是说，我不用去党校受训了？

刁子规沉默着，没有说话。李禾根一下就明白了，校长他是当不成了，多少有些失落。

沉默了半天，刁子规说，不见得是坏事。日子还长着呢，你不用在这个事情上上火，走着瞧吧。

李禾根自嘲地说，这，有点像性爱，我本来没有“那个意思”，可是有人老是挑逗撩拨，刚鼓起来，人家又没事人似的了，真不舒服！

刁子规忍不住笑了，还有心开这种下流玩笑！你这是绕着弯地占便宜啊。

这一笑，李禾根也完全放松下来。反正开始我就有些不情愿，现在虽然想开了，想干，又不让干了，可是也没有损失什么呀。

刁子规给李禾根鼓劲，你不嫖不赌，不贪不占，谁也把你怎么不了。向前看，未来还长着呢。

可是，人家就非得要你拿证据不可。

刁子规意味深长、有些挖苦地说，证据还少啊？你连送到你身边的便宜都不占，他们早晚会发现你这个优点的。

李禾根觉得刁子规说得很有道理，自己是一个多么无趣而又无聊的人？他想起3月1日那天，就在他的家里，没有第三者，一个女人倒在自己的身上哭泣，既是发火又是在暗示什么地哭泣与倒伏，他和她居然什么都没有发生。假如说出去都不会有人相信，可是却真实地发生了。即使在传统的中国吧，这也似乎太不近人情了吧？他觉得自己不是个完整的男人，至少不是个健全而健康的人。他的生活，除了工作，了无生趣。即使家人，秀芹，可心，他是真心地爱着她们吗？那只是个习惯和本能而已啊。我是没有感情的人，其实是一个习惯的工作机器。

刁子规问，想通了？

李禾根答，想通了。

怎么想通的？

李禾根答，虽然有些失落，但我还输得起。要想成为赢家，诀窍就在于了解自己什么时候是输家，现在我明白了这个道理。

你转变得还挺快的嘛。

虽说北艺是个艺术殿堂，是个文人艺术家聚集之地，却也应了那句话"川泽纳污，山薮藏疾，瑾瑜匿瑕"。只要是河川大泽，都会藏污纳垢；只要是深山野草，都会弥漫瘴气氤氲；即使一块美玉，也难免会有瑕疵。

刁子规说，这样想就对了，这个世界上，没有真正的完美无缺。也不会事事如我们期待的那样，没有什么完美的事，也不存在完美的人。也包括你这个又固执又纯洁的人。

李禾根破涕为笑，举起酒杯说，碰一下杯，为不完美，为残缺干杯!

刁子规也笑了，你呀，一会儿明白，一会儿糊涂的。真是个孩子！

8月底，北艺新生提前报到进行军训，在沉寂了两个月的暑假之后，校园又热闹起来了。好奇的新生，送孩子上学来的父母，像往年一样重新上演。

晨练后李禾根悠闲地在莲子湖畔慢走。北京的8月还是比较热的，可早晨的湖边却很舒服。湖边还有晨读的学生，有写生的孩子们，跑步的打拳的。偶尔有"咿咿咿，啊啊啊"的练声人，还有练嘴皮子的"八百标兵奔北坡，炮兵并排北边跑"，跑步的人们穿着紧身运动衣，沿着清静的湖畔一圈一圈地绕着。

李禾根心情很好，甩着胳膊，呼吸着潮湿的空气，身体轻盈，气色红润。

"李院长！"陌生的声音叫他，他转过头来，一位老汉笑嘻嘻地走上前来，您不是李院长吗？您可能都把我给忘了……我孩子考试的时候，我半夜在您家门口等您回来，还把您吓了一跳……

李禾根脑子里突然跳出那个夜晚的场景：一个半昏睡的男人蹲在自己家的门前，要给自己送土特产，还说是"王院长叫来的"。他还记得把他劝上电梯的时候，那老汉回眸一瞥的怨恨神情。

噢，想起来了。孩子怎么样啊，上的哪个大学啊？

老汉不好意思地说，考上了！还是考了咱们的北艺。这不，我送他报到来了，没想到又遇到您了，真是缘分啊！

李禾根有点意外，考上了？那说明这孩子不错呀。他叫什么名字？

老汉说，叫"谢勇"。

这个名字李禾根很熟，这是专业排前三名的，他高兴地说，相当不错呀！你看，这孩子这么优秀，当初为什么不走正路非要走歪门邪道？找人托关系，送东西送钱的，何必呢？

老汉不好意思地笑了，都说考北艺不走关系不拿钱再好的孩子也进不来嘛。

李禾根说，怎么能轻信谣言？可不能这样干了！你自己丢人不说，孩子面前也抬不起头嘛。

老汉直点头，是是是。

李禾根刚到家，电话就响了，是唐达明，接通了电话，唐达明声音兴奋，禾根兄，向你报个喜信儿，我呢，上来了。

李禾根问，什么"上来了"，大早晨的不会是又叫我喝大酒吧？

哪能呢。告诉你吧，我的任命下来了，市委书记！

耶，好哇，终于圆满了！祝贺祝贺！

还有呢，我算计着，你们还没开学吧，想请你回来一趟。这不，我跟刘译的婚事想操办操办，摆几桌。你是我的大学同学，刘译是你的小学同学，我郑重地邀请你给我们当个证婚人，你可不能拒绝啊。

李禾根吃惊地问，你们不是早就在一起了吗？

不是没办过事儿嘛，就是在一起住，现在我的任命下来了，事业圆满了，婚事也该画个句号，就来个双喜临门吧。

李禾根哈哈大笑，你小子，还挺讲究。好，这个证婚人我当定了！